DE KLEINE GETUIGE

Jody Picoult

DE KLEINE GETUIGE

the house of books

Eerste druk, mei 2007
Derde druk, februari 2008

Oorspronkelijke titel
Perfect Match
Uitgave
Washington Square Press, New York
Published by arrangement with the original publisher, Pocket Books, New York,
a division of Simon & Schuster, Inc.
Copyright © 2002 by Jodi Picoult
Copyright voor het Nederlandse taalgebied © 2007 by The House of Books,
Vianen/Antwerpen

Vertaling
Joke Meijer
Omslagontwerp
marliesvisser.nl
Omslagfoto
Getty Images/MacGregor & Gordon
Foto auteur
Gasper Tringale
Opmaak binnenwerk
ZetSpiegel, Best

ISBN 978 90 443 1920 0
D/2007/8899/148
NUR 302

Dankbetuiging

Vaak wordt aan mij gevraagd hoeveel van mijn boeken uit mijn eigen leven afkomstig is, en gezien de aard van de problemen die ik behandel is het antwoord – gelukkig – niet veel. Maar met name *De kleine getuige* was moeilijk omdat ik, terwijl ik met mijn kinderen aan de ontbijttafel zat, hen hun conversatie afnam en in de mond legde van de jonge Nathaniel Frost. Dus ik zou erg graag Kyle, Jake en Samantha willen bedanken – niet alleen vanwege hun grapjes en hun verhalen, maar ook omdat ze mijn hoofdpersoon, een moeder die voor iemand van wie ze houdt alles zou doen, een ziel hebben gegeven. Dank ook aan mijn psychiatrische research-staf: Burl Davies, Doug Fagen, Tia Horner en Jan Scheiner; en aan mijn medische deskundigen: David Toub en Elizabeth Bengtson; aan Kathy Hemenway voor haar inzicht in het sociale werk; aan Katie Desmond voor alles wat met het katholicisme te maken heeft; aan Diana Watson voor het delen van haar kleuterschoolverhalen; aan Chris Keating en George Waldron voor de juridische informatie van het eerste uur; aan Syndy Morris voor het snel transcriberen; en aan Olivia en Matt Licciardi, voor de Heilige Geiten en de vraag over zuurstof. Eveneens dank aan Elizabeth Martin en haar broer, die mijn einde vond; en aan Laura Gross, Jane Picoult, Steve Ives en JoAnn Mapson voor het lezen van het eerste concept en het feit dat ze er voldoende van onder de indruk waren om mij te helpen het nog beter te maken. Judith Curr en Karen Mender gaven mij het gevoel een supernova te zijn in een sterrenbeeld vol Atria-auteurs. Het feit dat ik op de redactie van Atria over Emily Bestler en Sarah Branham als mijn engelen kon beschikken, maakte mij tot de gelukkigste nog in leven zijnde schrijver; en Camille McDuffie en Laura Mullen – mijn sprookjespeetmoeders op publiciteitsgebied – verdienen een scepter en een kroon, zodat iedereen weet hoeveel magie ze teweeg kunnen brengen. Ik moet ook mijn echtgenoot bedanken, Tim van Leer, die niet alleen een steeds toegankelijke bron is op het gebied van vuurwapens, sterren en het werken met steen, maar die me ook verwent met koffie en salades en de wereld voor me gladstrijkt, zodat ik de vrijheid heb om te doen wat ik zo graag doe. En ten slotte zou ik drie mensen willen bedanken die me in de loop der tijd zo enorm bij mijn research hebben geholpen, dat ik me nauwelijks nog kan voorstellen dat ik iets zou schrijven zonder hun hulp: inspecteur bij de recherche Frank Moran, die ervoor heeft gezorgd dat ik ben gaan denken als een rechercheur; Lisa Schiermeier, die me niet alleen de ins en outs van DNA heeft bijgebracht, maar terloops ook nog de prachtige medische wending ter sprake bracht waarvan mijn hoofd begon te gonzen; en Jennifer Sternick, de officier van justitie die vier dagen achtereen in een bandrecorder heeft ingesproken, en zonder wie *De kleine getuige* simpelweg nooit tot stand zou zijn gekomen.

Voor Jake,
de dapperste jongen die ik ken.
Liefs, mama

PROLOOG

Toen het monster uiteindelijk binnenkwam, droeg hij een masker. Ze staarde hem aan, verbaasd dat niemand anders de vermomming had doorzien. Hij was de buurman die zijn forsythia water gaf. Hij was de onbekende die glimlachend in de lift stond. Hij was de aardige man die een kleuter bij de hand nam om hem te helpen oversteken. *Zien jullie het dan niet?* wilde ze schreeuwen. *Weten jullie het dan niet?*

De stoel onder haar was meedogenloos hard. Als een schoolmeisje zat ze erop met gevouwen handen en rechte rug. Maar haar hart was totaal van slag, alsof er een kwal in haar borst kronkelde. Sinds wanneer moest ze zichzelf er bewust aan herinneren adem te blijven halen?

Twee gerechtsbodes leidden hem langs de tafel van de openbare aanklager, langs de rechter, en naar de tafel van de verdediging. Vanuit de hoek klonk het gezoem van een tv-camera. Het was een vertrouwd tafereel, maar ze besefte dat ze het nooit vanuit deze hoek had gezien. *Verander het gezichtspunt en het perspectief is totaal anders.*

De waarheid zat in haar schoot, zwaar als een kind. Ze ging dit doen.

Die waarheid had haar ervan moeten weerhouden, maar in plaats daarvan vloeide zij als sterkedrank door haar ledematen. Voor het eerst sinds weken had ze niet meer het gevoel dat ze slaapwandelde op de bodem van de oceaan, dat haar brandende longen teerden op de adem die ze had gehaald voordat ze onderging, een ademtocht die dieper en doordachter was geweest als ze had geweten wat komen ging. Op deze afschuwelijke plek, kijkend naar deze afschuwelijke man, voelde ze zich opeens weer normaal. En met dat gevoel kwamen de heerlijkste normale gedachten boven: dat ze de keukentafel na het ontbijt niet had schoongemaakt; dat het vermiste bibliotheekboek achter de mand met vuile was lag; dat haar auto tweeduizend kilometer geleden een onderhoudsbeurt had moeten krijgen. En ook dat in de volgende ogenblikken de gerechtsbodes die hem escorteerden zich zouden terugtrekken om hem de gelegenheid te geven met zijn advocaat te overleggen.

Haar vingers gleden in haar handtas over het zachtleren etui van haar chequeboek, over haar zonnebril, een lippenstift, een chocoladetoffee. Ze vond wat ze zocht en pakte het vast, verrast dat het net zo vertrouwd aanvoelde als de hand van haar man.

Een stap, twee stappen, drie. Meer waren er niet nodig om dicht genoeg bij het monster te komen om zijn angst te ruiken, om de zwarte kraag van zijn jas tegen de witte boord te zien afsteken. Zwart en wit, daar kwam het uiteindelijk op neer.

Heel even vroeg ze zich af waarom niemand haar had tegengehouden. Waarom niemand had beseft dat dit ogenblik onvermijdelijk was; dat ze hier zou komen en het gewoon zou doen. Zelfs nu hielden de mensen die haar het beste kenden haar niet tegen toen ze van haar stoel kwam.

Op dat moment realiseerde ze zich dat ze zelf in vermomming was, net als het monster. Zo slim, zo *authentiek*, dat niemand wist in wie ze was veranderd. Maar nu voelde ze dat haar dekmantel uiteen begon te vallen. Laat de hele wereld het maar zien, dacht ze, toen het masker afviel. En terwijl ze het wapen tegen het hoofd van de beklaagde zette en en vier keer snel achter elkaar vuurde, wist ze dat ze op dit moment zichzelf niet zou hebben herkend.

DEEL I

Wanneer we zonder reden worden geslagen, zouden we hard moeten terugslaan, heel hard, om degene die ons geslagen heeft te leren zoiets nooit nóg een keer te doen.

Charlotte Brontë, *Jane Eyre*

We zijn in het bos, alleen wij tweeën. Ik heb mijn beste gympen aan, die met de regenboogveters en de plek op de hiel waar Mason op heeft geknauwd toen hij nog een pup was. Ze neemt grotere stappen dan ik, maar het is een spel: ik probeer in het gat te springen dat haar schoenen achterlaten. Ik ben een kikker; ik ben een kangoeroe; ik ben een tovenaar.

Als ik loop klinkt het alsof er cornflakes op een bord worden gestrooid. Krak. 'Mijn benen doen zeer,' zeg ik tegen haar.

'Het duurt nog heel even.'

'Ik wil niet lopen,' zeg ik, en ik ga meteen zitten, want als ik niet verderga, doet zij het ook niet.

Ze buigt zich voorover en wijst, maar de bomen zijn als de benen van grote mensen waar ik niet achter kan kijken. 'Zie je hem al?' vraagt ze.

Ik schud mijn hoofd. Ook als ik hem wel had kunnen zien, zou ik het niet hebben gezegd.

Ze pakt me op en zet me op haar schouders. 'De vijver,' zegt ze. 'Kun je de vijver zien?'

Nu zie ik hem wel. Het is een stuk hemel dat op de grond ligt.

Wie maakt de hemel weer heel als hij kapot is?

EEN

Bij slotpleidooien ben ik altijd op mijn best geweest.
Ik kan met een vrijwel blanco hoofd een rechtszaal binnenkomen, de juryleden aankijken en een speech houden die hen naar gerechtigheid doet snakken. Van losse eindjes word ik gek. Ik moet een zaak netjes afwikkelen voordat ik die achter me kan laten en aan een nieuwe kan beginnen. Mijn baas zegt tegen iedereen die het horen wil dat hij liever aanklagers inhuurt die in een vroeger leven kelner of dienster zijn geweest, ofwel mensen die met volle dienbladen kunnen jongleren. Maar ik heb op de cadeauverpakkingsafdeling van Filene gewerkt om mijn rechtenstudie te kunnen betalen, en dat is te merken.

Vanochtend heb ik een slotzitting over een verkrachting en een hoorzitting over een competentiekwestie. Vanmiddag een bespreking met een DNA-expert over de bloedvlek in een autowrak, waar de aangetroffen hersenresten niet van de dronken bestuurder waren en ook niet van de omgekomen vrouwelijke passagier. Dat speelt allemaal door mijn hoofd wanneer Caleb zijn hoofd om de badkamerdeur steekt. Zijn gezicht komt als een maan in de spiegel op. 'Hoe is het met Nathaniel?'

Ik draai de kraan dicht en wikkel een handdoek om me heen. 'Die slaapt,' zeg ik.

Caleb is bezig geweest vanuit de schuur zijn pick-up vol te laden.

Hij doet in steenwerk – tegelpaden, haarden, granieten trappen, stenen muren. Hij ruikt naar de winter, een geur die Maine bereikt in de tijd dat de appels er geoogst kunnen worden. Zijn flanellen overhemd is bestoft van de zakken beton.

'En zijn koorts?' vraagt Caleb, terwijl hij zijn handen wast.

'Niets aan de hand,' antwoord ik, hoewel ik het niet heb gecontroleerd. Ik ben vanochtend nog helemaal niet bij mijn zoon geweest.

Ik hoop dat het waar zal worden als ik het maar krachtig genoeg wens. Zo ziek was Nathaniel de afgelopen nacht nu ook weer niet, zijn temperatuur was nog geen achtendertig. Hij leek me niet helemaal zichzelf, maar dat is geen reden hem niet gewoon naar school te sturen, vooral niet op een dag dat ik naar de rechtbank moet. Zoals elke werkende moeder zit ik tussen twee kwaden gevangen. Vanwege mijn werk kan ik me niet voor honderd procent aan mijn gezin wijden, en vanwege mijn gezin kan ik me niet voor honderd procent aan mijn werk wijden. Op dit soort momenten ben ik doodsbang dat het een keer fout loopt.

'Ik zou wel thuis willen blijven,' zegt Caleb, 'maar ik moet bij die bespreking zijn. Fred heeft vandaag een afspraak met de cliënten om naar de plannen te komen kijken, en dat betekent dat alles op rolletjes moet lopen.' Hij kijkt op zijn horloge en kreunt. 'Eigenlijk was ik tien minuten geleden al te laat.' Zijn dag begint vroeg en eindigt vroeg, net als bij de meeste onderaannemers. Dat betekent dat het mijn taak is Nathaniel naar school te brengen, terwijl Caleb de pick-up aan het laden is. Hij scharrelt om me heen en pakt zijn portefeuille en honkbalpet. 'Je stuurt hem toch niet naar school als hij ziek is, hè?'

'Natuurlijk niet,' zeg ik, maar ik voel de hitte in mijn hals opkruipen. Met twee aspirientjes moet het lukken. Ik kan klaar zijn met de verkrachtingszaak voordat juf Lydia me belt dat ik mijn zoon moet komen halen. Terwijl ik dit bedenk, haat ik mezelf erom.

'Nina.' Caleb legt zijn grote handen op mijn schouders. Ik ben verliefd geworden op Caleb vanwege zijn handen. Die kunnen me het gevoel geven dat ik een zeepbel ben die op barsten staat, maar ook de kracht om overeind te blijven als ik dreig in te storten.

Ik leg mijn handen op die van Caleb. 'Je hoeft je echt geen zorgen over hem te maken,' zeg ik nadrukkelijk. De kracht van positief denken. 'Het komt allemaal goed,' voeg ik er met mijn overtuigendste advocatenglimlach aan toe.

Caleb heeft even tijd nodig om het te geloven. Hij is slim, maar ook methodisch en zorgvuldig. Hij zal het ene project tot in de puntjes afmaken voordat hij aan het volgende begint, en net zo weloverwogen zijn de beslissingen die hij neemt. Zeven jaar lang heb ik gehoopt dat iets van die bedachtzaamheid af zou slijten doordat ik elke nacht naast hem lag, alsof een levenlang samen onze uitersten tot elkaar zou brengen.

'Ik haal Nathaniel om halfvijf op,' zegt Caleb, een zin die in de taal van het ouderschap hetzelfde betekent als het vroegere *ik hou van je.*

Ik voel zijn lippen op mijn kruin terwijl ik mijn rok aan de achterkant dichtrits. 'Ik ben tegen zessen thuis.' *Ik hou ook van jou.*

Hij loopt naar de deur, en als ik opkijk vallen me ineens zijn brede schouders op, zijn scheve grijns, zijn grote bouwvakkerslaarzen. Caleb ziet me kijken.

'Nina,' zeg hij met een nog schevere grijns, 'Jij komt ook nog te laat.'

De wekker op het nachtkastje geeft 7:41 aan. Ik heb negentien minuten om mijn zoon wakker te maken en eten te geven, hem in zijn kleren en autozitje te hijsen en door Biddeford naar zijn school te rijden met genoeg tijd over om tegen negenen in het gerechtsgebouw in Alfred te zijn.

Mijn zoon is een formidabele slaper, een in beddengoed gewikkelde orkaan. Zijn blonde haar is te lang; hij had allang een knipbeurt moeten hebben. Ik ga op de rand van het bed zitten. Wat maken die paar seconden uit als je naar een wonder zit te kijken?

Het was niet te voorzien dat ik vijf jaar geleden zwanger zou worden. Ik had niet verwacht ooit nog kinderen te krijgen nadat die slager van een gynaecoloog een ovariaalcyste had verwijderd toen ik tweeëntwintig was. Toen ik me wekenlang zwak voelde en voortdurend moest braken, ben ik naar een internist gegaan. Ik was ervan overtuigd dat ik stervende was aan een dodelijke parasiet, of dat mijn lichaam zijn eigen organen afstootte. Maar de bloedtest wees uit dat er niets aan de hand was. In plaats daarvan was er iets zo onmogelijks aan de hand dat ik de uitslag van het lab aan de binnenkant van het medicijnkastje heb geplakt: de bewijslast.

Nathaniel lijkt jonger als hij slaapt, met de ene hand onder zijn wang gekromd en de andere om een knuffelkikker. Er zijn avonden dat ik naar hem ga zitten kijken en me erover verbaas dat ik dit jongetje dat me zo heeft veranderd vijf jaar geleden nog niet kende. Vijf jaar geleden had ik niet kunnen zeggen dat het oogwit van een kind helderder is dan verse sneeuw; dat de hals van een kleine jongen zijn mooiste lichaamswelving is. Het zou nooit in me zijn opgekomen om van een theedoek een piratensjaal te vouwen en achter de hond aan te sluipen vanwege zijn begraven schatten, of op een regenachtige zondag uit te zoeken hoeveel seconden het duurt voordat een marshmallow in de magnetron ontploft. Het gezicht dat ik de wereld toon is niet hetzelfde dat ik voor Nathaniel bewaar. Nadat ik jarenlang de wereld als een reeks absoluutheden heb beschouwd, heeft hij me geleerd hoe ik uit de tussenliggende schakeringen nieuwe mogelijkheden kan putten.

Ik zou liegen als ik zei dat ik nooit rechten was gaan studeren of openbaar aanklager was geworden als ik wel verwacht had kinderen te krijgen. Het is een veeleisende baan die je mee naar huis neemt en waarvan je je niet even vrijmaakt voor een kleutervoetbalwedstrijd of kersttoneelstukje. Eerlijk gezegd heb ik mijn werk altijd heerlijk gevonden, en ik identificeer mezelf ermee. *Hallo, ik ben Nina Frost, hulpofficier van justitie.* Maar ik ben ook Nathaniels moeder, en dat label zou ik voor geen goud willen missen. Er is geen meerderheidsaandeel, ik besta uit twee gelijke helften. Maar in tegenstelling tot ouders die 's nachts wakker liggen van angst over wat er met hun kind kan gebeuren, heb ik de mogelijkheid er iets aan te doen. Ik ben een van de vijftig advocaten van justitie die belast zijn met het veilig maken van de staat Maine voordat Nathaniel er zijn weg gaat zoeken.

Nu raak ik zijn voorhoofd aan – het is koel – en ik glimlach. Met mijn vinger volg ik de lichte welving van zijn hals en de omtrek van zijn lippen. In zijn slaap slaat hij mijn hand weg en verbergt zijn vuisten onder de dekens. 'Hé,' fluister ik in zijn oor. 'We moeten opschieten.' Als hij zich niet verroert, trek ik de dekens weg en stijgt de doordringende ammoniaklucht van urine op uit de matras.

Niet vandaag. Maar ik glimlach, zoals als de dokter voorschrijft wanneer mijn vijfjarige zoon, die al drie jaar zindelijk is, dit soort ongelukjes krijgt. Als hij zijn ogen opendoet – Calebs ogen, bruin, sprankelend en zo onweerstaanbaar dat mensen me vroeger op straat aanhielden om met mijn baby in zijn wandelwagen te spelen – zie ik heel even zijn angst dat hij gestraft zal worden. 'Nathaniel,' zeg ik zuchtend, 'die dingen gebeuren nu eenmaal.' Ik help hem uit bed en begin zijn vochtige pyjama uit te trekken, maar hij verzet zich hevig.

Ik deins terug als een wilde uithaal op mijn slaap terechtkomt. 'Jezus, Nathaniel!' snauw ik. Maar het is niet zijn schuld dat ik te laat ben; het is niet zijn schuld dat hij in bed heeft geplast. Ik haal diep adem en trek het nachtgoed over zijn enkels. 'Laten we je eerst maar eens wassen, oké?' zeg ik op zachtere toon, en gelaten glijdt zijn hand in de mijne.

Mijn zoon is doorgaans vrolijk van aard. Hij hoort muziek in het gesmoorde verkeerslawaai en spreekt de taal van de schildpadden. Hij klautert liever dan hij loopt. Hij beziet de wereld met de eerbied van een dichter. De jongen die me nu lusteloos aankijkt boven de rand van het bad herken ik bijna niet.

'Ik ben niet boos op je.' Nathaniel slaat zijn ogen neer. 'Iedereen heeft weleens een ongelukje. Weet je nog dat ik vorig jaar met de auto over je fiets heen reed? Je was kwaad, maar je wist dat ik het niet met opzet had gedaan. Toch?' Ik kan het evengoed tegen een van Calebs granietblokken hebben. 'Goed, als je niet meer met me wilt praten...' Maar ook dat kan hem niet tot een reactie bewegen. 'Weet je wat? Je mag vandaag je Disney World-sweatshirt aan. Dat is twee dagen achter elkaar.'

Als het aan hem lag, droeg Nathaniel het elke dag. Op zijn kamer haal ik alle laden overhoop, maar vind het uiteindelijk tussen de lakens die in een hoop op de vloer liggen. Hij grist het eruit en wil het over zijn hoofd trekken.

'Wacht even,' zeg ik, en ik neem het hem af. 'Ik weet dat ik het beloofd heb, maar het zit onder de pies. Dit kun je niet naar school aan. Het moet eerst gewassen worden.' Nathaniels onderlip begint te trillen, en ineens ben ik – de gehaaide onderhandelaar – bereid tot handjeklap. 'Lieverd, ik beloof je dat ik het vanavond zal wassen. Maar nu heb ik even je hulp nodig. We moeten snel ontbijten zodat we op tijd kunnen vertrekken. Goed?'

Tien minuten later zijn we het eens dankzij mijn volledige overgave. Nathaniel heeft het Disney World-sweatshirt aan dat met de hand is gewassen, snel door de droger is gehaald en met huisdierdeodorant is besproeid. Misschien is juf Lydia er allergisch voor; misschien ziet niemand de vlek boven Mickeys brede glimlach. Ik houd twee dozen met ontbijtvlokken op.

'Welke?' Nathaniel haalt zijn schouders op. Ik begin bijna te geloven dat zijn zwijgzaamheid niets met schaamte heeft te maken, maar dat hij er een slaatje uit wil slaan. En het werkt nog ook.

Ik zet hem aan de keukenbar met een kom Cheerio's (honing/noten) terwijl ik zijn lunch inpak. 'Noedels,' zeg ik opgewekt, in een poging hem op te vrolijken. 'En wat hebben we hier? Een kippenpootje! Drie Oreo's... En ook selderijstengels zodat juf Lydia niet tegen mama over gezonde voeding begint te zeuren. Zo.' Ik doe de lunchbox dicht en stop hem in Nathaniels rugzak, pak een banaan voor mijn eigen ontbijt en check vervolgens de klok op de magnetron. Ik geef Nathaniel nog twee aspirientjes – voor die ene keer kan het geen kwaad en Caleb komt het nooit te weten. 'Oké,' zeg ik, 'we moeten weg.'

Nathaniel trekt langzaam zijn sneakers aan en steekt zijn voet naar me uit om zijn veters te laten vastknopen. Hij kan zelf zijn fleecejack dichtritsen en zijn rugzak omdoen, die gigantisch lijkt op zijn smalle rug. Van achteren doet hij me denken aan Atlas die de wereld op zijn schouders torst.

In de auto laat ik Nathaniels lievelingscassette horen – het *White Album* van The Beatles – maar zelfs 'Rocky Raccoon' kan hem niet opvrolijken. Kennelijk is hij met het verkeerde been uit bed gestapt – het natte bed, denk ik met een zucht. Een stemmetje in me zegt dat ik dankbaar moet zijn dat het over een kwartier het probleem van iemand anders zal zijn.

In de achteruitkijkspiegel zie ik dat Nathaniel met de riem van zijn rugzak zit te spelen en deze in tweeën en drieën vouwt. We komen bij het stopteken aan de voet van de heuvel. 'Nathaniel,' fluister ik, net luid genoeg om boven het gebrom van de motor hoorbaar te zijn. Wanneer hij opkijkt, kijk ik scheel en steek mijn tong uit.

Langzaam verschijnt er een glimlach op zijn gezicht, de langzame glimlach van zijn vader.

Op het dashboard zie ik dat het 7:56 is. Vier minuten voor op het schema.

Het gaat beter dan ik had verwacht.

Caleb Frost ziet het zo: je bouwt een muur om iets ongewensts buiten te sluiten of iets kostbaars binnen te houden. Hij denkt er vaak aan als hij aan het werk is en glinsterend graniet en bonkig kalksteen op en aan elkaar metselt: een dikke, rechte, driedimensionale puzzel langs de rand van een gazon. Hij denkt graag aan de gezinnen binnen de vesting die hij construeert: afgescheiden, veilig, beschermd. Natuurlijk is het belachelijk. Zijn stenen muren reiken nauwelijks tot de heup en hebben niets met vestingen te maken. Er zitten grote openingen in voor opritten, paden en wijnstokken. Maar elke keer dat hij langs een constructie rijdt die hij eigenhandig heeft gebouwd, stelt hij zich voor dat ouders en kinderen aan het avondmaal zitten en omsloten worden door veiligheid en harmonie. Dat zijn stenen funderingen de basis hebben gelegd voor emotionele fundamenten.

Hij staat aan de rand van het terrein van de Warrens, samen met Fred, hun aannemer. Iedereen wacht op Calebs presentatie. Nu staat het land vol met berken en esdoorns, waarvan sommige zijn gemarkeerd om de mogelijke ligging van het huis en het rioolsysteem aan te geven. Meneer en mevrouw Warren staan dicht bij elkaar. Zij is zwanger. Haar buik raakt de heup van haar man.

'Goed,' begint Caleb. Hij moet deze mensen ervan overtuigen dat ze een stenen muur om hun huis nodig hebben in plaats van het twee meter hoge hek dat ze eveneens overwegen. Maar woorden zijn niet zijn specialiteit, dat is meer iets voor Nina. Fred naast hem schraapt waarschuwend zijn keel.

Caleb kan dit echtpaar niet naar de mond praten. Hij kan alleen zien wat voor hen in het verschiet ligt: een wit huis in koloniale stijl met een beschutte veranda. Een labrador die achter vlinders aan springt. Een perk met bloembollen die volgend jaar tulpen zullen zijn. Een klein meisje dat op een driewieler met wapperende wimpels aan de handvatten de oprit afrijdt, totdat ze de barrière bereikt die Caleb heeft geschapen – de grens, zoals haar is gezegd, tot waar ze veilig is.

Hij ziet zichzelf werken aan deze plek en een solide fundament creëren op een stuk land waar eerder niets heeft gestaan. Hij ziet dit gezin, dat tegen die tijd met z'n drieën is, binnen zijn muren genesteld. 'Mevrouw Warren,' vraagt Caleb glimlachend wanneer hij eindelijk de juiste woorden heeft gevonden. 'Wanneer verwacht u de baby?'

Op de speelplaats staat Lettie Wiggs achteraf in een hoekje te huilen. Dat doet ze zo vaak. Ze beweert dat Danny haar heeft gestompt, hoewel ze alleen maar wil dat juf Lydia naar haar toe komt rennen. Danny weet het, juf Lydia weet het, iedereen weet het behalve Lettie, die maar blijft huilen alsof ze er beter van kan worden.

Hij loopt langs haar heen. Ook langs Danny, die Danny niet meer is, maar een zeerover die zich na een schipbreuk aan een kist heeft vastgeklampt.

'Hoi, Nathaniel,' zegt Brianna. 'Moet je kijken.' Ze zit gehurkt achter de houten schuur met de voetballen die zo zacht zijn als rijpe meloenen en met de speelgoedbulldozer waarin je maar vijf minuten mag zitten voordat er een ander aan de beurt is. Een spin heeft een zilverkleurig web geweven vanaf het hout tot het hek erachter. In de zijdeachtige draden is iets vastgeknoopt.

'Dat is een vlieg.' Cole duwt zijn bril over zijn neus omhoog. 'De spin heeft hem ingepakt voor zijn avondeten.'

'Gadver,' zegt Brianna, maar ze buigt zich ernaar toe.

Nathaniel staat erbij met zijn handen in zijn zakken. Hij denkt aan de vlieg, hoe die in het web vloog en vast kwam te zitten, net als die keer dat hijzelf afgelopen winter in een sneeuwbank terechtkwam en zijn laars verloor in de modder op de bodem. Hij vraagt zich af of de vlieg nu net zo angstig is als hij toen hij zonder laars door de sneeuw had gelopen en bang was voor wat zijn moeder zou zeggen. Waarschijnlijk had de vlieg gewoon besloten even rust te nemen. Waarschijnlijk was hij even gestopt om naar de zon te kijken die er door het web uitzag als een regenboog, en had de spin hem te pakken voordat hij kon wegkomen.

'Wedden dat ze eerst zijn hoofd opeet?' zegt Cole.

Nathaniel stelt zich voor hoe de vleugels van de vlieg door de draden stevig op zijn rug zijn vastgeklemd. Hij heft zijn hand en slaat het web kapot. Dan loopt hij weg.

Brianna is woedend. 'Hé!' schreeuwt ze. En dan: '*Juf Lydia!*'

Maar Nathaniel luistert niet. Hij kijkt op naar de bovenbalken van de schommels en het klimrek met de glijbaan die glanst als het lemmet van een mes. Het rek steekt een paar centimeter boven de glijbaan uit. Hij pakt de treden van de houten ladder vast en begint te klimmen.

Juf Lydia ziet hem niet. Vanonder zijn sneakers valt een regen van grind en zand naar beneden, maar hij blijft in evenwicht. Hier boven is hij nog groter dan zijn vader. Hij bedenkt dat er in de wolk achter hem misschien wel een engel ligt te slapen.

Nathaniel sluit zijn ogen en springt, met zijn armen langs zijn zij gedrukt, net als de vleugels van de vlieg. Hij probeert niet zijn val te breken, maar laat zich gewoon neerkomen, want het doet minder pijn dan al het andere.

'De beste croissants,' zegt Peter Eberhardt alsof we midden in een gesprek zitten, hoewel ik net naast hem bij de koffieautomaat ben komen staan.

'De Rive Gauche in Parijs,' antwoord ik. Eigenlijk hadden we wel midden in een gesprek kunnen zitten, alleen zet dit zich al jaren voort.

'En iets dichter bij huis?'

Daar moet ik even over nadenken. 'Mamie's.' Dat is een eetgelegenheid in Springvale. 'Slechtste kapsel?'

Peter lacht. 'Dat van mij op een klassenfoto toen ik dertien was.'

'Slechtste kapper, bedoel ik eigenlijk.'

'O, oké. Degene bij wie Angeline zich laat permanenten.' Hij duwt me een beker koffie in de hand, maar ik moet zo lachen dat er wat over de rand gutst. Angeline is de griffier van het South District Court, en haar coiffure heeft veel weg van een portie vlinder-pasta die op haar hoofd is gedrapeerd.

Het is een spel tussen Peter en mij. Het begon toen we allebei hulpofficieren in het West District waren en we onze tijd tussen Springvale en York verdeelden. In Maine kunnen beklaagden zich voor de rechtbank schuldig of onschuldig verklaren, of een gesprek met de openbare aanklager aanvragen. Peter en ik zaten dan tegenover elkaar aan een bureau die aanvragen uit te spelen als azen in een spelletje poker. *Doe jij die verkeersovertreding maar, ik ben er spuugzat van. Oké, maar dat betekent dat jij die huisvredebreuk krijgt.* Ik zie Peter veel minder vaak nu we allebei met zware misdrijven in een hoger gerechtshof zijn belast, maar hij is nog steeds degene met wie ik me het meest verwant voel.

'Beste citaat van de dag?'

Het is pas halfelf, dus het beste kan nog komen. Maar ik zet mijn advocatengezicht op en kijk Peter ernstig aan terwijl ik hem een instantversie geef van mijn slotpleidooi in de verkrachtingszaak. 'In feite, dames en heren, is er maar één daad die verachtelijker en ook gewelddadiger zou zijn dan wat deze man heeft gedaan, en dat is hem vrij te spreken, zodat hij het opnieuw kan doen.'

Peter fluit door het spleetje tussen zijn voortanden. 'Je gaat helemaal voor het theater, hè?'

'Daar word ik goed voor betaald.' Ik roer creamer door mijn koffie en zie het samenklonteren op het oppervlak. Op de een of andere manier doet het me denken aan het autowrak met de hersenresten. 'Hoe gaat het met die zaak over huiselijk geweld?'

'Begrijp me niet verkeerd, maar ik heb het helemaal gehad met slachtoffers. Ze zijn zo...'

'Zielig?' zeg ik droog.

'Precies!' Peter zucht. 'Zou het niet prettig zijn zo'n zaak te kunnen behandelen zonder al die emotionele bagage?'

'Dan kun je net zo goed advocaat van de tegenpartij worden.' Ik neem een slok koffie en zet de beker neer. 'Weet je, het liefst heb ik een zaak zonder ook maar één slachtoffer.'

Peter lacht. 'Arme Nina. Heb je straks niet een hoorzitting over die competentiekwestie?'

'Ja, en?'

'Elke keer dat je Fisher Carrington moet aankijken zie je eruit als... als ik op die klassenfoto. Op het punt om dodelijk vernederd te worden.'

Als openbare aanklagers hebben we een schrale relatie met de plaatselijke strafpleiters. Voor de meesten kunnen we nog wel respect opbrengen, want ze doen tenslotte gewoon hun werk. Maar Carrington is een ander verhaal. Opgeleid op Harvard, zilvergrijs haar, statig en waardig. Hij is de gedistingeerde oudere heer die vaderlijke adviezen geeft. Hij is het soort man die jury's over het algemeen willen geloven. Het is ons allemaal weleens overkomen: we stapelen het ene harde bewijs op het andere voor zijn Paul Newman-blauwe ogen en veelbetekenende glimlach, en de beklaagde geeft ons het nakijken.

Onnodig te zeggen dat we Fisher Carrington haten.

Dat ik het bij de hoorzitting tegen hem moet opnemen is als in de hel komen en ontdekken dat er alleen rauwe lever te eten is: de ene vernedering na de andere.

In juridische zin wordt competentie gedefinieerd als het vermogen om zodanig te communiceren dat degene die de feiten verzamelt het kan begrijpen. Een hond mag dan drugs kunnen opsporen, hij kan niet getuigen. Als kinderen het middelpunt zijn in een zaak over seksueel misbruik – waarbij de verdachte niet heeft bekend – is er maar één manier om tot een veroordeling te komen en dat is door het kind zelf te laten getuigen. Maar voordat zoiets gebeurt, moet de rechter vaststellen dat de getuige kan communiceren, het verschil weet tussen waarheid en leugen, en ook beseft dat je voor de rechtbank de waarheid moet vertellen. Dus als ik een zaak van seksueel misbruik aanhangig maak waarbij een kind is betrokken, dien ik automatisch een verzoek tot een competentiezitting in.

Stel dat je vijf jaar oud bent en de moed hebt opgebracht om tegen je moeder te zeggen dat je vader je elke avond verkracht, ook al heeft hij gedreigd je te vermoorden als je er iets van zei. Dan moet je naar een rechtszaal die je zo groot lijkt als een voetbalstadion. Je moet antwoorden op de vragen van een openbare aanklager. En dan moet je antwoord geven op de vragen die een vreemde op je afvuurt, een advocaat die je zo in de war maakt dat

25

je begint te huilen en hem vraagt ermee op te houden. En omdat elke beklaagde het recht heeft zijn aanklager aan te kijken, gebeurt dat allemaal terwijl je vader je op een paar meter afstand zit aan te staren.

Dan kunnen er twee dingen gebeuren. Of je wordt niet competent bevonden om als getuige te worden gehoord, wat inhoudt dat de rechter je naar huis stuurt en je niet meer hoeft terug te komen, al heb je nog wekenlang nachtmerries over die advocaat met al die afschuwelijke vragen en over de blik op het gezicht van je vader. Waarschijnlijk zal het misbruik dan gewoon doorgaan. Of je wordt competent bevonden en gebeurt het allemaal opnieuw, maar nu terwijl tientallen mensen naar je kijken.

Ik mag dan openbaar aanklager zijn, ik ben ook de eerste om toe te geven dat je in het Amerikaanse rechtssysteem geen recht krijgt als je niet op een bepaalde manier kunt communiceren. Ik heb talloze zaken van seksueel misbruik behandeld en honderden kinderen in de getuigenbank gezien. Ik ben zo'n aanklager geweest die net zo lang duwt en trekt totdat ze met tegenzin de droomwereld loslaten die ze hebben gecreëerd om de waarheid te verdringen. En dat alles om een veroordeling te krijgen. Ik weet hoe traumatiserend een competentiezitting voor een kind kan zijn. Zelfs als ik die win, kan niemand me ervan overtuigen dat het kind daarmee geholpen is.

Zoals de meeste advocaten behandelt Fisher Carrington kinderen met respect wanneer ze op hun hoge kruk in de getuigenbank zitten. Hij probeert ze niet in de war te brengen en gedraagt zich als een opa die lolly's geeft als ze de waarheid vertellen. Van twee zaken waarin we tegenover elkaar stonden, wist hij in de eerste het kind tot incompetente getuige te laten verklaren. In de tweede wist ik zijn cliënt veroordeeld te krijgen.

De beklaagde bracht drie jaar in de cel door.

Zijn slachtoffer zeven jaar in therapie.

Ik kijk op naar Peter. 'Zaak met het gunstigste scenario,' daag ik hem uit.

'Hè?'

'Precies,' zeg ik zacht. 'Dat bedoel ik.'

Rachel was vijf toen haar ouders uit elkaar gingen. Het was zo'n scheiding met geheime bankrekeningen, veel gescheld over en weer, en potten verf die 's nachts over de oprit werden uitgestort. Een week later zei Rachel tegen haar moeder dat haar vader altijd zijn vinger in haar vagina stak.

Ze vertelde me dat ze die ene keer een Kleine-Zeermeerminnachtpon droeg en Froot Loops aan de keukentafel zat te eten. Een andere keer had ze een roze Assepoesternachtpon aan en zat ze in de slaapkamer van haar ouders naar een *Franklin*-video te kijken. Miriam, Rachels moeder, heeft bevestigd dat haar dochter zowel een Kleine-Zeemeermin- als een Assepoesternachtpon had toen ze drie jaar oud was. Ze herinnert zich dat ze de *Franklin*-video van haar schoonzusje had geleend. In die tijd waren haar man en zij nog bij elkaar. Het kwam toen weleens voor dat ze haar man alleen liet met hun kleine meid.

Veel mensen zullen zich afvragen hoe een vijfjarig meisje zich in hemelsnaam kan herinneren wat er met haar gebeurde toen ze drie was. Nathaniel weet niet eens meer wat hij *gisteren* heeft gedaan. Maar zij hebben Rachel niet steeds weer hetzelfde verhaal horen vertellen. Zij hebben niet met de psychiaters gepraat die zeggen dat een traumatische gebeurtenis als een doorn in een kinderkeel blijft steken. Zij zien niet – en ik wel – hoe Rachel is opgebloeid sinds haar vader uit haar leven is verdwenen. Maar toch, hoe kan ik de wereld van welk kind dan ook inschatten? Stel dat de man die veroordeeld wordt het werkelijke slachtoffer is?

Vandaag zit Rachel in mijn bureaustoel rondjes te draaien. Haar vlechten reiken tot op haar schouders en haar beentjes lijken wel luciferhoutjes. Dit is niet de beste plek om rustig te praten, maar dat is het nooit in mijn kantoor waar politiemannen in- en uitlopen. En natuurlijk kiest de secretaresse die ik met de andere hulpofficieren deel dit moment uit om een dossier op mijn bureau te leggen.

'Gaat het lang duren?' vraagt Miriam, die haar blik niet van haar dochter afwendt.

'Ik hoop het niet,' zeg ik. Dan begroet ik Rachels oma die tijdens de hoorzitting op de publieke tribune zal zitten om haar kleindochter emotioneel te ondersteunen. Miriam wordt daar niet toegelaten omdat ze zelf getuige is. Nog zoiets: het kind in de getuigenbank heeft niet eens het veilige gevoel dat haar moeder bij haar is.

'Is dit echt nodig?' vraagt Miriam voor de honderdste keer.

'Ja,' zeg ik toonloos, en ik kijk haar recht aan. 'Uw ex-man heeft ons aanbod van een schuldbekentenis met strafvermindering afgeslagen. Dat betekent dat Rachels getuigenverklaring het enige middel is om te bewijzen dat het is gebeurd.' Ik kniel voor Rachel neer en houd de draaistoel stil. 'Zal ik je eens wat zeggen?' beken ik. 'Als de deur dicht is draai ik ook wel eens rondjes.'

Rachel vouwt haar armen om een knuffelbeest. 'Word je dan duizelig?'

'Nee, dan doe ik alsof ik vlieg.'

De deur gaat open, en Patrick, mijn aloude vriend, steekt zijn hoofd naar binnen. Hij is keurig in het pak in plaats van in zijn gebruikelijke rechercheurskloffie. 'Hé, Nina. Heb je gehoord dat het postkantoor de postzegelserie Beroemde Strafpleiters moest terugnemen? De mensen wisten niet op welke kant ze moesten spugen.'

'Rechercheur Ducharme,' zeg ik afgemeten, 'ik ben nu even bezig.'

Hij bloost, waardoor zijn ogen nog blauwer lijken. Vroeger pestte ik hem er altijd mee. Toen we ongeveer Rachels leeftijd hadden, wist ik hem ervan te overtuigen dat zijn ogen blauw waren omdat er lucht in zijn schedel zat in plaats van hersenen.

'Sorry, dat wist ik niet.' Meteen heeft hij de vrouwen in het vertrek voor zich ingenomen. Als hij wilde zouden ze op zijn verzoek ter plekke een koprol maken. Maar Patrick zou zoiets nooit willen.

'Mevrouw Frost,' zegt hij formeel, 'gaat onze bespreking van vanmiddag nog door?'

Onze bespreking is een al heel lang bestaande wekelijkse lunchafspraak in een eenvoudig eetcafé in Sanford.

'Die gaat door.' Ik brand van nieuwsgierigheid om te horen waarom Patrick er zo piekfijn uitziet en wat hem naar dit gerechtsgebouw heeft gebracht. Een rechercheur van Biddeford verwacht je eerder in de districtsrechtbank. Maar het zal even moeten wachten. Wanneer Patrick de deur achter zich heeft dichtgedaan, wend ik me weer tot Rachel. 'Ik zie dat je vandaag een vriendje hebt meegebracht. Volgens mij ben jij de eerste die een nijlpaard aan rechter McAvoy wil laten zien.'

'Ze heet Louise.'

'Mooie naam. En je haar zit ook heel mooi.'

'Ik heb vanochtend pannenkoeken gegeten,' zegt Rachel.

Ik werp Miriam een goedkeurende blik toe. Het is van het grootste belang dat Rachel goed heeft ontbeten. 'Het is tien uur. We moeten weg.'

Er staan tranen in Miriams ogen als ze voor Rachel neerhurkt. 'Nu moet mama even buiten wachten,' zegt ze. Ze doet haar uiterste best niet te huilen, maar in haar stem klinkt de pijn door.

Toen Nathaniel twee was, brak hij zijn arm. Ik was bij hem toen op de eerstehulp de arm werd gezet en in het gips werd gelegd. Hij was heel dapper en heeft geen kik gegeven, maar zijn vrije hand greep de mijne zo krampachtig vast dat zijn nagels halvemaantjes in mijn handpalm achterlieten. Al die tijd dacht ik eraan dat ik met liefde mijn eigen arm zou breken als ik daarmee de pijn van mijn zoon kon verzachten.

Rachel is een betrekkelijk gemakkelijk kind. Ze is nerveus, maar niet bang. Miriam heeft de juiste beslissing genomen. Ik zal dit voor allebei zo pijnloos mogelijk maken.

'Mama,' zegt Rachel, wanneer de werkelijkheid als een orkaan op haar af stormt. Haar nijlpaard valt op de vloer. Er is geen andere manier om het te beschrijven: ze probeert in haar moeder te kruipen.

Ik loop mijn kantoor uit en sluit de deur, want ik heb werk te doen.

'Meneer Carrington,' vraagt de rechter, 'waarom zetten we een vijfjarig kind in de getuigenbank? Is er geen andere manier om deze zaak op te lossen?'

Fisher slaat zijn benen over elkaar en trekt lichtjes zijn wenkbrauwen op. Hij is een meester in gezichtsuitdrukkingen. 'Edelachtbare, ik ben wel de laatste die deze zaak wil continueren.'

Ach, is het heus?

'Maar mijn cliënt kan het aanbod van het OM niet accepteren. Vanaf de eerste dag dat hij op mijn kantoor kwam, heeft hij de beschuldigingen ontkend. Bovendien heeft het OM geen fysieke bewijzen en geen getuigen... Het enige wat mevrouw Frost heeft is een kind met een moeder die er alles voor overheeft om haar ex-man te vernietigen.'

'Het kan ons niet schelen of hij al dan niet de cel ingaat, edelachtbare,' interrumpeer ik. 'We willen alleen dat hij zijn voogdij en bezoekrecht opgeeft.'

'Mijn cliënt is Rachels biologische vader. Hij denkt dat het kind tegen hem is opgezet en is niet bereid zijn ouderlijke rechten prijs te geven op een dochter die hij liefheeft en koestert.'

Blablabla. Ik luister niet eens. Dat hoeft ook niet. Fisher heeft zijn hele verhaal al tegen mij gehouden toen hij belde om mijn aanbod af te wijzen.

'Goed dan,' zegt rechter McAvoy zuchtend. 'Laat haar maar komen.'

De enige aanwezigen in de rechtszaal zijn Rachel, haar oma, de rechter, Fisher, de beklaagde en ik. Rachel zit naast haar grootmoeder aan de staart van haar knuffelnijlpaard te draaien. Ik breng haar naar de getuigenbank, maar als ze gaat zitten, kan ze niet over de rand heen kijken.

Rechter McAvoy zegt tegen de griffier: 'Roger, ga even achter kijken of je een kruk voor Rachel kunt vinden.'

Het duurt een paar minuten voordat we kunnen beginnen.

'Hallo, Rachel. Hoe gaat het met je?' vraag ik.

'Goed,' zegt ze op bedeesde fluistertoon.

'Mag ik dichter bij de getuige komen, edelachtbare?' Van dichtbij zal ik minder bedreigend overkomen. Ik blijf zo breed glimlachen dat mijn kaken er pijn van doen. 'Kun je me je volledige naam zeggen, Rachel?'

'Rachel Elizabeth Marx.'

'En hoe oud ben je?'

'Vijf.' Ze houdt vijf vingers op om het te benadrukken.

'Heb je een partijtje gehad op je verjaardag?'

'Ja.' Rachel aarzelt en voegt er dan aan toe: 'Een prinsessenfeest.'

'Dat is vast heel leuk geweest. Heb je cadeautjes gekregen?'

'Ja, de barbie die kan rugzwemmen.'

'Wie wonen er bij je, Rachel?'

'Mama,' zegt ze, maar haar ogen glijden naar de tafel van de verdediging.

30

'Woont er nog iemand anders bij je?'

'Nu niet meer,' fluistert ze.

'Woonde er vroeger nog iemand anders bij je?'

Rachel knikt. 'Papa.'

'Ga je naar school, Rachel?'

'Ik zit in de klas van mevrouw Montgomery.'

'Moet je je daar aan regels houden?'

'Ja. Je mag niet slaan en je moet je hand opsteken als je iets wilt zeggen en je mag niet tegen de glijbaan opklimmen.'

'Wat gebeurt er als je je niet aan die regels houdt?'

'Dan wordt de juf boos.'

'Begrijp je het verschil tussen liegen en de waarheid zeggen?'

'De waarheid is als je vertelt wat er gebeurd is en je liegt als je iets verzint.'

'Heel goed. En de regel in deze rechtszaal is dat je de waarheid moet zeggen als we je iets vragen. Je mag niets verzinnen. Begrijp je dat?'

'Ja.'

'Wat gebeurt er als je liegt tegen je moeder?'

'Dan wordt ze boos.'

'Kun je beloven dat je vandaag alleen de waarheid zult vertellen?'

'Oké.'

Ik haal diep adem. De eerste hindernis is genomen. 'Rachel, die meneer daar met het grijze haar is meneer Carrington. Hij wil je ook een paar vragen stellen. Vind je dat goed?'

'Oké,' zegt Rachel, maar nu wordt ze nerveus. Op dit deel kon ik haar niet voorbereiden omdat ik zelf niet weet hoe het zal verlopen.

Fisher staat op, een en al vaderlijke bescherming uitstralend. 'Hallo, Rachel.'

Ze knijpt haar ogen wantrouwend samen. *Goed zo, meidje.* 'Hallo.'

'Hoe heet dat beertje van je?'

'Het is een nijlpaard.' Rachel zegt het met de verachting van een kind voor een volwassene die niet begrijpt dat de emmer op haar hoofd een ruimtehelm is.

31

'Ken je de man die naast me aan tafel zit?'

'Dat is mijn papa.'

'Heb je je papa de laatste tijd nog gezien?'

'Nee.'

'Maar je weet nog wel dat jij en papa en mama samen in hetzelfde huis woonden?' Fisher heeft zijn handen in zijn zakken gestoken. Zijn stem is fluweelzacht.

'Ja.'

'Hebben mama en papa in dat huis veel ruziegemaakt?'

'Ja.'

'En toen is papa weggegaan?'

Rachel knikt, maar herinnert zich dan dat ze me had beloofd alle antwoorden hardop uit te spreken. 'Ja,' mompelt ze.

'Toen papa niet meer thuis woonde, heb je iemand verteld dat er iets met je gebeurd was... Iets wat met je papa te maken had, is het niet?'

'Uh-huh.'

'Heb je iemand verteld dat papa je plasplekje had aangeraakt?'

'*Ja.*'

'Aan wie heb je dat verteld?'

'Aan mama.'

'Wat deed mama toen je dat zei?'

'Ze huilde.'

'Weet je nog hoe oud je was toen papa je daar aanraakte?'

Rachel kauwt op haar lip. 'Ik was toen nog heel klein.'

'Ging je al naar school?'

'Dat weet ik niet.'

'Weet je nog of het koud buiten was of warm?'

'Eh... weet ik niet.'

'Weet je nog of het buiten licht was of donker?'

Rachel schudt van nee en schuift heen en weer op haar kruk.

'Was mama thuis?'

'Weet ik niet,' fluistert ze.

De moed zakt me in de schoenen. Op dit punt gaan we haar kwijtraken.

'Je zei dat je naar *Franklin* zat te kijken. Was dat op tv of was het een video?'

32

Rachel heeft nu geen oogcontact meer met Fisher of met een van ons. 'Weet ik niet.'

'Dat geeft niet, Rachel,' zegt Fisher kalm. 'Het valt soms niet mee om je iets te herinneren.'

Achter de aanklagerstafel rol ik met mijn ogen.

'Rachel, heb je met je mama gesproken voordat je naar de rechtbank kwam?'

Eindelijk iets wat ze weet. Rachel heft met een trotse glimlach haar hoofd op. 'Ja!'

'Heb je er vanochtend voor het eerst met je mama over gepraat of je naar de rechtbank zou komen?'

'Nee.'

'Heb je Nina al eerder dan vandaag ontmoet?'

'Uh-huh.'

Fisher glimlacht. 'Hoeveel keer heb je met haar gepraat?'

'Een heleboel keer.'

'Een heleboel keer. Heeft ze je verteld wat je moest zeggen als je hier was?'

'Ja.'

'Heeft ze je verteld dat je moest zeggen dat papa je had aangeraakt?'

'Ja.'

'Heeft mama je verteld dat je moest zeggen dat papa je had aangeraakt?'

Rachel knikt. Haar vlechtjes dansen op haar schouders. 'Uh-huh.'

Ik ben al bezig mijn dossier over deze zaak te sluiten. Ik weet waar Fisher op uit is en wat hij heeft aangericht.

'Rachel,' zegt hij, 'heeft mama verteld wat er zou gebeuren als je hier vandaag zei dat papa je op dat plekje heeft aangeraakt?'

'Ja, ze zei dat ze trots op me zou zijn.'

'Dank je wel, Rachel,' zegt Fisher, en hij gaat zitten.

Tien minuten later staan Fisher en ik in het kantoor van de rechter.

'Mevrouw Frost, ik suggereer niet dat u het kind woorden in de mond hebt gelegd,' zegt de rechter. 'Maar wel dat ze gelooft dat ze doet wat u en haar moeder willen.'

'Edelachtbare...' begin ik.

'Mevrouw Frost, de loyaliteit van een kind jegens haar moeder is veel sterker dan haar loyaliteit jegens een eedaflegging. Onder deze omstandigheden zou een mogelijke veroordeling trouwens nietig kunnen worden verklaard.' Hij kijkt me niet zonder sympathie aan. 'Misschien ziet het er over zes maanden anders uit, Nina.' De rechter schraapt zijn keel. 'Naar mijn oordeel is de getuige niet geschikt om voor de rechtbank gehoord te worden. Heeft het OM nog een andere motie met betrekking tot deze zaak?'

Ik voel Fishers ogen op me gericht, meelevend in plaats van triomfantelijk, en dat maakt me woedend. 'Ik zal met moeder en kind moeten praten, maar ik denk dat het OM een verzoek tot niet-ontvankelijkverklaring zonder voorbehoud zal indienen.' Het betekent dat we de zaak opnieuw aanhangig zullen maken als Rachel ouder is. Misschien heeft Rachel daar de moed niet voor. Of misschien wil haar moeder verder met haar leven en het verleden laten rusten. Ik weet dat de rechter dat ook weet, maar geen van ons beiden kan er iets aan doen. Zo werkt het systeem nu eenmaal.

Fisher Carrington en ik lopen het kantoor uit. 'Dank u, mevrouw,' zegt hij, en ik zeg niets terug. Als elkaar afstotende tegenpolen gaan we elk een andere richting uit.

De redenen waarom ik kwaad ben. 1) Ik heb verloren. 2) Ik werd verondersteld aan Rachels kant te staan, maar ik heb haar niet geholpen. Tenslotte ben ik degene die haar een competentiezitting heb laten doormaken en het was allemaal tevergeefs.

Maar niets daarvan is van mijn gezicht af te lezen als ik me naar Rachel buig die in mijn kantoor zit te wachten. 'Je bent vandaag heel dapper geweest. Ik weet dat je de waarheid hebt verteld. Ik ben trots op je, en mama is ook trots op je. Je hebt het zo goed gedaan dat je het nooit opnieuw hoeft te doen.' Ik kijk haar daarbij recht in de ogen, zodat ze weet dat ik het meen, dat ze deze lof heeft verdiend. 'Nu moet ik met je moeder praten, Rachel. Wil je even buiten bij oma wachten?'

Nog voordat Rachel de deur achter zich heeft dichtgetrokken, vraagt Miriam wanhopig: 'Wat is daarbinnen in godsnaam gebeurd?'

'De rechter heeft Rachel niet competent bevonden.' Ik vertel over de getuigenverklaring die ze niet heeft gehoord. 'Het betekent dat we uw ex-man niet kunnen vervolgen.'

'Hoe moet ik haar dan beschermen?'

Ik leg mijn handen op mijn bureau en klamp me vast aan de rand. 'U hebt een advocaat die u in uw scheiding bijstaat, mevrouw Marx. En ik wil hem met liefde voor u bellen. Bovendien is er nog steeds een onderzoek van de kinderbescherming gaande. Misschien kunnen zij iets doen om de bezoeken te beperken of er toezicht op te houden, maar het feit blijft dat we hem op dit moment niet strafrechtelijk kunnen vervolgen. Misschien wel als Rachel ouder is.'

'Maar dan heeft hij het haar talloze keren opnieuw aangedaan.'

Ik kan hier niets op zeggen, want het is waarschijnlijk zo.

Miriam stort voor mijn ogen in. Ik heb het zo vaak meegemaakt. Sterke moeders die het gewoon begeven. Ze wiegt heen en weer met haar armen strak om haar lichaam geklemd.

'Mevrouw Marx... Als ik iets voor u...'

'Wat zou u in mijn plaats doen?' zegt ze gesmoord.

'Dit hebt u niet van mij,' zeg ik zacht. 'Maar ik zou weggaan en Rachel meenemen.'

Enkele minuten later zie ik door het raam Miriam Marx in haar handtas zoeken. Haar autosleutels, denk ik. En mogelijk ook haar uiteindelijke besluit.

Er zijn veel dingen die Patrick in Nina aantrekkelijk vindt, maar haar grootste kracht is de manier waarop ze haar entree maakt. *Performance*, noemde zijn moeder het altijd als Nina de keuken van de Ducharmes binnenwervelde, een koekje uit de trommel nam en dan bleef staan alsof ze iemand de kans wilde geven het van haar af te pakken. Ook al is zijn rug naar de deur toegekeerd, hij weet gewoon wanneer Nina binnenkomt. Hij voelt het aan de tinteling in zijn nek, hij ziet het aan de hoofden die zich ineens omdraaien.

Vandaag zit hij aan een lege bar. Tequila Mockingbird is een stamcafé voor smerissen, wat betekent dat het er pas tegen de avond druk wordt. Hij heeft zich weleens afgevraagd of de tent op maandag alleen vroeg opengaat vanwege hun wekelijkse lunch. Hij kijkt op zijn horloge. Zoals altijd is hij te vroeg, maar hij wil niet het ogenblik missen dat ze binnenkomt en haar blik feilloos zijn kant uit gaat.

Stuyvesant, de barkeeper, neemt een tarotkaart van het spel. Zo te zien is hij aan het patiencen. Patrick schudt zijn hoofd. 'Daar zijn ze niet voor bedoeld, hoor.'

'Ik zou niet weten wat ik er anders mee moet doen.' Hij sorteert ze op onderwerp: staven, bekers, zwaarden, pentagrammen. 'Ze zijn in het damestoilet achtergelaten.' De barkeeper drukt zijn sigaret uit en volgt Patricks blik naar de deur. 'Jezus,' zegt hij. 'Wanneer ga je het haar vertellen?'

'Wat vertellen?'

Maar Stuyvesant schudt alleen zijn hoofd en schuift het stapeltje kaarten door naar Patrick. 'Hier. Jij hebt ze harder nodig dan ik.'

'Wat bedoel je?' vraagt Patrick, maar op dat moment komt Nina binnen. Ineens is het alsof hij zich in een weide vol krekels bevindt en voelt hij zich licht in zijn hoofd worden, totdat hij voor hij het weet uit zijn stoel is opgestaan.

'Altijd een gentleman,' zegt Nina, en ze gooit haar grote zwarte tas onder de bar.

'En nog een politieman ook,' zegt Patrick glimlachend. 'Kun je nagaan.'

Ze is al jaren niet meer het meisje van hiernaast. Vroeger had ze sproeten, een spijkerbroek met gaten in de knieën en een strak naar achteren gebonden paardenstaart. Nu draagt ze designerkleding en wordt haar haar al vijf jaar in hetzelfde bobkapsel gestyled. Maar wanneer Patrick dicht naast haar zit, ruikt hij nog steeds hun kindertijd.

Nina kijkt naar zijn uniform terwijl Stuyvesant een kop koffie voor haar neerzet. 'Heb je geen schone kleren meer?'

'Ik heb de hele ochtend op een basisschool over een veilige Halloween moeten praten. De baas stond erop dat ik mijn uniform aanhad.' Voordat ze het hoeft te vragen, reikt hij haar twee suikerklontjes aan. 'Hoe ging je hoorzitting?'

'De getuige is niet competent bevonden.' Ze zegt het zonder enige emotie, maar Patrick kent haar goed genoeg om te weten dat ze het verschrikkelijk vindt. Nina roert in haar koffie en kijkt dan glimlachend naar hem op. 'Maar goed, ik heb een zaak voor je. En wel mijn afspraak om twee uur.'

Patrick laat zijn kin op zijn hand steunen. Toen hij in militaire dienst ging, studeerde Nina rechten. Toen al was ze zijn beste vriendin. Terwijl hij diende op het USS *John F. Kennedy* in de Perzische Golf ontving hij om de dag een brief van haar, en daarmee indirect het leven dat hij had kunnen leiden. Hij leerde de meest gehate docenten van de universiteit van Maine kennen. Hij ontdekte hoe zwaar het examen was om tot de advocatuur te worden toegelaten. Hij las over haar verliefdheid op Caleb Frost, die net het tegelpad naar de bibliotheek had gelegd. *Waarheen zal het leiden?* had ze gevraagd. En Caleb had geantwoord: *Waar zal dat toe leiden?*

Tegen de tijd dat Patricks diensttijd ten einde liep, was Nina getrouwd. Hij overwoog zich in illustere plaatsen als Shawnee, Pocatello of Hickory te vestigen. Hij huurde een bestelbus en reed er vijftienhonderd kilometer mee van New York City naar Riley in Kansas. Maar uiteindelijk kwam hij weer terug naar Biddeford omdat hij er gewoon naar terugverlangde.

'En toen,' zegt Nina, 'sprong er een varken in de botervloot en was het hele etentje verpest.'

'Echt waar?' Patrick lacht en voelt zich betrapt. 'En wat deed de gastvrouw?'

'Je luistert verdomme niet, Patrick.'

'Natuurlijk luister ik wel. Maar jezus, Nina. Hersenresten op de klep boven de passagiersstoel die niet afkomstig zijn van een inzittende? Dat is net zo waarschijnlijk als een varken dat in de botervloot springt.' Hij schudt zijn hoofd. 'Wie laat zijn hersenschors nu achter in een auto waar hij niet in heeft gezeten?'

'Zeg jij het maar. Jij bent rechercheur.'

'Oké. Ik zie maar één mogelijkheid. De auto is gerenoveerd. Jouw beklaagde heeft hem tweedehands gekocht, zonder te weten dat de vorige eigenaar zich op een afgelegen plek voor zijn kop heeft geschoten. De wagen is zodanig opgeknapt dat hij weer verkocht kan worden... maar niet zonder het alziend oog van Maines OM-lab.'

Nina roert in haar koffie en pakt een frietje van Patricks bord. 'Niet onmogelijk,' geeft ze toe. 'Ik zal de auto natrekken.'

'Ik kan je de naam geven van iemand die ooit als informant voor ons heeft gewerkt. Hij had een autoherstelbedrijf voordat hij dealer werd.'

'Ik wil zijn hele dossier zien. Leg het maar in mijn brievenbus thuis.'

Patrick schudt zijn hoofd. 'Gaat niet. Tegen de regels.'

'Kom nou,' zegt Nina lachend. 'Het is toch geen bombrief?' Maar Patrick blijft serieus. Voor hem bestaat de wereld uit regels. 'Goed, dan leg je het maar bij de voordeur.' Ze kijkt omlaag als haar pieper klinkt en haalt hem uit de tailleband van haar rok. 'O, verdomme.'

'Problemen?'

'Nathaniels school.' Ze neemt haar mobieltje uit haar zwarte tas en toetst een nummer in. 'Hallo, met Nina Frost. Ja, natuurlijk. Nee, ik begrijp het.' Ze sluit af en toetst opnieuw in. 'Peter, met mij. Luister, ik ben net gebeld door Nathaniels school. Ik moet hem ophalen, want Caleb is aan het werk. Ik moet twee moties tegenhouden over rijden onder invloed. Kun jij ze overnemen? Kan me niet schelen wat je doet, maar ik wil ervan af. Ja? Bedankt.'

'Wat is er met Nathaniel?' vraagt Patrick wanneer ze het mobieltje weer in haar tas stopt. 'Is hij ziek?'

Nina ontwijkt zijn blik. Het lijkt wel alsof ze in verlegenheid is gebracht. 'Nee, ze zeiden uitdrukkelijk van niet. We hadden een slechte start vanochtend. Ik denk dat hij gewoon even bij me op de veranda wil zitten.'

Patrick heeft heel wat uren met Nathaniel en Nina op de veranda doorgebracht. Hun favoriete spelletje in de herfst is onder het verwedden van chocoladetoffees te raden welk blad het eerst van een bepaalde boom zal vallen. Nina speelt om te winnen, zoals met alles in haar leven, maar beweert dan dat ze te vol zit om de winst te incasseren en geeft al haar snoep aan Nathaniel. Wanneer Nina bij haar zoon is, lijkt ze stralender, fleuriger, en ook zachter. Als ze met de hoofden dicht bij elkaar zitten te lachen, ziet Patrick haar niet als de advocate die ze nu is, maar als het meisje met wie hij vroeger kattenkwaad uithaalde.

'Ik kan hem wel voor je ophalen,' biedt hij aan.

'O ja, je kunt hem alleen niet in mijn brievenbus achterlaten.' Nina grijnst en grist de andere helft van Patricks sandwich van zijn bord. 'Bedankt, maar juf Lydia wil me persoonlijk spreken, en geloof me, je wilt die vrouw niet tegen je hebben.' Ze neemt een hap en geeft dan de rest terug aan Patrick. 'Ik bel je later nog.' Ze is al het café uit voordat Patrick afscheid van haar kan nemen.

Hij kijkt haar na en vraagt zich af of ze het weleens rustig aan doet, of dat ze zo snel door haar leven gaat dat ze niet eens beseft welk traject ze heeft afgelegd. Misschien weet ze niet eens meer wat ze gisteren heeft gedaan. Hij weet dat Nina zal vergeten hem te bellen. In plaats daarvan zal hij haar bellen en vragen of Nathaniel oké is. Ze zal zich verontschuldigen en zeggen dat ze hem aldoor had willen bellen. En Patrick zal het haar vergeven, zoals altijd.

'Misdragen?' herhaal ik, juf Lydia aankijkend. 'Heeft Nathaniel weer tegen Danny gezegd dat ik hem in de gevangenis zou stoppen als hij niet met z'n dinosaurus mocht spelen?'

'Nee, deze keer gaat het om agressief gedrag. Nathaniel heeft het werk van andere kinderen vernield. Hij heeft blokken omgegooid en op de tekening van een klein meisje gekrast.'

Ik bied haar mijn overtuigendste glimlach. 'Nathaniel was vanochtend niet helemaal zichzelf. Misschien is het een soort virus.'

Juf Lydia trekt haar wenkbrauwen op. 'Dat denk ik niet, mevrouw Frost. Er zijn nog andere incidenten... Hij is vanochtend het klimrek opgeklommen en van bovenaf naar beneden gesprongen...'

'Kinderen doen dat soort dingen toch voortdurend!'

'Nina,' zegt juf Lydia zacht – voor het eerst in vier jaar noemt ze me bij mijn voornaam. 'Heeft Nathaniel iets gezegd voordat hij vanochtend naar school ging?'

'Nou, natuurlijk...' begin ik, en zwijg dan. Het bedplassen, het haastige ontbijt, zijn gelatenheid. Ik kan me veel van Nathaniel vanochtend herinneren, maar de enige stem die ik in mijn hoofd hoor, is die van mijzelf.

Ik zou de stem van mijn zoon overal herkennen. Hoog en sprankelend. Vaak heb ik gewenst dat ik zijn stem in een fles kon bewaren, zoals de Zeeheks de stem van de Kleine Zeemeermin stal. Zijn verhaspelingen – *pymaja, pasghetti, kindapaas* – waren drempels waardoor hij misschien niet te snel zou opgroeien. Als ik die zou corrigeren zou hij misschien veel eerder groot worden dan me lief was. Eigenlijk gaat het me nu al te snel. Nathaniel haalt geen voornaamwoorden meer door elkaar en heeft de diftongen onder de knie. Het enige spraakgebrek waar ik me nog aan kan vastklampen is zijn absolute onvermogen om de letters L en R uit te spreken.

Ik zie weer voor me hoe we aan de keukentafel zaten. Voor ons opgestapeld liggen pannenkoeken in de vorm van spookjes met ogen van chocoladevlokken. Samen met bacon en sinaasappelsap is dit het superontbijt waarmee we Nathaniel omkopen op de zondagen dat Caleb en ik ons schuldig genoeg voelen om naar de kerk te gaan. Een zonnestraal treft de rand van mijn glas en er verschijnt een regenboog op mijn bord. 'Wat is het tegenovergestelde van links?' vraag ik.

'Wechts,' zegt Nathaniel ogenblikkelijk.

Caleb wipt een pannenkoek om. Als kind heeft hij geslist. Als hij Nathaniel hoort praten wordt er een vernederend soort pijn bij hem opgeroepen, en ook de overtuiging dat zijn zoon genadeloos zal worden gepest. Hij vindt dat we Nathaniel moeten corrigeren en heeft juf Lydia gevraagd of zijn zoon niet beter spraaklessen kan krijgen. Hij denkt dat een kind dat volgend jaar naar de kleuterschool gaat de welsprekendheid van Laurence Olivier moet hebben. 'Wat is het tegenovergestelde van recht?' vraagt Caleb.

'*Kwom.*'

'*Krrrom.* Probeer het maar. *Krrrom.* En wat is het tegenovergestelde van rechts?'

'Laat nou maar, Caleb,' zeg ik.

Maar hij kan het niet. 'Nathaniel, het tegenovergestelde van rechts is links. Dus het tegenovergestelde van *links* is...?

Nathaniel denkt even na. '*Kwom.*'

'God sta hem bij,' mompelt Caleb als hij zich weer naar het fornuis toekeert.

Ik geef Nathaniel een knipoog. 'Misschien doet hij dat al,' zeg ik.

Op het parkeerterrein van de school ga ik op mijn hurken zitten zodat Nathaniel en ik elkaar recht kunnen aankijken. 'Zeg me wat er aan de hand is, lieverd.'

Zijn kraag zit scheef en zijn handen zitten onder de rode vingerverf. Hij kijkt me met grote, donkere ogen aan en doet geen mond open.

Alle woorden die hij niet zegt komen als braaksel in mijn keel omhoog. 'Lieverd?' herhaal ik. 'Nathaniel?'

We denken dat hij beter thuis kan zijn, had juf Lydia gezegd. *Misschien kunt u vanmiddag bij hem blijven.* 'Is dat wat je wilt?' vraag ik, en ik laat mijn handen van zijn schouders naar zijn zachte maanvormige gezicht glijden. 'Samen met mij zijn?' Met een gespannen glimlach druk ik hem tegen me aan. Hij is zwaar en warm en past naadloos in mijn armen, hoewel ik al in een veel vroegere fase van zijn leven wist dat we perfect bij elkaar pasten.

'Heb je pijn in je keel?' Hij schudt van nee.

'Heb je ergens anders pijn?' Hij schudt opnieuw zijn hoofd.

'Is er iets op school gebeurd? Heeft iemand iets akeligs gezegd? Kun je me vertellen wat er gebeurd is?'

Drie vragen zijn te veel om te verwerken, dus ik verwacht geen antwoord. Toch blijf ik hopen op een reactie.

Kunnen keelamandelen zo opzwellen dat het de spraak belemmert? Kunnen streptokokken als een donderslag bij heldere hemel komen? Tast meningitis niet allereerst de hals aan?

Nathaniel doet zijn mond open – gelukkig, hij gaat het me vertellen – maar zijn mond is een holle, stille grot.

'Het is oké,' zeg ik, hoewel het niet oké is, in de verste verte niet.

We zitten al in de wachtkamer van de kinderarts als Caleb arriveert. Nathaniel zit met het houten treintje te spelen terwijl ik woedende blikken werp op de receptioniste die niet schijnt te begrijpen dat we een *noodgeval* zijn, dat mijn zoon zich niet voordoet als mijn zoon, dat het hier goddomme geen verkoudheidje betreft, dat we een halfuur geleden al aan de beurt hadden moeten zijn.

Caleb loopt onmiddellijk op Nathaniel af en manoeuvreert zijn grote lijf in een speelplek die voor kinderen is bestemd. 'Hé, maatje. Je voelt je niet zo lekker, hè?'

Nathaniel haalt zwijgend zijn schouders op. Hoeveel uur heeft hij nu al niets gezegd?

'Heb je ergens pijn, Nathaniel?' vraagt Caleb, en dan wordt het me te veel.

41

'Dacht je soms dat ik dat niet heb gevraagd?' snauw ik.

'Dat weet ik niet, Nina. Ik was er niet bij.'

'Nou, hij praat niet, Caleb. Wat ik ook zeg, hij reageert er niet op.' Als ik dit tot me laat doordringen – de droevige waarheid dat de ziekte van mijn zoon geen waterpokken, bronchitis of een van al die andere dingen is die ik kan begrijpen – kan ik nauwelijks overeind blijven. Dit soort vreemde verschijnselen zijn altijd de voorbode van de grootste verschrikkingen, zoals een wrat die niet weggaat en zich uitzaait tot kanker, of een doffe hoofdpijn die een hersentumor blijkt te zijn. 'Ik weet niet eens of hij wel hoort wat ik zeg. Wie weet is het een of ander virus of zoiets dat zijn stembanden heeft aangetast.'

'Een virus.' Caleb zwijgt even. 'Gisteren voelde hij zich ziek en toch heb je hem vanochtend naar school gestuurd...'

'Dus het is míjn schuld?'

Caleb kijkt me uitdrukkingsloos aan. 'Ik bedoel alleen dat je het de laatste tijd verschrikkelijk druk hebt gehad.'

'Kan ik er wat aan doen dat ik niet mijn eigen werkuren kan bepalen zoals jij? Nou, sorry hoor. Ik zal de slachtoffers vragen of ze voortaan op een geschikter tijdstip verkracht of mishandeld kunnen worden.'

'Nee, je hoopt alleen dat je zoon zo attent is om ziek te worden als je niet naar de rechtbank hoeft.'

Ik ben zo kwaad dat ik even niet weet wat ik moet zeggen. 'Dat is zo...'

'Het is waar, Nina. Hoe kan het kind van ieder ander belangrijker zijn dan je eigen kind?'

'*Nathaniel?*'

De zachte stem van de kinderarts komt als een bijl tussen ons neer. De uitdrukking op haar gezicht kan ik niet helemaal doorgronden, en ik weet niet of ze naar Nathaniels zwijgzaamheid zal vragen of naar het gebrek eraan bij zijn ouders.

Het voelt alsof hij stenen heeft ingeslikt, alsof zijn keel vol zit met kiezels die gaan schuiven en schuren zodra hij geluid wil uitbrengen. Nathaniel ligt op de onderzoekstafel terwijl dokter Ortiz met zachte hand gelei onder zijn kin aanbrengt en dan een dikke, kietelende staaf over zijn keel rolt. Op het computerscherm verschijnen vage vlekken die niets met hem te maken hebben.

Hij kromt zijn pink in een scheur van de met leer beklede tafel. Vanbinnen zit schuim, een wolk die kapot getrokken kan worden.

'Nathaniel,' zegt dokter Ortiz, 'wil je proberen iets tegen me te zeggen?'

Zijn vader en moeder kijken hem gespannen aan. Hij moet denken aan die keer in de dierentuin, toen hij twintig minuten lang voor een reptielenkooi had gestaan in de hoop dat de slang uit zijn schuilplaats zou kruipen als hij maar lang genoeg wachtte. Op dat moment wilde hij niets liever dan dat de ratelslang tevoorschijn kwam, maar die bleef zich verborgen houden. Nathaniel vraagt zich weleens af of de slang er ooit was geweest.

Nu tuit hij zijn mond. Hij voelt dat de achterkant van zijn keel opengaat als een roos. Het geluid stijgt op vanuit zijn buik en struikelt over de stenen die hem verstikken. Er komt niets over zijn lippen.

Dokter Ortiz buigt zich dichter naar hem toe. 'Je kunt het, Nathaniel,' dringt ze aan. 'Probeer het maar.'

En hij probeert het ook. Hij spant zich zo in dat hij er buiten adem van raakt. Er is een woord dat als drijfhout achter zijn tong vastzit en hij wil het wanhopig graag tegen zijn ouders zeggen: *stop*.

'Aan het echogram is niets bijzonders te zien,' zegt dokter Ortiz. 'Geen poliepen of zwelling van de stembanden, niets fysieks waardoor Nathaniel niet kan praten.' Ze kijkt ons met haar lichtblauwe ogen aan. 'Heeft Nathaniel onlangs nog andere medische problemen gehad?'

Caleb richt zijn blik op mij en ik wend me af. Goed, ik heb Nathaniel aspirine gegeven, goed, ik heb een schietgebedje gedaan dat hij niks mankeerde omdat ik zo'n drukke ochtend voor de boeg had. Negen van de tien moeders hadden hetzelfde gedaan, en de tiende zou er bijna voor zijn gezwicht.

'Hij had buikpijn toen we gisteren van de kerk thuiskwamen,' zegt Caleb. 'En hij plast 's nachts nog steeds in bed.'

Maar dat is geen medisch probleem. Dat heeft te maken met monsters die zich onder zijn bed verbergen en boze mannen die door de ramen gluren, maar niet met plotseling stemverlies. Ik kijk naar het hoekje waar Nathaniel met blokken zit te spelen en zie dat hij bloost. Ineens ben ik kwaad op Caleb dat hij het ter sprake heeft gebracht.

Dokter Ortiz zet haar bril af en wrijft de glazen op aan haar shirt. 'Wat lijkt op een fysieke aandoening, hoeft het niet altijd te zijn,' zegt ze langzaam. 'Soms heeft het met aandacht trekken te maken.'

Het is duidelijk dat ze mijn zoon niet zo goed kent als ik. Alsof een vijfjarige jongen tot zo'n geraffineerde gedachtegang in staat is.

'Zonder dat hij het zich bewust is,' vervolgt de arts, alsof ze mijn gedachten kan lezen.

'Wat kunnen we doen?' vraagt Caleb. Bijna gelijktijdig zeg ik: 'Misschien moeten we met een specialist gaan praten.'

Dokter Ortiz reageert eerst op mijn opmerking. 'Dat is precies wat ik wilde voorstellen. Ik zal dr. Robichaud bellen en vragen of ze u vanmiddag kan ontvangen.'

Kijk, zo komen we verder. Wat wij nodig hebben is een KNO-arts die gespecialiseerd is in dit soort dingen, iemand die Nathaniel even onderzoekt en meteen weet dat er iets miniems aan de hand is dat gemakkelijk genezen kan worden. 'Aan welk ziekenhuis is dokter Robichaud verbonden?' vraag ik.

'Ze heeft haar praktijk in Portland,' zegt de kinderarts. 'Ze is psychiater.'

Juli. Het openbare zwembad. Eenenveertig graden in Maine, een hitterecord.

'En als ik zink?' vraagt Nathaniel. We staan in het ondiepe deel en ik zie hem naar het water staren alsof het drijfzand is.

'Denk je nou echt dat ik dat zou laten gebeuren?'

Hij denkt er even over na. 'Nee.'

'Nou dan.' Ik strek mijn armen naar hem uit.

'Mam? En als dit nou een vuurkrater is?'

'Dan zou ik nooit mijn badpak hebben aangetrokken.'

'En als mijn armen en benen vergeten wat ze moeten doen?'

'Dat gebeurt niet.'

'Maar het zou wel kunnen.'

'Dat is heel onwaarschijnlijk.'

'Eén keer is genoeg,' zegt Nathaniel ernstig, en ik besef dat hij me slotpleidooien in de douche heeft horen oefenen.

Ik krijg een idee. Ik haal diep adem, hef mijn armen, en laat me op de bodem van het zwembad zakken. Het water gonst in mijn oren en alles om me heen vertraagt. Ik tel tot vijf, en dan explodeert de blauwe onderwaterwereld om me heen. Ineens is Nathaniel onder water aan het zwemmen met zijn ogen vol sterren en met luchtbelletjes uit zijn mond en neus. Ik pak hem stevig vast en zwem naar de oppervlakte. 'Je hebt me gered,' zeg ik.

Nathaniel legt zijn handen om mijn gezicht. 'Ik moest wel, zodat jij mij weer kon redden.'

Het eerste wat hij doet is een kikker tekenen die de maan opeet. Dr. Robichaud heeft geen zwart kleurpotlood, dus moet Nathaniel de avondhemel blauw maken. Hij drukt zo hard dat het potlood afbreekt, en vraagt zich dan af of iemand boos zal worden.

Maar niemand wordt boos.

Dr. Robichaud zei dat hij mocht doen wat hij wilde terwijl iedereen naar hem zat te kijken. 'Iedereen' waren zijn vader en moeder, en die nieuwe dokter met zulk wit haar dat hij haar schedel eronder kan zien. In de kamer staat een poppenhuis, een hobbelpaard voor kleinere kinderen dan Nathaniel, en een zitzak in de vorm van een honkbalhandschoen. Er zijn kleurpotloden, verfdozen, marionetten en poppen. Terwijl Nathaniel de ene bezigheid voor de andere verruilt, ziet hij dr. Robichaud op een klembord schrijven. Of misschien is ze ook aan het tekenen en heeft zij het zwarte kleurpotlood.

Af en toe stelt ze hem een vraag die hij niet kan beantwoorden, ook al zou hij het willen. *Hou je van kikkers, Nathaniel?* En: *Die stoel zit lekker, vind je niet?* Allemaal stomme vragen van volwassenen die niet eens het antwoord willen horen. Maar één keer zei dr. Robichaud iets waarop Nathaniel wel had willen reageren. Hij drukte de knop in van een kleine plastic bandrecorder en het geluid dat eruit kwam was vertrouwd: Halloween en tranen die in elkaar overvloeiden. 'Dat zijn walvissen die zingen,' zei dr. Robichaud. 'Heb je dat al eens eerder gehoord?'

Ja, wilde Nathaniel zeggen, *maar ik dacht dat ik het zelf was die vanbinnen huilde.*

De dokter begint tegen zijn ouders te praten, moeilijke woorden die zijn oren in en uit glippen. Verveeld kijkt Nathaniel weer onder de tafel om het zwarte kleurpotlood te zoeken. Hij strijkt de hoeken van zijn tekening recht. Dan loopt hij naar de pop in de hoek.

Het is een jongenspop, ziet hij, wanneer hij hem omdraait. Nathaniel houdt niet van poppen. Hij speelt er niet mee. Maar toch pakt hij het figuurtje op dat verwrongen op de vloer ligt. Hij zet de armen en benen weer in de normale stand zodat het er niet meer uitziet alsof het een ongeluk heeft gehad.

Dan kijkt hij naar het kapotte kleurpotlood in zijn hand.

Wat een cliché. De psychiater begint over Freud. 'Somatoforme stoornis is de huidige term voor wat Sigmund hysterie noemde bij jonge vrouwen wier reactie op een emotioneel trauma zich manifesteerde in fysieke aandoeningen zonder fysieke oorzaak. In beginsel,' zegt dr. Robichaud, 'kan de geest het lichaam ziek maken. Het gebeurt nu minder vaak dan in Freuds tijd omdat er nu veel meer uitingsmogelijkheden zijn. Maar het komt nog steeds voor, meestal bij kinderen die niet genoeg vocabulaire hebben om uit te leggen wat hun dwarszit.'

Ik kijk even naar Caleb of hij dit allemaal slikt. Het liefst wil ik met Nathaniel naar huis. Ik wil een expert bellen die ik ooit als getuige heb gevraagd, een KNO-arts in New York City, en hem vragen me door te verwijzen naar een specialist in Boston.

Gisteren was er niets met Nathaniel aan de hand. Ik ben geen psychiater, maar zelfs ik weet dat een zenuwinstorting niet van de ene op de andere dag komt.

'Emotioneel trauma,' zegt Caleb zacht. 'Wat bijvoorbeeld?'

Dr. Robichaud zegt iets, maar ik hoor het niet. Mijn blik is gericht op Nathaniel, die in de hoek van de speelplek zit. Met zijn ene hand houdt hij een pop in zijn schoot met het gezicht naar beneden. Met de andere wringt hij een potlood in het poppenachterwerk. En zijn gezicht, o zijn gezicht... het is zo wit als een doek.

Ik heb dit zo vaak eerder gezien. Ik ben in het kantoor van honderden psychiaters geweest. Als een vlieg op de muur heb ik in een hoekje gezeten wanneer een kind me liet zien wat het niet kan vertellen, wanneer een kind me het bewijs geeft dat ik nodig heb om een zaak aanhangig te maken.

Ineens zit ik bij Nathaniel op de vloer, met mijn handen op zijn schouders en met mijn ogen in de zijne. Een ogenblik later is hij in mijn armen. We wiegen heen en weer in een vacuüm. Geen van beiden kunnen we de woorden vinden om de waarheid uit te spreken.

Achter het schoolplein, in het bos aan de andere kant van de heuvel. Daar woont de heks.

We kennen haar allemaal. We geloven in haar. We hebben haar niet gezien, en dat is maar goed ook, want wie haar wel heeft gezien wordt meegenomen.

Ashleigh zegt dat de heks dichtbij is als je de wind in je nek voelt en je steeds moet huiveren. Ze draagt een flanellen jack dat haar onzichtbaar maakt. Ze maakt het geluid van vallende bladeren.

Willie zat in onze klas. Zijn ogen lagen zo diep in de kassen dat ze soms helemaal verdwenen, en hij rook naar sinaasappels. Hij mocht altijd zijn Teva-sandalen aan, zelfs als het buiten koud was, en zijn voeten zagen er dan bemodderd en blauw uit. Mijn moeder schudde dan haar hoofd en zei: 'Zie je nou?' En ik zag het – ik zag het en wilde dat ik het ook mocht. Op een dag zat Willie naast me tijdens de snackpauze en hij sopte zijn crackers in zijn glas melk tot ze als een berg drab op de bodem lagen... En de volgende dag was hij verdwenen. Hij is verdwenen en nooit meer teruggekomen.

In de schuilplaats onder de glijbaan vertelt Ashleigh ons dat de heks hem heeft meegenomen. 'Ze noemt je naam, en daarna doe je alles wat ze zegt zonder dat je er iets aan kunt doen. Dan ga je overal naartoe waar ze wil.'

Lettie begint te huilen. 'Ze gaat hem opeten. Ze gaat Willie opeten.'

'Te laat,' zegt Ashleigh. In haar hand ligt een wit botje.

Het lijkt me te klein om van Willie afkomstig te zijn. Te klein om van welk lopend wezen dan ook te zijn. Maar ik weet wat het is. Ik heb het gevonden toen ik onder de paardenbloemen bij het hek aan het graven was. Ik heb het aan Ashleigh gegeven.

'En nu heeft ze Danny,' zegt Ashleigh.

Juf Lydia had ons eerder die ochtend verteld dat Danny ziek was en we hebben zijn smiley met de niet-vrolijke kant op het Wie-is-aanwezig-bord geprikt. Na de pauze gaan we allemaal een beterschapskaart voor hem maken. 'Danny is ziek,' zeg ik tegen Ashleigh, maar ze kijkt me aan alsof ik de stomste ben die ze ooit is tegengekomen. 'Denk je nou echt dat ze ons de waarheid zou vertellen?'

Dus wanneer juf Lydia even niet kijkt, glippen we door het gat in het hek waardoor de honden en soms de konijnen op de speelplaats komen. Ashleigh, Peter, Brianna en ik zijn de dappersten van allemaal. Wij zullen Danny redden. Wij zullen hem vinden voordat de heks hem te pakken krijgt.

Maar eerst krijgt juf Lydia óns te pakken. We moeten naar binnen en in het pauzelokaal gaan zitten. Ze zegt dat we nooit, maar dan ook nooit van het speelplein af mogen. Weten we dan niet dat het gevaarlijk kan zijn?

Brianna kijkt me aan. Natuurlijk weten we dat. Daarom wilden we ook weg.

Peter begint te huilen en vertelt wat Ashleigh over de heks heeft gezegd. Juf Lydia's wenkbrauwen komen als twee dikke zwarte rupsen naar elkaar toe. 'Is dit waar?'

'Peter is een leugenaar. Hij heeft alles verzonnen,' zegt Ashleigh, en ze knippert niet eens met haar ogen.

Daardoor weet ik dat de heks haar ook al in haar macht heeft.

TWEE

Ik zeg het maar alvast: wie dit ooit overkomt, zal er niet op voorbereid zijn. Je zult over straat lopen en je afvragen hoe mensen kunnen doen alsof de wereld gewoon doordraait. Je pijnigt je hersens op zoek naar tekens en signalen totdat je – *aha!* – dat ene moment te binnen schiet. Je slaat met je vuist zo hard op de wc-deur in het openbare toilet dat je er blauwe plekken aan overhoudt. Je begint al te huilen wanneer de man achter het loket van het postkantoor je een prettige dag toewenst. Je vraagt je af: *hoe kon het gebeuren*; en: *had ik maar.*

Caleb en ik rijden naar huis met een olifant tussen ons in. Zo lijkt het tenminste. Dat gigantische gevaarte dat ons elk naar onze eigen kant duwt is onmogelijk te negeren, en toch doen we alsof het er niet is. Op de achterbank ligt Nathaniel te slapen, met in zijn hand de half opgegeten lolly die dr. Robichaud hem heeft gegeven.

Ik heb moeite met ademhalen. Het komt door de olifant die zo dicht naast me zit en met zijn elleboog mijn borst vermorzelt. 'Hij moet ons zeggen wie het is,' weet ik ten slotte uit te brengen. 'Hij móet het zeggen.'

'Dat *kan hij niet.*'

Het probleem in een notendop. Nathaniel kan niet praten, al zou hij willen. Hij kan ook nog niet lezen en schrijven. We kunnen niemand de schuld geven zolang hij niet kan communiceren. En tot zolang kunnen we niets beginnen en alleen maar hartverscheurend lijden.

'Misschien heeft de psychiater het mis,' zegt Caleb.

Ik draai me naar hem toe. 'Geloof je Nathaniel niet?'

'Ik weet alleen dat hij nog niets heeft *gezegd.*' Hij kijkt even in de achteruitkijkspiegel. 'Ik praat hier liever niet over waar hij bij is.'

'Denk je dat het daarmee verdwijnt?'

Caleb geeft geen antwoord. 'We moeten de volgende afslag hebben,' zeg ik stijfjes, want Caleb rijdt nog steeds op de linkerbaan.

'Ik weet waar ik heen moet, Nina.' Hij zwenkt naar rechts, geeft richting aan bij de uitrit, maar een minuut later mist hij de zijweg.

'Je zit gewoon te...' Ik slik mijn beschuldiging in als ik zijn van verdriet vertrokken gezicht zie. Waarschijnlijk beseft hij niet eens dat hij huilt. 'O, Caleb.' Ik wil hem aanraken, maar die verdomde olifant zit in de weg. Caleb zet de auto stil en stapt uit. Diep in- en uitademend loopt hij langs de wegberm.

Even later stapt hij weer in. 'Omkeren en terug,' zegt hij. Tegen mij? Tegen Nathaniel? Tegen zichzelf?

Ik knik, en denk: was het maar zo gemakkelijk.

Nathaniel klemt zijn kiezen zo hard op elkaar dat het gezoem van het wegdek recht door zijn hoofd lijkt te gaan. Hij slaapt niet, maar doet alsof, wat bijna net zo prettig is. Zijn ouders zijn zacht aan het praten en hij kan niet alles horen. Misschien zal hij nooit meer slapen. Misschien zal hij altijd in halfslaap blijven, net als de dolfijnen.

Juf Lydia heeft hun vorig jaar over de dolfijnen verteld nadat ze het klaslokaal hadden veranderd in een oceaan van blauw crêpe-papier en opgeplakte zeesterren met glittertjes. Dus Nathaniel weet het een ander van dolfijnen. Dat ze één oog dichtdoen en de helft van hun hersenen afsluiten, dat ze voor de ene helft slapen terwijl de andere helft gevaren in de gaten houdt. Hij weet dat een moederdolfijn zwemt om haar slapende baby's te beschermen. Ze trekt ze mee in de onderstroom alsof ze door onzichtbare draden met elkaar zijn verbonden. Hij weet dat het plastic van een sixpack cola schadelijk is voor dolfijnen, dat ze daardoor verzwakt op het strand aanspoelen. En dat ze daar zullen doodgaan, al kunnen ze nog ademhalen.

Nathaniel weet ook dat hij het liefst het autoraampje naar beneden zou draaien om naar buiten te springen, zo ver dat hij over de vangrail, over de hoge afrastering en over de rotsen in de oceaan terecht zou komen. Dan zou hij een gladde, zilverachtige huid krijgen en een permanente glimlach om zijn mond. Hij zou ook een speciaal lichaamsdeel krijgen – zoiets als een hart, maar dan anders – dat gevuld was met olie en dat een meloen werd genoemd, net als die dingen die je 's zomers at. Maar deze zat dan voor zijn hoofd en zou hem zelfs in de donkerste nacht over de zwartste oceaan de weg wijzen.

Nathaniel stelt zich voor dat hij vanaf de kust van Maine naar het andere eind van de wereld zwemt, waar het alweer zomer wordt. Hij knijpt zijn ogen zo stijf mogelijk dicht en concentreert zich op het voortbrengen van blije geluiden, klanken die hem zullen leiden en die hij zal horen weerkaatsen.

Hoewel dr. Martin Toscher beschouwd wordt als een autoriteit op zijn gebied, zou hij zijn lauweren met liefde inruilen voor onwetendheid. Eén kind onderzoeken op seksueel misbruik is meer dan genoeg. Dat hij te maken heeft met honderden van dit soort gevallen in Maine wordt steeds meer een nachtmerrie.

Het kind op zijn onderzoekstafel is onder narcose gebracht. Hij zou het zelf hebben voorgesteld, gezien de traumatische aard van het onderzoek, maar de moeder was hem voor. Tijdens de procedure praat Martin hardop, zodat zijn bevindingen kunnen worden vastgelegd. 'Glans van eikel normaal.' Hij legt het kind in een andere positie. 'Anaal diverse, inmiddels herstellende schaafwonden tot op een diepte van een tot anderhalve centimeter en met een diameter van ongeveer een centimeter.'

Hij pakt een speculum van de tafel naast hem. Als er hoger in de darmwand ook scheuren in het slijmvlies zaten, dan was het kind écht ziek geweest. Hij smeert het instrument in, brengt het behoedzaam naar binnen, bevestigt er de lichtbron aan, en maakt het rectum schoon met een lange wattenstaaf. Goddank, denkt Martin. 'De darm is tot op acht centimeter hoogte schoon.'

53

Hij trekt zijn handschoenen uit en doet zijn mondmasker af, wast zijn handen en laat het kind aan de verpleegsters over. Het heeft een lichte narcose gekregen, dus die zal gauw uitgewerkt zijn. Zodra hij de operatiekamer uit loopt, komen de ouders op hem af.

'Hoe is het met hem?' vraagt de vader.

'Met Nathaniel gaat het prima,' antwoordt Martin, de woorden die iedereen wil horen. 'Hij zal vanmiddag een beetje doezelig zijn, maar dat is volstrekt normaal.'

De moeder walst over deze gemeenplaatsen heen. 'Wat is uw conclusie?'

'Het heeft er alle schijn van dat hij is verkracht,' zegt de dokter zacht. 'Er zijn rectale verwondingen die aan het genezen zijn. Het is moeilijk te zeggen wanneer ze zijn ontstaan, maar ze zijn zeker niet van vandaag of gisteren. Misschien een week of zo geleden.'

'En er is een duidelijk bewijs van penetratie?' vraagt Nina Frost.

Martin knikt. 'Dit komt niet doordat hij bijvoorbeeld van zijn fiets is gevallen.'

'Mogen we hem zien?' vraagt de vader.

'Straks. De verpleegsters zullen u waarschuwen als hij weer wakker is.'

Hij wil weggaan, maar mevrouw Frost houdt hem tegen door haar hand op zijn arm te leggen. 'Kunt u zeggen of hij met een penis is gepenetreerd? Of met vingers? Of met een of ander voorwerp?'

Ouders vragen hem of hun kind nog steeds de pijn van de verkrachting voelt. Of het zijn latere leven zal beïnvloeden. Of het de herinnering altijd bij zich zal dragen. Maar deze vragen geven hem het gevoel dat hem een kruisverhoor wordt afgenomen.

'Daar is met geen mogelijkheid achter te komen,' zegt de dokter. 'We weten alleen dat er inderdaad iets is gebeurd.'

Ze draait zich om en zoekt steun tegen de muur. Dan zakt ze in elkaar. Binnen enkele seconden ligt ze als een erbarmelijk hoopje op de vloer met de armen van haar man om zich heen. Wanneer Martin verder loopt, beseft hij dat dit de eerste keer is dat ze zich in zijn bijzijn als een moeder heeft gedragen.

Ik weet dat het onzinnig klinkt, maar ik ben mijn hele leven bijgelovig geweest. Niet dat ik gemorst zout over mijn schouder strooi, een wens doe bij een uitvallende wimper, of bepaalde schoenen aantrek naar een rechtszitting. In plaats daarvan heb ik mijn eigen geluk altijd in direct verband gebracht met het ongeluk van anderen. Als beginnend advocaat wilde ik altijd de seksuele delicten en geweldsmisdrijven, alle verschrikkingen die niemand onder ogen wil zien. Ik hield mezelf voor dat ik, als ik elke dag met problemen van vreemden te maken kreeg, nooit met die van mijzelf geconfronteerd zou worden.

Door vaak met geweld in aanraking te komen, word je gehard. Je kunt bloed zien zonder er warm of koud van te worden, je kunt het woord *verkrachting* uitspreken zonder met je ogen te knipperen. Maar toch blijkt dat dit verdedigingsschild van plastic is. Dat alle afweermiddelen bezwijken wanneer de nachtmerrie werkelijkheid wordt in je eigen huis.

Op de vloer van zijn slaapkamer zit Nathaniel stilletjes te spelen, nog steeds versuft van de narcose. Hij geleidt een Matchboxautootje over een spoor naar een soort versnellingsmechanisme, en ineens sjeest het in volle vaart een helling op die door de kaken van een python voert. Als de auto ook maar iets te langzaam gaat, klapt de slang zijn kaken dicht. Nathaniels auto komt er elke keer met vlag en wimpel doorheen.

Mijn oren zijn gevuld met alles wat Nathaniel niet zegt: *Wat eten we vanavond*; *mag ik op de computer spelen*; *heb je gezien hoe hard die auto reed?* Zijn hand sluit zich om de Matchbox als de klauw van een reus. In deze fantasiewereld maakt hij de dienst uit.

Het dichtklappen van de kaken klinkt zo luid in deze stilte dat ik ervan schrik. Dan voel ik iets heel zacht over mijn been rollen. Nathaniel rijdt het Matchbox-autootje over mijn arm, parkeert het in mijn hals, en legt zijn vinger op mijn betraande wang. Dan zet hij het autootje weer op het spoor en klimt op mijn schoot. Zijn adem is warm en vochtig als hij tegen me aan kruipt. Daardoor voel ik me nog schuldiger – dat hij bij mij bescherming zoekt terwijl ik zo verschrikkelijk heb gefaald. We blijven zo heel lang zitten, totdat het donker wordt en we Caleb over de trap horen roepen, op zoek naar ons. Over Nathaniels hoofd heen zie ik het autootje rondjes rijden op het spoor.

Even na zevenen ben ik Nathaniel kwijt. Hij is niet in zijn slaapkamer en ook niet in de tuin. Ik dacht dat Caleb bij hem was, en Caleb dacht dat hij bij mij was. 'Nathaniel!' roep ik paniekerig, maar hij kan niets terugroepen, al zou hij het willen. Tal van gruwelscenario's gaan door me heen. Dat hij vanuit de achtertuin is ontvoerd zonder dat hij om hulp kan schreeuwen. Dat hij in onze put is gevallen en stilletjes op de bodem zit te snikken. Dat hij gewond en bewusteloos is. 'Nathaniel!' roep ik, nog harder nu.

'Jij gaat boven kijken,' zegt Caleb, en ik hoor de ongerustheid in zijn stem. Voordat ik iets kan terugzeggen loopt hij de wasruimte al in. Ik hoor het deurtje van de droger open- en dichtgaan.

Nathaniel verschuilt zich niet onder ons bed en ook niet in zijn klerenkast. Hij verbergt zich niet onder het spinrag op de trap naar de zolder. Hij zit niet in zijn speelgoedkist of achter de grote oorfauteuil in het naaikamertje. En ook niet achter de computertafel of op de wc.

Ik sta te hijgen alsof ik twee kilometer heb hardgelopen. Ik leun tegen de muur van de badkamer en hoor Caleb kastdeurtjes en lades opentrekken en dichtslaan. *Denk als Nathaniel*, zeg ik bij mezelf. Waar zou ik het liefst zijn als ik vijf was?

Ik zou regenbogen beklimmen. Ik zou stenen oplichten om te zien of er slapende krekels onder lagen. Ik zou de kiezels van de oprit op grootte en kleur sorteren. Het zijn allemaal dingen die Nathaniel altijd deed, dingen waar een kind vervuld van is voordat hij van de ene dag op de andere volwassen moet worden.

Ik hoor een zwak gedruppel dat uit de badkamer komt. Nathaniel draait nooit de wastafelkraan goed dicht als hij zijn tanden heeft gepoetst. Ineens wil ik die druppelende kraan zien, gewoon vanwege het vertrouwde idee dat hij net zijn tanden heeft gepoetst. Maar de wastafel is kurkdroog. Dan draai ik me om naar de bron van het gedruppel en trek het douchegordijn opzij.

En ik begin te schreeuwen.

Het enige wat hij onder water kan horen is zijn hart. Zou het bij dolfijnen net zo zijn? vraagt Nathaniel zich af. Of horen ze geluiden die wij niet kunnen horen? Het bloeien van koralen, de ademhaling van vissen, het denken van haaien? Zijn ogen zijn wijd open en het plafond boven hem lijkt te golven. De luchtbelletjes die zijn neusgaten kietelen en het vissenmotief op het douchegordijn maken het echt.

Maar ineens is zijn moeder hier in de oceaan, waar ze niet had moeten zijn. Haar gezicht is zo breed als de hemel die dichterbij komt. Nathaniel vergeet zijn adem in te houden als ze hem bij zijn shirt uit het water rukt. Hij hoest en niest zeewater uit. Hij hoort haar huilen, en dat herinnert hem eraan dat hij uiteindelijk toch weer naar deze wereld terug moet.

O god, hij ademt niet... hij haalt geen adem... Dan hapt Nathaniel naar lucht. Hij is twee keer zo zwaar in zijn doorweekte kleren, maar ik weet hem het water uit te krijgen zodat hij druipend op de badmat ligt. Ik hoor Caleb de trap op rennen. 'Heb je hem gevonden?'

'Nathaniel,' zeg ik, met mijn gezicht dicht bij het zijne. 'Wat was je aan het doen?'

Zijn goudblonde haar kleeft aan zijn schedel en hij kijkt me met wijd opengesperde ogen aan. Zijn lippen bewegen alsof hij een woord zoekt, maar het komt niet.

Kunnen vijfjarige kinderen suïcidaal zijn? Om welke andere reden kan mijn zoon zich volledig gekleed in een volle badkuip hebben ondergedompeld?

Caleb komt de badkamer in en kijkt naar de druipende Nathaniel en het weglopende water. 'Wat krijgen we verdomme nou?'

'Eerst die kleren uit,' zeg ik rustig, alsof ik mijn zoon elke dag in deze toestand aantref. Ik wil zijn shirt losknopen, maar hij draait zich van me af en kruipt in elkaar.

'Maatje,' probeert Caleb, 'je wordt ziek in die natte kleren.'

Wanneer Caleb hem op schoot trekt, laat Nathaniel zich volledig verslappen. Hij is klaarwakker en kijkt me aan, al heb ik het gevoel dat hij me niet ziet.

Caleb begint de knopen van Nathaniels shirt los te maken. Dan pak ik een handdoek en wikkel die om hem heen. Ik sla hem dicht rond zijn hals en buig me naar hem toe. 'Wie heeft het gedaan?' vraag ik. 'Zeg het me, lieverd. Zeg het, zodat ik je beter kan maken.'

'*Nina.*'

'Zeg het me. Als je het niet zegt, kan ik niets doen.' Halverwege begin ik te haperen. Mijn gezicht is nat van de tranen.

Hij probeert het, hij probeert het echt. Zijn wangen zijn rood van de inspanning. Hij opent zijn mond en stoot een gesmoorde zucht uit.

Ik knik hem bemoedigend toe. 'Je kunt het, Nathaniel. Vooruit.'

De spieren in zijn keel spannen zich. Het klinkt alsof hij opnieuw aan het verdrinken is.

'Heeft iemand je aangeraakt, Nathaniel?'

'Jezus!' Caleb trekt hem van me weg. 'Laat hem toch met rust!'

'Maar hij wilde iets zeggen.' Ik kom overeind en kijk weer naar Nathaniel. 'Ja toch, lieverd?'

Caleb tilt Nathaniel hoger in zijn armen. Zonder iets te zeggen loopt hij de badkamer uit met onze zoon dicht tegen zijn borst gedrukt. Hij laat me achter om de kliederboel op te ruimen.

De ironie wil dat bij het bureau voor maatschappelijk werk in Maine – het BCYF – een onderzoek naar kindermisbruik helemaal geen onderzoek is. Tegen de tijd dat een maatschappelijk werker een officiële aanklacht kan indienen, moet hij of zij al over psychiatrische of fysieke bewijzen beschikken dat het kind is misbruikt, en ook de naam van de verdachte weten. Vermoedens komen er niet aan te pas, het onderzoek moet zijn afgerond. De rol van de maatschappelijk werker bestaat uit het simpelweg volgen van de ontwikkelingen, zodat als de zaak op wonderbaarlijke wijze toch nog voor de rechter komt, alles volgens de voorgeschreven richtlijnen is gegaan.

Monica LaFlamme is nu drie jaar maatschappelijk werkster bij de afdeling Kinderbescherming en ze heeft er genoeg van pas in het tweede bedrijf te mogen optreden. Ze kijkt uit het raam van haar kantoor – een troosteloos grijs hok, zoals elk kantoor in het overheidscomplex – naar een verlaten speelplaats: een stuk beton met een ijzeren schommel. Typerend mag worden genoemd dat in de hele streek alleen het BCYF een speelplek voor zijn deur heeft die niet aan de veiligheidsnormen voldoet.

Ze gaapt. Ze is doodmoe, en niet alleen omdat ze gisteravond laat is opgebleven om naar de Letterman-show te kijken. Ze is moe

in het algemeen, alsof het grijs van de muren en de goedkope vloerbedekking haar hersencellen is binnengedrongen. Ze heeft er genoeg van om rapporten te schrijven die in het niets verdwijnen. Ze
heeft er genoeg van om tienjarige kinderen met ogen van veertig-
jarigen te zien. Wat zij nodig heeft, is een vakantie op een Caribisch
eiland met zoveel explosies van kleur – blauwe golven, wit zand,
vuurrode bloemen – dat ze blind wordt voor haar dagelijkse werk.

Ze schrikt op van de telefoon. 'Met Monica LaFlamme,' zegt ze,
en ze slaat energiek het bruine dossier open dat voor haar ligt, alsof degene aan de andere kant van de lijn heeft gezien dat ze zat te
dagdromen.

'U spreekt met dokter Christine Robichaud. Ik ben psychiater bij
het Maine Medical Center.' Een aarzeling, en meer heeft Monica
niet nodig om te weten wat komen gaat. 'Ik wil een mogelijk geval
van seksueel misbruik van een vijfjarige jongen aangeven.'

Monica maakt aantekeningen terwijl dr. Robichaud gedragspatronen beschrijft die haar maar al te bekend zijn. Ze noteert de
naam van de jongen en die van zijn ouders. Ergens in haar hoofd
begint een belletje te rinkelen, maar ze negeert het om zich te concentreren op het verhaal van de psychiater.

'Kunt u me eventuele politierapporten faxen?' vraagt Monica.

'De politie is er niet bij betrokken. De jongen heeft de naam van
de dader nog niet genoemd.'

Monica legt haar pen neer. 'U weet dat ik geen onderzoek kan
openen als ik niet weet naar wie we onderzoek moeten doen.'

'Dat is een kwestie van tijd. Nathaniel lijdt op dit moment aan
een somatoforme stoornis, wat inhoudt dat hij niet kan praten
zonder dat er een fysieke oorzaak voor is aan te wijzen. Ik ben ervan overtuigd dat hij over een paar weken zal kunnen zeggen wie
hem dit heeft aangedaan.'

'En wat zeggen de ouders?'

De psychiater zwijgt even. 'Dat dit gedrag volstrekt nieuw voor
hen is.'

Monica tikt met haar pen op het bureau. Uit ervaring weet ze dat
wanneer ouders beweren totaal verrast te zijn door afwijkend gedrag van hun kind, in veel gevallen de vader of moeder de schuldige is, of allebei.

Dr. Robichaud weet het ook. 'Ik ga ervan uit dat u er vanaf het begin bij betrokken wilt worden, mevrouw LaFlamme. Ik heb de Frosts doorverwezen naar een kinderarts die gespecialiseerd is in kindermisbruik. Zij zal hun zoon uitgebreid medisch onderzoeken en haar rapport naar u doorfaxen.'

Monica noteert alles. Wanneer ze heeft opgehangen, leest ze wat ze heeft opgeschreven ter voorbereiding op een zaak die waarschijnlijk opnieuw als een nachtkaars zal uitgaan.

Frost, denkt ze, terwijl ze de naam nog eens opschrijft. Het zal wel niet dezelfde zijn.

We liggen in het donker zonder elkaar te raken.

'Juf Lydia?' fluister ik, en ik voel dat Caleb zijn hoofd schudt. 'Wie dan? Wie, behalve wij, is ooit alleen met hem geweest?'

Caleb houdt zich zo stil dat ik denk dat hij in slaap is gevallen. 'Patrick heeft een heel weekend op hem gepast toen wij vorige maand op de bruiloft van je nichtje waren.'

Op mijn elleboog steunend kom ik overeind. 'Doe niet zo raar. Patrick is politieman. Ik kende hem al toen hij zes was.'

'Hij heeft geen vriendin...'

'Hij is net een halfjaar gescheiden!'

Caleb draait zich naar me toe. 'Ik bedoel alleen dat je hem misschien minder goed kent dan je denkt.'

Ik schud mijn hoofd. 'Patrick is gek op Nathaniel.'

Caleb kijkt me alleen maar aan. Zijn antwoord is duidelijk, ook al zegt hij het niet hardop: misschien wel iets té.

De volgende ochtend gaat Caleb al weg wanneer de maansikkel nog aan zijn haakje in de hemel hangt. We hebben dit plan besproken en onze tijd uitgewisseld als chips bij een pokerspel. Caleb gaat zijn muur afmaken en is tegen het middaguur terug, waarna ik naar kantoor kan. Maar ik ga niet naar kantoor. Mijn werk zal moeten wachten. Alles wat Nathaniel is overkomen, is gebeurd toen ik er niet bij was. Ik wil hem niet nog eens uit het oog verliezen.

Het beschermen van mijn kind is een nobel doel om voor te vechten. Maar vanochtend voel ik me minder verwant met de leeuwin die haar welpen verdedigt en meer met de hamster die haar nakomelingen verslindt. Ten eerste schijnt mijn zoon niet te merken dat ik zijn held ben. Ten tweede weet ik eigenlijk niet of ik dat wel wil zijn voor een jongen die niets van me wil weten wanneer ik voor hem opkom.

God, hij heeft het volste recht me te haten nu ik zo zelfzuchtig ben.

Toch is geduld nooit mijn sterkste kant geweest. Ik los problemen op; ik zoek naar vergelding. En ook al kan Nathaniel het niet helpen, ik ben kwaad dat zijn zwijgen iemand beschermt die ter verantwoording moet worden geroepen.

Vandaag is Nathaniel totaal over zijn toeren. Hij wil met alle geweld zijn Superman-pyjama aanhouden, al is het bijna middag. Erger is dat hij vannacht weer in bed heeft geplast en naar urine stinkt. Gisteren heeft het Caleb een uur gekost om hem uit zijn natte kleren te krijgen, en het heeft mij vanochtend twee uur gekost om te beseffen dat ik niet de emotionele of fysieke kracht bezit het 's ochtends tegen hem op te nemen. In plaats daarvan ben ik een andere strijd aangegaan.

Nathaniel zit als een stenen waterspuwer op zijn kruk. Hij houdt zijn lippen stijf op elkaar en weigert elke vorm van voedsel. Sinds het ontbijt van gisterochtend heeft hij niets meer gegeten. Ik heb de hele inhoud van de koelkast van boven tot onder voor hem opgehouden, van cocktailkersen tot gemberwortels. Ik laat een citroen over het aanrecht rollen. 'Wil je spaghetti? Kipnuggets? Ik maak alles wat je wilt. Zoek maar uit.'

Maar hij schudt alleen zijn hoofd.

Als hij niet wil eten is dat niet het eind van de wereld. Zo dacht ik gisteren tenminste. Maar diep in mijn hart geloof ik dat als het me lukt mijn zoon aan het eten te krijgen, hij tegen innerlijke pijn wordt beschermd. Ergens herinner ik me dat het de eerste taak van de moeder is haar kind te voeden. En als ik dat ene simpele doel kan bereiken, betekent het misschien dat ik niet helemaal heb gefaald.

'Tonijn? IJs? Pizza?'

Hij begint langzaam te draaien op zijn kruk. Eerst per ongeluk, doordat zijn voet uitglijdt, dan met opzet. Hij hoort dat ik hem iets vraag en draait me heel bewust de rug toe.

'Nathaniel.'

Hij kijkt niet op of om.

Er knapt iets in me. Ik ben kwaad op mezelf en op de wereld, maar het is makkelijker om me op hem af te reageren. 'Nathaniel! Ik *praat* tegen je!'

Hij draait zich om en kijkt me aan. Dan draait hij zich weer langzaam van me af.

'Luister naar me, *nu!*'

Dan wandelt Patrick dit huiselijke tafereeltje binnen. Voordat hij ons heeft gevonden, hoor ik hem roepen: 'De dag des oordeels moet nabij zijn, want ik kan geen andere reden bedenken waarom je twee dagen achter elkaar niet naar je werk...' Als hij de keuken binnenkomt en mijn gezicht ziet, blijft hij staan. 'Alles oké, Nina?' vraagt hij zacht.

Alles wat Caleb gisteravond over Patrick zei komt op me af en ik barst in tranen uit. Ik moet er niet aan denken dat deze steunpilaar me ook zal worden ontnomen. Ik kan niet geloven dat Patrick mijn zoon zoiets zou aandoen. En mijn overtuiging wordt bevestigd doordat Nathaniel niet krijsend wegrent.

Als Patrick zijn armen niet om heen had geslagen zou ik op de vloer in elkaar zijn gezakt. Ik hoor mezelf krampachtig zeggen: 'Ja hoor, prima', maar ik krijg mijn bevende stem niet onder controle.

Hoe moet je uitleggen dat het leven van gisteren niet meer hetzelfde leven is waarin je vanochtend wakker werd? Hoe moet je gruweldaden beschrijven die nooit hadden mogen bestaan? Als openbaar aanklager sla ik om me heen met woorden als *penetreren*, *molesteren* en *slachtofferen*, maar geen van deze termen is zo rauw en realistisch als de zin *Iemand heeft mijn zoon verkracht*.

Patricks blik gaat van Nathaniel naar mij en weer terug. Denkt hij dat ik ben ingestort? Dat er door de stress iets in me is geknapt? 'Hé, Staak,' zegt hij, zijn oude bijnaam voor Nathaniel gebruikend toen die ineens uit zijn kleren begon te groeien. 'Zullen we samen naar boven gaan om je aan te kleden terwijl je moeder eh... de afwas doet?'

'Nee,' zeg ik, maar op hetzelfde moment rent Nathaniel de keuken al uit.

'Nina,' probeert Patrick opnieuw. 'Is er iets met Nathaniel op school gebeurd?'

'Is er iets met Nathaniel op school gebeurd,' herhaalt Nina op vlakke toon. '*Is er iets gebeurd.* Tja, dat is de grote vraag, hè?'

Hij staart haar aan. Als hij haar maar lang en indringend genoeg aankijkt, zal ze de waarheid vertellen. Op z'n elfde wist hij dat Nina voor het eerst een jongen had gekust, al durfde ze het Patrick niet te zeggen. En lang voordat ze de moed had opgebracht hem te bekennen dat ze Biddeford ging verlaten, wist hij dat ze in een andere staat zou gaan studeren.

'Iemand heeft hem iets aangedaan, Patrick,' fluistert Nina. 'En ik... ik weet niet wie...'

Er gaat een huivering door hem heen. 'Nathaniel?'

Patrick heeft ouders moeten meedelen dat hun tienerzoon of -dochter om het leven is gekomen bij een auto-ongeluk waarbij drank in het spel was. Hij heeft weduwen bijgestaan aan het graf van hun echtgenoot die zich van het leven had beroofd. Hij heeft naar de verhalen geluisterd van vrouwen die verkracht waren. De enige manier om het te doorstaan is door op de achtergrond te blijven en te doen alsof je geen deel uitmaakt van deze beschaving waarin mensen elkaar zoveel leed berokkenen. Maar dit... In dit geval is het onmogelijk om afstand te houden.

Hij zit naast Nina op de keukenvloer terwijl ze hem de bijzonderheden vertelt van een verhaal dat hij liever nooit had gehoord. Ik kan door die deur weer teruggaan, denkt hij, en opnieuw binnenkomen. Ik zou de tijd kunnen terugdraaien.

'Hij kan niet praten,' zegt Nina. 'En ik weet niet wat ik eraan moet doen.'

Patrick pakt haar bij de arm. 'Dat weet je wel. Jij krijgt mensen altijd aan het praten.'

Wanneer ze haar gezicht naar hem opheft, ziet hij wat hij haar gegeven heeft. Je bent tenslotte niet verloren zolang je nog een sprankje hoop voelt.

De dag nadat zijn zoon is gaan zwijgen om redenen die Caleb niet wil geloven, loopt hij de voordeur uit en beseft dat zijn huis in verval is. Niet letterlijk natuurlijk, daar is hij te gedegen voor. Maar als je goed kijkt, zie je dingen die lang geleden al aandacht vereisten – het tegelpad voor het huis, de schoorsteen, de lage muur die hun hele stuk land had moeten omheinen. Allemaal verwaarloosd en in de steek gelaten voor projecten van betalende cliënten. Hij zet zijn koffiebeker op de rand van de verandamuur en loopt de stoeptreden af om alles met een objectief oog te bekijken.

Het tegelpad heeft geen prioriteit. Alleen een vakman ziet dat de stenen niet gelijkmatig zijn. De schoorsteen is wel een probleem, die is aan de hele linkerkant afgebrokkeld. Maar het heeft geen zin zo laat in de middag nog het dak op te gaan, en bovendien kun je beter hulp hebben wanneer je op het dak gaat werken. Daarom richt hij zijn aandacht op de kniehoge, dertig centimeter brede siermuur die grenst aan de weg.

De bakstenen liggen op de plek waar ze zo'n jaar geleden werden achtergelaten. Hij kreeg ze via commerciële aannemers die wisten dat hij op zoek was naar gebruikte stenen, en ze kwamen uit heel New England – van gesloopte fabrieken en ziekenhuizen, van bouwvallige woningen en leegstaande schoolgebouwen. Caleb houdt van hun slijtageplekken en littekens. Hij stelt zich voor dat in de poreuze rode klei iets van oude geesten of engelen is achtergebleven. Dan kan hem niets overkomen wanneer hij langs de omtrek van zijn land loopt.

Goddank heeft hij al tot onder de vorstgrens gegraven. Op zes centimeter diepte ligt steengruis. Caleb strooit een zak Redi-Mix uit in een kruiwagen. Zijn gehak en gesleep neemt een ritme aan terwijl het water met zand en beton wordt gemengd. Het neemt bezit van hem wanneer hij de eerste laag stenen legt en ze in het cement heen en weer beweegt tot ze zich hechten. Het wordt weids en licht in zijn hoofd wanneer hij zo in zijn werk opgaat.

Het is zijn ambacht en zijn verslaving. Langs de rand van de basis werkt hij met gracieuze gebaren. Dit zal geen solide muur worden, maar een mooi uitziende buitenkant bekroond met een decoratieve betonnen bovenrand. Niemand zal weten dat het cement vanbinnen slordig en lelijk is uitgesmeerd. Caleb hoeft niet zorgvuldig te zijn op plekken die niemand ziet.

Wanneer zijn hand naar een nieuwe steen tast, voelt hij iets zachts en glads aan zijn vingers. Een plastic soldaatje in groen uniform.

De laatste keer dat hij hier werkte, was Nathaniel met hem meegekomen. Terwijl Caleb de geul groef, had zijn zoon een bataljon verstopt in het fort dat hij van bakstenen had gemaakt.

Nathaniel was toen drie. 'Ik ga je neerhalen,' had hij gezegd, en hij richtte het soldaatje op Mason, de golden retriever.

'Waar heb je dát gehoord?' vroeg Caleb lachend.

'Heel lang geleden,' zei Nathaniel gewichtig, 'toen ik nog een baby was.'

Nu houdt Caleb het plastic soldaatje in zijn hand. Dan ziet hij het licht van een zaklamp over de oprit dichterbij komen, en ineens beseft hij dat het donker is geworden. 'Wat ben je aan het doen?' vraagt Nina.

'Wat denk je?'

'Nu?'

Hij draait zich om en verstopt het soldaatje in zijn vuist. 'Waarom niet?'

'Omdat het...' Ze schudt haar hoofd. 'Ik ga Nathaniel naar bed brengen.'

'Heb je mijn hulp nodig?'

Meteen beseft hij dat ze het verkeerd zal opvatten. *Heb je hulp nodig*, had hij moeten zeggen. Nina zet inderdaad haar stekels op. 'Ik denk dat ik het na vijf jaar wel alleen kan,' zegt ze, en ze loopt terug naar het huis terwijl het schijnsel van de zaklamp als een krekel voor haar uit springt.

Caleb aarzelt of hij achter haar aan zal gaan. Uiteindelijk besluit hij het niet te doen. Hij legt het groene soldaatje in de ruimte tussen de twee muren en metselt er nieuwe stenen op. Wanneer deze muur klaar is, zal niemand weten dat er een soldaat in rust. Niemand behalve Caleb, die er dagelijks naar zal kijken en weten dat minstens één gave herinnering aan zijn zoon bewaard is gebleven.

Nathaniel ligt in bed en denkt aan de keer dat hij een kuiken van school mee naar huis nam. Nou ja, kuiken... eigenlijk was het een ei dat juf Lydia in de prullenmand had gegooid, alsof ze allemaal te stom waren om uit te rekenen dat er nu drie eieren in plaats van vier in de broedmachine lagen. Maar die drie waren wel in piepende gele pluisbolletjes veranderd. Dus voordat zijn vader hem die dag kwam ophalen, was Nathaniel naar haar kantoor gegaan om het ei uit de prullenbak te halen en in zijn mouw te verstoppen.

Hij had het onder zijn kussen gelegd toen hij ging slapen. Het zou vast nog wel in een kuiken veranderen, net als de andere. Maar uiteindelijk had het hem alleen nachtmerries bezorgd. Zijn vader die 's ochtends de schaal brak om een eitje te bakken en een levend kuikentje dat in de koekenpan viel. Drie dagen later had zijn vader het ei naast zijn bed gevonden waar het op de vloer was gevallen. Hij had het niet snel genoeg opgeruimd, want Nathaniel kan zich nog het zilverachtige dode oog herinneren, het compacte grijze lijfje, en iets dat misschien een vleugel was geweest.

Nathaniel dacht altijd dat het Wezen dat hij die ochtend had gezien – het was geen kuiken, dat weet hij zeker – het engste was dat er kon bestaan. Nog steeds ziet hij het weleens op zijn netvlies verschijnen wanneer hij met zijn ogen knippert. Hij eet geen eieren meer omdat hij bang is voor wat erin kan zitten. Iets wat er vanbuiten heel normaal uitziet kan best een vermomming zijn.

Nathaniel staart naar het plafond. Nu weet hij dat er nog engere dingen bestaan.

De deur van zijn slaapkamer gaat langzaam open en er komt iemand binnen. Nathaniel denkt nog steeds aan het Wezen, en aan het Andere. Hij kan niet goed zien door het felle licht op de gang. Hij voelt iets op zijn bed zakken dat zich om hem heen slaat, alsof Nathaniel nu het dode ding is en een schaal om zich heen moet laten groeien om zich erin te verbergen.

'Het is oké.' Hij hoort de stem van zijn vader in zijn oor. 'Ik ben het maar.' Nathaniel voelt zijn armen strak om zich heen waardoor het trillen wordt tegengehouden. Hij doet zijn ogen dicht, en voor het eerst sinds hij die avond naar bed is gegaan, ziet hij het kuiken niet meer.

Vlak voordat we de volgende dag het kantoor van dr. Robichaud binnenstappen, krijg ik ineens een sprankje hoop. Stel dat ze Nathaniel observeert en tot de conclusie komt dat ze zijn gedrag verkeerd heeft geïnterpreteerd? Dat ze haar excuses aanbiedt en met rode letters VERGISSING op zijn dossier stempelt? Maar wanneer we naar binnen gaan, zie ik dat er nog iemand aanwezig is, en dan weet ik dat ik naar mijn happy end kan fluiten. In het kleine York County kun je onmogelijk gevallen van kindermisbruik vervolgen zonder met Monica LaFlamme in contact te komen. Niet dat ik iets tegen haar persoonlijk heb, maar wel tegen de instantie die ze vertegenwoordigt. Op ons kantoor heeft de afdeling Kinderbescherming van het bureau voor maatschappelijk werk de afkorting VSW gekregen – Verrekte Sociaal Werkers – of BB – Bureau voor Bureaucratie. Bij de laatste zaak waar ik met Monica aan heb gewerkt was een jongen betrokken bij wie een onduidelijke gedragsstoornis werd vastgesteld, wat ertoe leidde dat we degene die hem misbruikte niet konden vervolgen.

Ze staat op en strekt haar handen naar me uit alsof ze mijn beste vriendin is. 'Nina... Wat verschrikkelijk om dit te moeten horen.'

Mijn ogen zijn van vuursteen en mijn hart is zo hard als diamant. Beroepsmatig val ik al niet voor dit soort hypocriete bullshit, laat staan in mijn privéleven. 'Wat kun je voor me doen, Monica?' vraag ik kortaf.

Ik kan zien dat de psychiater geschokt is. Waarschijnlijk heeft ze nooit iemand zo tegen de kinderbescherming horen praten en vindt ze dat ik aan de prozac moet.

'O, Nina, kon ik maar wat meer doen.'

'Dat zeg je altijd.' Dan komt Caleb tussenbeide.

'Sorry, we zijn nog niet aan elkaar voorgesteld,' mompelt hij, en knijpt waarschuwend in mijn arm. Hij drukt Monica de hand en groet dr. Robichaud. Dan loodst hij Nathaniel naar de speelplek.

'Mevrouw LaFlamme is de maatschappelijk werkster die aan Nathaniel is toegewezen,' zegt de psychiater. 'Het leek me zinvol dat u haar ontmoette. Wellicht hebt u vragen waar ze antwoord op kan geven.'

'Ik heb een vraag,' begin ik. 'Wat moet ik doen om de kinderbescherming weer van deze zaak af te krijgen?'

Dr. Robichaud kijkt nerveus naar Caleb en vervolgens naar mij. 'Juridisch gezien...'

'Dank u vriendelijk, maar de juridische procedure ken ik op mijn duimpje. Dit was namelijk een strikvraag, begrijpt u? Het antwoord is dat de kinderbescherming al niet meer bij de zaak betrokken is.

Die is er *nooit* bij betrokken.' Ik snater maar door. Ik kan er niets aan doen. Het is zo onwezenlijk om Monica hier te zien, alsof werk en privé door hetzelfde wormgat in de tijd zijn samengekomen. 'Stel dat ik je een naam geef en vertel wat hij heeft gedaan... Kun je dan wel je werk doen?'

'Kijk, Nina,' zegt Monica op karamelzoete toon. Ik heb altijd een hekel aan karamel gehad. 'Het is inderdaad zo dat een slachtoffer iemand moet identificeren voordat we...'

Een slachtoffer. Ze heeft Nathaniel gereduceerd tot een willekeurig geval onder de meer dan honderd zaken die ik door de jaren heen heb behandeld. Daarom maakt het me zo woedend Monica LaFlamme in het kantoor van dr. Robichaud te zien. Het betekent dat Nathaniel inmiddels een nummer en een dossier heeft in een systeem dat hem in de steek zal laten.

'*Dit is mijn zoon*,' bijt ik haar toe. 'Het kan me niet schelen wat de procedure vereist. Het kan me niet schelen dat er geen dader genoemd is en nog in geen maanden of jaren genoemd zal worden. Voor mijn part neem je de hele bevolking van Maine op de korrel en sluit je ze een voor een uit. Maar begin ergens, Monica. Jezus Christus. *Doe iets!*'

Tegen de tijd dat ik ben uitgesproken staren ze me allemaal aan alsof ik een tweekoppig monster ben. Ik kijk naar Nathaniel, die met blokken zit te spelen. De experts die vanwege hem bij elkaar zijn gekomen, schenken hem geen enkele aandacht. Dan sta ik op en loop de deur uit.

Dr. Robichaud haalt me in op het parkeerterrein. Ik hoor het geklik van haar hakken en ruik de geur van een opgestoken sigaret. 'Ook een?'

'Bedankt, maar ik rook niet.'

We leunen tegen een auto die niet de mijne is. Een zwarte Camaro waarvan het portier niet is afgesloten. Kan ik ook het leven van de eigenaar stelen als ik instap en wegrijd?

'Je klonk een beetje... uitgeput,' zegt dr. Robichaud.

Ik moet erom lachen. 'Is understatement een verplicht vak als je psychiater wilt worden?'

'Wat dacht je? Zo leer je liegen alsof het gedrukt staat.' Dr. Robichaud neemt een laatste trek en drukt dan de sigaret uit onder haar pump. 'Ik weet dat dit wel het laatste is wat je wilt horen, maar in het geval van Nathaniel is tijd niet je vijand.'

Hoe kan ze dat weten? Een week geleden kende ze Nathaniel nog niet eens. Zij hoeft hem niet elke ochtend te zien en herinnerd te worden aan de kleine jongen die altijd zoveel te vragen had – waarom vogels op elektriciteitsdraden niet worden geëlektrocuteerd, waarom een vlam blauw is in het midden, wie tandflos heeft uitgevonden – dat ik weleens wilde dat hij zijn mond hield.

'Je krijgt hem weer terug, Nina,' zegt dr. Robichaud zacht.

Ik kijk met dichtgeknepen ogen naar de zon. 'Tegen welke prijs?'

Daar heeft ze geen antwoord op. 'Nathaniels denkwereld beschermt hem nu. Hij voelt geen pijn. Hij denkt veel minder vaak aan wat er gebeurd is dan jij.' Aarzelend reikt ze me de olijftak aan. 'Als je wilt verwijs ik je door naar een psychiater die je iets kan geven.'

'Ik wil geen medicijnen.'

'Misschien wil je liever iemand om mee te praten?'

'Ja,' zeg ik, mijn gezicht naar haar omdraaiend. 'Mijn zoon.'

Ik kijk nog eens in het boek om het te checken. Dan sla ik met mijn hand op mijn knie en knip met mijn vingers. 'Hond,' zeg ik, en op hetzelfde moment rent onze retriever op me af.

Nathaniel beweegt zijn lippen als ik de hond wegduw. 'Nee, Mason, nu even niet.' De hond krult zich op onder de smeedijzeren tafel en nestelt zich aan mijn voeten. Een koele oktoberwind laat bladeren opdwarrelen – rood, oker en goud. Ze komen in Nathaniels haar terecht en op de opengeslagen pagina's van het handboek voor gebarentaal.

Langzaam kruipt Nathaniels hand onder zijn dijen vandaan. Hij wijst naar zichzelf, strekt zijn armen met de handpalmen naar voren, en kromt dan zijn vingers tot een vuist. *Ik wil.* Hij slaat op zijn knie en probeert met zijn vingers te knippen.

'Wil je de hond?' vraag ik. 'Wil je Mason?'

Nathaniels gezicht klaart op. Hij knikt en begint breed te grijnzen. Dit is de eerste hele zin in bijna een week.

Bij het horen van zijn naam tilt de hond zijn ruwharige kop op en drukt zijn neus in Nathaniels buik. 'Je hebt er zelf om gevraagd,' zeg ik lachend. Wanneer Nathaniel de hond van zich af heeft geduwd, is er een blos van trots op zijn wangen verschenen. We hebben nog niet veel geleerd – de gebaren voor *willen, meer, drinken,* en *hond* – maar het is een begin.

Ik pak Nathaniels hand, de hand waarmee ik vanmiddag alle letters van het gebarenalfabet heb gevormd, ook al hebben zijn vingertjes nog niet genoeg kracht om in positie te blijven. Ik buig zijn middelvinger en vierde vinger zodat de andere nog gestrekt zijn en help hem de gecombineerde I, H, V en J te maken, wat *Ik hou van jou* betekent.

Ineens springt Mason op, gooit bijna de tafel omver en rent naar het hek om Caleb te begroeten. 'Wat zijn jullie aan het doen?' vraagt hij, van het dikke handboek naar Nathaniels gekromde hand kijkend.

'*Wij,*' zeg ik nadrukkelijk, en wijs eerst naar mijn schouder en dan naar die van Nathaniel, '*zijn aan het werk.*'

'*Wij,*' antwoordt Caleb, terwijl hij het boek van tafel pakt en onder zijn arm stopt, 'zijn niet *doof.*'

Caleb vindt het maar niets dat Nathaniel gebarentaal leert. Volgens hem zou Nathaniel daarmee de stimulans worden ontnomen om weer te gaan praten. Maar Caleb heeft nooit moeten raden wat zijn zoon als ontbijt wil. 'Let op,' zeg ik. Ik knik Nathaniel toe en probeer hem die ene zin weer te laten vertolken. 'Hij is zo slim, Caleb.'

'Dat weet ik. Over hem maak ik me geen zorgen.' Hij pakt mijn elleboog vast. 'Kan ik je even alleen spreken?'

We gaan naar binnen en ik doe de schuifdeur dicht zodat Nathaniel ons niet kan horen. 'Hoeveel woorden moet je hem leren voordat je hem in gebarentaal kunt vragen wie het heeft gedaan?' zegt Caleb.

Ik voel het bloed naar mijn wangen stijgen. 'Net als dokter Robichaud wil ik Nathaniel alleen de kans geven om te communiceren, want deze situatie is voor hem net zo frustrerend als voor ons. Vandaag heb ik hem geleerd hoe hij "ik wil de hond" moest zeggen. Moet je mij eens uitleggen hoe dat tot een veroordeling kan leiden. En ga je zoon maar uitleggen waarom je hem met alle geweld zijn enige communicatiemiddel wil afnemen.'

Als een scheidsrechter heft Caleb zijn gespreide handen. Het is het teken voor *niet doen*, al zal hij dat niet weten. 'Ik ga niet met je in discussie, Nina. Ik kan het toch nooit van je winnen.' Hij loopt naar buiten en gaat op zijn hurken voor Nathaniel zitten. 'Het is een veel te mooie dag om te leren. Waarom ga je niet schommelen of in de zandbak spelen? En je hoeft helemaal niets te zeggen als je niet wilt, Nathaniel. En je hoeft ook geen woorden te vormen met je handen. Oké?' Wanneer Nathaniel knikt, tilt Caleb hem met een zwaai op zijn schouders. 'Heb je zin om wilde appeltjes in het bos te gaan plukken? Dan ben ik je ladder.'

Vlak voordat ze uit het zicht verdwijnen, draait Nathaniel zijn hoofd om. Hij houdt zijn hand op. Om te zwaaien? Ik zwaai terug, en besef dan dat zijn vingers de combinatie van I, H, V, J vormen, en vervolgens iets wat op een vredesteken lijkt.

Technisch mag het dan niet helemaal in orde zijn, zijn boodschap is duidelijk.

Ik hou ook van jou.

Myrna Oliphant, de secretaresse van de vijf hulpofficieren in Alfred, is bijna net zo breed als ze lang is. Ze draagt praktische schoenen die piepen bij het lopen, ze ruikt naar Brylcreem, en het schijnt dat ze honderd woorden per minuut kan typen, hoewel niemand het haar ooit heeft zien doen. Peter en ik zeggen altijd dat we haar vaker van achteren dan van voren zien, want kennelijk heeft ze een zesde zintuig dat haar ingeeft zich uit de voeten te maken zodra we haar nodig hebben.

Dus wanneer ik na acht dagen sinds Nathaniels stilzwijgen mijn kantoor binnenkom en ze recht op me af loopt, weet ik dat het mis is. 'Nina, o, Nina.' Ze legt haar hand tegen haar keel en er staan tranen in haar ogen. 'Als ik iets...'

'Bedankt,' mompel ik. Het verbaast me niet dat ze weet wat er gebeurd is. Ik heb het Peter verteld en hij zal ongetwijfeld de anderen hebben ingelicht. De enige keer dat ik ziektedagen heb opgenomen, was toen Nathaniel mazelen of waterpokken had. Mijn afwezigheid de afgelopen week heeft opnieuw met mijn zoon te maken, zij het dat zijn ziekte nu veel ernstiger is. 'Ik wil alleen de zaken hier goed achterlaten voordat ik weer naar huis ga.'

'Ja, natuurlijk.' Myrna schraapt haar keel en zegt dan zakelijk:

'Peter heeft natuurlijk je post en je e-mails in de gaten gehouden. En Wallace verwacht je in zijn kantoor.' Ze wil teruggaan naar haar bureau, maar aarzelt even. 'Ik heb een briefje in de kerk opgehangen.' Dan herinner ik me dat ze eveneens lid is van de St.-Anna-parochie. Op een afgebakend deel van het mededelingenbord kan een gebed worden gevraagd voor familieleden of vrienden in nood. Myrna glimlacht en zegt: 'Misschien luistert God op ditzelfde moment naar die gebeden.'

'Wie weet.' Ik zeg niet wat ik denk: *En waar was God toen het gebeurde?*

Mijn kantoor ziet eruit zoals ik het heb achtergelaten. Ik ga voorzichtig in mijn draaistoel zitten, schuif wat met de papieren op mijn bureau en luister naar de berichten op het antwoordapparaat. Het is goed om terug te komen naar een plek die nog precies zo is als ik me herinner.

Er wordt geklopt. Peter komt binnen en doet de deur achter zich dicht. 'Ik weet niet wat ik moet zeggen.'

'Zeg dan maar niets en ga zitten.'

Hij laat zich in de stoel aan de andere kant van mijn bureau zakken. 'Weet je het zeker, Nina? Ik bedoel, kan de psychiater geen overhaaste conclusie hebben getrokken?'

'Ik heb dezelfde gedragspatronen gezien als zij. En ik ben tot dezelfde conclusie gekomen.' Ik kijk naar hem op. 'Er zijn fysieke bewijzen van penetratie aangetroffen.'

'O, jezus.' Peter klemt zijn handen moedeloos tussen zijn knieën. 'Kan ik iets voor je doen?'

'Je doet het al. Bedankt,' zeg ik glimlachend. 'Van wie waren de hersenresten in die auto?'

Peter kijkt me met zachte blik aan. 'Wie kan het wat schelen? Daar moet je nu niet aan denken. Je zou hier niet eens moeten zijn.'

Even weet ik niet of ik hem in vertrouwen moet nemen of dat ik zijn goede indruk van mij teniet zal doen. 'Dit is makkelijker,' beken ik zachtjes.

Het is even stil. Dan vraagt hij uitdagend: 'Mooiste jaar?'

Ik klamp me vast aan de reddingslijn en weet meteen het antwoord. Het jaar dat ik ben gepromoveerd en een paar maanden later van Nathaniel beviel. '1996. Mooiste slachtoffer?'

'Polly Purebred van de Underdog-cartoon.' Peter kijkt op als Wally Moffett, onze baas, mijn kantoor binnenkomt. 'Hoi, chef,' zegt hij tegen Wally, en vervolgens tegen mij: 'Beste vriend?' Hij staat op en loopt naar de deur. 'Het antwoord is: *ik*. Vergeet dat nooit ofte nimmer.'

'Prima kerel,' zegt Wally wanneer Peter weg is. Wally ziet eruit als het prototype hoofdofficier van justitie: mager, met een dikke bos haar en een filmsterachtig gebit dat hem alleen daardoor al favoriet bij nieuwe verkiezingen zou maken. Hij is ook een excellent advocaat. Hij kan tot de kern van een zaak doordringen voordat je ook maar beseft dat hij de schil heeft aangesneden. 'Ik hoef niet te zeggen dat je hier altijd kunt terugkomen,' begint Wally, 'maar ik zal persoonlijk de toegang vergrendelen als je niet alle tijd neemt die je nodig hebt.'

'Bedankt, Wally.'

'Ik vind het verschrikkelijk voor je, Nina.'

Ik kijk naar mijn vloeiblok. Onderaan is een kalender afgedrukt. Er staan geen foto's van Nathaniel op mijn bureau. Dat heb ik afgeleerd toen ik bij de districtsrechtbank werkte en het schuim der aarde mijn kantoor binnenkwam om hun zaak te bepleiten. Ze mochten niet weten dat ik een gezin had.

'Kan ik... mag ik deze zaak voor de rechter brengen?'

Ik vraag het zo zacht dat het even duurt voordat ik besef wat ik heb gezegd. Bij het zien van Wally's medelijdende blik sla ik mijn ogen neer. 'Je weet dat het niet kan, Nina. Niet dat ik liever iemand anders die zieke klootzak liet opsluiten. Maar niemand van ons kantoor is daartoe bevoegd. Kwestie van conflicterende belangen.'

Ik knik en kan niets uitbrengen. Ik had het zo graag gewild.

'Ik heb ons kantoor in Portland al gebeld. Ze hebben daar een uitstekende man.' Hij kijkt me met een scheef glimlachje aan. 'Bijna net zo goed als jij. Ik heb verteld wat er aan de hand was en dat we Tom LaCroix van hen moesten lenen.'

Er staan tranen in mijn ogen wanneer ik Wallace bedank. Het is heel bijzonder dat hij zo ver is gegaan zonder dat we ook maar een verdachte hebben.

'Wij geven om onze mensen,' verzekert Wally me. 'Wie het ook gedaan heeft, hij zal ervoor boeten.'

73

Datzelfde zeg ik vaak om woedende ouders te kalmeren. En hoewel ik weet hoeveel het van hun kind zal vergen, zeg ik hun dat ik alles zal doen om dat monster de cel in te krijgen. Ik zeg tegen de ouders dat ik in hun plaats alles zou doen om dat te bewerkstelligen, ook wanneer hun kind daarvoor de getuigenbank in moet.

Maar nu ben ik de ouder en gaat het om mijn eigen kind. Dat verandert alles.

Op een zaterdag had ik Nathaniel naar kantoor meegenomen zodat ik wat werk kon afhandelen. Het was er spookachtig stil: slapende Xerox-apparaten, stand-by computers, zwijgende telefoons. Nathaniel vermaakte zich met de papierversnipperaar terwijl ik dossiers doornam. 'Waarom hebben jullie me Nathaniel genoemd?' vroeg hij ineens.

Ik vinkte een getuige op mijn blocnote af. 'Het betekent "geschenk van God".'

De kaken van de versnipperaar begonnen te malen. Nathaniel draaide zich naar me om. 'Was ik ingepakt en zo toen jullie me kregen?'

'Nee, je was een ander soort geschenk.' Hij zette de versnipperaar uit en begon met het speelgoed in de hoek te spelen dat bestemd was voor de kinderen die het ongeluk hadden naar mijn kantoor te moeten komen. 'Zou je liever anders heten?'

Toen ik zwanger was wenste Caleb onze baby elke avond met een andere naam welterusten: Vladimir, Grizelda, Cuthbert. *Als je zo doorgaat*, zei ik, *wordt ons kindje met een identiteitscrisis geboren.*

Nathaniel haalde zijn schouders op. 'Batman misschien.'

'Batman Frost,' herhaalde ik, volstrekt serieus. 'Klinkt niet slecht.'

'Er zitten vier Dylans bij mij op school, Dylan S., Dylan M., Dylan D., en Dylan T., maar geen Batman.'

'Dat is een belangrijke overweging.' Ineens voelde ik een warm gewicht op mijn voeten en was Nathaniel onder mijn bureau gekropen. 'Wat doe je nou?'

'Batman moet een grot hebben, mam, *duh*.'

'O, natuurlijk.' Ik vouwde mijn benen onder me om Nathaniel meer ruimte te geven en verdiepte me in een politierapport. Nathaniel stak zijn hand uit om een niettang te pakken bij wijze van walkietalkie.

Het betrof een verkrachtingszaak waarbij het slachtoffer in comateuze toestand in de badkuip werd aangetroffen. Helaas was de dader zo slim geweest het vol te laten lopen, waardoor al het forensisch bewijsmateriaal was vernietigd. Ik draaide de bladzijde om en keek naar de gruwelijke politiefoto's van de plaats delict, naar het auberginekleurige gezicht van de verdronken vrouw.

'Mam?'

Onmiddellijk legde ik de foto neer met de achterkant boven. Dit was exact de reden waarom ik mijn werk en privéleven gescheiden hield. 'Hmm?'

'Krijg jij slechte mannen altijd te pakken?'

Ik dacht aan de moeder van het slachtoffer. Ze moest steeds zo huilen dat ze geen verklaring tegen de politie kon afleggen. 'Niet altijd,' antwoordde ik.

'Meestal wel?'

'Nou ja, minstens de helft.'

Nathaniel dacht hier even over na. 'Dat is vast wel genoeg om een superheld te kunnen zijn,' zei hij. Op dat moment besefte ik dat ik werd geïnterviewd voor de positie van Robin. Maar ik had geen tijd om voor sidekick van een stripfiguur te spelen.

'Je weet best waarom ik hier ben,' zei ik zuchtend. Ik moest me voorbereiden op mijn openingspleidooi van maandag, mijn strategie bepalen en de getuigenlijst doornemen.

Ik keek naar Nathaniels verwachtingsvolle gezicht. Aan de andere kant werd het recht misschien het best gediend vanuit een Batman-grot. Er schoot een oxymoron door me heen: *Vandaag ga ik helemaal niets doen. Ik ben alles aan het doen wat ik wil.* 'Oké, Batman,' zei ik, en ik schopte mijn schoenen uit en kroop onder het bureau. Nooit geweten dat de binnenkant van goedkoop grenenhout was in plaats van mahonie. 'Robin meldt zich voor actie, maar alleen als ik de Batmobiel mag besturen.'

'Jij kunt Robin helemaal niet zijn.'

'Ik dacht dat je dat wilde.'

Nathaniel keek me medelijdend aan, alsof iemand van mijn leeftijd zo langzamerhand de spelregels wel moest weten. Onze schouders botsten in de kleine ruimte onder het bureau. 'We kunnen best samenwerken en zo, maar je moet Mama heten.'

'Waarom?'

Hij rolde met zijn ogen. 'Omdat je dat nu eenmaal bent.'

'Nathaniel!' roep ik gegeneerd uit. Is het een zonde om geen controle over je kind te hebben? 'Het spijt me, eerwaarde,' zeg ik, en ik houd de deur wijd open om de pastoor binnen te laten. 'Hij is de laatste tijd nogal... verlegen tegenover bezoekers. Toen de man van UPS gisteren kwam, heb ik hem een uur moeten zoeken.'

Pastoor Szyszynski kijkt me glimlachend aan. 'Ik had eerst even moeten bellen in plaats van onverwacht langs te komen.'

'O, nee, ik ben blij dat u er bent.' Dat is een leugen. Ik heb geen idee wat ik met een priester in mijn huis aan moet. Bied ik hem koekjes aan? Bier? Moet ik me verontschuldigen voor alle zondagen dat ik niet naar de kerk ben geweest? Moet ik hem opbiechten dat ik nu sta te liegen?

'Dat hoort nu eenmaal bij het ambt,' zegt pastoor Szyszynski, tegen zijn boord tikkend. 'Op vrijdagmiddag heb ik niets anders te doen dan het afluisteren van het damescomité bij hun wekelijkse liefdadigheidsbijeenkomst.'

'En dat vindt u een opkikkertje?'

'Eerder een kruis dat gedragen moet worden,' zegt de priester glimlachend. Hij gaat op de bank in de woonkamer zitten. Pastoor Szyszynski draagt hightech sportschoenen. Hij loopt halve marathons. Zijn tijden zijn te lezen op het mededelingenbord, naast de kaartjes met gebedsverzoeken voor de behoeftigen. Er hangt ook een foto van hem wanneer hij over de finish komt – mager, fit, en zonder boord. Zo ziet hij er helemaal niet uit als een priester. Hij is in de vijftig, maar oogt tien jaar jonger. Ik heb hem eens horen zeggen dat hij geprobeerd heeft een pact met Satan te sluiten om eeuwig jong te kunnen blijven, maar dat hij zijn telefoonnummer niet kon vinden.

Ik vraag me af welke nieuwsgierige roddelkont in de parochiale geruchtenmachine de pastoor over ons heeft verteld.

'Op zondagsschool wordt Nathaniel gemist,' zegt hij. Hij had ook kunnen zeggen dat Nathaniel dit jaar meer dan dan de helft van de zondagen de zondagsschool heeft gemist omdat we niet zo vaak naar de kerk gaan. Toch weet ik dat Nathaniel het leuk vindt om tijdens de dienst plaatjes in te kleuren in het souterrain. En hij vindt het nog leuker wanneer pastoor Szyszynski na afloop de kinderen voorleest uit een grote, oude, geïllustreerde kinderbijbel terwijl de rest van de gemeente boven aan de koffie zit. Dan gaat hij midden in de kring op de vloer zitten en beeldt hij volgens Nathaniel overstromingen, plagen en profetieën uit.

'Ik weet waar je aan denkt,' zegt pastoor Szyszynski.

'O ja?'

Hij knikt. 'Dat het anno 2001 archaïsch is om aan te nemen dat de kerk zo'n groot deel van je leven uitmaakt dat je er in een tijd als deze troost kunt vinden. Maar het kan wel, Nina. God wil dat je je tot Hem wendt.'

Ik kijk de priester recht in de ogen. 'Vandaag de dag heb ik niet zoveel met God,' zeg ik bot.

'Dat weet ik. Gods wil is soms ondoorgrondelijk.' Hij haalt zijn schouders op. 'Er zijn tijden geweest dat ik ook aan Hem twijfelde.'

'Daar bent u kennelijk weer overheen.' Ik veeg een traan uit mijn ooghoek weg. Waarom huil ik? 'Ik ben niet eens katholiek.'

'Natuurlijk ben je dat wel. Je komt toch steeds weer terug?'

Dat heeft met schuldgevoel te maken, niet met geloof.

'Alles heeft een reden, Nina.'

'O ja? Vraagt u God dan eens om welke reden een kind zoiets gruwelijks is aangedaan.'

'Vraag het Hem zelf,' antwoordt de priester. 'En bedenk dan dat jullie iets gemeen hebben... Ook Hij heeft Zijn zoon zien lijden.'

Hij overhandigt me een plaatjesboek, *David en Goliath*, op maat gemaakt voor een vijfjarig kind. 'Als Nathaniel ooit weer uit zijn schuilplaats komt,' zegt hij met opzettelijk harde stem, 'zeg hem dan dat vader Glen een cadeautje voor hem heeft achtergelaten.' Alle kinderen van de zondagsschool noemen hem zo omdat ze zijn achternaam niet kunnen uitspreken. *Kun je nagaan*, had hij gezegd, *na een paar biertjes kan ik die zelf niet eens meer uitspreken*. 'Vooral Nathaniel vond het een mooi verhaal toen ik het vorig jaar heb voorgelezen. Hij vroeg of we allemaal katapults konden maken.' Pastoor Szyszynski staat op en loopt naar de deur. 'Als je wilt praten, Nina, je weet waar je me kunt vinden. Pas goed op jezelf.'

Hij loopt het tuinpad af dat Caleb eigenhandig heeft aangelegd. Terwijl ik hem nakijk, druk ik het boek tegen mijn borst en denk aan zwakke mensen die reuzen verslaan.

Nathaniel speelt met een bootje. Hij laat het zinken en kijkt hoe het weer boven komt drijven. Maar goed, ik mag al blij zijn dat hij weer in dit bad wil zitten. Vandaag ging het wat beter met hem. Hij heeft gepraat met zijn handen. En hij ging akkoord met een bad, op voorwaarde dat hijzelf zijn kleren mocht uittrekken. Natuurlijk liet ik dat toe, al moest ik me bedwingen hem niet te hulp te schieten toen hij een knoop niet los kon krijgen. Ik probeer me te herinneren wat dr. Robichaud over macht heeft gezegd. Nathaniel is hulpeloos gemaakt. Hij moet het gevoel krijgen dat hij weer macht over zichzelf krijgt.

Ik ga op de rand van het bad zitten en kijk naar zijn rug die bij het ademhalen op- en neergaat. 'Hulp nodig?' vraag ik, terwijl ik met mijn ene hand de andere ophef om het in gebarentaal uit te drukken. Nathaniel schudt heftig zijn hoofd. Hij pakt het stuk zeep en wrijft zijn schouders, zijn borst en zijn buik in. Hij aarzelt even en duwt het dan tussen zijn benen.

Bedekt met een dun wit vlies dat hem iets bovenaards, iets engelachtigs geeft, heft hij zijn gezicht naar me op en reikt me de zeep aan om die terug te leggen. Even raken onze vingers elkaar – in onze nieuwe taal het teken voor onze lippen. Bedoelt hij ook een kus?

Ik laat de zeep vallen en trek met een vinger een cirkel rond mijn getuite mond. Ik krom mijn wijsvingers, strek ze, leg ze tegen elkaar, en krom ze opnieuw. Dan wijs ik naar Nathaniel.

Wie heeft je pijn gedaan?

Maar mijn zoon kent deze tekens niet. Trots spreidt hij zijn handen zijwaarts om het nieuwe woord te demonstreren dat hij heeft geleerd. *Klaar*. Als een zeenimf rijst hij op en laat hij het water langs zijn prachtige lichaam glijden. Terwijl ik hem afdroog en hem zijn pyjama aantrek, vraag ik me af of ik de enige ben die hem op al die plekken heeft aangeraakt.

In het holst van de nacht hoort Caleb een snik in de ademhaling van zijn vrouw. 'Nina?' fluistert hij, maar ze reageert niet. Hij gaat op zijn zij liggen en trekt haar naar zich toe. Hij voelt dat ze wakker is. 'Alles goed met je?'

Ze draait zich naar hem toe. Haar ogen zijn uitdrukkingsloos in het donker. 'Nee. Met jou wel?'

Hij neemt haar in zijn armen en drukt zijn gezicht in haar hals. Het kalmeert hem haar geur in te ademen, alsof ze zijn zuurstof is. Zijn lippen glijden naar haar sleutelbeen. Hij legt zijn hoofd op haar borst zodat hij haar hart kan horen. Hij zoekt een plekje waarin hij kan verdwalen. Zijn hand beweegt van haar middel naar haar heup en glipt dan in het smalle slipje.

Nina houdt haar adem in. Ze heeft het gevoel dat ze hier weg moet.

Caleb wrijft zijn hand tegen haar aan. Nina grijpt zijn haar zo stevig beet dat het bijna pijn doet. '*Caleb.*'

Hij is nu hard en drukt zwaar op haar. 'Ik weet het,' mompelt hij, en hij laat een vinger bij haar naar binnen glijden.

Ze is zo droog als zand.

Nina rukt aan zijn haar en deze keer rolt hij van haar af, wat ze al die tijd al gewild had. 'Wat bezielt je!' schreeuwt ze. 'Ik wil dit niet. Ik kan het nu niet.' Ze gooit de deken van zich af en loopt in het donker de slaapkamer uit.

Caleb kijkt omlaag en ziet het zaaddruppeltje dat hij op het laken heeft achtergelaten. Hij komt ook het bed uit en bedekt het zodat hij er niet naar hoeft te kijken. Dan gaat hij achter Nina aan en weet instinctief waar hij haar zal vinden. Lange tijd blijft hij in de deuropening van de slaapkamer van zijn zoon staan om haar naar Nathaniel te zien staren.

Caleb gaat niet mee naar de volgende afspraak met de psychiater. Hij zegt dat hij een bespreking heeft die hij niet kan verzetten, maar ik denk dat het een smoes is. Na gisteravond hebben we elkaar zo veel mogelijk gemeden. Bovendien communiceert dr. Robichaud nu ook in gebarentaal zolang Nathaniel zijn stem niet terug heeft, en Caleb is het niet eens met die tactiek. Hij gelooft dat Nathaniel zelf het moment zal bepalen om ons te vertellen wie het heeft gedaan en dat we hem niet onder druk moeten zetten.

Ik wou dat ik net zoveel geduld had als hij. Ik kan niet rustig blijven toezien hoe Nathaniel met zichzelf worstelt. Zolang hij blijft zwijgen moet ik er voortdurend aan denken dat degene die hem dit heeft aangedaan zelf tot zwijgen en tot staan moet worden gebracht.

Vandaag hebben we de gebaren voor voedsel doorgenomen – cornflakes, melk, pizza, ijs, ontbijt. In het handboek zijn de woorden in eenheden gegroepeerd. Er is een afbeelding van, daaronder het woord in letters, dan een tekening van iemand die er het gebaar voor maakt. Nathaniel mag uitzoeken welk woord we gaan leren. Hij is van jaargetijden naar etenswaren gesprongen en bladert nu opnieuw.

'Het zal mij benieuwen waar hij stopt,' zegt dr. Robichaud glimlachend.

Het boek valt open op een pagina waar een familie is afgebeeld. 'O, dat is een goeie.' Ik probeer het gebaar te maken. Mijn hand vormt het teken van de F en van me af maak ik een cirkelvormige beweging.

Nathaniel wijst naar het kind. 'Kijk, Nathaniel,' zegt dr. Robichaud. 'Jongen.' Ze doet alsof ze de klep van een honkbalpet aanraakt. Zoals veel tekens die ik heb geleerd is ook dit gebaar heel levensecht.

'Moeder,' vervolgt de psychiater, en ze helpt Nathaniel zijn hand uit te steken, de duim naar de zijkant van zijn kin te brengen en tegelijkertijd met zijn vingers te wiebelen.

'Vader.' Hetzelfde gebaar, maar dan met de duim die de slaap aanraakt. 'Nu jij. Doe het maar,' zegt dr. Robichaud.

Doe het maar.

Al die dunne zwarte lijnen op de pagina zijn samengekronkeld tot een dikke slang die op hem af kruipt en zijn keel dichtknijpt. Nathaniel kan geen adem meer krijgen. Hij kan niet meer zien. Overal om zich heen hoort hij de stem van dr. Robichaud. *Vader, vader, vader.*

Nathaniel tilt zijn hand op, legt zijn duim tegen zijn voorhoofd en wiebelt met zijn vingers. Het lijkt alsof hij iemand uitlacht.

Maar het is helemaal niet om te lachen.

'Kijk nou,' zegt de psychiater. 'Hij kan het al beter dan wij.' Ze gaat over op het volgende teken, het gebaar voor *baby*. 'Dat was heel goed, Nathaniel,' zegt Robichaud. 'Nu moet je dit gebaar proberen.'

Maar Nathaniel blijft zijn duim in zijn slaap boren. 'Liefje, je gaat jezelf nog pijn doen,' zeg ik tegen hem. Ik wil zijn hand pakken, maar hij deinst achteruit. Hij wil dit woord blijven uitbeelden.

'Nathaniel, wil je ons iets duidelijk maken?' vraagt dr. Robichaud terwijl ze het handboek dichtslaat.

Hij knikt en houdt zijn duim en waaierende vingers tegen zijn hoofd gedrukt. Ik voel alle lucht uit mijn longen verdwijnen. 'Hij wil dat Caleb...'

'Laat hem, Nina.'

'U denkt toch niet dat hij...'

'Nathaniel, heeft papa je ooit meegenomen naar een plek waar jullie met z'n tweetjes waren?' vraagt de psychiater.

Nathaniel lijkt in de war door de vraag. Langzaam knikt hij.

'Helpt hij je weleens bij het aankleden?' Opnieuw een knik. 'Heeft hij je weleens geknuffeld toen je in bed lag?'

Ik zit als verlamd in mijn stoel. Mijn lippen voelen stijf aan als ik zeg: 'Het is niet wat u denkt. Hij wil gewoon weten waarom Caleb er niet is. Hij mist zijn vader. Hij zou geen gebarentaal nodig hebben als het... als het...' Ik kan het niet uitspreken. 'Hij had alleen maar hoeven wijzen,' fluister ik.

'Hij is waarschijnlijk bang voor de gevolgen van zo'n directe confrontatie,' zegt dr. Robichaud. 'Zijn stilzwijgen biedt hem bescherming in psychologische zin.' Ze wendt zich weer tot Nathaniel en vraagt zacht: 'Weet je wie je pijn heeft gedaan?'

Hij wijst naar het handboek en maakt opnieuw het gebaar voor *vader*.

Kijk uit met wat je wenst. Na al die dagen heeft Nathaniel iemand aangewezen, iemand die ik het minst had verwacht. Ik ben als versteend.

Ik hoor dr. Robichaud de kinderbescherming bellen. Ik hoor haar tegen Monica zeggen dat er een verdachte is, maar ik ben heel ver weg. Ik observeer met de objectiviteit van iemand die weet wat hierna gaat gebeuren. Er zal een rechercheur op de zaak worden gezet en Caleb zal worden verhoord. Wally Moffett zal contact opnemen met de hoofdofficier in Portland. Als Caleb bekent, zal hij worden veroordeeld, en anders zal Nathaniel hem publiekelijk voor de rechter moeten beschuldigen.

Deze nachtmerrie is nog maar net begonnen.

Hij kan het niet hebben gedaan. Ik weet het zo zeker als alles wat ik in al die jaren over Caleb te weten ben gekomen. Ik zie hem nog midden in de nacht door de gangen lopen terwijl hij de kleine Nathaniel bij de voetjes houdt, de enige manier om onze voor koliek vatbare baby te laten ophouden met huilen. Ik zie hem naast me zitten bij Nathaniels afscheid van de peuterschool, waarbij hij huilde zonder enige gêne. Caleb is een goede, sterke, solide man. Een man aan wie je je leven zou toevertrouwen, of dat van je kind.

Maar als ik denk dat Caleb onschuldig is, betekent het dat ik Nathaniel niet geloof.

Er beginnen herinneringen aan me te knagen. Caleb die suggereert dat Patrick misschien de schuldige is. Alleen om de aandacht van hemzelf af te leiden? Caleb die tegen Nathaniel zegt dat hij geen gebarentaal hoeft te leren als hij niet wil. Zodat hij de schuldige niet kan aanwijzen?

Ik heb eerder met kinderverkrachters te maken gehad. Ze dragen geen insignes, brandmerken of tatoeages waaraan je ze kunt herkennen. Hun slechtheid gaat schuil achter een vaderlijke glimlach of is weggemoffeld in het zakje van hun overhemd. Ze zien eruit als ieder ander, en dat is juist zo beangstigend. Die monsters zijn gewoon onder ons zonder dat we het weten. Ze hebben een vriendin of een vrouw die nietsvermoedend van hen houdt.

Ik heb me vaak afgevraagd hoe het mogelijk is dat moeders geen idee hadden van wat zich in hun huis afspeelde. Er moet een moment zijn geweest dat ze bewust besloten zich af te wenden voordat ze iets zagen dat ze niet wilden zien. Ik dacht altijd dat geen enkele vrouw naast een man kon slapen zonder te weten wat er door zijn hoofd speelde.

'Nina.' Monica LaFlamme raakt mijn schouder aan. Wanneer is ze binnengekomen? Ik heb het gevoel dat ik uit een coma ontwaak. Ik schud mezelf wakker en speur onmiddellijk naar Nathaniel. Hij zit nog steeds in het kantoor van de psychiater en speelt met een treintje.

Wanneer de maatschappelijk werkster me aankijkt, weet ik dat ze dit al die tijd heeft vermoed. En ik kan het haar niet kwalijk nemen. In haar plaats had ik hetzelfde gedacht. In feite heb ik dat in het verleden ook gedaan.

Mijn stem klinkt oud en vermoeid. 'Is de politie gewaarschuwd?'

Monica knikt. 'Als ik iets voor je kan doen...'

Ik wil ergens naartoe, maar ik kan Nathaniel niet meenemen. Het doet pijn dat ik het moet vragen, maar ik ben mijn barometer voor vertrouwen kwijtgeraakt. 'Ja,' zeg ik. 'Wil je even op mijn zoon passen?'

Ik vind hem op de derde bouwlocatie, waar hij een muur aan het metselen is. Calebs gezicht klaart op wanneer hij mijn auto herkent. Hij kijkt afwachtend toe terwijl ik uitstap. Waarschijnlijk denkt hij dat Nathaniel is meegekomen. Dat is genoeg om op hem af te rennen. Dan blijf ik vlak voor hem staan en sla hem hard in zijn gezicht.

'Nina!' Caleb grijpt mijn pols vast en houdt me op afstand. 'Ben je gek geworden!'

'Schoft die je bent. Hoe kon je, Caleb? Hoe kon je?'

Hij duwt me weg en wrijft over zijn wang. Mijn hand heeft er een rode afdruk op achtergelaten. Mooi. 'Ik weet niet wat dit moet voorstellen,' zegt Caleb. 'Rustig, ja?'

'Rustig?' spuw ik hem toe. 'Ik zal het heel simpel houden. Nathaniel heeft het ons verteld. Hij heeft verteld wat je met hem hebt gedaan.'

'Ik heb helemaal niets met hem gedaan.'

Ik zeg geen woord en kijk hem alleen maar aan. 'Zei Nathaniel dat ik... ik...' stamelt hij. 'Dat is krankzinnig.'

Dat zeggen de schuldigen allemaal. 'Waag het niet te zeggen dat je van hem houdt.'

'Natuurlijk hou ik van hem!' Caleb schudt zijn hoofd alsof hij helder probeert te denken. 'Ik weet niet wat hij gezegd heeft. Ik weet niet waarom hij het gezegd heeft. Maar Nina, jezus christus. Godallemachtig!'

Terwijl ik blijf zwijgen denk ik aan elk jaar dat we samen zijn geweest totdat ik tot aan mijn knieën in herinneringen sta die er niet meer toe doen. Caleb kijkt me met grote, vochtige ogen aan. 'Nina, alsjeblieft. Weet je wel wat je zegt?'

Ik kijk naar mijn samengeklemde handen. Het is het gebaar voor *in*. In moeilijkheden. In liefde en voorspoed. In geval van. 'Ik weet alleen dat kinderen zoiets niet verzinnen. Dat Nathaniel dit niet heeft verzonnen.' Ik kijk naar hem op. 'Kom vanavond niet naar huis,' zeg ik, en ik loop kaarsrecht terug naar mijn auto alsof mijn hart niet in duizend scherven is gevallen.

Caleb ziet de achterlichten van Nina's auto uit het zicht verdwijnen. Het stof dat de banden opwierpen is neergedaald en alles ziet er weer uit zoals een paar minuten geleden. Maar Caleb weet dat alles is veranderd, dat er geen terugkeer mogelijk is.

Voor zijn zoon zal hij alles doen. Dat is altijd zo geweest en zo zal het altijd blijven.

Hij kijkt naar de muur waaraan hij heeft gewerkt. Negentig centimeter lang, en daar is hij bijna de hele dag mee bezig geweest. Terwijl zijn zoon bij een psychiater de wereld op zijn kop zette, was hij aan het passen, meten en metselen. Toen ze nog niet getrouwd waren, had hij Nina eens laten zien hoe je stenen die qua afmetingen niet bij elkaar pasten toch bij elkaar kon brengen. *Eén gelijke rand is al genoeg*, had hij gezegd.

Zoals dit puntige stuk kwarts kon worden samengevoegd met een dik blok zandsteen. Nu pakt hij het stuk zandsteen op en smijt het voor zich uit de weg op, waar het in brokken uiteenvalt. Dan gooit hij het stuk kwarts in het bos achter hem. Steen voor steen breekt hij zijn kostbare werk af. Dan laat hij zich op de grond zakken en drukt zijn bestofte handen tegen zijn ogen. Hij huilt om wat niet meer kan worden samengebracht.

Ik moet nog ergens anders heen. Naar de griffie van het East District Court. Ik beweeg me als een robot. De tranen blijven komen, hoe ik ze ook probeer tegen te houden. Het is onprofessioneel gedrag, maar dat zal me een zorg zijn. Dit is een persoonlijke aangelegenheid.

'Waar bewaar je de protectieformulieren voor minderjarigen?' vraag ik aan de griffier. Ze is nieuw bij de rechtbank en ik ben haar naam vergeten.

Ze kijkt me aan alsof ze bang is om het te zeggen. Dan wijst ze naar een ladekast. Ze vult het formulier voor me in terwijl ik haar de antwoorden geef met een stem die ik nauwelijks herken.

Rechter Bartlett ontvangt me in zijn kantoor. 'Nina.' Hij kent me, ze kennen me allemaal. 'Wat kan ik voor je doen?'

Met opgeheven hoofd reik ik hem het formulier aan. *Adem, spreek, concentreer je.* 'Ik dien dit in ter wille van mijn zoon, edelachtbare. Ik doe het liever niet voor de rechtbank.'

De rechter kijkt me doordringend aan voordat hij het formulier van me overneemt. 'Vertel,' zegt hij zacht.

'Er is fysiek bewijs van seksueel misbruik.' Ik hoed me ervoor Nathaniels naam te noemen. Dat kan ik nog niet. 'Vandaag heeft hij zijn vader als de dader aangewezen.' *Zijn vader*, niet *mijn man.*

'En jij?' vraagt rechter Bartlett. 'Gaat het een beetje?'

Ik schud mijn hoofd en pers mijn lippen samen. Ik klem mijn handen zo stijf in elkaar dat mijn vingers gevoelloos worden. Maar ik zeg niets.

'Als er iets is wat ik kan doen,' mompelt de rechter. Maar hij kan niets doen, niemand kan iets doen. Alles is al gedaan. En dat is het probleem.

De rechter krabbelt zijn lange, onleesbare handtekening onder aan het formulier. 'Je weet dat dit maar tijdelijk is. Binnen twintig dagen zal er een hoorzitting moeten volgen.'

'Dan heb ik twintig dagen om orde op zaken te stellen.'

Hij knikt. 'Ik vind het erg voor je, Nina.'

Ik ook. Omdat ik niet heb gezien wat zich onder mijn ogen afspeelde. Omdat ik niet wist hoe ik een kind in deze wereld moest beschermen, maar alleen binnen het rechtssysteem. Ik heb spijt van elke keuze die me tot dit ogenblik heeft gebracht. En ja, ook van het huisverbod dat in mijn zak brandt terwijl ik terugrijd naar mijn zoon.

Dit zijn de regels thuis:

Maak 's ochtends je bed op. Poets twee keer per dag je tanden. Niet aan de oren van de hond trekken. Eet je groenten op, ook als ze niet zo lekker zijn als de spaghetti.

Dit zijn de regels op school:

Niet tegen de glijbaan opklimmen. Niet voor de schommels lopen als er iemand aan het schommelen is. Steek tijdens het kringgesprek je hand op als je iets wilt zeggen. Iedereen mag aan een spelletje meedoen. Doe een oud overhemd aan als je gaat verven.

Ik ken nog andere regels:

Doe je gordel om.

Praat nooit tegen vreemden.

Zeg het tegen niemand, of je zult branden in de hel.

DRIE

Het leven, zo blijkt, gaat door. Er is geen kosmische wet die je immuniteit voor alledaagse dingen garandeert alleen omdat je een ramp is overkomen. De afvalbakken raken nog steeds overvol, de rekeningen blijven komen, en tijdens het avondeten wordt je nog steeds door telemarketeers lastiggevallen.

Nathaniel komt de badkamer in op het moment dat ik het dopje op de tube met preparaat H weer dichtdraai. Ik heb ergens gelezen dat als je daarmee de huid onder de ogen inwrijft de zwelling minder wordt en het rood verdwijnt. Ik draai me naar hem om met zo'n stralende glimlach dat hij terugdeinst. 'Hé, lieverd. Heb je je tanden gepoetst?' Hij knikt en ik neem hem bij de hand. 'Zullen we dan maar een boek pakken?'

Nathaniel klautert op zijn bed als elk ander vijfjarig kind. Het bed is een jungle en hij is een aap. Dr. Robichaud heeft gezegd dat kinderen snel in oude gewoontes terugvallen, sneller dan hun ouders. Ik klamp me vast aan dit excuus als ik het boek opensla. Het gaat over een piraat die aan één oog blind is en niet kan zien dat de papegaai op zijn schouder eigenlijk een poedel is. Wanneer ik drie bladzijden heb voorgelezen, houdt Nathaniel me tegen en spreidt zijn hand over de felgekleurde illustraties. Met wiebelende wijsvinger brengt hij zijn hand naar zijn voorhoofd en maakt het teken dat ik nooit meer hoopte te zien.

Waar is papa?

Ik leg het boek op het nachtkastje. 'Hij komt vanavond niet thuis, Nathaniel.' Hij komt *nooit* meer thuis, voeg ik er in gedachten aan toe.

Hij kijkt me fronsend aan. Hij weet nog niet hoe hij *waarom* moet zeggen, maar dat is wel de vraag die hem nu bezighoudt. Denkt hij dat hij verantwoordelijk is voor Calebs verbanning? Is hem voorgehouden dat hij straf zal krijgen als hij het vertelt?

Ik houd zijn handen tussen de mijne zodat hij me niet kan onderbreken en probeer het zo gemakkelijk mogelijk te maken. 'Papa kan hier nu niet zijn.'

Nathaniel trekt zich van me los en kromt en strekt zijn vingers. *Ik wil.* Boos wendt hij zich van me af.

'Het was verkeerd wat papa heeft gedaan,' zeg ik met onvaste stem.

Bij die woorden schiet Nathaniel overeind en schudt heftig zijn hoofd.

Dit heb ik eerder gezien. Als een ouder een kind misbruikt, krijgt het vaak te horen dat het een daad van liefde is. Maar Nathaniel blijft zo wild zijn hoofd schudden dat zijn haar heen en weer wappert. 'Ophouden, Nathaniel. Hou alsjeblieft op.' Hij houdt zijn hoofd stil en kijkt me op een vreemde manier aan, alsof hij helemaal niets van me begrijpt.

De reden dat ik de woorden hardop uitspreek is dat ik de waarheid door mijn zoon bevestigd wil zien. 'Heeft papa je pijn gedaan?' fluister ik, de grote vraag die dr. Robichaud niet wilde stellen en die ze mij niet wilde laten stellen.

Nathaniel barst in tranen uit en verstopt zich onder de dekens. Hij wil niet meer tevoorschijn komen, ook niet als ik zeg dat het me spijt.

Alles in de motelkamer heeft de kleur van nat mos – het versleten tapijt, de wastafel, de afstotelijke beddensprei. Caleb draait de verwarming hoger en zet de radio aan. Hij doet zijn schoenen uit en zet ze netjes bij de deur.

Dit is geen plek waar je je ooit thuis kunt voelen. Hij vraagt zich af of andere mensen die in dit soort goedkope motels logeren net zo ontregeld zijn als hij.

Hij kan zich niet voorstellen dat hij hier vannacht een oog zal dichtdoen. En toch weet hij dat hij hier de rest van zijn leven zou doorbrengen als zijn zoon daarmee geholpen kon worden. Voor Nathaniel zou hij alles doen.

Hij gaat op de rand van het bed zitten, trekt de telefoon naar zich toe en beseft dan dat er niemand is die hij kan bellen. Toch houdt hij net zolang de hoorn tegen zijn oor totdat hij de stem van de receptionist hoort, wat hem eraan herinnert dat aan de andere kant van de lijn altijd iemand luistert.

Patrick kan zijn dag niet beginnen zonder chocoladecroissant. Zijn collega's pesten hem ermee – *te goed voor donuts, Ducharme?* Hij laat het langs zich heen glijden. Hij heeft het er graag voor over zolang de secretaresse die de dagelijkse bakkerswaren bestelt zijn persoonlijke favoriet niet vergeet. Maar wanneer Patrick die ochtend de kantine binnenkomt voor zijn snack en een kop koffie is zijn croissant er niet bij.

'Hé,' zegt hij tegen de politieman naast hem. 'Zijn we weer lollig geweest? Hebben jullie mijn croissant weer op het damestoilet verstopt?'

'We zijn er niet aan geweest, inspecteur, ik zweer het.'

Zuchtend loopt Patrick de kantine uit en naar het bureau waar Mona haar e-mail zit te bekijken. 'Waar is mijn croissant?'

Ze haalt haar schouders op. 'Moet je niet aan mij vragen. Ik heb hetzelfde als altijd besteld.'

Patrick loopt het hele kantoor door en speurt de bureaus van de andere rechercheurs af, ook de ruimte waar de straatagenten hun pauze doorbrengen. In de gang komt hij zijn baas tegen. 'Patrick, heb je even?'

'Nu even niet.'

'Ik heb een zaak voor je.'

'Leg maar op mijn bureau, ja?'

Zijn chef kijkt hem minachtend aan. 'Maakte je je maar net zo druk over je werk als over die verrekte donuts van je.'

'Croissants,' roept Patrick hem na. 'Dat is wel wat anders.'

In de receptieruimte vindt hij de dader. Naast de vervelde brigadier achter de balie zit een jongen die eruitziet alsof hij politieagentje speelt in het uniform van zijn vader. Bruin haar, heldere ogen, chocolade op zijn kin. 'En wie ben jij?' vraagt Patrick.

'Agent Orleans.'

De brigadier vouwt zijn handen over zijn omvangrijke buik. 'En de rechercheur hier die straks je kop van je romp trekt is inspecteur Ducharme.'

'Waarom zit hij mijn ontbijt op te eten, Frank?'

De oudere man haalt zijn schouders op. 'Omdat hij hier net een dag in dienst is...'

'Zes uur,' corrigeert de jongen hem trots.

Frank rolt met zijn ogen. 'Hij weet niet beter.'

'Maar jij wel.'

'Ja, maar als ik het hem zou zeggen, had ik al die opwinding gemist.'

De nieuweling biedt hem als vredesoffer het resterende stukje croissant aan. 'Ik eh... Het spijt me, inspecteur.'

Patrick schudt zijn hoofd. Hij overweegt naar de koelkast te lopen en er het lunchtrommeltje uit te halen dat de moeder van de jongen ongetwijfeld voor hem heeft ingepakt. 'Laat het niet nog eens gebeuren.'

Een slecht begin van de dag. Hij rekent op de combinatie van cafeïne in de chocola en de koffie om op gang te komen. Tegen tienen zal hij wel een gruwelijke koppijn krijgen. Hij loopt met grote passen terug naar zijn kantoor en luistert zijn voicemail af. Drie berichten, waarvan alleen de boodschap van Nina hem interesseert. 'Bel me terug.' Dat is alles. Hij neemt de hoorn van de haak en ziet dan het dossier dat zijn baas op zijn bureau heeft gelegd.

Patrick opent de bruine map en leest het rapport van de kinderbescherming. De zoemende hoorn valt op het bureaublad en blijft er liggen wanneer hij zijn kantoor uit rent.

'Oké,' zegt Patrick rustig. 'Ik ga nu meteen met Caleb praten.'

Zijn kalmte is nauwelijks te verdragen. Ik wrijf door mijn haar. 'Godallemachtig, Patrick. Kun je even ophouden de smeris uit te hangen?'

'Wil je dat ik zeg dat ik hem het liefst bewusteloos zou slaan voor wat hij Nathaniel heeft aangedaan? En hem dan opnieuw in elkaar trappen voor wat hij jou heeft aangedaan?'

De onderdrukte woede in zijn stem verrast me. Ik kijk naar hem op. 'Ja,' zeg ik zacht. 'Dat hoor ik liever.' Hij legt zijn hand tegen mijn achterhoofd. Het voelt als een gebed. 'Ik weet niet wat ik moet doen.'

Patricks vingers glijden door mijn haar. Ik geef me eraan over, het is alsof het mijn gedachten ordent. 'Daarom ben ik bij je.'

Nathaniel stribbelt tegen als ik zeg waar we naartoe gaan. Maar ik word gek als ik nog een minuut langer binnenblijf.

Het licht dat door de glas-in-loodramen van de St.-Anna naar binnen valt, werpt een regenboog op Nathaniel en mij. De kerk is stil en verlaten op dit uur van een doordeweekse dag. Behoedzaam en zo geruisloos mogelijk loop ik naar voren. Nathaniel sloft achter me aan en schuift met zijn gympen over de mozaïekvloer.

'Hou daarmee op,' fluister ik, en onmiddellijk heb ik er spijt van. Mijn woorden weerkaatsen tegen de stenen pilaren en de gepolijste banken. Witte votiefkaarsen verspreiden een zachte gloed. Hoeveel zijn er voor mijn zoon aangestoken?

'Ik ben zo weer terug,' zeg ik tegen Nathaniel, en ik installeer hem met een paar Matchbox-autootjes op een bank. Dan loop ik naar een biechthokje.

Het is er beklemmend en benauwd. Naast me glijdt een rooster open. Hoewel ik hem niet kan zien, ruik ik het stijfsel dat pastoor Szyszynski voor zijn priesterhemden gebruikt.

Biechten heeft iets troostends, al was het maar omdat het aan regels is gebonden die nooit worden geschonden. En hoe lang het ook geleden is, je blijft het je herinneren, alsof er een collectief katholiek onderbewustzijn bestaat. Jij praat, de priester antwoordt. Je begint met de kleinste zonden en stapelt ze op als een toren van alfabetblokken. Dan geeft de priester je een gebed waarmee je ze omver kunt gooien zodat je weer opnieuw kunt beginnen.

'Zegen me, vader, want ik heb gezondigd. Het is vier maanden geleden dat ik voor het laatst heb gebiecht.'

Als hij verbaasd is, dan weet hij het goed te verbergen.

'Ik... Ik weet niet waarom ik hier ben.' Stilte. 'Ik heb kortgeleden iets ontdekt dat me vanbinnen verscheurt.'

'Ga verder.'

'Mijn zoon... is iets aangedaan.'

'Ik weet het. Ik heb voor hem gebeden.'

'Ik denk... het schijnt... dat mijn man er schuld aan heeft.' Ik krimp in elkaar op het vouwstoeltje. De pijnscheuten die ik ineens voel zijn me welkom. Ik had gedacht dat ik helemaal niets meer kon voelen.

Het blijft zo lang stil dat ik me afvraag of de priester me heeft gehoord. Dan: 'En wat is jouw zonde?'

'Mijn... Wat bedoelt u?'

'Je kunt geen biecht voor je man afleggen.'

De woede die in me opwelt brandt als kokende teer in mijn keel. 'Dat was ik ook niet van plan.'

'Wat wilde je dan wel opbiechten?'

Ik ben hier gekomen om mijn hart te luchten tegen iemand wiens taak het is te luisteren. In plaats daarvan zeg ik: 'Ik heb mijn zoon niet voldoende beschermd. Ik heb helemaal niets gemerkt.'

'Onwetendheid is geen zonde.'

'En onnozelheid?' Ik kijk naar het raster tussen ons in. 'Stel dat ik zo naïef was om te denken dat ik de man op wie ik verliefd werd door en door kende? Stel dat ik hem wil laten lijden zoals hij Nathaniel laat lijden?'

'Misschien doet hij dat al.'

Mijn adem stokt. 'Ik hou van hem,' zeg ik gesmoord. 'Ik hou evenveel van hem als ik hem haat.'

'Je moet jezelf vergeven dat je niet doorhad wat er gebeurde, dat je wilt terugslaan.'

'Ik weet niet of ik dat kan.'

Hij zwijgt even. 'Kun je hem wel vergeven?'

Ik kijk naar het gezicht van de priester dat niet meer dan een schaduw is. 'Zo vroom ben ik niet.' Dan ga ik het biechthokje uit voordat hij me kan tegenhouden.

Wat heeft het voor zin? Ik heb mijn straf al gekregen.

Hij wil hier niet zijn.

In de kerk klinkt het net als in zijn hoofd, een gesuis dat luider is dan alle woorden die niet worden uitgesproken. Nathaniel kijkt naar het kleine kamertje waar zijn moeder naar binnen is gegaan. Hij duwt een autootje over de kerkbank. Hij kan zijn hart horen kloppen.

Hij zet het autootje weer bij de andere en schuift de bank uit. Met zijn handen onder zijn shirt verborgen loopt hij op zijn tenen het middenpad af.

Bij het altaar knielt hij neer. Hij heeft op zondagsschool eens een gebed geleerd dat hij 's avonds moest zeggen, maar meestal vergat hij het. Toch herinnert hij zich dat je voor alles kunt bidden. Net zoals je een wens doet wanneer je een verjaardagskaars uitblaast, alleen gaat het nu regelrecht naar God.

Hij bidt dat voortaan iedereen hem zal begrijpen wanneer hij iets met zijn handen wil zeggen. Hij bidt dat hij zijn vader zal terug-krijgen.

Hij kijkt naar het marmeren beeld naast hem van een vrouw die het kindje Jezus op schoot houdt. Hij weet niet meer hoe ze heet, maar ze is hier overal, in andere beelden en ook op schilderijen en muurschilderingen. Allemaal van een moeder met kind.

Hij vraagt zich af of er ooit ook een vader bij was. Hij vraagt zich af of iedereen z'n vader wordt afgenomen.

Patrick klopt op de deur van de motelkamer die de manager van Coz-E-Cottages hem heeft gewezen. Als die opengaat staat Caleb tegenover hem, ongeschoren en met rode ogen. 'Sorry,' zegt Patrick meteen, 'dit is buitengewoon pijnlijk.'

Caleb kijkt naar de politiepenning in Patricks hand. 'Ik heb het idee dat dit pijnlijker voor mij is dan voor jou.'

Dit is de man die zeven jaar met Nina heeft samengeleefd. Hij heeft naast haar geslapen en een kind bij haar verwekt. Dit is de man die het leven leidt dat Patrick had willen hebben. Hij had gedacht dat hij er zich bij kon neerleggen. Nina was gelukkig, en Patrick wilde dat ze gelukkig was. Als dat inhield dat hij uit beeld moest verdwijnen, het zij zo. Maar dat gold alleen zolang de man die ze had gekozen haar waard was. Zolang die haar niet verdrie-tig maakte.

Patrick heeft altijd geloofd dat Caleb een goede vader was. Ineens wil hij niets liever dan dat Caleb de dader is. Als hij het is, zal niemand hem meer vertrouwen. Als hij het is, bewijst het dat Nina de verkeerde keuze heeft gemaakt.

Patrick balt onwillekeurig zijn vuisten, maar weet zijn aanvechting hem aan te vliegen te onderdrukken. Uiteindelijk zullen Nina en Nathaniel daar niet mee geholpen zijn.

'Heeft zij je op me afgestuurd?' vraagt Caleb gespannen.

'Je hebt het helemaal aan jezelf te wijten. Ben je bereid om naar het bureau te komen?'

Caleb pakt zijn jack van het bed. 'Laten we meteen maar gaan.'

Op de drempel raakt hij Patricks schouder aan. Instinctief spant Patrick zijn spieren, maar zijn verstand zegt hem rustig te blijven. Hij draait zich om en kijkt Caleb met kille blik aan.

'Ik heb het niet gedaan,' zegt Caleb zacht. 'Nina en Nathaniel zijn mijn leven. Waarom zou ik zo stom zijn dat weg te gooien?'

Patricks ogen verraden zijn gedachten niet. Maar voor het eerst denkt hij dat Caleb misschien de waarheid zegt.

Een andere man had zich misschien onbehaaglijk gevoeld bij de relatie tussen zijn vrouw en Patrick Ducharme. Hoewel Caleb nooit aan Nina's trouw heeft getwijfeld, ook niet aan haar gevoelens voor hem, wist hij dat Patrick zijn hart aan haar had verloren. Tijdens etentjes had hij maar al te vaak gezien dat Patrick zijn ogen niet van Nina kon afhouden terwijl ze in de keuken rondliep, dat hij de van plezier kraaiende Nathaniel in de lucht gooide als hij dacht dat niemand keek. Maar Caleb vond het eigenlijk niet erg. Nina en Nathaniel waren tenslotte van hem. Als hij al iets voor Patrick voelde, dan was het medelijden omdat hij niet zo geboft had als hijzelf.

In het begin was Caleb jaloers geweest op Nina's hechte vriendschap met Patrick. Maar ze had zoveel vrienden. En het werd algauw duidelijk dat Patrick een belangrijk deel van Nina's verleden uitmaakte. Het zou verkeerd zijn geweest haar te vragen hem uit haar leven te bannen, alsof je een Siamese tweeling wilde scheiden die geestelijk uit elkaar was gegroeid.

Hij denkt aan Nina terwijl hij met Patrick en Monica LaFlamme aan de gebutste tafel in de verhoorkamer van het politiebureau zit. Hij herinnert zich vooral hoe Nina categorisch ontkende dat Patrick hun zoon iets had kunnen aandoen. Maar een paar dagen later had ze er geen enkele moeite mee Caleb er wel van te verdenken.

Caleb huivert. Patrick had eens gezegd dat ze de verhoorkamers een paar graden koeler houden dan de rest van het bureau om het verdachten fysiek ongemakkelijk te maken. 'Sta ik onder arrest?' vraagt hij.

'We praten gewoon als oude vrienden onder elkaar,' zegt Patrick zonder hem aan te kijken.

Ja, ja. Oude vrienden onder elkaar. Zoals Hitler en Churchill.

Caleb zit hier niet om zichzelf te verdedigen. Hij wil met zijn jongen praten. Hij wil weten of Nina het piratenboek tot het eind heeft voorgelezen. Hij wil weten of Nathaniel weer in bed heeft geplast.

'Laten we maar beginnen.' Patrick zet een taperecorder aan.

Ineens beseft Caleb dat zijn belangrijkste informatiebron vlak naast hem zit. 'Jij hebt Nathaniel gezien,' mompelt hij. 'Hoe is het met hem?'

Patrick kijkt verbaasd op. Hij is eraan gewend dat hij hier de vragen stelt.

'Ging het goed met hem toen je daar was? Kon je zien of hij had gehuild?'

'Hij was eh... oké, onder de gegeven omstandigheden,' zegt Patrick.

'Als hij niet wil eten, kun je hem afleiden door over iets te beginnen wat hij leuk vindt. Voetbal, of kikkers en zo. En intussen prik je gewoon zijn vork vol. Zeg dat tegen Nina.'

'Laten we het over Nathaniel hebben.'

'Dat doe ik toch? Heeft hij al iets gezegd? Met zijn mond, bedoel ik, en niet met zijn handen.'

'Hoezo?' vraagt Patrick argwanend. 'Ben je bang dat hij ons nog meer te vertellen heeft?'

'Bang? Al kon hij alleen mijn naam maar zeggen. Al zou ik daardoor levenslang worden opgesloten. Zolang ik het maar zelf kan horen.'

'Zijn beschuldiging?'

'Nee,' zegt Caleb. 'Zijn stem.'

Ik weet niet meer waar ik heen moet. Ik ben naar de bank geweest, naar het postkantoor, het park, de dierenwinkel, en ik heb een ijsje voor Nathaniel gekocht. Na de kerk heb ik hem meegesleept van de ene plek naar de andere, ik heb boodschappen gedaan die ik niet nodig had, en dat alles om niet naar huis terug te hoeven.

'Laten we Patrick gaan opzoeken,' zeg ik, en ik draai op het laatste moment het parkeerterrein van het politiebureau op. Hij zal het niet leuk vinden dat ik me met zijn onderzoek bemoei, maar hij zal het ongetwijfeld begrijpen. Door zich lusteloos tegen het autoportier te laten zakken maakt Nathaniel duidelijk wat hij vindt van dit idee.

'Vijf minuten,' beloof ik.

De Amerikaanse vlag wappert in de koude wind als Nathaniel en ik naar de ingang lopen. *Gerechtigheid voor allen.* We zijn er ongeveer tien meter vandaan wanneer de deur opengaat. Patrick komt het eerst naar buiten en schermt zijn ogen af tegen de zon. Achter hem verschijnen Monica LaFlamme en Caleb.

Nathaniel houdt zijn adem in en rukt zich dan van me los. Zodra Caleb hem ziet hurkt hij neer, vangt Nathaniel op in zijn armen en drukt hem dicht tegen zich aan. Met een brede glimlach kijkt Nathaniel naar me op, en op dat afschuwelijke moment besef ik dat hij denkt dat ik deze verrassing speciaal voor hem heb voorbereid.

Patrick en ik kijken van enige afstand toe. Patrick komt het eerst in beweging. 'Nathaniel,' zegt hij op zachte, vastberaden toon, en hij loopt op mijn zoon af om hem weg te trekken. Maar Nathaniel laat het niet toe. Hij klemt zijn armen om Calebs nek en probeert zich onder zijn jas te verbergen.

Over het hoofd van onze zoon heen kijken Caleb en ik elkaar aan. Hij komt overeind zonder Nathaniel los te laten.

Ik dwing mezelf mijn blik af te wenden. Ik denk aan de honderden kinderen die ik heb ontmoet, vervuilde, mishandelde, uitgehongerde en verwaarloosde kinderen die schreeuwen wanneer ze uit huis worden gehaald en smeken om bij de moeder of vader te mogen blijven die hen heeft misbruikt.

'Hé, maatje,' zegt Caleb zacht, en hij kijkt hem recht in de ogen. 'Je weet dat ik niets liever zou willen dan bij je blijven, maar... eerst moet ik iets doen.'

Nathaniel schudt zijn hoofd en zijn gezicht betrekt.

'Ik kom je zo gauw mogelijk opzoeken.' Met Nathaniel tegen zich aangedrukt komt Caleb naar me toe, maakt hem van zich los en duwt hem in mijn armen. Nathaniel snikt nu zo hevig dat het hem bijna verstikt. Zijn borstkas schokt onder mijn handen.

Nathaniel kijkt op wanneer Caleb naar zijn pick-up loopt. Zijn ogen zijn tot zwarte spleetjes samengeknepen. Hij brengt zijn vuist omhoog en stompt tegen mijn schouder. Dan stompt hij opnieuw, en nog eens, in een driftbui die tegen mij is gericht.

'Nathaniel!' zegt Patrick scherp.

Maar het doet geen pijn. Lang niet zoveel als al het andere.

'Je moet op enige regressie zijn voorbereid,' zegt dr. Robichaud zacht terwijl we naar Nathaniel kijken die lusteloos op zijn buik in het speelhoekje ligt. 'Zijn familie valt uiteen, en hij denkt dat het zijn schuld is.'

'Hij rende op zijn vader af,' zeg ik. 'U had het eens moeten zien.'

'Nina, je weet beter dan wie ook dat daarmee Calebs onschuld niet is bewezen. Kinderen in die situatie geloven in een speciale band met vader of moeder. Dat Nathaniel op hem af is gerend, is juist typerend.'

Of misschien heeft Caleb niets verkeerds gedaan, denk ik. Maar ik zet de twijfel van me af. Ik sta nu alleen nog maar aan de kant van Nathaniel. 'Wat moet ik doen?'

'Helemaal niets. Je blijft de moeder die je altijd bent geweest. Hoe eerder Nathaniel begrijpt dat een deel van zijn leven onveranderd zal blijven, hoe eerder hij de veranderingen zal accepteren.'

Ik bijt op mijn lip. Het is in Nathaniels belang dat ik mijn eigen fouten toegeef, maar dat is niet gemakkelijk. 'Misschien is dat niet zo'n goed idee. Ik werk zestig uur per week. Ik ben niet bepaald de ouder geweest die altijd paraat was. Caleb wel.' Te laat besef ik dat dit niet de juiste woorden zijn. 'Ik bedoel... U begrijpt wel wat ik bedoel.'

Nathaniel heeft zich op zijn zij gerold. In tegenstelling tot andere keren in het kantoor van de psychiater heeft niets zijn aandacht kunnen trekken. De kleurpotloden en de poppenkast blijven on-aangeroerd, de blokken keurig opgestapeld in de hoek.

Dr. Robichaud zet haar bril af en wrijft de glazen schoon aan haar trui. 'Weet je, als vrouw van de wetenschap heb ik altijd geloofd dat we de macht hebben ons eigen leven uit te stippelen. Maar nog meer ben ik ervan overtuigd dat dingen niet zomaar gebeuren, dat er een reden voor is.' Ze kijkt even naar Nathaniel, die is opgestaan en naar de tafel loopt. 'Misschien is hij niet de enige die een nieuw begin moet maken.'

Nathaniel wil verdwijnen. Zo moeilijk kan het niet zijn. Het gebeurt elke dag met van alles en nog wat. De regenplas op het schoolplein is verdwenen tegen de tijd dat de zon midden in de hemel staat. Zijn blauwe tandenborstel is verdwenen en vervangen door een rode. De kat van de buren gaat op een avond naar buiten en komt nooit meer terug. Hij kan wel huilen als hij erover nadenkt. Dus probeert hij aan leuke dingen te denken, aan X-Men, Kerstmis, en cocktailkersen, maar hij kan zich er niet eens meer plaatjes van herinneren. Hij probeert zich zijn komende verjaardagsfeestje in mei voor te stellen, maar alles is zwart in zijn hoofd.

Hij wou dat hij zijn ogen kon dichtdoen en voor altijd kon slapen, gewoon ergens blijven waar dromen heel echt lijken. Ineens bedenkt hij iets. Misschien is dít de nachtmerrie. Misschien wordt hij straks wakker en is alles weer zoals het zou moeten zijn.

Vanuit zijn ooghoek ziet Nathaniel dat stomme boek met al die handjes erin op tafel liggen. Zonder dat boek had hij nooit met zijn vingers leren praten en was dit nooit gebeurd. Hij komt overeind en loopt naar de tafel.

Het is zo'n boek met losse bladen die door drie grote tanden worden samengehouden. Nathaniel weet hoe hij ze los moet maken. Thuis hebben ze dat soort boeken ook. Als de kaak wijd open is, neemt hij er de eerste bladzijde uit waarop een vrolijk lachende man groetend zijn hand opsteekt. Op de volgende bladzijde zijn een hond en een kat afgebeeld met de bijbehorende gebaren. Nathaniel gooit de twee pagina's op de vloer.

Dan rukt hij vele vellen tegelijk los en strooit ze om zich heen. Hij stampt op de bladzijden met illustraties van voedsel. Die waarop een familie is afgebeeld scheurt hij doormidden. Hij ziet het zichzelf doen op de tovermuur, een spiegel aan deze kant en aan de andere kant glas. Dan kijkt hij omlaag en ziet iets.

Het is het plaatje dat hij al die tijd heeft gezocht.

Hij grist het stuk papier van de vloer en rent naar de deur van dr. Robichauds kantoor waar zijn moeder zit te wachten. Hij doet het precies zoals de zwart-witte man op de afbeelding. Hij drukt zijn duim en wijsvinger samen en laat ze langs zijn hals glijden, alsof hij zijn keel doorsnijdt.

Hij wil een eind aan zijn leven maken.

'Nee, Nathaniel,' zeg ik hoofdschuddend. 'Nee, lieverd, nee.' De tranen stromen over mijn wangen. Ik steek mijn armen naar hem uit, maar hij duwt ze weg en strijkt een stuk papier glad op mijn knie. Hij wijst priemend naar een van de illustraties.

'Langzaam,' zegt dr. Robichaud, en Nathaniel draait zich naar haar om. Opnieuw trekt hij een lijn over zijn keel. Hij tikt met zijn ene wijsvinger tegen de andere en wijst dan op zichzelf.

Ik kijk naar het papier, naar dat ene gebaar dat ik niet herken. Zoals alle andere woordgroepen in het handboek heeft ook deze een kopregel. RELIGIEUZE SYMBOLEN. Nathaniel heeft geen gebaar voor zelfmoord gemaakt, maar dat voor de boord van een geestelijke. Dit is het teken voor *priester*.

Priester. Pijn gedaan. Mij.

In mijn hoofd tuimelt alles op zijn plaats. Het woord *vader* waaraan Nathaniel zich vastklampte, hoewel hij Caleb altijd met *papa* aansprak. Het kinderboek dat pastoor Szyszynski had meegebracht. Het was verdwenen voordat we eruit konden voorlezen en het is nog steeds niet tevoorschijn gekomen. Nathaniels verzet toen ik hem vanochtend zei dat we naar de kerk gingen.

En ik herinner me nog iets van een paar weken geleden, toen we op een zondag de moed hadden verzameld naar de kerk te gaan. Toen Nathaniel zich die avond uitkleedde, zag ik dat hij ondergoed droeg dat niet van hem was. Een goedkoop Spiderman-broekje in plaats van de miniboxershort die ik voor bijna acht dollar bij Gap-Kids had gekocht zodat hij zich met zijn vader kon meten. *Waar is je eigen ondergoed?* had ik gevraagd.

In de kerk, was zijn antwoord.

Ik nam aan dat hij op zondagsschool een ongelukje had gehad en van de onderwijzeres vervangend ondergoed uit de voorraad twee-

dehandskleding had gekregen. Ik nam me voor juf Fiore een be-
dankbriefje te schrijven, maar ik moest een was draaien, een kind
in bad doen en een paar moties schrijven, en ik heb nooit de kans
gekregen haar persoonlijk te bedanken.

Ik pak mijn zoons bevende handen vast en kus de vingertoppen.
Ik heb nu alle tijd van de wereld. 'Nathaniel,' zeg ik, 'ik luister.'

Een uur later bij mij thuis zet Monica haar beker in de gootsteen.
'Is het goed dat ik het tegen je man zeg?'

'Natuurlijk. Ik zou het zelf hebben gedaan, maar...' Ik maak mijn
zin niet af.

'Het is mijn werk,' vult ze aan, zodat ik de waarheid niet hoef
uit te spreken. Nu ik Caleb heb vergeven, weet ik niet of hij mij zal
vergeven.

Ik doe alsof ik druk ben met de afwas. Ik spoel onze bekers om,
knijp de theezakjes uit en gooi ze in de afvalbak. Sinds mijn vertrek uit het kantoor van dr. Robichaud heb ik geprobeerd me
vooral op Nathaniel te concentreren, niet alleen omdat het goed is,
maar ook omdat ik eigenlijk verschrikkelijk laf ben. Hoe zal Caleb
reageren?

Monica legt haar hand op mijn arm. 'Je wilde Nathaniel beschermen.'

Ik kijk haar aan. Geen wonder dat er behoefte is aan maatschappelijk werkers. De verstandhouding tussen mensen loopt zo gemakkelijk vast dat er iemand moet zijn die weet hoe hij de knoop
moet ontwarren. Maar soms kan dat alleen door hem door te hakken en opnieuw te beginnen.

Ze weet wat ik denk. 'In jouw plaats had ik dezelfde conclusie
getrokken.'

We kijken om als er op de deur wordt geklopt. Patrick komt binnen en knikt tegen Monica. 'Ik wilde net weggaan,' zegt ze. 'Ik ben
op kantoor als jullie me nodig hebben.' Patrick zal haar waarschijnlijk nodig hebben om van de ontwikkelingen op de hoogte te
blijven. En ik zal haar voor morele ondersteuning nodig hebben.
Zodra de deur achter haar dicht is, loopt Patrick verder de keuken
in. 'Hoe is het met Nathaniel?'

'Hij is op zijn kamer. Het gaat wel met hem.' Ik voel een snik in mijn keel. 'O, god, Patrick, ik had beter moeten weten. Wat heb ik gedaan? Wat heb ik *gedaan?*'

'Je hebt gedaan wat je moest doen.'

Ik knik en probeer hem te geloven. Maar Patrick weet wel beter. 'Hé.' Hij zet me op een keukenkruk. 'Weet je nog dat we als kind altijd *Clue* speelden?'

Ik veeg mijn neus af aan mijn mouw. 'Nee.'

'Dat zeg je omdat ik altijd won. Je trok je niks aan van het bewijsmateriaal en pikte altijd de verkeerde eruit.'

'Dan zal ik je wel hebben laten winnen.'

'Mooi. Want als je dat eerder hebt gedaan, kan het nu niet zo moeilijk meer zijn.' Hij legt zijn handen op mijn schouders. 'Geef het over. Ik ken dit spel, Nina, en ik ben er goed in. Als jij me laat doen wat ik moet doen, dan kunnen we niet verliezen.' Ineens doet hij een stap naar achteren en steekt zijn handen in zijn zakken. 'Bovendien moet je nu aan andere dingen werken.'

'Zoals?'

Hij kijkt me recht in de ogen. 'Caleb?'

Het is als de oude krachtmeting wie het eerst met zijn ogen zal knipperen. Deze keer kan ik het niet aan en wend mijn blik af. 'Ga hem dan maar opsluiten, Patrick. Het is pastoor Szyszynski. Ik weet het en jij weet het ook. Hoeveel priesters zijn er niet veroordeeld vanwege deze... *Shit!*' Ik krimp in elkaar bij de gedachte aan wat ik heb gedaan.

'Ik heb tijdens de biecht over Nathaniel gesproken.'

'Je hebt wát? Waarom?'

'Omdat hij mijn pastoor is.' Dan kijk ik op. 'Wacht even. Hij denkt dat het Caleb is. Dat dacht ik toen ook. Dat is toch juist goed? Hij weet niet dat hij verdacht wordt.'

'Belangrijker is of Nathaniel het weet.'

'Maar dat is toch glashelder?'

'Dat is het helaas niet. Kennelijk zijn er van het woord *vader* meerdere interpretaties mogelijk. Bovendien leven we in een land dat vol zit met priesters.' Hij kijkt me koel aan. 'Jij bent de openbaar aanklager. Jij weet dat deze zaak niet nog een fout kan verdragen.'

'Jezus, Patrick, hij is pas vijf. Hij heeft het gebaar voor *priester* gemaakt. Szyszynski is de enige priester die hij kent, de enige priester die regelmatig contact met hem had. Ga het anders zelf maar aan Nathaniel vragen.'

'Dat zal voor de rechter niet genoeg zijn, Nina.'

Ineens besef ik dat Patrick behalve voor Nathaniel ook voor mij is gekomen. Om me eraan te herinneren dat ik nog steeds als openbaar aanklager moet denken, en niet alleen als moeder. Wij kunnen de naam van de dader niet noemen, dat zal Nathaniel moeten doen. Tot zolang is er geen enkele kans op veroordeling.

Mijn mond is droog. 'Hij kan nog niet praten.'

Patrick steekt zijn hand naar me uit. 'Dan gaan we kijken wat hij ons verder nog duidelijk kan maken.'

Nathaniel zit op het hoogste stapelbed zijn vaders verzameling honkbalplaatjes te sorteren. De afgesleten randen en de muffe geur doen vertrouwd aan. Zijn vader heeft gezegd dat hij er zuinig op moet zijn, dat ze op een dag zijn studie zullen betalen, maar dat zal Nathaniel een zorg zijn. Op dit moment vindt hij het prettig om ze aan te raken, om naar al die gezichten te kijken en te bedenken dat zijn vader dit vroeger ook heeft gedaan.

Er wordt geklopt, en dan komt zijn moeder binnen met Patrick. Zonder te aarzelen klimt Patrick de ladder op en wringt zijn lange lijf in de smalle ruimte tussen matras en plafond. Nathaniel kan een glimlach niet onderdrukken.

'Hé, Staak.' Patrick stompt op het bed. 'Niet slecht. Wil ik ook wel hebben.' Hij gaat rechtop zitten en doet alsof hij zijn hoofd tegen het plafond stoot. 'Wat denk je? Zal ik je moeder vragen ook zo'n bed voor me te kopen?'

Nathaniel schudt zijn hoofd en geeft hem een honkbalkaartje. 'Is dat voor mij?' vraagt Patrick. Dan ziet hij de naam en begint hij breed te grijnzen. 'Mike Schmidt, een groentje. Je vader zal niet blij zijn dat je zo vrijgevig bent.' Hij steekt het in zijn zak en haalt er tegelijkertijd een notitieboekje en een pen uit. 'Vind je het goed dat ik je een paar vragen stel?'

Eigenlijk is Nathaniel moe van al die vragen. Hij is moe. Punt. Maar omdat Patrick helemaal naar hem toe is geklommen, knikt hij.

Patrick raakt de knie van de jongen aan, maar zo voorzichtig dat Nathaniel er niet van schrikt, hoewel hij de laatste tijd schrikt van het minste of geringste. 'Wil je me de waarheid vertellen, Staak?' vraagt hij zacht.

Opnieuw knikt Nathaniel, langzamer nu.

'Heeft papa je pijn gedaan?'

Nathaniel kijkt van Patrick naar zijn moeder en schudt dan nadrukkelijk zijn hoofd. Hij heeft het gevoel dat iets in zijn borstkas opengaat waardoor hij gemakkelijker kan ademhalen.

'Heeft iemand anders je pijn gedaan?'

Ja.

'Weet je wie het was?'

Ja.

Patricks blik dwingt Nathaniel hem aan te blijven kijken, hoe graag hij zich ook zou afwenden. 'Was het een jongen of een meisje?'

Nathaniel probeert het zich te herinneren. Hoe zeg je dat ook al weer? Hij kijkt naar zijn moeder, maar Patrick schudt zijn hoofd. Het is nu helemaal aan hem. Aarzelend raakt hij zijn hoofd aan alsof hij een honkbalpet op heeft. 'Jongen,' hoort hij zijn moeder vertalen.

'Was het een volwassene of een kind?'

Nathaniel knippert met zijn ogen. Hij kent het gebaar voor die woorden niet.

'Was hij groot, zoals ik, of klein, zoals jij?'

Nathaniels hand beweegt tussen hemzelf en Patrick en blijft dan halverwege hangen.

Patrick grijnst. 'Oké, iemand van gemiddelde lengte. Ken je hem?'

Ja.

'Kun je me zeggen wie het is?'

Nathaniel voelt zijn gezichtsspieren verstrakken van inspanning. Hij knijpt zijn ogen dicht. *Alsjeblieft, alsjeblieft, alsjeblieft,* denkt hij.

'Patrick,' zegt zijn moeder, en ze doet een stap naar voren, maar ze blijft staan wanneer Patrick zijn hand ophoudt.

'Nathaniel, als ik je foto's laat zien,' hij wijst naar de honkbalplaatjes, 'net als deze, kun je dan aanwijzen wie het is?'

Nathaniel laat zijn handen boven de stapeltjes zweven. Hij kijkt van het ene kaartje naar het andere. Hij kan niet lezen of spreken, maar hij weet dat Rollie Fingers een krulsnor had en dat Al Hrabosky eruitzag als een grizzlybeer. Zodra hij iets in zijn geheugen heeft opgeslagen, blijft het daar en hoeft hij het er alleen maar uit te halen.

Hij kijkt op naar Patrick en knikt.

Dit kan hij wel.

Monica heeft slechtere onderkomens gezien dan de goedkope motelkamer waar Caleb Frost bivakkeert, maar toch is ze onaangenaam verrast, vooral omdat ze het huis heeft gezien waar hij thuishoort. Zodra Caleb door het kijkgaatje haar gezicht herkent, doet hij de deur open. 'Is er iets met Nathaniel?' vraagt hij gespannen.

'Niets, helemaal niets. Hij heeft alleen een andere dader aangewezen.'

'Ik kan u niet helemaal volgen.'

'Het betekent dat u niet langer verdacht bent, meneer Frost,' zegt Monica zacht.

De vragen rijzen als vlammen in hem op. 'Wie?' weet hij ten slotte uit te brengen.

'U kunt beter naar huis gaan en er met uw vrouw over praten.' Dan draait ze zich om en loopt weg, met haar handtas stijf onder haar arm geklemd.

'Wacht,' roept Caleb haar na. Hij haalt diep adem. 'Vindt... Nina dat goed?'

Monica kijkt hem glimlachend aan. 'Zou ze me anders naar u toe hebben gestuurd?'

Ik heb met Peter in de districtsrechtbank afgesproken, waar ik het dwangbevel nietig wil laten verklaren. Het hele proces duurt tien minuten, daarna een stempel en de enige vraag van de rechter: 'Hoe is het met Nathaniel?'

Tegen de tijd dat ik weer in de lobby ben, komt Peter naar binnen rennen die met een bezorgd gezicht recht op me af stevent. 'Ik ben gekomen zogauw ik kon,' zegt hij buiten adem. Hij kijkt even naar Nathaniel die mijn hand vasthoudt.

Hij denkt dat ik hem nodig had om de letters van de wet een

beetje te verdraaien, de rechter te vermurwen, de weegschaal van Justitia naar mijn kant te laten overhellen. Ineens schaam ik me dat ik zijn hulp heb ingeroepen.

'Wat is er?' vraagt Peter dringend. 'Zeg het toch, Nina.'

Ik laat mijn handen in mijn jaszakken glijden. 'Ik wil gewoon een kop koffie met je drinken. Ik wil vijf minuten het gevoel hebben dat alles weer is zoals het was.'

Peters blik is als een schijnwerper die tot op mijn ziel kijkt. 'Regel ik,' zegt hij, en hij neemt mijn arm in de zijne.

Hoewel er geen plaats meer is aan de bar van Tequila Mockingbird wanneer Patrick binnenkomt, hoeft de barkeeper maar één blik op hem te werpen om een toevallige gast dringend te verzoeken met zijn drankje naar een tafeltje in de hoek te verkassen. Met zijn sombere stemming als een anorak om zich heen gewikkeld gaat Patrick op de vrijgekomen kruk zitten en wenkt de barkeeper. Stuyvesant komt naar hem toe en schenkt Patrick zijn gebruikelijke Glenfiddich in. Dan overhandigt hij hem de fles en houdt het glas whisky achter de bar. 'Voor het geval iemand anders ook een slok wil,' legt Stuyvesant uit.

Patrick kijkt van de fles naar de barkeeper. Hij legt zijn autosleutels op de bar – eerlijk overgeven – en neemt een lange teug uit de fles.

Nina zal nu wel terug zijn van de rechtbank. Misschien is Caleb net op tijd thuis voor het eten. Misschien hebben ze Nathaniel vroeg naar bed gebracht en liggen ze nu in het donker naast elkaar.

Patrick pakt de fles weer op. Hij is weleens in hun slaapkamer geweest. Superkingsizeformaat bed. Als hij met haar getrouwd was, zouden ze in een smal ledikant slapen zodat hij dichter bij haar kon zijn.

Hij is zelf drie jaar getrouwd geweest, want hij geloofde dat je een leegte alleen kon kwijtraken door die op te vullen. Hij had zich toen niet gerealiseerd dat er genoeg materiaal voorhanden was dat wel ruimte innam maar geen inhoud had. Je bleef je net zo leeg voelen.

Hij schiet naar voren als een blonde vrouw hem hard tegen de schouder slaat. 'Smeerlap!'

'Wat krijgen we verdomme nou?'

Ze knijpt haar ogen samen. Ze zijn groen en zwaar met mascara aangezet. 'Heb jij net aan mijn kont gezeten?'

'Nee.'

Ineens begint ze te grijnzen en gaat tussen hem en de oudere man rechts van hem in staan. 'Hoe vaak moet ik nog langs je heen lopen voordat je het wel doet?'

Ze zet haar glas neer naast Patricks fles en steekt haar hand uit. Lange nepnagels. Hij haat nepnagels. 'Ik ben Xenia. En jij?'

'Geen belangstelling.' Met een strak gezicht kijkt Patrick weer voor zich.

'Ik geef niet zo gauw op. Wat doe je voor de kost?'

'Ik ben begrafenisondernemer.'

'Je meent het.'

Patrick zucht. 'Ik zit bij de zedenpolitie.'

'Nee, serieus.'

'Echt waar. Ik ben bij de politie.'

Ze kijkt hem met grote ogen aan. 'Betekent dat dat ik erbij ben?'

'Hangt ervanaf. Heb je iets gedaan wat niet mag?'

Xenia laat haar blik over zijn lichaam glijden. 'Nog niet.' Ze doopt een vinger in haar drankje – iets rozigs en schuimends – en raakt dan haar bloes aan en vervolgens zijn overhemd. 'Zullen we naar mijn huis gaan om onze natte kleren uit te trekken?'

Hij bloost maar probeert onverschillig te blijven. 'Dacht ik niet.'

Ze laat haar kin op haar hand rusten. 'Bied me dan maar iets te drinken aan.'

Hij wil haar opnieuw afwijzen, maar aarzelt dan. 'Oké. Wat wil je?'

'Een orgasme.'

'Als ik het niet dacht,' zegt Patrick, en hij moet een glimlach onderdrukken. Wat zou het gemakkelijk zijn om zijn rusteloosheid te verdrijven door met deze vrouw mee te gaan, seks met haar te hebben en dan een paar uur te slapen. Waarschijnlijk zou hij haar kunnen neuken zonder ook maar zijn naam te noemen. Die paar uur zou hij het gevoel hebben dat iemand naar hem verlangde, dan was hij voor een avond iemands eerste keus.

Alleen was deze vrouw niet zíjn eerste keus.

Xenia glijdt met haar nagels over zijn nek. 'Ik ga even onze initialen in de deur van het damestoilet krassen,' fluistert ze.

'Je weet mijn initialen niet.'

'Ik verzin wel iets.' Ze wuift even en verdwijnt dan in de menigte.

Patrick wenkt Stuyvesant en betaalt Xenia's tweede drankje dat op een cocktailservetje wordt geserveerd. Dan loopt hij broodnuchter de Tequila Mockingbird uit met de gedachte dat Nina hem kapot heeft gemaakt door voor een ander te kiezen.

Nathaniel ligt op het onderste stapelbed wanneer ik hem voorlees voordat hij gaat slapen. Ineens komt hij als een speer overeind en rent naar de deur waar Caleb op de drempel staat. 'Je bent thuis,' zeg ik overbodig, maar hij hoort het niet. Hij gaat totaal op in dit moment.

Opnieuw kan ik mezelf wel slaan als ik ze samen zie. Hoe heb ik ooit kunnen geloven dat Caleb de schuldige was?

Plotseling is de ruimte te klein voor ons drieën. Ik loop de kamer uit en doe de deur achter me dicht. Beneden was ik de vaat die al schoon en wel in het afdruiprek staat. Nadat ik Nathaniels speelgoed heb opgeruimd ga ik op de bank in de woonkamer zitten. Dan sta ik weer op om de kussens te schikken.

'Hij slaapt.'

Calebs stem verrast me. Ik draai me om met mijn armen over mijn borst gevouwen. Of maakt dat een te defensieve indruk? Ik laat ze langs mijn zij hangen. 'Ik... Ik ben blij dat je thuis bent.'

'Is dat zo?'

Zijn gezicht verraadt niets. Vanuit de schaduw loopt Caleb naar me toe. Een halve meter van me verwijderd blijft hij staan, maar het is alsof er een universum tussen ons ligt.

Ik ken elke lijn van zijn gezicht. De rimpeltjes die in ons eerste huwelijksjaar ontstonden door het vele lachen. De zorgrimpel toen hij het aannemersbedrijf verliet en voor zichzelf is begonnen. De rimpel van concentratie toen Nathaniel zijn eerste stapjes zette en zijn eerste woordjes zei. Mijn keel is dichtgeschroefd en alle verontschuldigingen blijven erin steken. We zijn zo naïef geweest om te geloven dat we onoverwinnelijk waren, dat we blindelings op topsnelheid de haarspeldbochten van het leven konden nemen. 'Ach, Caleb,' zeg ik uiteindelijk door mijn tranen heen. 'Dit had ons toch nooit mogen overkomen?'

Dan huilt hij ook, en we klemmen ons aan elkaar vast. 'Hij heeft dit gedaan. Hij heeft dit onze kleine jongen aangedaan.'

Caleb neemt mijn gezicht tussen zijn handen. 'We komen hier doorheen. We zorgen dat Nathaniel beter wordt.' Maar zijn zinnen eindigen in een vraagteken, alsof hij mijn bevestiging wil horen. 'We zijn hier met z'n drieën bij betrokken, Nina,' fluistert hij. 'En wij samen moeten het oplossen.'

'Wij samen,' herhaal ik, en ik druk mijn open mond tegen zijn hals. 'Het spijt me zo verschrikkelijk, Caleb.'

'Sst.'

'Ik... ik...'

Hij onderbreekt me met een kus. Het overrompelt me, dit had ik niet verwacht. Dan grijp ik zijn shirt vast en kus hem terug. Ik kus hem vanuit de bodem van mijn ziel. Ik kus hem totdat hij de bittere smaak van ons verdriet kan voelen. *Samen.*

We rukken elkaars kleren van het lijf waarbij knopen onder de bank rollen. Het is de woede die een uitweg zoekt, woede over wat onze zoon is aangedaan en nooit ongedaan kan worden gemaakt. Voor het eerst in al die dagen vindt mijn razernij een uitweg. Ik reageer me af op Caleb, maar besef dan dat hij hetzelfde doet met mij. We krabben en bijten elkaar, totdat Caleb me teder achteroverdrukt. We kijken elkaar aan terwijl hij in me beweegt. We zouden het niet wagen onze ogen af te wenden. Ik herinner me weer hoe het is om van liefde vervuld te zijn in plaats van wanhoop.

De laatste zaak waaraan ik met Monica LaFlamme heb gewerkt was geen succes. Ze had me een verslag gestuurd van een telefoongesprek met ene mevrouw Grady. Terwijl deze haar zevenjarige zoon afdroogde na zijn bad, greep Eli de Mickey Mouse-handdoek en begon de seksuele daad na te bootsen. Als dader noemde hij zijn stiefvader. Het kind werd naar Maine Medical Center gebracht, maar daar werden geen fysieke bewijzen gevonden. Eli leed kennelijk ook aan een of andere gedragsstoornis.

We ontmoetten elkaar op mijn kantoor in het vertrek waar we kinderen competentietests afnemen. Aan de andere kant van de doorkijkspiegel bevonden zich wat speelgoed, een tafeltje en een paar stoeltjes. Op de muur was een regenboog geschilderd. Monica en ik zagen Eli rondrennen als een bezetene. Hij klom letterlijk in de gordijnen. 'Zo,' zei ik, 'dit kan leuk worden.'

In de aangrenzende kamer beval mevrouw Grady haar zoon ermee op te houden. 'Kalmeer een beetje, Eli,' zei ze. Maar daardoor ging hij nog harder krijsen en rennen.

'Wat is een oppositioneel-opstandige gedragsstoornis trouwens?' vroeg ik aan Monica.

Ze haalde haar schouders op. 'Dat daar, vermoed ik.' Ze wees naar Eli. 'Als je hem vraagt iets niet te doen, doet hij het juist wel.'

Ik keek haar verbaasd aan. 'Is dat werkelijk een psychiatrische diagnose? En niet gewoon het gedrag van een zevenjarige jongen?'

'Zeg jij het maar.'

'En het forensisch bewijsmateriaal?' Ik haalde een keurig opgevouwen handdoek uit een boodschappentas. Het gezicht van Mickey grijnsde mij toe. Met die grote oren en scheve grijns had die handdoek op zich al iets engs.

'De moeder heeft hem diezelfde avond in de was gedaan.'

'Natuurlijk.'

Monica zuchtte toen ik haar de handdoek aanreikte. 'Mevrouw Grady wil met alle geweld een rechtszaak.'

'Die beslissing is niet aan haar.' Maar ik glimlachte beleefd toen Eli's moeder tussen mij en de politierechercheur in kwam zitten. Voor de goede orde vertelde ik haar wat voor informatie mevrouw LaFlamme uit Eli probeerde te krijgen.

We keken door de spiegel toen Monica aan Eli vroeg te gaan zitten.

'Nee,' zei hij, en hij begon weer rond te rennen.

'Wil je alsjeblieft nu in deze stoel gaan zitten?'

Eli pakte het stoeltje op en smeet het in een hoek. Geduldig liep Monica ernaartoe en zette het naast haar eigen stoel. 'Eli, ik wil dat je even naast me komt zitten. Daarna gaan we mama halen.'

'Ik wil dat mama nu komt. Ik wil hier weg.' Maar toen ging hij zitten.

Monica wees naar de regenboog. 'Kun je me zeggen welke kleur dit is, Eli?'

'Rood.'

'Heel goed! En deze kleur?' Ze raakte de gele streep aan.

Eli rolde met zijn ogen. 'Rood,' zei hij.

'Is dit ook rood, of heeft het een andere kleur dan deze streep?'

'Ik wil mama,' schreeuwde Eli. 'Ik wil niet met je praten. Je bent een dikke vette trut.'

'Oké,' zei Monica effen. 'Zal ik mama halen?'

'Nee, ik wil niet dat mama komt.'

Vijf minuten later maakte Monica een eind aan het gesprek. Door het glas keek ze me met opgetrokken wenkbrauwen aan en haalde haar schouders op. Mevrouw Grady boog zich onmiddellijk naar voren. 'Wat gaat er nu gebeuren? Wanneer laten we de zaak voorkomen?'

Ik haalde diep adem. 'Ik weet niet precies wat er met uw zoon is gebeurd,' zei ik diplomatiek. 'Naar zijn gedrag te oordelen is er waarschijnlijk een vorm van misbruik in het spel. En het lijkt me verstandig om uw man met betrekking tot Eli in de gaten te houden. Toch kunnen we deze zaak niet strafrechtelijk vervolgen.'

'Maar... maar u zei net zelf dat er sprake is van misbruik. Is dat niet genoeg?'

'U hebt net gezien hoe Eli zich gedroeg. Het is ondenkbaar dat hij in een rechtszaal rustig in een stoel gaat zitten om vragen te beantwoorden.'

'Als u wat meer tijd aan hem zou besteden...'

'Mevrouw Grady, het gaat niet alleen om mij. Hij zal vragen van de verdediging en ook van de rechter moeten beantwoorden, en bovendien zit vlakbij de jury naar hem te kijken. U weet beter dan wie ook hoe Eli zich zal gedragen, want daar hebt u elke dag mee te maken. Maar helaas werkt het rechtssysteem niet voor mensen die niet voldoende kunnen communiceren.'

De vrouw werd zo wit als een doek. 'Maar... wat gebeurt er dan in dit soort gevallen? Hoe kunnen we kinderen als Eli anders beschermen?'

Ik keek door het raam naar Eli die kleurpotloden doormidden zat te breken. 'Dat kunnen we niet.'

Met bonzend hart schiet ik in bed overeind. Een droom. Het was maar een droom. Het zweet gutst langs mijn slapen. In huis is alles stil.

Caleb ligt op zijn zij met zijn gezicht naar me toe diep adem te halen. Er glinstert vocht op zijn gezicht. Hij heeft gehuild in zijn slaap. Ik raak met mijn vingertop een traan aan en breng hem naar mijn mond. 'Ik weet het,' fluister ik. De rest van de nacht lig ik wakker.

Ik doezel in wanneer de zon opkomt en word wakker bij de eerste vorst van deze winter. In Maine komt hij vroeg en verandert het landschap.

Caleb en Nathaniel zijn nergens te vinden. Het is verontrustend stil in huis als ik me aankleed en naar beneden ga. De kou kruipt naar binnen door de kier onder de deur en wikkelt zich om mijn enkels terwijl ik een kop koffie drink en naar het briefje op tafel kijk. WE ZIJN IN DE SCHUUR.

Als ik ernaartoe loop zijn ze specie aan het mengen. Caleb althans. Nathaniel maakt met resten baksteen een omtrek rond de hond die op de betonnen vloer ligt te slapen. 'Hé.' Caleb kijkt grijnzend op. 'We gaan vandaag een muur metselen.'

'Dat zie ik. Heeft Nathaniel handschoenen en een muts? Het is te koud buiten om – '

'Daar.' Caleb wijst met zijn kin naar de blauwe fleecemuts en de blauwe wanten.

'Goed. Ik moet even weg.'

'Oké, ga maar.' Caleb mixt het cement met zijn schoffel.

Maar ik wil niet weg, al weet ik dat ik hier niet nodig ben. Jarenlang ben ik de hoofdkostwinner geweest. Maar de laatste tijd ben ik aan mijn huis gewend geraakt en ga ik niet graag weg.

'Misschien...'

Wat ik wilde zeggen wordt onderbroken door Caleb die 'Nee!' tegen Nathaniel schreeuwt. Nathaniel begint te jammeren wanneer Caleb zijn arm vastgrijpt en hem wegtrekt.

'Caleb...'

'Je blijft van die antivries af!' schreeuwt Caleb tegen Nathaniel. 'Hoe vaak moet ik dat nog zeggen? Het is *vergif*. Je kunt er heel ziek van worden.' Hij pakt de fles Prestone op die hij door de specie heeft gemengd zodat die niet kan bevriezen, en bedekt de troep die Nathaniel heeft gemaakt met een doek. Een gifgroene vlek verspreidt zich erdoorheen. De hond wil eraan likken, maar Caleb duwt hem weg. 'Weg, Mason.'

Nathaniel staat in een hoek en kan zijn tranen nauwelijks bedwingen. 'Kom hier,' zeg ik, en ik spreid mijn armen. Hij rent op me af en ik geef hem een kus op zijn kruin. 'Waarom ga je niet wat speelgoed uit je kamer halen terwijl papa aan het werk is?'

Nathaniel rent naar het huis met Mason op de hielen. Ze zijn allebei slim genoeg om te weten wanneer ze zich uit de voeten moeten maken. Caleb schudt ongelovig zijn hoofd. 'Je ondermijnt mijn gezag, Nina.'

'Welnee, ik... Zag je het dan niet? Je hebt hem de stuipen op het lijf gejaagd. Hij deed het toch niet met opzet.'

'Dat doet er niet toe. Ik heb hem gezegd ervan af te blijven, maar hij wilde niet luisteren.'

'Vind je niet dat hij al genoeg heeft doorgemaakt?'

Caleb veegt zijn handen af aan een doek. 'Ja, dat vind ik inderdaad. Dus hoe zal hij het vinden als de hond waar hij zo gek op is dood neervalt omdat hij iets doet wat hem uitdrukkelijk verboden is?' Hij schroeft de dop op de Prestone en zet de fles op een hoge plank. 'Ik wil dat hij zich weer een normaal kind gaat voelen. En als hij dit drie weken geleden had gedaan, dan had hij straf gekregen, dat geef ik je op een briefje.'

Deze logica kan ik niet volgen. Ik slik mijn antwoord in, draai me om en loop naar buiten. Ik ben nog steeds boos op Caleb wanneer ik op het politiebureau arriveer en Patrick slapend achter zijn bureau aantref.

Hij valt bijna uit zijn stoel als ik de deur van zijn kantoor met een klap dichtsla. Dan krimpt hij in elkaar en grijpt naar zijn hoofd. 'Blij dat jullie ambtenaren mijn belastinggeld zo goed besteden,' zeg ik sarcastisch. 'Waar is de digitale line-up?'

'Ben ik mee bezig.'

'Ja, ik kan zien dat het je volle aandacht heeft.'

Hij staat op en kijkt me fronsend aan. 'Waarom ben je zo pissig?'

'Sorry, misschien wordt de overmaat aan huiselijk geluk me te machtig. Het zal ongetwijfeld beter gaan wanneer je Szyszynski achter slot en grendel hebt gezet.'

Patrick kijkt me recht in de ogen. 'Hoe is het met Caleb?'

'Prima.'

'Zo klinkt het anders niet...'

'Patrick, ik ben hier omdat ik wil weten of jullie iets doen, maakt niet uit wat. Laat me wat zien!'

Hij knikt en pakt me bij de arm. We lopen gangen door en komen uiteindelijk in een achterkamertje dat niet veel groter is dan een kast. Er brandt geen licht. Achter een computerscherm zit een puisterige jongen met een zak chips. 'Hoi,' zegt hij tegen Patrick.

Ik kijk Patrick aan. 'Dit meen je niet.'

'Nina, dit is Emilio. Hij helpt ons met digitale montages. Emilio is een computerwhizzkid.'

Hij buigt zich over de jongen heen en drukt een toets op het keyboard in. Er verschijnen tien foto's op het scherm, waaronder een van pastoor Szyszynski.

Ik buig me naar voren om hem van dichtbij te bekijken. Niets in zijn ogen of ontspannen glimlach wekt ook maar het geringste vermoeden dat hij tot een gruweldaad in staat is. De helft van de geportretteerden is met priesterboord afgebeeld, de andere helft draagt een gevangenisoverall. Patrick haalt zijn schouders op. 'Op de enige foto die ik van Szyszynski kon vinden was hij als priester gekleed, dus moeten de gevangenen er ook als priester uitzien. Dan kan later geen misverstand ontstaan als Nathaniel de dader aanwijst.'

Hij zegt het alsof het ook gaat gebeuren. Ik ben hem er dankbaar voor. Terwijl we naar het scherm kijken, plakt Emilio een priesterboord onder een boeventronie. 'Heb je even?' vraagt Patrick, en als ik knik leidt hij me het kantoortje uit en door een zijdeur naar een binnenplaats.

Er staat een picknicktafel en er is een basket, omringd door een hoog hek van harmonicagaas. 'Zeg het maar,' zeg ik meteen. 'Wat is er?'

'Niks.'

'Als er niks was, dan hadden we gewoon bij die puberhacker van je kunnen doorpraten.'

Patrick gaat op de bank bij de picknicktafel zitten. 'Het gaat over de line-up.'

'Ik wíst het.'

'Hou even op, ja?' Patrick wacht tot ik tegenover hem ben gaan zitten en kijkt me dan recht in de ogen. Zijn ogen hebben een geschiedenis met die van mij. Ze waren het eerste wat ik zag toen ik bijkwam nadat Patrick tijdens een interscolaire honkbalwedstrijd een bal had geslagen die op mijn schedel afkaatste. Zijn ogen gaven me de kracht die ik als zestienjarige nodig had om in de stoeltjeslift van Sugarloaf te gaan zitten en mijn hoogtevrees te overwinnen. Zijn ogen hebben me altijd gezegd dat ik het goed deed op momenten dat ik twijfelde.

'Eén ding moet je goed begrijpen, Nina,' zegt Patrick. 'Zelfs als Nathaniel de foto van Szyszysnki aanwijst... is het niet doorslaggevend. Een vijfjarige jongen begrijpt de bedoeling van die opstelling misschien niet helemaal. Hij kan er gewoon een bekend gezicht uitpikken, of hij wijst zomaar iemand aan omdat hij het achter de rug wil hebben.'

'Denk je dat ik dat niet weet?'

'Je weet ook dat er waterdichte bewijzen nodig zijn voordat iemand wordt veroordeeld. We mogen Nathaniel geen overhaaste beslissing opdringen omdat jij deze zaak zo snel mogelijk wilt afronden. Wat ik wil zeggen is dat Nathaniel over een week misschien wel weer zal kunnen praten. Misschien morgen al. Uiteindelijk zal hij de naam van de dader kunnen uitspreken, waardoor zijn aanklacht veel meer bewijskracht krijgt.'

Ik buig me naar voren en verberg mijn handen in mijn haar. 'En wat moet ik dan doen? Hem laten getuigen?'

'Zo werkt het nu eenmaal.'

'Niet als mijn kind het slachtoffer is,' snauw ik.

Patrick raakt mijn arm aan. 'Nina, zonder Nathaniels getuigenis tegen Szyszynski heb je geen zaak.' Hij schudt zijn hoofd en denkt dat ik er niet goed over heb nagedacht.

Maar nooit van mijn leven ben ik ergens zo zeker van geweest. Ik zal alles doen om te voorkomen dat mijn zoon als getuige wordt opgeroepen. 'Je hebt gelijk,' zeg ik tegen Patrick. 'En daarom reken ik erop dat jij de priester een bekentenis afdwingt.'

Voor ik het besef ben ik naar de St.-Anna gereden. Op het parkeer-terrein stap ik de auto uit en loop naar de achterkant van het ge-bouw zodat ik niet de vooringang hoef te nemen en op mijn tenen te lopen. Hier bevindt zich de pastorie die aan de kerk is verbon-den. Mijn sneakers laten afdrukken op de bevroren grond achter als het spoor van een onzichtbaar mens.

Als ik op de rand van een afwateringsput klim, kan ik door het raam naar binnen kijken. Dit is de woonkamer van Szyszynski. Op een bijzettafeltje staat een kop thee met het uitlekkende zakje er-naast. Op de bank ligt een boek van Tom Clancy. Overal zie ik ca-deaus die hij van parochianen heeft gekregen: een gehaakte sprei, een houten bijbelstandaard, een ingelijste kindertekening. Al die mensen geloofden in hem. Ik was niet de enige sukkel.

Ik weet eigenlijk niet waar ik op wacht. Maar wel moet ik den-ken aan de dag voordat Nathaniel niet meer kon spreken, toen we voor het laatst met z'n allen naar de mis waren geweest. Er was een ontvangst voor twee geestelijken die op bezoek kwamen. Aan het buffet hing een spandoek dat hun een goede thuisreis wenste. Ik weet nog dat er die ochtend koffie met hazelnootaroma werd ge-schonken. Er waren geen gesuikerde donuts meer over, hoewel Na-thaniel er graag een had gewild. Ik stond met een echtpaar te pra-ten dat ik een paar maanden niet had gezien en zag dat de andere kinderen pastoor Szyszynski naar beneden volgden voor zijn we-kelijkse verhaal. 'Ga met ze mee, Nathaniel,' drong ik aan. Hij had zich achter me verstopt en zich aan mijn benen vastgeklampt. Ik heb hem achter de anderen aan geduwd.

Ik heb hem gedwongen.

Ik heb het gevoel dat ik hier al een uur sta voordat de priester binnenkomt. Hij gaat op de bank zitten, pakt z'n theekopje op en begint te lezen. Hij weet niet dat ik naar hem kijk. Hij beseft niet dat ik net zo ongemerkt zijn leven kan binnenglippen als hij het mijne binnenkwam.

Zoals Patrick had beloofd zijn er tien foto's, elk ter grootte van een honkbalkaartje en elk met een andere 'priester' erop. Caleb kijkt ernaar. 'De pedofielen van San Diego,' mompelt hij. 'Het enige wat ontbreekt is hun strafblad.' Hij doet ze weer terug in de envelop.

117

Nathaniel en ik komen hand in hand de kamer binnen. 'Kijk eens wie we daar hebben,' zeg ik opgewekt.

Patrick komt overeind. 'Hé, Staak. Herinner je je ons gesprek van kortgeleden nog?' Nathaniel knikt. 'Zullen we daar vandaag mee verdergaan?'

Hij is al nieuwsgierig naar de foto's. Ik zie het aan de manier waarop hij aan de bank zit te plukken. Patrick klopt op het kussen naast hem en Nathaniel schuift meteen zijn kant uit. Caleb en ik zitten in twee fauteuils aan weerskanten van de bank. *Het lijkt wel een ceremonie*, denk ik.

'Ik heb wat foto's voor je meegenomen zoals ik had gezegd.' Patrick neemt ze uit de bruine envelop en spreidt ze uit op de salontafel alsof hij ermee gaat patiencen. Hij kijkt naar mij en vervolgens naar Caleb als een zwijgende waarschuwing dat hij hier de regie in handen heeft. 'Weet je nog dat je zei dat iemand je pijn heeft gedaan, Staak?'

Ja.

'En dat je wist wie het was?'

Opnieuw een knik, maar nu aarzelender.

'Ik ga je een paar foto's laten zien. Als een van die mensen de man is die je pijn heeft gedaan, dan wil ik dat je hem aanwijst. Maar als die man niet op een van die foto's staat, dan schud je alleen je hoofd, zodat ik weet dat hij er niet bij zit.'

Patrick heeft het perfect verwoord. Een open, juridisch verantwoorde uitnodiging om een dader aan te geven. Nathaniel zit op zijn handen. Zijn voeten raken net niet de vloer.

'Begrijp je wat je moet doen, Nathaniel?' vraagt Patrick.

Nathaniel knikt. Een hand kruipt onder zijn dij vandaan. Ik wil dat het hem lukt zodat deze zaak in gang kan worden gezet. Ik wil het zo wanhopig graag dat het pijn doet. Om dezelfde reden wens ik even hartgrondig dat het hem niet lukt.

Boven elke foto blijft zijn hand even zweven als een libel boven een riviertje. Hij daalt even, en vluchtig beroeren zijn vingers het gezicht van pastoor Szyszynski, maar dan gaan ze verder. Met mijn ogen probeer ik ze terug te dwingen. Dan kan ik me niet langer beheersen. 'Patrick, vraag of hij hem herkent.'

Met een gespannen glimlach sist Patrick me toe: 'Nina, je weet dat dat niet kan.' En tegen Nathaniel: 'Wat denk je, Staak? Herken je de man die het gedaan heeft?'

Nathaniel laat zijn vinger langs de rand van Szyszynski's foto glijden. Dan aarzelt hij en gaat naar de andere foto's. We kijken toe en vragen ons af wat hij probeert te zeggen. Dan legt hij een aantal foto's in twee kolommen die hij met een diagonaal met elkaar verbindt. Al die poespas om alleen de letter N te maken?

'Hij heeft de foto aangeraakt, de juiste,' zeg ik dringend. 'Dat moet toch genoeg zijn?'

Patrick schudt zijn hoofd. 'Dat is het niet.'

'Probeer het nog eens, Nathaniel.' Ik buig me voorover en schuif de foto's door elkaar. 'Laat me zien wie het is.'

Nathaniel, boos dat ik zijn werk heb verwoest, veegt met zijn arm over de tafel zodat de meeste foto's op de vloer belanden. Hij weigert me aan te kijken en drukt zijn gezicht op zijn knieën.

'Was dat nou nodig?' mompelt Patrick.

'Alsof jij iets gedaan hebt om hem te helpen!'

Caleb buigt zich langs me heen om Nathaniels been aan te raken. 'Je hebt het heel goed gedaan. Trek je niets aan van je moeder.'

'Je wordt bedankt, Caleb.'

'Zo bedoelde ik het niet, en dat weet je best.'

Mijn wangen gloeien. 'Is dat zo?'

Slecht op zijn gemak begint Patrick de foto's weer in de envelop te stoppen.

'Dit gesprek kunnen we beter op een andere plek voortzetten,' zegt Caleb kortaf.

Nathaniel slaat zijn handen tegen zijn oren en drukt zijn gezicht in de kussens op de bank en tegen Patricks been. 'Zie je nou wat je hebt aangericht?' zeg ik tegen Caleb.

De woede in de kamer heeft alle kleuren van het vuur en bedreigt hem, zodat Nathaniel zich klein genoeg moet maken om zich tussen de kussens te kunnen verschuilen. Er is iets hards in Patricks broekzak dat tegen hem aandrukt. Patricks broek ruikt naar ahornstroop en november.

Zijn moeder huilt weer en zijn vader schreeuwt tegen haar. Nathaniel kan zich herinneren dat hij altijd blij was wanneer hij 's ochtends wakker werd. Nu schijnt hij alles verkeerd te doen. Het is allemaal zijn eigen schuld. En omdat hij nu smerig en anders is, weten zijn ouders niet meer wat ze met hem aan moeten.

Hij wou dat hij ze weer kon laten lachen. Hij wou dat hij de antwoorden op hun vragen wist. Hij weet dat ze er zijn, maar ze zitten vast in zijn keel, achter het 'iets' dat hij niemand mag zeggen.

Zijn moeder brengt haar handen omhoog en loopt naar de haard met haar rug naar de anderen toe. Ze snikt nog harder, al denkt ze dat niemand het ziet. Zijn vader en Patrick mijden elkaars blik en kijken nerveus om zich heen.

Wanneer zijn stem terugkomt, moet Nathaniel denken aan die keer in de winter dat de auto van zijn moeder niet wilde starten. Ze draaide het contactsleuteltje om en de motor kreunde en jankte voordat hij uiteindelijk tot leven kwam. Hetzelfde voelt Nathaniel nu in zijn buik. Iets dat kreunend en jankend tot leven komt en in zijn luchtpijp opborrelt. Het verstikt hem en beklemt zijn borst. Het geluid dat naar buiten komt is zwak en iel, het tegenovergestelde van het zware, poreuze blok steen dat zijn woorden de afgelopen weken heeft opgeslorpt. Nu de bittere pil op zijn tong ligt, kan hij bijna niet geloven dat zoiets kleins alle ruimte in hem heeft gevuld.

Nathaniel is bang dat niemand hem zal horen nu al die boze woorden de kamer worden in geslingerd. Dus gaat hij op zijn knieen zitten, drukt zich tegen Patricks schouder aan en legt zijn hand om Patricks oor. En hij zegt iets. Hij spreekt.

Patrick voelt Nathaniels warme lijf tegen zijn arm. Logisch dat hij bescherming zoekt. Patrick zou zelf ook willen wegduiken bij het geruzie tussen Caleb en Nina. Hij slaat zijn arm om het kind heen. 'Het komt wel goed, Staak,' fluistert hij.

Dan voelt hij Nathaniels vingers rond zijn oor en hoort hij een geluid, al lijkt het niet meer dan een zucht. Hier heeft Patrick op gewacht. Dankbaar geeft hij een kneepje in Nathaniels hand. Dan draait hij zich om naar Caleb en Nina, en vraagt: 'Wie is vader Glen in vredesnaam?'

De beste tijd om de kerk te doorzoeken is tijdens de dienst, wanneer pastoor Szyszynski – ofwel vader Glen voor kinderen die zijn achternaam niet kunnen uitspreken – zijn ambt uitoefent. Patrick kan zich niet herinneren wanneer hij voor het laatst in pak met das op bewijzenjacht ging, maar hij wil niet opvallen onder de menigte. Hij glimlacht tegen de onbekenden die voor negen uur 's ochtends de kerk binnenstromen. Wanneer ze allemaal hun plaats op de banken hebben ingenomen, loopt hij de trap af naar het souterrain.

Patrick heeft geen huiszoekingsbevel, maar dat is ook niet nodig omdat de kerk een openbare ruimte is. Toch loopt hij zo geruisloos mogelijk de gang door om geen aandacht te trekken. Hij komt langs een klaslokaal waar kleine kinderen op kleine stoeltjes aan kleine tafeltjes zitten. Waar zou een priester een bak met tweedehandskleding bewaren?

Nina heeft hem verteld dat Nathaniel op een zondag thuiskwam in ondergoed dat niet van hem was. Misschien heeft het niets te betekenen, maar misschien ook wel. Het is aan Patrick om elke steen om te draaien zodat hij alle munitie heeft die nodig is om Szyszynski in een hoek te drijven.

De bak staat niet bij het fonteintje of in de toiletten. Ook niet in Szyszynski's kantoor, een rijkelijk gelambriseerd vertrek met religieuze boeken van muur tot muur. Hij rammelt aan de kruk van een afgesloten deur in de gang.

'Kan ik u helpen?'

De zondagsschoolonderwijzeres die achter hem staat heeft iets moederlijks. 'O, neemt u me niet kwalijk,' zegt hij. 'Het was niet mijn bedoeling u te storen tijdens de les.'

Hij zet al zijn charmes in, maar beseft dat deze vrouw gewend is aan leugentjes van kinderen die met hun hand in de koektrommel worden betrapt. Patrick denkt snel na. 'Mijn zoontje van twee heeft het in zijn broek gedaan tijdens de preek van pastoor Szyszynski, en ik hoorde dat hier ergens een bak met tweedehandskleding moet zijn.'

De onderwijzeres glimlacht hem meelevend toe. 'Bij de passage waar water in wijn verandert gaat het vaak mis.' Ze brengt Patrick het klaslokaal in waar vijftien gezichtjes hem nieuwsgierig aankijken. Dan overhandigt ze hem een grote blauwe plastic bak. 'Ik heb geen idee wat erin zit, maar succes ermee.'

Enkele minuten later heeft Patrick zich in het ketelhok verscholen, de eerste plek die hij tegenkwam waar hij niet snel gestoord zal worden. Hij staat tot aan zijn knieën in oude kleren. Er zijn jurken bij van minstens dertig jaar oud, schoenen met versleten zolen, skibroekjes van peuters. Hij telt zeven onderbroeken, waaronder drie roze met barbiegezichtjes. De andere vier legt hij naast elkaar op de vloer. Dan haalt hij zijn mobieltje uit zijn zak en belt Nina.

'Hoe ziet die onderbroek eruit?' vraagt hij als ze opneemt.

'Wat is dat voor gezoem? Waar zit je?'

'In het ketelhok van de St.-Anna,' fluistert Patrick.

'Vandaag? Nú? Ben je wel helemaal lekker?'

Ongeduldig priemt Patrick met een vinger van zijn gehandschoende hand naar het ondergoed voor hem. 'Oké. Ik heb er een met robots, een met vrachtwagens, en twee effen witte met een blauwe rand. Zit er iets bekends bij?'

'Het was een boxershort met honkbalhandschoenen.'

Hij begrijpt niet hoe ze zich zoiets kan herinneren. Hij weet niet eens wat voor onderbroek hijzelf vandaag aanheeft. 'Dan zit hij hier niet bij, Nina.'

'Hij moet er zijn.'

'Misschien heeft Szyszynski hem ergens verstopt.'

'Bewaard als een trofee.' Het verdriet in haar stem snijdt door zijn ziel.

'Als hij hier is, dan zullen we hem vinden met een huiszoekingsbevel,' belooft hij. Hij zegt niet wat hij denkt: dat het ondergoed op zich geen bewijs is. Dat er talloze verklaringen voor zijn, waarvan hij de meeste waarschijnlijk al eerder heeft gehoord.

'Heb je hem al gesproken?'

'Nog niet.'

'Je belt me, hè? Daarna?'

'Wat denk je?' zegt Patrick, en hij verbreekt de verbinding. Hij bukt zich om alle kleren weer in de bak te stoppen. Dan ziet hij iets in een hoekje achter de ketel. Hij gaat op de grond liggen en steekt zijn hand ernaar uit, maar krijgt het niet te pakken. Hij kijkt om zich heen en vindt een pook waarmee hij een hoekje – wat is het, papier misschien? – naar zich toe kan trekken.

Honkbalhandschoenen. Honderd procent katoen. Maat XXS.

Hij haalt een bruinpapieren zakje uit zijn broekzak. Met zijn gehandschoende hand draait hij de boxershort om. Links van het midden zit een opgedroogde vlek.

In het ketelhok, recht onder het altaar waar pastoor Szyszynski op dat moment zijn preek houdt, buigt Patrick zijn hoofd en bidt dat hij uit deze vondst een sprankje hoop mag putten.

Caleb voelt Nathaniels gegiechel als een aardbevinkje uit zijn rib- benkast oprijzen. Hij drukt zijn oor dichter tegen de borst van zijn zoon. Nathaniel ligt op de vloer en Caleb ligt over hem heen gebo- gen, met zijn oor vlak boven zijn mond. 'Zeg het nog eens,' vraagt Caleb.

Nathaniels stem is nog zwak en ongearticuleerd. Zijn keel moet weer leren een woord vast te houden, het van de ene op de andere spier en dan naar de tong over te brengen. Nu is dit allemaal nieuw voor hem. Nu is het nog een opgave.

Caleb weet het. Maar toch knijpt hij in Nathaniels hand als dat ene woord, hoe aarzelend ook, wordt uitgesproken. '*Papa.*'

Caleb grijnst en zwelt van trots. In zijn oor hoort hij het wonder in de longen van zijn zoon. 'Nog een keer,' smeekt Caleb.

Een herinnering. Ik zoek overal in huis mijn autosleutels. Ik ben te laat voor Nathaniels school en voor mijn werk. Nathaniel staat op me te wachten. Hij heeft zijn jas en laarzen al aan. 'Denk na!' zeg ik hardop, en dan tegen Nathaniel: 'Heb jij mijn autosleutels gezien?'

'Ze liggen daar,' antwoordt hij.

'Waar?'

'Waar ze liggen.' Diep vanuit zijn keel welt een giechel op.

Dan schiet ik ook in de lach en vergeet ik wat ik aan het zoeken was.

Twee uur later loopt Patrick opnieuw de St.-Anna binnen. Deze keer is de kerk verlaten. Er flakkeren kaarsen die schaduwen ver- spreiden. Stofdeeltjes dansen in het licht dat door de gebrandschil- derde ramen valt. Patrick gaat direct naar het kantoor van pastoor Szyszynski. De deur staat wijd open. De priester zit achter zijn bu- reau. Heel even geniet Patrick van het gevoel dat hij hem bespiedt. Dan klopt hij twee keer.

123

Glen Szyszynski kijkt glimlachend op. 'Kan ik u helpen?'

Laten we het hopen, denkt Patrick, en hij loopt naar binnen.

In de verhoorkamer schuift Patrick de priester een Miranda-formulier toe. 'Een standaardprocedure, eerwaarde. U bent niet in hechtenis of onder arrest, maar omdat u vrijwillig vragen beantwoordt, schrijft de wet voor dat ik u op uw rechten wijs voordat u iets zegt.'

Zonder te aarzelen ondertekent Szyszynski het formulier waarop zijn rechten zijn opgesomd die Patrick net hardop heeft voorgelezen.

'Ik wil alles doen om Nathaniel te helpen.'

Szyszynski had direct aangeboden aan het onderzoek mee te werken. Hij was bereid een bloedmonster af te staan toen Patrick zei dat ze iedereen moesten uitsluiten die bij Nathaniel in de buurt was geweest. Terwijl hij in het ziekenhuis toekeek hoe de pastoor bloed werd afgenomen, vroeg hij zich af of Szyszynski's afwijking net zo meetbaar in zijn aderen was als hemoglobine of bloedplasma.

Nu leunt Patrick achterover in zijn stoel en kijkt de priester aan. Zo heeft hij tegenover duizenden criminelen gezeten die allemaal beweerden dat ze onschuldig waren of deden alsof ze geen idee hadden waarover hij het had. Meestal kan hij hun wandaden onder ogen zien met de koele afstandelijkheid van een doorgewinterde politieman. Maar wanneer deze tengere priester alleen maar Nathaniels naam uitspreekt, moet Patrick zich inhouden hem niet in elkaar te timmeren.

'Hoe lang kent u de Frosts al?' vraagt Patrick.

'Al sinds ik voor het eerst naar deze parochie kwam. Ik was een tijdje ziek geweest en kreeg een nieuwe gemeente toegewezen. Een maand later kwamen de Frosts in Biddeford wonen.' Hij glimlacht. 'Ik heb Nathaniel gedoopt.'

'Gaan ze regelmatig naar de kerk?'

Pastoor Szyszynski slaat zijn ogen neer. 'Niet zo vaak als ik zou willen, maar dat blijft hopelijk onder ons.'

'Hebt u Nathaniel lesgegeven op zondagsschool?'

'Ikzelf geef geen les, dat doet Janet Fiore, een van de ouders, terwijl boven de dienst wordt gehouden.' Hij haalt zijn schouders op.

'Dat neemt niet weg dat ik dol ben op kinderen. Ik heb ze graag om me heen.'

Dat geloof ik meteen, denkt Patrick.

'Na de dienst, wanneer de kerkgangers met elkaar koffiedrinken, neem ik de kinderen mee naar beneden om ze een verhaal voor te lezen.' Hij grijnst schaapachtig. 'Ik vrees dat ik iets van een gefrustreerde acteur heb.'

Ook niet echt een verrassing. 'Waar zijn de ouders wanneer u voorleest?'

'Die onderhouden zich boven met elkaar, zoals ik al zei.'

'Leest iemand anders de kinderen weleens voor? Of bent u de enige?'

'Ik ben de enige. De zondagsschoollerares ruimt na de les het lokaal op en gaat dan naar boven om koffie te drinken. Het voorlezen duurt hooguit een kwartiertje.'

'Verlaten de kinderen dan weleens het lokaal?'

'Alleen om naar de wc te gaan. Die is aan het eind van de gang.'

Patrick denkt even na. Hij vraagt zich af hoe het Szyszynski is gelukt met Nathaniel alleen te zijn. Misschien had hij de andere kinderen met het boek achtergelaten en was hij Nathaniel gevolgd naar de wc. 'Hebt u gehoord wat er met Nathaniel is gebeurd?'

De priester aarzelt even voordat hij knikt. 'Ja, het is me verteld,' zegt hij zacht.

Patrick kijkt hem doordringend aan. 'Wist u dat er bewijzen zijn dat Nathaniel anaal is gepenetreerd?' Hij hoopt op een blos, op een verraderlijke hapering in zijn ademhaling. Hij wacht op verwarring, op het begin van paniek.

Maar pastoor Szyszynski schudt alleen zijn hoofd. 'God sta hem bij.'

'Wist u, eerwaarde, dat Nathaniel u als de schuldige heeft aangewezen?'

Eindelijk de schok waarop Patrick heeft gewacht. 'Ik... Ik... Ik zou een kind nooit iets aandoen. Ik zou het niet in mijn hoofd halen.'

Patrick zwijgt. Hij wil dat Szyszynski denkt aan al die priesters overal ter wereld die zich aan kinderen hebben vergrepen. Hij wil dat Szyszynski beseft dat hij regelrecht naar de galg is gelopen voor zijn eigen executie. 'Hmm... Merkwaardig,' zegt Patrick. 'Want

Nathaniel heeft me gisteren uitdrukkelijk verteld dat vader Glen hem pijn had gedaan. Zo noemen de kinderen u toch? De kinderen op wie u zo... dol bent?'

Szyszynski blijft zijn hoofd schudden. 'Het is niet waar. Ik weet niet wat ik moet zeggen. De jongen moet in de war zijn.'

'Daarom bent u ook hier, eerwaarde. Ik wil weten of u welke reden dan ook kunt bedenken waarom Nathaniel zegt dat u het heeft gedaan als het niet zo is.'

'Het kind heeft zoveel doorgemaakt – '

'Hebt u ooit iets in zijn anus gestopt?'

'Nee!'

'Hebt u ooit gezien dat iemand het deed?'

De priester houdt zijn adem in. 'Absoluut niet.'

'Waarom zou Nathaniel dan beweren dat het wel zo is? Is er iets gebeurd waardoor hij denkt dat het zo is?' Patrick buigt zich naar voren. 'Bent u misschien een keer alleen met hem geweest en is er toen iets gebeurd waardoor hij zich dit idee in zijn hoofd heeft gehaald?'

'Ik ben nooit alleen met hem geweest. Er zijn altijd veertien andere kinderen bij.'

Patrick leunt achterover en laat zijn stoel op de achterpoten steunen. 'Weet u dat ik een onderbroek van Nathaniel achter de boiler heb gevonden? Volgens het laboratorium zit er sperma op.'

Pastoor Szyszynski kijkt hem met wijd opengesperde ogen aan. '*Van wie?*'

'Van u?' vraagt Patrick zacht.

'*Nee.*'

Een vierkante ontkenning. Patrick had niet anders verwacht. 'Ik hoop voor u dat u gelijk hebt, want een DNA-test zal uitwijzen of het de waarheid is.'

Szyszynski's gezicht is bleek en vertrokken, en zijn handen trillen. 'Ik wil nu liever weg.'

Patrick schudt zijn hoofd. 'Het spijt me, maar u staat onder arrest.'

Thomas LaCroix heeft Nina Frost nooit ontmoet, maar hij heeft wel van haar gehoord. Hij weet dat ze iemand veroordeeld heeft gekregen voor een verkrachting in een badkuip waarbij alle bewijzen waren weggespoeld. Hij is lang genoeg officier van justitie geweest om overtuigd te zijn van zijn capaciteiten – vorig jaar nog heeft hij in Portland een priester voor hetzelfde misdrijf opgesloten – maar hij weet ook dat dit soort zaken buitengewoon moeilijk te winnen zijn. Toch wil hij een eersteklas prestatie leveren, niet vanwege Nina Frost of haar zoon, maar om York County te laten zien hoe ze het in Portland aanpakken.

Ze neemt direct de telefoon op. 'Dat zal tijd worden,' zegt ze, wanneer hij zijn naam noemt. 'Ik moet je dringend spreken.'

'We kunnen morgen in de rechtbank praten, na de tenlastelegging,' begint Thomas. 'Ik wilde alleen even bellen voordat...'

'Waarom is de keus op jou gevallen?'

'Sorry?'

'Wat maakt jou de beste aanklager die Wally kon vinden?'

Thomas haalt diep adem. 'Ik heb vijftien jaar in Portland gewerkt. En ik heb honderden van dit soort zaken behandeld.'

'Dus je belt nu alleen even de voorstelling door?'

'Dat heb ik niet gezegd,' zegt Thomas nadrukkelijk, maar hij denkt: *ze moet een mirakel zijn bij het kruisverhoor.* 'Ik begrijp dat je nerveus bent voor morgen, Nina, maar je weet precies wat het inhoudt. We slaan ons er gewoon doorheen en daarna kunnen we rustig onze strategie bepalen.'

'Oké.' Dan, droogjes: 'Weet je de weg?'

Opnieuw een steek onder water. Dit is haar territorium, haar leven. Hij is de buitenstaander. 'Hoor eens, ik kan me voorstellen wat je moet doormaken. Ik heb zelf drie kinderen.'

'Ik dacht ook altijd dat ik het me kon voorstellen. Dat ik daarom zo goed was in mijn werk. Maar ik had het in beide gevallen mis.'

Ze zwijgt, alsof al haar energie is opgebrand.

'Ik zal alles doen wat in mijn macht ligt om deze zaak net zo aan te pakken als jij had gedaan,' belooft Thomas.

'Nee,' antwoordt ze zacht. 'Doe het beter.'

'Ik heb geen bekentenis uit hem kunnen krijgen.' Patrick loopt met grote passen Nina's keuken in. Hij valt meteen met de deur in huis.

Alle verwijten die ze hem voor de voeten kan werpen, heeft hij zichzelf al gemaakt.

'Wat...' Nina kijkt hem aan en laat zich dan op een kruk zakken. 'O, Patrick, nee.'

De machteloosheid drukt zwaar op zijn schouders. Hij gaat eveneens zitten. 'Ik heb alles geprobeerd, Nina, maar hij gaf niet toe. Ook niet toen ik over het sperma en Nathaniels beschuldiging begon.'

'Zo!' interrumpeert Caleb hen luid. 'Heb je je ijs op, maatje?' De waarschuwing valt als een mes tussen zijn vrouw en Patrick in. Caleb houdt zijn hoofd veelbetekenend in Nathaniels richting. Patrick heeft niet eens gezien dat de jongen aan tafel een snack voor het slapengaan zat te eten. Hij had alleen oog voor Nina en besefte niet dat er nog anderen in de keuken waren.

'Hé, Staak,' zegt hij. 'Jij bent nog laat op.'

'Het is nog geen bedtijd.'

Patrick is ook vergeten dat Nathaniel zijn stem weer terug heeft. Die is nog steeds schor en past eerder bij een bejaarde cowboy dan bij een kind, maar het blijft klinken als een symfonie. Nathaniel springt van zijn stoel en rent op Patrick af met zijn dunne armpje naar hem uitgestrekt. 'Wil je mijn spieren voelen?'

Caleb lacht. 'Nathaniel heeft naar een bodybuilderswedstrijd op tv zitten kijken.'

Patrick knijpt in de onontwikkelde biceps. 'Allemachtig, met zo'n arm maai je me zo tegen de vloer.' Dan tegen Nina: 'Wat is hij sterk, hè? Heb je gezien hoe sterk deze jongen is?'

Hij probeert haar van een ander soort kracht te overtuigen, en ze weet het. Ze slaat haar armen over elkaar. 'Al was hij Hercules, hij blijft mijn kleine jongen.'

'Mam,' jammert Nathaniel.

Over zijn hoofd heen zegt Nina geluidloos: 'Heb je hem gearresteerd?'

Caleb legt zijn hand op Nathaniels schouder en duwt hem terug naar zijn schaaltje met smeltend ijs. 'Luister, jullie moeten praten, maar dit lijkt me niet de aangewezen plek. Waarom gaan jullie niet ergens anders heen? Ik hoor het allemaal later wel.'

'Maar wil je dan niet...'

'Nina,' zegt Caleb zuchtend, 'jij begrijpt meteen wat Patrick zegt, en mij zul je het moeten uitleggen. Zie het maar als een soort vertaalwerk.' Hij ziet dat Nathaniel het laatste hapje ijs in zijn mond stopt. 'Kom mee, dan gaan we kijken of de halsslagader van die Roemeen al is gesprongen.'

Op de drempel van de keukendeur laat Nathaniel zijn vaders hand los. Hij rent op Nina af en slaat zijn armen om haar knieën. 'Dag mam,' zegt hij glimlachend, met diepe kuiltjes in zijn wangen.

Patrick ziet hoe Nina haar zoon een nachtkus geeft. Wanneer Nathaniel weer naar zijn vader holt, buigt ze haar hoofd en knippert met haar ogen om de tranen terug te dringen. 'Vooruit,' zegt ze. 'Laten we gaan.'

Om de inkomsten op de stille zondagavonden op te krikken heeft Tequila Mockingbird de karaoke-avond in het leven geroepen, een feest met onbeperkt hamburgers eten, begeleid door gezang. Wanneer Patrick en ik het café binnenkomen, worden onze zintuigen zwaar op de proef gesteld. De bar is versierd met lichtsnoeren in de vorm van palmbomen; aan het plafond hangt een crêpepapieren papegaai; een meisje met te veel make-up en een te kort rokje staat 'The Wind Beneath My Wings' af te slachten. Stuyvesant ziet ons binnenkomen en zegt grijnzend: 'Ik zie jullie hier nooit op zondag.'

Patrick kijkt naar de serveerster die huiverend in haar bikini een tafel bedient. 'Nu weten we ook waarom.'

Stuyvesant legt twee servetjes voor ons neer. 'De eerste margarita is van het huis.'

'Bedankt, maar we hebben liever iets minder...'

'Feestelijks,' vul ik aan.

De barkeeper haalt zijn schouders op. 'Mij best.'

Als hij zich omdraait om onze drankjes en burgers te halen, voel ik Patricks ogen op me gericht. Hij wil praten, maar ik niet, nog niet. Zodra de woorden zijn uitgesproken, is er geen weg terug meer.

Ik kijk naar de zangeres die zich aan de microfoon vastklampt alsof het een toverstaf is. Ze heeft absoluut geen stem, maar toch staat ze hier een valse versie van een lied te blèren dat op zich al een gedrocht is. 'Waarom doen mensen dit?' zeg ik afwezig.

'Dat kun je je bij zoveel dingen afvragen.' Patrick brengt het glas naar zijn mond, neemt een slok en vertrekt even zijn gezicht. Er klinkt een zwak applausje als de vrouw van het geïmproviseerde podium verdwijnt. 'Ze zeggen dat je met karaoke jezelf kunt ontdekken. Zoiets als yoga, weet je wel? Je gaat daar staan om iets te doen waarvan je nooit had gedacht dat je er de moed voor zou hebben, en daarna voel je je een beter mens.'

'Ja, en het publiek moet aan de kalmerende middelen. Ik loop nog liever over gloeiende kolen. O, dat is waar ook, dat heb ik al eens gedaan.' Tot mijn ergernis voel ik opnieuw tranen opkomen. Gauw pak ik mijn glas op om het te verbergen. 'Weet je wat hij zei toen ik bij hem ging biechten? Dat ik over vergeving moest nadenken. Het is toch niet te geloven dat hij het gore lef had me zoiets te zeggen?'

'Hij wilde niets toegeven,' antwoordt Patrick zacht. 'Hij keek me aan alsof hij niet wist waar ik het over had. Hij was geschokt toen ik over het ondergoed en de spermavlek begon.'

'Patrick,' zeg ik, naar hem opkijkend, 'wat moet ik doen?'

'Als Nathaniel getuigt...'

'Nee.'

'Nina...'

Ik schud mijn hoofd. 'Ik ga het hem niet aandoen.'

'Wacht dan tot hij sterker is.'

'Hij zal hier nooit sterk genoeg voor zijn. Wat wil je dat ik doe? Wachten totdat zijn geheugen het heeft verdrongen? En hem dan in de getuigenbank zetten zodat het allemaal weer terugkomt? Daar is hij toch niet mee geholpen, Patrick.'

Patrick zwijgt even. Hij kent het systeem net zo goed als ik, en weet dat ik gelijk heb. 'Als het sperma inderdaad van de priester is, kan zijn advocaat hem misschien overreden een schikking te treffen.'

'Een schikking,' herhaal ik. 'Nathaniels jeugd inruilen voor een schikking.'

Zonder iets te zeggen geeft Patrick me mijn whisky aan. Aarzelend neem ik een slok. Dan een grotere, ook al staat mijn keel in brand. 'Wat is dit... smerig,' weet ik nog net hoestend uit te brengen.

'Waarom heb je het dan besteld?'

'Omdat jij het altijd drinkt. En omdat ik vanavond mezelf niet ben.'

Patrick grijnst. 'Misschien moet je dan maar je gebruikelijke witte wijntje bestellen en op dat podium gaan staan om iets voor ons te zingen.'

Net op dat moment komt de assistente van de man die de karaokemachine bedient op ons af met een map. Ze draagt een exotisch minirokje en haar gebleekte haar hangt voor haar ogen. 'Hallo lieve mensen,' zegt ze. 'Wat dachten jullie van een duet?'

Patrick schudt zijn hoofd. 'Nee, liever niet.'

'Toe nou. Er zijn een paar enige nummers voor jullie bij. "Summer Nights" uit *Grease* bijvoorbeeld. Of anders dat nummer van Aaron Neville met Linda Ronstadt?'

Ik ben hier niet, dit gebeurt niet echt. Het kan niet waar zijn dat iemand me karaoke wil laten zingen terwijl ik hier ben om over het lot van mijn verkrachte zoon te praten. 'Wegwezen,' bijt ik haar toe.

Ze kijkt naar mijn onaangeroerde hamburger. 'Misschien moet je daar een portie manieren bij bestellen.' Ze draait zich om en gaat terug naar het podium.

Patrick kijkt me doordringend aan. 'Wat nou?' vraag ik.

'Niks.'

'Jawel, er is iets.'

Hij haalt diep adem. 'Je mag Szyszynski dan nooit kunnen vergeven, Nina, je zult hier niet overheen komen... Nathaniel helpen eroverheen te komen... zolang je hem blijft vervloeken.'

Ik drink mijn glas leeg. 'Ik zal hem tot zijn dood blijven vervloeken, Patrick.'

Er is een andere zangeres op het podium verschenen. Een dikke vrouw met haar tot op haar billen. Ze draait met haar omvangrijke heupen wanneer de riedel op de karaokemachine begint.

It only takes a minute...
For your life to move on past...

'Wat doet zij daar nou?' mompel ik.

'Eigenlijk is ze best goed.'

We wenden onze blik af van het podium en kijken weer naar elkaar. 'Nina,' zegt Patrick, 'je bent niet de enige die hieronder lijdt.

Het... het maakt me kapot je zo verdrietig te zien.' Hij kijkt naar zijn glas en draait het rond. 'Ik wou...'

'Dat wou ik ook. Maar al wou ik dat de wereld ophield met draaien, het verandert helemaal niets, Patrick.'

History was once today...
Before the moment got away...
Nice guys, baby, always finish last.

Patrick vlecht zijn vingers in de mijne. Hij kijkt me aandachtig aan, alsof hij over de details van mijn gezicht zal worden ondervraagd. Dan wendt hij met moeite zijn blik af. 'Voor dat soort klootzakken zou geen gerechtigheid mogen bestaan. Ze moesten ze doodschieten.'

Onze verstrengelde handen zien eruit als een hart. Patrick knijpt even, ik knijp even terug. Meer communicatie dan deze polsslag tussen ons is niet nodig.

De dringendste kwestie de volgende ochtend is wat we met Nathaniel moeten doen. Caleb en ik hebben er niet eerder bij stilgestaan. Pas wanneer de rechtbank in zicht komt, besef ik dat Nathaniel niet bij de tenlastelegging kan zijn, en hij kan ook niet alleen blijven. Op de gang staat hij tussen ons in en houdt onze hand vast – een levende brug.

'Ik kan met hem in de lobby gaan zitten,' biedt Caleb aan, maar die oplossing wijs ik direct af. 'Is hier geen secretaresse die even op hem kan passen?' vraagt hij dan.

'Dit is niet mijn eigen rechtbank. En ik laat hem niet achter bij iemand die ik niet ken.'

Dat nooit meer. Hoewel, het blijkt dat we niet alleen voor onbekenden op onze hoede moeten zijn.

Terwijl we besluiteloos om ons heen kijken, arriveert er een reddende engel. Nathaniel ziet haar het eerst en rent door de gang op haar af. 'Monica!' roept hij. Ze tilt hem in de lucht en zwaait hem rond.

'Dat is het mooiste geluid dat ik ooit heb gehoord,' zegt ze lachend.

Nathaniel straalt. 'Ik heb mijn stem weer terug.'

'Dat heeft dr. Robichaud me verteld. Ze zei dat ze er geen woord tussen kan krijgen als jij op haar kantoor bent.' Ze zet Nathaniel op haar heup en draait zich naar ons om. 'Hoe is het met jullie?'

Alsof er vandaag een antwoord is op die vraag.

'Oké,' zegt Monica. 'Wat zou je ervan zeggen als wij naar de speelkamer gaan, Nathaniel? Lijkt je dat wat?' Ze trekt vragend haar wenkbrauwen op. 'Of hadden jullie andere plannen met hem?'

'Nee, nee, helemaal niet,' mompel ik.

'Dat dacht ik al. Kinderoppas zal vanochtend niet jullie eerste zorg zijn geweest.'

Caleb raakt Nathaniels goudblonde haar aan. 'Lief zijn,' zegt hij, en kust hem op de wang.

'Hij is altijd lief.' Monica zet hem neer en neemt hem bij de hand. 'Nina, je weet waar je ons kunt vinden als het voorbij is.'

Ik kijk ze even na. Twee weken geleden kon ik Monica LaFlamme niet uitstaan. Nu sta ik bij haar in de schuld. 'Monica,' roep ik haar na. Ze draait zich om en komt terug. 'Waarom heb je zelf geen kinderen?'

Met een zwak glimlachje haalt ze haar schouders op. 'Tot nu toe heeft niemand me erom gevraagd.'

Onze ogen ontmoeten elkaar, en meer is er niet nodig om het verleden tussen ons uit te wissen. 'Des te erger voor die anderen,' zeg ik glimlachend.

Thomas LaCroix is een kop kleiner dan ik en al behoorlijk kaal. Niet dat het iets uitmaakt natuurlijk, maar toch kijk ik tijdens onze bespreking af en toe beschuldigend naar Wally. Waarom heeft hij geen aanklager gekozen die er net zo perfect uitziet als het werk dat hij doet?

'We laten dit volledig aan Tom over,' zegt mijn baas. 'Je weet dat we jou en Caleb steunen, dat we voor honderd procent achter je staan, maar we willen geen problemen achteraf.'

'Ik begrijp het, Wally,' zeg ik.

'Goed dan.' Wally staat op. Zijn werk hier zit erop voor vandaag. 'We zijn allemaal benieuwd hoe het zal verlopen.'

Hij geeft een klopje op mijn schouder als hij weggaat. Dan blijven we met z'n drieën achter: Caleb, ikzelf, en Thomas LaCroix.

Zoals het een goede officier van justitie betaamt, komt hij direct ter zake. 'Vanwege alle publiciteit wordt Szyszynski pas na de lunch in staat van beschuldiging gesteld,' zegt Tom. 'Hebben jullie al die pers bij de ingang gezien?'

Of we die gezien hebben? We moesten spitsroeden lopen. Als ik niet had geweten waar de dienstingang was, had ik Nathaniel nooit naar binnen kunnen krijgen.

'Hoe dan ook, ik heb al met de gerechtsbodes gesproken. We proberen de rechtszaal te ontruimen voordat Szyszynski wordt voorgeleid.' Hij kijkt op zijn horloge. 'Op dit moment zijn we ingepland voor één uur, dus we hebben nog even tijd.'

Ik leg mijn handen plat op tafel. 'Je zet mijn zoon niet in de getuigenbank,' zeg ik kortaf.

'Nina, je weet dat dit maar een tenlastelegging is. Een stempelprocedure. Laten we...'

'Ik wil dat je dit weet, en wel nu. Nathaniel gaat niet getuigen.'

Hij zucht. 'Ik doe dit nu al vijftien jaar. We zullen gewoon moeten afwachten wat er gebeurt. Op dit moment weet jij beter dan ik wat de bewijslast is. En in elk geval weet je beter dan wie ook hoe Nathaniel eraan toe is. Maar je weet ook dat er nog een aantal puzzelstukjes ontbreken. Zoals de resultaten van de laboratoriumonderzoeken, of het verloop van Nathaniels herstel. Over zes maanden, of over een jaar zal het voor Nathaniel veel minder moeilijk zijn om als getuige op te treden.'

'Hij is vijf, Tom. Hoe vaak heb jij in al die vijftien jaar meegemaakt dat een verkrachter levenslang heeft gekregen door de getuigenverklaring van een vijfjarig kind?'

Geen enkele keer, en dat weet hij. 'Dan wachten we,' zegt Tom. 'We hebben wel even de tijd, en de beklaagde zal ook wel enig respijt willen.'

'Je kunt hem niet eeuwig vasthouden.'

'Ik ga een borgsom van 150.000 dollar eisen, en ik betwijfel of de katholieke kerk dat voor hem overheeft.' Hij kijkt me glimlachend aan. 'Hij gaat nergens heen, Nina.'

Ik voel Calebs hand in mijn schoot kruipen en ik pak hem vast. Eerst denk ik dat hij me wil steunen, maar dan knijpt hij zo hard in mijn vingers dat het pijn doet. 'Nina,' zegt hij minzaam, 'misschien moeten we meneer LaCroix gewoon zijn werk laten doen.'

'Het is mijn werk net zo goed,' merk ik op. 'Elke dag zet ik kinderen in de getuigenbank en zie ze instorten, en vervolgens zie ik hun verkrachter vrij naar buiten lopen. Hoe kun je van me verwachten dat ik zoiets vergeet wanneer het om Nathaniel gaat?'

'Precies,' zegt Tom. 'Het gaat om Nathaniel. En vandaag heeft hij vooral een moeder nodig, meer dan een moeder die openbaar aanklager is. We moeten stap voor stap te werk gaan, en de stap van vandaag is dat we Szyszynski achter de tralies moeten zien te houden. Laten we ons daarop concentreren, en als die drempel is genomen kunnen we besluiten wat onze volgende stap zal zijn.'

Ik sla mijn ogen neer naar de kreukels in mijn rok die ik nerveus heb zitten verfrommelen. 'Ik begrijp wat je bedoelt.'

'Mooi.'

Met een zwak glimlachje kijk ik naar hem op. 'Je zegt hetzelfde tegen slachtoffers als ik wanneer de kans op veroordeling onzeker is.'

Tom knikt. 'Dat is zo. We kunnen niet weten of we een zaak zullen winnen. Het kind kan een totale ommezwaai maken. Of het kan na verloop van tijd zo zijn hersteld dat het alsnog kan getuigen.'

Ik kom overeind. 'Zoals je al zei, Tom, gaat het nu om Nathaniel. En die andere kinderen zullen me een zorg zijn.' Ik loop naar de deur. 'Eén uur,' zeg ik, en het is een waarschuwing.

In de gang heeft Caleb haar ingehaald. Daar trekt hij haar mee naar een hoekje waar verslaggevers hen niet kunnen vinden. 'Wat had dat te betekenen?'

'Ik moet Nathaniel beschermen.' Nina slaat uitdagend haar armen over elkaar.

Ze maakt een onzekere, nerveuze indruk. Het zal de spanning wel zijn. Caleb heeft er zelf ook last van. 'We moeten tegen Monica zeggen dat we later beginnen.'

Maar Nina trekt haar jas al aan. 'Wil jij het doen? Ik moet nog snel even naar kantoor.'

'Nu?' Het gerechtsgebouw in Alfred is niet meer dan een kwartiertje rijden, maar toch.

135

'Ik moet iets voor Thomas ophalen,' legt ze uit.

Caleb haalt zijn schouders op. Hij ziet Nina naar buiten lopen. Cameraflitsen treffen haar als kogels en bevriezen haar in de tijd wanneer ze het bordes af rent. Ze weet een reporter af te wimpelen alsof ze een vlieg van zich afslaat.

Hij wil achter haar aan rennen, haar in zijn armen houden totdat die muur om haar heen instort en alle pijn vrijkomt. Hij wil haar zeggen dat ze bij hem niet sterk hoeft te zijn, dat het hen allebei aangaat. Hij wil haar meenemen naar die lichte kamer beneden met alfabetblokken op de vloer en daar met hun zoon tussen hen in gaan zitten. Ze hoeft alleen maar die oogkleppen af te doen, dan zal ze zien dat ze niet alleen is.

Caleb loopt zelfs naar de glazen deur om zijn hoofd naar buiten te steken, maar ze is al een stipje op het parkeerterrein. Haar naam ligt op zijn lippen, dan volgt er een lichtexplosie van cameraflitsen die hem verblindt. Met vlekken voor zijn ogen loopt hij weer naar binnen. Het duurt even voordat hij weer helder kan zien. Hij ziet dan ook niet dat Nina van het parkeerterrein af rijdt in een richting die tegenovergesteld is aan die van haar kantoor.

Ik ben laat.

Haastig loop ik door de vooringang van het gerechtsgebouw langs de mensen die voor de metaaldetector in de rij staan. 'Hoi, Mike,' zeg ik buiten adem wanneer ik achter de gerechtsbode heen glip. Hij knikt me toe. Onze rechtszaal is links. Ik open de dubbele deuren en ga naar binnen.

Het is er afgeladen met verslaggevers en fotografen die allemaal in rijen achterin zijn opgesteld. Dit is een groot verhaal voor York County in Maine. Het is een groot verhaal voor waar dan ook.

Ik loop naar voren, waar Patrick en Caleb zitten. Ze hebben een plaats aan het gangpad voor me vrijgehouden. Even moet ik de neiging bedwingen het hekje door te gaan en aan de tafel van het OM bij Thomas LaCroix plaats te nemen. Omdat we tot de orde van advocaten zijn toegelaten, mogen we voor in de rechtszaal ons werk doen.

De advocaat van de verdediging ken ik niet. Waarschijnlijk is het iemand uit Portland. Iemand die het bisdom in dienst heeft geno-

136

men voor dit soort dingen. Rechts van de verdedigingstafel staat een cameraman zijn apparatuur op te stellen.

Patrick ziet me het eerst. 'Hé,' zegt hij. 'Gaat het een beetje?'

Caleb is boos, zoals ik al had verwacht. 'Waar zat je nou? Ik probeerde je...'

Hij wordt onderbroken door de gerechtsbode. 'De edelachtbare rechter Jeremiah Bartlett presideert.'

Natuurlijk ken ik de rechter. Hij heeft het huisverbod tegen Caleb ondertekend. Hij zegt ons te gaan zitten, en dat probeer ik ook, maar ineens ben ik zo stijf als een plank en past de stoel me niet. Mijn ogen registreren alles, maar er dringt niets tot me door.

'Kunnen we beginnen met de tenlastelegging inzake de Staat versus Szyszynski?' vraagt de rechter.

Thomas komt soepel overeind. 'Jawel, edelachtbare.'

Dan staat de advocaat van de verdediging op. 'Ik vertegenwoordig pastoor Szyszynski. We zijn zover, edelachtbare.'

Ik heb dit honderden keren eerder meegemaakt. Een gerechtsbode loopt op de rechter af. Dat is om hem te beschermen. De beklaagden die worden binnengeleid zijn tenslotte criminelen. Er kan van alles gebeuren.

De deur van de beklaagdencel gaat open en de priester wordt naar buiten gebracht. Zijn handen zijn voor zijn lichaam geboeid. Naast me houdt Caleb zijn adem in. Ik klamp me vast aan de handtas op mijn schoot.

De andere gerechtsbode leidt de priester naar de tafel van de verdediging, naar de stoel in het midden. Hij is nu zo dichtbij dat ik naar hem zou kunnen spugen. Hij zou me horen als ik hem iets toefluisterde.

Ik zeg tegen mezelf dat ik geduldig moet zijn.

Ik kijk naar de rechter, dan naar de gerechtsbodes. Zij baren me de meeste zorg. Ze gaan achter de priester staan.

Ga naar achteren. Naar achteren naar achteren naar achteren.

Ik laat mijn hand in mijn tas langs de vertrouwde voorwerpen glijden. De gerechtsbode doet een stap opzij. Deze beklaagde, dit stuk ongedierte, heeft nog steeds het recht op privacy met zijn advocaat. Het geroezemoes in de rechtszaal klinkt als het gezoem van insecten, maar ik laat me er niet door afleiden.

137

Zodra ik opsta, ben ik van de rots gesprongen. De wereld gaat voorbij in een waas van kleuren en licht. Alles versnelt. Dan denk ik: *je moet eerst vallen, wil je leren vliegen.*

In twee stappen ben ik aan de andere kant van het hekje. In dezelfde ademtocht richt ik het pistool op het hoofd van de priester. Vier keer haal ik de trekker over.

De gerechtsbode grijpt mijn arm vast, maar ik laat het wapen niet los. Ik kan het niet, totdat ik weet dat ik het heb gedaan. Er spat bloed rond, er wordt gegild. Dan val ik voorover tegen het hekje. 'Is het gelukt? Is hij dood?'

Ze drukken me tegen de grond. Wanneer ik mijn ogen opendoe, kan ik de priester zien. Hij ligt vlakbij, zijn hoofd is verbrijzeld.

Ik laat het pistool los.

Dan hoor ik Patrick in mijn oor zeggen: 'Hou op, Nina. Geef het op.' Zijn stem brengt me terug. Ik zie dat de advocaat van de verdediging onder de tafel van de stenograaf is gekropen. De camera's van de pers geven een spervuur van flitsen af. De rechter drukt op de alarmknop en schreeuwt dat de rechtszaal ontruimd moet worden. En Caleb, zo wit als een doek, vraagt zich af wie ik ben.

'Hebben jullie handboeien?' vraagt Patrick. Een gerechtsbode maakt een set uit zijn riem los, waarna Patrick mijn handen op mijn rug boeit. Hij helpt me overeind en duwt me naar dezelfde deur waaruit de priester is binnengekomen. Patrick houdt me stevig in zijn greep en fluistert in mijn oor: 'Nina, wat heb je gedaan?'

Nog niet zo lang geleden, in mijn eigen huis, heb ik Patrick hetzelfde gevraagd. Nu geef ik hem zijn eigen antwoord terug. 'Ik heb gedaan wat ik moest doen,' zeg ik, en ik geloof er zelf in.

DEEL II

Eens in twijfel staan
Is eens vastbesloten zijn.

Shakespeare, *Othello*

Zomerkamp is een plek die vergeven is van de krekels, en het is er zo groen dat het pijn doet aan je ogen.

Ik vind het eng hier, want het is buiten, en buiten zijn er bijen. Van bijen krijg ik kramp in mijn maag. Ik hoef er maar een te zien of ik wil wegrennen en me verstoppen. In mijn nachtmerries zuigen ze mijn bloed op alsof het honing is.

Mijn moeder heeft de kampleiders verteld dat ik bang ben voor bijen. Ze zeiden dat in al die jaren nog nooit een kind op zomerkamp gestoken is.

Ik denk: iemand moet de eerste zijn.

Op een ochtend neemt een van de leidsters – een meisje met een macramé halsketting die ze zelfs bij het zwemmen om houdt – ons mee op een wandeling door het bos. Tijd voor het kringgesprek, zegt ze. Ze verplaatst een boomstam die als bank dienst moet doen. Ze verplaatst er nog een, en ineens verschijnen al die gele beestjes.

Ik ben als verlamd. De bijen kruipen over haar gezicht, armen en buik. Ze schreeuwt en probeert ze weg te slaan. Ik gooi me tegen haar aan en veeg ze van haar af. Ik red haar terwijl ikzelf achter elkaar word gestoken.

Aan het eind van het zomerkamp reiken de leiders prijzen uit. Blauwe linten bedrukt met dikke zwarte letters. Op mijn lint staat Dapperste Jongen.

Ik heb het nog steeds.

VIER

Patrick vraagt zich af waarom hij wel weet dat Nina's lievelings-getal dertien is, dat het litteken op haar kin het gevolg is van een ongeluk op de slee, dat ze drie jaar achtereen een huisalligator voor kerst heeft gevraagd, maar niet dat ze al die tijd een granaat in zich droeg die elk moment kon exploderen. 'Ik heb gedaan wat ik moest doen,' mompelt ze, terwijl ze uit de met bloed besmeurde rechtszaal wordt weggeleid.

Ze trilt in zijn armen. Ze is licht als een wolk. Alles draait in Patricks hoofd. Nina ruikt nog steeds naar appels, naar shampoo. Ze kan niet in een rechte lijn lopen en slaat wartaal uit. Wanneer ze bij de drempel van de beklaagdencel zijn, kijkt Patrick achterom naar de rechtszaal. *Pandemonium.* Hij heeft het woord altijd met een circus geassocieerd, maar ziet nu wat het werkelijk betekent. Hersenresten op het pak van de verdediger. Overal achtergelaten papieren en notitieboekjes. Sommige verslaggevers huilen, sommige cameramensen blijven filmen. Caleb staat er roerloos bij. Bobby, een van de gerechtsbodes, praat in het zendertje op zijn schouder. 'Ja, er is geschoten en we hebben een ambulance nodig.' Roanoke, een andere gerechtsbode, duwt een doodsbleke rechter Bartlett naar zijn kantoor. 'Ontruim de rechtszaal!' schreeuwt de rechter. 'Dat gaat niet, edelachtbare. Het zijn allemaal getuigen.'

143

Op de vloer ligt het lichaam van pastoor Szyszynski. Niemand kijkt ernaar om.

Hij is terecht gedood, schiet het door Patrick heen. En direct daarna: *o, god, wat heeft ze gedaan?*

'Patrick,' mompelt Nina.

Hij kan haar niet aankijken. 'Praat niet tegen me.' Jezus, hij zal moeten getuigen wanneer ze voor moord terechtstaat. Alles wat ze nu tegen hem zegt, zal hij in de rechtbank moeten herhalen.

Wanneer een agressieve fotograaf tot de beklaagdencel weet door te dringen, gaat Patrick voor de camera staan om Nina buiten beeld te houden. Op dit moment is het zijn taak om haar te beschermen. Was er maar iemand die hém beschermde.

Hij duwt haar naar binnen zodat hij de deur dicht kan doen en rustig op de politie van Biddeford kan wachten. Voordat de deur dichtzwaait, ziet hij de ambulancebroeders die zich over het lichaam buigen.

'Is hij dood?' vraagt Nina. 'Je moet het me zeggen, Patrick. Ik heb hem gedood, hè? Hoe vaak heb ik geschoten? Ik moest het doen, dat weet je. Hij is dood, hè? De ambulancebroeders kunnen niets meer voor hem doen. Of wel? Zeg dat het niet kan. Alsjeblieft. Zeg dat hij dood is. Ik beloof je dat ik geen vin zal verroeren terwijl jij even gaat kijken of hij dood is.'

'Hij is dood, Nina,' zegt Patrick zacht.

Ze sluit haar ogen en wankelt even. 'Goddank. O, goddank, goddank.' Ze laat zich op het ijzeren bed in de kleine cel vallen.

Patrick draait haar zijn rug toe. De politie is inmiddels in de rechtszaal gearriveerd. Evan Chao, een collega van hem, houdt toezicht op het beveiligen van de plaats delict en schreeuwt bevelen boven het gesnik en gejammer uit. Technische rechercheurs nemen vingerafdrukken, maken foto's van de zich uitspreidende bloedplas en van het kapotte hekje waar Patrick Nina heeft getackeld om haar het pistool afhandig te maken. Dan stormt de speciale eenheid van de State Police van Maine als een tornado over het gangpad. Een verslaggeefster die voor ondervraging apart wordt genomen, kokhalst wanneer ze ziet wat er van pastoor Szyszynski is overgebleven. Het is een grimmig, chaotisch schouwspel, een nachtmerrie. Toch kijkt Patrick er onbewogen naar. Hij kan dit beter onder ogen zien dan de vrouw die achter hem stilletjes zit te huilen.

Wat Nathaniel haat aan dit bordspelletje is dat je de dobbelsteen maar verkeerd hoeft te gooien of het is gebeurd. Dan moet het mannetje door die grote lange sleuf in het midden. Als je wel goed gooit, mag je op die hoge ladder klimmen. Maar zo werkt het niet altijd, en voor je het weet heb je verloren.

Monica laat hem winnen en dat vindt Nathaniel helemaal niet leuk. Daardoor voelt hij zich als die keer dat hij van zijn fiets viel en een diepe snee in zijn kin had. De mensen deden alsof ze het niet zagen, maar je kon aan hun ogen zien dat ze zich het liefst wilden omdraaien.

'Jouw beurt. Zal ik wachten tot je zes hebt?' vraagt Monica plagend.

Nathaniel laat de dobbelsteen rollen. Vier. Hij verschuift het mannetje vier plaatsen naar rechts, en ja hoor, het komt weer bij zo'n sleuf uit. Hij aarzelt even en weet dat Monica er niets van zal zeggen als hij maar drie plaatsen opschuift.

Voordat hij kan besluiten of hij vals zal spelen of niet, wordt zijn aandacht door iets achter hem getrokken. Door het grote raam van de speelkamer ziet hij een agent... nee, twee... vijf... politiemannen door de gang rennen. Ze niet er niet uit als Patrick die tijdens het werk altijd een verkreukeld pak draagt. Deze hebben glanzende laarzen aan en zilveren badges op, en ze houden hun hand op hun revolver, net als Nathaniel 's avonds laat weleens op tv ziet wanneer hij beneden komt om wat te drinken en zijn ouders niet snel genoeg een andere zender opzetten.

'Schieten,' zegt hij zacht.

'Je laat het schieten ja,' zegt Monica. 'Volgende keer beter, Nathaniel.'

'Nee... schieten.' Hij maakt een gebaar alsof hij een trekker overhaalt. 'Pang! Je weet wel.'

Dan begrijpt Monica het. Ze kijkt achter zich bij het geluid van rennende voetstappen en spert haar ogen open. Dan draait ze zich weer om naar Nathaniel. Haar gespannen glimlach verbergt de vraag die op haar lippen ligt.

Langzaam keert het gevoel weer terug in Calebs vingers en voeten. Hij strompelt naar voren, langs de plek waar Nina zojuist koelbloedig een man heeft neergeschoten, en langs de mensen die ruimte proberen te maken om het werk te kunnen doen waarvoor ze zijn opgeleid. Met een grote boog loopt Caleb om het lichaam van de priester heen en haast zich naar deur waar hij Nina voor het laatst zag voordat ze de cel werd in geduwd.

Jezus, een cél!

Een rechercheur grijpt hem bij de arm. 'U mag hier niet naar binnen.' Zwijgend duwt Caleb hem weg en ziet dan Patricks gezicht door het raampje in de deur. Hij klopt aan, maar Patrick aarzelt kennelijk of hij hem zal binnenlaten.

Dan beseft Caleb dat al die rechercheurs natuurlijk denken dat hij Nina's medeplichtige is.

Zijn mond wordt droog als schuurpapier. Wanneer Patrick uiteindelijk de deur op een kier zet, kan Caleb niet eens vragen of hij zijn vrouw mag zien. 'Haal Nathaniel op en ga naar huis,' zegt Patrick zacht. 'Ik bel je nog wel.'

Ja, Nathaniel. *Nathaniel.* Calebs maag verkrampt bij de gedachte dat zijn zoon een verdieping lager zit terwijl hier de hel is losgebroken. Voor iemand van zijn postuur beweegt hij zich met verrassende snelheid en souplesse naar de andere kant van de rechtszaal. Bij de deur aan het eind van het gangpad ziet een gerechtsbode hem aankomen. 'Mijn zoon is beneden. Alstublieft, laat me door.'

Misschien komt het door zijn van pijn vertrokken gezicht of door de woorden waarin zoveel angst doorklinkt dat de gerechtsbode weifelt. 'Ik beloof u dat ik meteen terugkom. Ik wil alleen weten of mijn zoon ongedeerd is.'

Een onopvallend knikje. Wanneer de gerechtsbode zijn blik afwendt, glipt Caleb de deur door. Hij neemt de trap naar beneden met twee treden tegelijk en rent door de gang naar de speelkamer.

Even blijft hij voor het raam staan om naar zijn spelende zoon te kijken. Dan ziet Nathaniel hem. Stralend springt hij overeind om de deur open te doen en zich in Calebs armen te werpen.

Dan komt Monica's gespannen gezicht in zijn gezichtsveld. 'Wat is er boven gebeurd?' fluistert ze.

Caleb verbergt zijn gezicht in de hals van zijn zoon. Hij is net zo sprakeloos als Nathaniel toen er iets gebeurde wat hij niet kon uitleggen.

Nina heeft Patrick ooit verteld dat ze altijd bij Nathaniels ledikantje naar hem stond te kijken terwijl hij sliep. *Wonderbaarlijk*, had ze gezegd. *Onschuld in een dekentje.* Nu begrijpt hij het. Als hij nu naar de slapende Nina kijkt, is het alsof alles wat nog geen twee uur geleden heeft plaatsgevonden nooit is gebeurd. Uit haar serene gezicht valt niet op te maken wat onder de oppervlakte schuilt.

Patrick daarentegen voelt zich hondsberoerd. Hij heeft het benauwd en voelt zich misselijk. Elke keer dat hij naar Nina kijkt, kan hij niet besluiten wat hij liever wil weten: of ze vanochtend door een vlaag van waanzin werd bevangen... of niet.

Zodra de deur opengaat, ben ik klaarwakker. Ik ga rechtop zitten en strijk Patricks jasje glad dat hij me als hoofdkussen heeft gegeven. Het heeft afdrukken op mijn wang achtergelaten.

Een politieman die ik niet ken steekt zijn hoofd om de deur. 'Inspecteur,' zegt hij formeel, 'u moet een verklaring komen afleggen.'

Zijn ogen die op mijn gekreukelde wang blijven rusten voelen aan als insecten. Als Patrick naar de deur loopt, sta ik op. 'Kun je nagaan of hij dood is? Alsjeblieft? Ik moet het weten. Ik moet weten of hij dood is.' Mijn woorden treffen Patrick tussen de schouderbladen en hij blijft even staan. Maar hij kijkt niet om wanneer hij langs de andere politieman de cel uit loopt en de rechtszaal binnengaat.

Heel even zie ik de bedrijvigheid die Patrick de afgelopen uren voor me verborgen heeft gehouden. De moordbrigade uit Winnebago moet zijn gearriveerd, een mobiele eenheid van de State Police met de meest geavanceerde uitrusting. Ze zwermen door de rechtszaal om vingerafdrukken te beveiligen en namen en verklaringen van ooggetuigen te noteren. Als iemand opzij gaat, wordt een rode vlek zichtbaar rond een gespreide hand. Een fotograaf bukt zich om het vast te leggen. Mijn hart slaat over. En ik denk: *ik heb dit gedaan. Ik heb dit gedaan.*

147

Quentin Brown houdt niet van autorijden, zeker niet als het om lange afstanden gaat, zoals van Augusta naar York County. Tegen de tijd dat hij in Brunswick is zal hij met zijn lange lijf geen kant meer uit kunnen in dit belachelijk kleine Fordje. En tegen de tijd dat hij in Portland is zullen ze hem eruit moeten zagen. Maar als hulpofficier van justitie heeft hij maar te gaan wanneer het hem wordt opgedragen. En als iemand een priester in Biddeford dood-schiet, dan gaat hij naar Biddeford. Toch is hij in een opperbest humeur wanneer hij bij de districtsrechtbank arriveert, en dat is veelzeggend. Gemeten naar normale maatstaven is Quentin over-weldigend. Voeg daarbij zijn geschoren hoofd, zijn uitzonderlijke lengte en zijn voor deze lelieblanke staat ongewone huidskleur, en de meesten denken dat hij een crimineel is of een vakantie vieren-de basketbalspeler van de NBA. Maar een advocaat? Een *zwarte* advocaat?

In feite werft de rechtenfaculteit van Maine het liefst zwarte stu-denten om het tekort aan gekleurde inwoners te compenseren. Er zijn er velen gekomen en velen zijn weer gegaan. Maar niet Quen-tin. Hij heeft twintig jaar bij provinciale rechtbanken gewerkt en verdedigers de stuipen op het lijf gejaagd. En tot nu toe bevalt het hem uitstekend.

Zoals altijd wordt ook nu de weg voor hem vrijgemaakt wan-neer hij het districtsgerechtsgebouw van Biddeford binnenkomt. Hij gaat naar de rechtszaal met het politielint voor de ingang en loopt door het gangpad, zich ervan bewust dat de bedrijvigheid vertraagt en de gesprekken verstommen. Hij buigt zich voorover en inspecteert de dode man. 'Geen slecht schot voor een waanzin-nige vrouw,' mompelt hij waarderend. Dan kijkt hij op naar de po-litieman die hem aanstaart alsof hij van Mars komt. 'Wat is er?' vraagt hij met een stalen gezicht. 'Nooit iemand van een meter vijf-ennegentig gezien?'

Een rechercheur komt gewichtig op hem af. 'Kan ik u helpen?'

'Quentin Brown van het ministerie van Justitie.' Hij steekt zijn hand uit.

'Evan Chao,' zegt de rechercheur, die zijn verbazing probeert te verbergen. Quentin geniet van dit moment.

'Hoeveel ooggetuigen hebben we?'

Chao doet een rekensommetje op een blocnote. 'We hebben er nu zesendertig gehad, maar er zitten er nog zo'n vijftig te wachten om een verklaring af te leggen. Ze zeggen allemaal hetzelfde. En we hebben de hele schietpartij op video. WCSH was de zitting aan het filmen voor het vijfuurjournaal.'

'Waar is het wapen?'

'In beslag genomen.'

Quentin knikt. 'En de dader?'

'In de cel.'

'Mooi. Alles aanwezig voor een aanklacht wegens moord.' Hij kijkt om zich heen om het stadium van het onderzoek in te schatten. 'Waar is haar man?'

'Die zal wel bij de andere ooggetuigen zitten.'

'Is er reden om aan te nemen dat hij medeplichtig is?'

Chao wisselt een blik met een paar collega's die mompelend hun schouders ophalen. 'Hij is kennelijk nog niet ondervraagd.'

'Ga hem halen,' zegt Quentin, 'dan gaan we het hem vragen.'

Chao draait zich om naar een van de gerechtsbodes. 'Ranaoke, ga Caleb Frost halen, wil je?'

De oudere man kijkt angstig naar Quentin. 'Die eh... is hier niet.'

'En dat weet u zeker,' zegt Quentin langzaam.

'Ja. Hij vroeg of hij zijn zoon mocht gaan halen en zei dat hij zou terugkomen.'

'Hij zei wát?' Het is iets meer dan een fluistering, maar komend van Quentin klinkt het als een bedreiging. 'U hebt hem laten lopen nadat zijn vrouw de man heeft vermoord die ervan wordt beschuldigd hun zoon te hebben verkracht? Wat is dit? De Keystone Kops?'

'Nee, meneer,' antwoordt de gerechtsbode ernstig. 'Dit is de districtsrechtbank van Biddeford.'

Er begint een spier in Quentins kaak te kloppen. 'Laat iemand die vent gaan zoeken en hem ondervragen,' zegt hij tegen Chao. 'Ik weet niet of hij erbij betrokken is, maar desnoods arresteren jullie hem.'

Chao zet zijn stekels op. 'Dit is niet de schuld van de politie. Het was een fout van de gerechtsbode. Ze hebben me niet eens verteld dat hij in de rechtszaal zat.'

Waar zou hij anders zijn als de verkrachter van zijn zoon werd voorgeleid? Maar Quentin haalt diep adem en zegt: 'In elk geval moeten we de dader aanpakken. Is de rechter er nog? Misschien kan hij voor de tenlastelegging zorgen.'

'De rechter is... onwel.'

'Onwel,' herhaalt Quentin.

'Na de schietpartij heeft hij drie valiums genomen en hij slaapt nog steeds.'

Ze kunnen een andere rechter inschakelen, maar het is al laat op de dag. En het laatste wat Quentin wil is dat de vrouw op borgtocht vrijkomt. 'Arresteer haar. We houden haar een nacht vast en stellen haar morgenochtend in staat van beschuldiging.'

'Een nacht?' vraagt Chao.

'Ja. Voor zover ik weet is er nog altijd een gevangenis in Alfred.'

De rechercheur kijkt even naar zijn schoenen. 'Ja, maar... U weet dat ze officier van justitie is?'

Natuurlijk weet hij dat, dat wist hij al sinds hij bij het onderzoek werd betrokken. 'Wat ik weet,' antwoordt Quentin, 'is dat ze een moord heeft gepleegd.'

Evan Chao kent Nina Frost. Elke rechercheur in Biddeford heeft weleens met haar te maken gehad. En net als elke andere politieman van het korps heeft hij het volste begrip voor wat ze heeft gedaan. Verrek, de helft van hen wilde dat ze het lef hadden in haar plaats hetzelfde te doen.

Hij is niet blij met deze klus, maar beter hij dan die hufterige Brown. Dan kan hij ervoor zorgen dat de volgende stap zo pijnloos mogelijk voor haar verloopt.

Hij lost de agent af die bij de cel de wacht houdt. Hij zou Nina het liefst naar een wachtruimte brengen, haar een kop koffie aanbieden en haar op haar gemak stellen, maar er is geen beveiligde wachtruimte in het gebouw, dus zal deze ondervraging aan weerskanten van de tralies moeten plaatsvinden.

Nina's haar hangt warrig om haar gezicht. Haar groene ogen schitteren. Hij ziet diepe schrammen op haar arm. Kennelijk heeft ze die zichzelf toegebracht. Evan schudt zijn hoofd. 'Nina, het spijt me... Maar ik moet je beschuldigen van de moord op Glen Szyszynski.'

'Heb ik hem gedood?' fluistert ze.

'Ja.'

Ze wordt een ander mens door de glimlach die op haar gezicht verschijnt. 'Mag ik hem zien alsjeblieft?' vraagt ze beleefd. 'Ik beloof dat ik niets zal aanraken, maar alsjeblieft, ik moet hem zien.'

'Hij is al weggehaald, Nina. Je kunt hem niet zien.'

'Maar ik heb hem wel gedood?'

Evan slaakt een diepe zucht. De laatste keer dat hij Nina Frost zag, behandelde ze een van zijn eigen zaken voor de rechtbank, een verkrachting. Ze was voor de dader in de getuigenbank gaan staan en had hem door de mangel gehaald. Nu ziet ze er zelf murw en uitgeput uit. 'Wil je een verklaring afleggen, Nina?'

'Nee, dat kan ik niet. Ik heb gedaan wat ik moest doen. Meer kan ik niet doen.'

Hij haalt een Miranda-formulier tevoorschijn. 'Ik moet je op je rechten wijzen.'

'Ik heb gedaan wat ik moest doen.'

Evan verheft zijn stem. 'Je hebt het recht om te zwijgen. Alles wat je zegt kan in een rechtbank tegen je worden gebruikt. Je hebt het recht...'

'Meer kan ik niet doen. Ik heb gedaan wat ik moest doen.'

Uiteindelijk houdt Evan op met lezen. Door de tralies geeft hij haar een pen om het document te ondertekenen, maar die laat ze uit haar vingers vallen. 'Meer kan ik niet doen,' fluistert ze.

'Kom mee, Nina,' zegt Evan zacht. Hij doet de celdeur van het slot en brengt haar door de gangen van het kantoor van de sheriff naar een patrouillewagen buiten. Hij opent het portier en helpt haar instappen. 'We kunnen je morgen pas officieel in staat van beschuldiging stellen, dus moet je de nacht in de gevangenis doorbrengen. Je krijgt je eigen cel en ik zal erop toezien dat ze goed voor je zorgen. Oké?'

Maar Nina heeft zich opgekruld op de achterbank en lijkt hem niet te horen.

De gevangenbewaarder zuigt op een mentholpastille terwijl hij me vraagt mijn leven terug te brengen tot het enige wat ze in de gevangenis moeten weten: *naam, geboortedatum, lengte, gewicht, kleur van de ogen, allergieën, medicijnen, huisarts.* Gefascineerd door de

vragen geef ik zachtjes antwoord. Ik ben gewend pas in het tweede bedrijf op te komen, maar om het vanaf het begin mee te maken is nieuw voor me.

Een walm van menthol komt me tegemoet als de bewaker ongeduldig met zijn potlood tikt. 'Bijzondere kenmerken?' vraagt hij.

Hij bedoelt moedervlekken, littekens, tatoeages. *Ik heb een litteken op mijn hart*, denk ik bij mezelf.

Voordat ik kan antwoorden ritst een andere bewaker mijn zwarte tas open en legt de inhoud op het bureau. Kauwgum, drie tof-
fees, een chequeboekje, mijn portefeuille. En bezinksel van het
moederschap: foto's van Nathaniel van vorig jaar, een vergeten
bijtring, een pakje met vier kleurpotloden dat ik uit een restaurant
heb meegepikt. En ook munitie voor het handwapen.

Ineens sla ik huiverend mijn armen om mijn lichaam. 'Ik kan het
niet. Ik kan niet meer,' fluister ik, en probeer me zo klein mogelijk
te maken.

'We zijn nog niet klaar.' De bewaarder rolt mijn vingers over een
inktkussen en maakt drie sets afdrukken. Hij duwt me tegen de
muur en drukt me een bord in handen. Zonder hem aan te kijken
volg ik zijn aanwijzingen als een zombie op. Hij waarschuwt niet
wanneer de flits afgaat. Nu weet ik waarom een crimineel er op politiefoto's altijd zo verschrikt uitziet.

Wanneer mijn ogen zich na het felle licht weer hebben aangepast,
zie ik een vrouwelijke bewaarder voor me staan. Haar wenkbrauwen vormen een lange, doorgetrokken streep op haar voorhoofd
en ze heeft het postuur van een linebacker. Ik strompel achter haar
aan naar een kamertje ter grootte van een kast waar oranje gevan-
geniskleren netjes opgevouwen op planken liggen. Ineens moet ik
eraan denken dat de gevangenissen in Connecticut al hun gloed-
nieuwe mosgroene overalls moesten verkopen omdat er steeds veroordeelden in de bossen ontsnapten.

De bewaarster geeft me een overall aan. 'Uitkleden,' beveelt ze.

Ik moet dit doen, denk ik, terwijl ik haar plastic handschoenen
hoor aantrekken. Dus dwing ik mezelf mijn hoofd leeg te maken.
Ik voel haar handen mijn mond binnendringen, mijn oren, mijn
neusgaten, mijn vagina, en mijn anus. Met een schok denk ik aan
mijn zoon.

Als het voorbij is, pakt de bewaarster mijn kleren op die nog nat zijn van het bloed van de priester en stopt ze in een zak. Langzaam trek ik de overall aan en bind hem zo strak om mijn middel dat ik bijna geen adem meer krijg. Mijn ogen schieten heen en weer wanneer we teruglopen door de gang, alsof ik door de muren word bespied.

Terug in het inschrijvingsvertrek wijst de bewaarster naar de telefoon. 'Ga je gang.'

Ik heb recht op een privételefoongesprek, maar ik voel haar blik op me gericht. Ik neem de hoorn van de haak en streel de lange hals. Ik kijk ernaar alsof ik nooit eerder een telefoon heb gezien.

Wat ze ook hoort, ze zal nooit toegeven dat ze heeft meegeluisterd. Ik heb vaak bewaarders proberen over te halen als getuige op te treden, maar ze doen het niet. Zij moeten immers weer terug om de gevangenen dag in dag uit te bewaken. Ik probeer de starende blik in mijn rug van me af te zetten en toets een nummer in om met de buitenwereld te worden verbonden.

'Hallo?' zegt Caleb. Het komt me voor als het mooiste woord in onze taal.

'Hoe gaat het met Nathaniel?'

'*Nina*. Wat heeft je in godsnaam bezield?'

'Hoe gaat het met Nathaniel?' herhaal ik.

'Wat denk je? Zijn moeder is voor moord gearresteerd!'

Ik doe mijn ogen dicht. 'Caleb, je moet naar me luisteren. Ik zal alles uitleggen als ik je zie. Heb je met de politie gepraat?'

'Nee...'

'Doe het niet. Ik ben nu in de gevangenis. Ze houden me vannacht hier en morgen word ik in staat van beschuldiging gesteld.' Er komen tranen op. 'Je moet Fisher Carrington bellen.'

'Wie?'

'Een strafpleiter. Hij is de enige die me hieruit kan krijgen. Het kan me niet schelen wat ervoor nodig is, maar je moet hem zover krijgen dat hij mijn verdediging op zich neemt.'

'Wat moet ik tegen Nathaniel zeggen?'

Ik haal diep adem. 'Dat het goed met me gaat en dat ik morgen weer thuiskom.'

153

Caleb is kwaad. Ik hoor het in zijn zwijgen. 'Waarom zou ik dit voor je doen na wat je ons hebt aangedaan?'

'Als je wilt dat er nog een *ons* is,' zeg ik, 'dan kun je maar beter doen wat ik vraag.'

Als Caleb heeft opgehangen, houd ik de hoorn tegen mijn oor alsof hij nog aan de lijn is. Dan leg ik hem op de haak, draai me om, en kijk naar de bewaakster die wacht tot ze me naar mijn cel kan brengen. 'Ik moest het doen,' leg ik uit. 'Hij begrijpt het niet. Ik kan het hem niet duidelijk maken. U zou toch hetzelfde hebben gedaan?' Mijn ogen schieten wild van links naar rechts. Ik kauw tot bloedens toe op mijn nagelriem.

Ik doe alsof ik gek ben omdat ik wil dat ze dat denken.

Het verbaast me niet dat ik naar een isoleercel word gebracht. Ten eerste worden nieuwe gevangenen streng bewaakt met het oog op zelfmoordpogingen. Ten tweede is het merendeel van de vrouwen hier door mijn toedoen terechtgekomen. De bewaakster smijt de deur achter me dicht. Dit is mijn nieuwe wereld: twee bij drie meter, een ijzeren bed, een bevlekte matras, en een toilet.

Voor het eerst vandaag laat ik tot me doordringen wat er is gebeurd. Ik heb een mens gedood. Ik ben recht op die leugenachtige kop af gelopen en heb er vier kogels in geschoten. De herinnering komt geleidelijk terug – de klik van de trekker toen er geen weg terug was; het oorverdovende geknal van het pistool; de terugslag van mijn hand na het vuren, alsof die me – te laat – nog probeerde tegen te houden.

Zijn bloed was warm toen het op mijn shirt spatte.

O god, ik heb een mens gedood. Ik had er alle reden voor. Ik deed het voor Nathaniel. Maar toch heb ik iemand gedood.

Ik begin onbedaarlijk te schokken, en nu is het geen act. Het is één ding om krankzinnigheid voor te wenden ter wille van de getuigen die zullen worden opgeroepen. Maar het is heel iets anders om te beseffen waartoe ik al die tijd in staat was. Pastoor Szyszynski zal op zondag geen preek meer houden. Hij zal geen thee meer drinken voor het slapengaan of een avondgebed zeggen. Ik heb een priester gedood aan wie niet de laatste sacramenten zijn toegediend, en ik zal hem regelrecht volgen naar de hel.

Ik laat mijn kin op mijn opgetrokken knieën rusten. In de over-verhitte buik van deze gevangenis zit ik te rillen van de kou.

'Gaat het een beetje, vriendin?'

De stem komt uit de cel naast me. Wie het ook is die me heeft gadegeslagen, ze moet het in het donker hebben gedaan. Ik voel het bloed naar mijn wangen stijgen. Als ik opkijk, zie ik een grote zwarte vrouw die haar overall boven haar navel heeft dichtgebonden en haar teennagels oranje heeft gelakt in de kleur van haar gevangenisplunje.

'Ik ben Adrienne, en ik kan heel goed luisteren. Ik krijg niet vaak de kans om een praatje te maken.'

Denkt ze nu echt dat ik erin trap? Politieverklikkers komen hier net zo veel voor als veroordeelden die beweren onschuldig te zijn, en ik kan het weten. Op het moment dat ik het haar wil zeggen, besef ik dat ik me heb vergist. De grote voeten, de platte buik, de aderen op de handen... Adrienne is helemaal geen vrouw.

'Jouw geheim is veilig bij me,' zegt de travestiet.

Ik kijk naar haar – zijn – brede borstkas. 'Moet ik nou gaan huilen?' zeg ik bot.

Het is even stil. 'Moet je zelf weten,' antwoordt Adrienne.

Ik draai haar mijn rug toe. 'In elk geval heb ik geen zin om met jou te praten.'

Boven ons wordt het sein gegeven dat het licht uitgaat. Maar het wordt nooit donker in de gevangenis. Het blijft er altijd scheme-ren in de tijd dat er creaturen uit moerassen kruipen en krekels de aarde overnemen. Door de tralies van haar cel kan ik Adriennnes zachte huid zien die iets lichter is dan de schaduwen van de nacht. 'Wat heb je gedaan?' vraagt Adrienne, en haar vraag is maar voor één uitleg vatbaar.

'En jij?'

'Drugs, schat, altijd weer die drugs. Maar ik probeer ervan af te komen, echt waar.'

'Veroordeeld wegens drugs? Waarom hebben ze je dan in een isoleercel opgesloten?'

Adrienne haalt haar schouders op. 'De jongens, hè? Ik hoor er niet bij, dus willen ze me verrot slaan, snap je? Ik zit liever bij de meisjes, maar daar word ik niet toegelaten zolang ik de operatie niet heb gehad. Ik neem altijd mijn medicijnen in, maar ze zeggen dat het niet uitmaakt wanneer ik de verkeerde uitrusting heb.' Ze zucht. 'Weet je, schat, eigenlijk weten ze niet wat ze hier met me aan moeten.'

Ik kijk naar de muren, naar de zwakke beveiligingsverlichting aan het plafond, naar mijn eigen dodelijke handen. 'Ze weten ook niet wat ze met mij aan moeten,' zeg ik.

Quentin Brown is ondergebracht in een Residence Inn. Zijn kamer heeft een eenvoudig keukenblok, kabel-tv, en vloerbedekking die naar kattenpis stinkt. 'Bedankt,' zegt hij tegen de tiener die als piccolo dienstdoet, en hij drukt hem een dollar in de hand. 'Het is een paleisje.'

'Zal wel,' mompelt de jongen.

Het verbaast Quentin altijd weer dat pubers de enigen zijn die niet met hun ogen knipperen als ze hem zien. Hoewel, ze zouden nog niet met hun ogen knipperen als er een horde mustangs langs hen heen denderde.

Hij begrijpt ze niet, niet als soort en niet als individu.

Quentin doet de koelkast open die een twijfelachtige geur verspreidt en laat zich dan op de sponsachtige matras zakken. Nou ja, hij zou het Ritz-Carlton hier nog vreselijk hebben gevonden. Alles in Biddeford vindt hij vreselijk.

Zuchtend pakt hij zijn autosleutels en loopt het hotel uit. Hij kan het maar beter achter de rug hebben. Onder het rijden hoeft hij niet over de weg na te denken. Hij weet dat ze er nog woont. Het adres voor de cheques is al die tijd hetzelfde gebleven.

Het verrast hem een basket op de oprit te zien. Sinds het debacle van vorig jaar is het niet bij hem opgekomen dat Gideon een minder gênante hobby kon hebben gekozen. Een gebutste Isuzu Trooper met roestgaten op de treeplank staat in de garage. Quentin haalt diep adem, recht zijn rug en klopt op de deur.

Wanneer Tanya opendoet, wordt hem zoals altijd even de adem benomen bij het zien van haar cognackleurige huid en chocoladebruine ogen, alsof deze vrouw een traktatie is waarvan je moet genieten. Maar, houdt Quentin zichzelf voor, zelfs de meest exquise truffels kunnen een bittere nasmaak achterlaten. Het geeft hem enige troost dat zij ook even achteruitdeinst als ze hem ziet. 'Quentin Brown,' mompelt Tanya hoofdschuddend. 'Waar heb ik deze eer aan te danken?'

'Ik ben hier voor mijn werk,' zegt hij. 'Voor onbepaalde tijd.' Hij probeert achter haar naar binnen te gluren om te zien hoe haar huis is ingericht. Een huis zonder hem. 'Ik dacht dat ik maar even langs moest komen omdat je waarschijnlijk mijn naam al hebt horen vallen.'

'Samen met andere woorden van drie letters.'

'Heb ik niet gehoord.'

Als ze hem glimlachend aankijkt, is hij alweer vergeten waar ze het over hadden. 'Is Gideon thuis?'

'Nee,' zegt ze, iets te vlug.

'Ik geloof je niet.'

'En ik moet je niet, dus wat mij betreft kun je weer in je auto stappen en...'

'Ma?' Ineens is Gideon achter zijn moeder verschenen. Hij is bijna net zo lang als Quentin, al is hij net zestien geworden. Zijn gezicht verstrakt als hij ziet wie er in de deuropening staat. 'Hallo, Gideon,' zegt Quentin.

'Ben je hier om me naar de reclassering te brengen?' Hij snuift minachtend. 'Doe me een lol, zeg.'

Onwillekeurig balt Quentin zijn vuisten. 'Ik heb je een dienst bewezen. Dankzij mij heeft de rechter je niet naar een jeugdinrichting gestuurd, en daar heb ik een hoop gelazer door gekregen.'

'En daar moet ik je voor bedanken?' Gideon begint te lachen. 'Elke avond op mijn knietjes dankzeggen dat je mijn vader bent?'

'Gideon,' waarschuwt Tanya, maar hij schuift langs haar heen.

'Nu niet.' Hij stompt Quentin opzij en stapt in de Isuzu. Even later scheurt de auto de straat uit.

'Is hij nog steeds clean?' vraagt Quentin.

'Vraag je dat omdat je om hem geeft, of ben je bang voor je carrière?'

'Dat is niet eerlijk, Tanya...'

'Het leven is niet eerlijk, Quentin.' Heel even komt er een verdrietige blik in haar ogen. 'Zoek het verder maar uit.'

Ze slaat de deur dicht voordat hij nog iets kan zeggen. Dan stapt hij in zijn auto en rijdt weg. Pas na vijf minuten beseft hij dat hij geen idee heeft waar hij heen gaat.

Caleb ligt op zijn zij naar de nachtelijke hemel te staren. De maan is bijna onzichtbaar, maar de sterren zijn overal. Zijn oog blijft rusten op een uitzonderlijk helder lichtbaken. Het is vijftig, misschien wel honderd lichtjaren verwijderd. Terwijl hij ernaar kijkt, kijkt hij recht in het verleden. Een explosie die eeuwen geleden plaatsvond, maar die hem nu pas treft.

Hij gaat op zijn rug liggen. Die hele dag heeft hij aan Nina moeten denken. Dat ze ziek is en hulp nodig heeft, zoals iemand met griep of een gebroken been hulp nodig heeft. Als er iets in haar is geknapt, zal Caleb de eerste zijn die het begrijpt. Hij was er zelf bijna net zo aan toe na wat hun zoon was aangedaan. Maar toen Nina belde, was ze rationeel, kalm en zelfverzekerd. Het was haar bedoeling geweest pastoor Szyszynski te doden.

Dat feit op zich is geen schok voor Caleb. Mensen hebben nu eenmaal een immens scala aan emoties in zich – liefde, blijdschap, vastbeslotenheid. Logisch dat even zo heftige negatieve gevoelens net zo makkelijk de overhand kunnen krijgen. Nee, wat hem verbaast is de manier waarop ze het deed. En dat ze oprecht denkt dat ze het voor Nathaniel heeft gedaan.

Dit gaat enkel en alleen om Nina.

Caleb sluit zijn ogen, maar ziet de de ster nog steeds achter zijn oogleden. Hij probeert zich het moment voor de geest te halen dat Nina hem vertelde dat ze zwanger was. 'Ze dachten dat het onmogelijk was,' had ze gezegd. 'En toch is het gebeurd.'

Er klinkt geritsel van lakens en dekens, en dan voelt Caleb iets warms tegen zich aangedrukt. Hij draait zich om in de hoop dat het allemaal een nare droom is geweest en dat Nina veilig naast hem ligt te slapen. Maar Nathaniel ligt op haar plek met tranen op zijn wangen. 'Ik wil mama terug,' fluistert hij.

Caleb denkt aan Nina's ogen toen ze zwanger was van Nathaniel, hoe ze glansden en sprankelden. Misschien is dat stralende al lang geleden vervaagd, en misschien heeft het al die jaren moeten duren voordat hij het eindelijk ziet. Hij draait zich om naar zijn zoon en zegt: 'Dat wil ik ook.'

Fisher Carrington staat met zijn rug naar de deur van de spreekkamer en kijkt naar de binnenplaats. Wanneer de bewaarder de deur achter zich dichtdoet en me hier achterlaat, draait Carrington zich langzaam om. Hij ziet er nog net zo uit als toen ik hem voor het laatst zag bij de competentiezitting van Rachel. Pak van Armani, schoenen van Bruno Magli, een dikke bos wit, achterovergekamd haar. Zijn meelevende blauwe ogen registreren mijn te grote gevangenisoverall voordat ze op mijn gezicht blijven rusten. 'Wie had ooit kunnen denken dat we hier moesten afspreken,' zegt hij ernstig.

Ik laat me in een stoel vallen. 'Zal ik je eens wat zeggen, Fisher? Er zijn wel vreemdere dingen gebeurd.'

We kijken elkaar aan en proberen ons aan te passen aan de nieuwe rolverdeling. Hij is niet langer de vijand, hij is mijn enige hoop. Hij deelt de lakens uit, ik zal me ernaar moeten schikken. Erboven hangt de onuitgesproken voorwaarde dat hij me niet zal vragen wat ik heb gedaan, en dat ik het hem niet hoef te zeggen.

'Je moet me hier weghalen, Fisher. Tegen lunchtijd wil ik terug zijn bij mijn kind.'

Fisher knikt. Hij heeft dit eerder gehoord. En welbeschouwd maakt het niet uit wat ik wil. 'Je weet dat ze een Harnish-hoorzitting zullen aanvragen,' zegt hij.

Natuurlijk weet ik dat. Als openbaar aanklager had ik hetzelfde gedaan. In Maine kan de verdachte van een zwaar misdrijf niet op borgtocht worden vrijgelaten als het OM aannemelijk kan maken dat hij het misdrijf heeft gepleegd. In de gevangenis tot de rechtszitting.

Vier maanden.

'Luister, Nina,' zegt Fisher. Het is voor het eerst dat hij me met mijn voornaam aanspreekt.

Maar ik wil niet naar hem luisteren. Ik wil dat hij naar mij luistert. Met uiterste zelfbeheersing kijk ik hem uitdrukkingsloos aan. 'Volgende stap, Fisher?'

Hij kijkt dwars door me heen, maar Fisher Carrington is een heer. En dus doet hij alsof, net als ik. Hij glimlacht alsof we oude vrienden zijn. 'De volgende stap,' antwoordt hij, 'is naar de rechter.'

Patrick houdt zich afzijdig achter de horde verslaggevers die de tenlastelegging komen filmen van de officier van justitie die in koelen bloede een priester heeft doodgeschoten. Dit is materiaal voor tv-films of romans. Dit is een onderwerp waarover je bij de koffieautomaat met je collega's discussieert. Patrick heeft naar commentatoren op verscheidene zenders geluisterd. Woorden als *wraak* en *vergelding* gleden als slangen uit hun mond. Vaak werd Nina's naam niet eens genoemd.

Ze hebben het over de hoek van de kogel, over het aantal stappen van haar stoel naar die van de priester. Ze geven een historisch overzicht van alle geestelijken die wegens kinderverkrachting zijn veroordeeld. Wat ze niet zeggen, is dat Nina zich in de werking van een bulldozer heeft verdiept om de nieuwsgierigheid van haar zoon te kunnen bevredigen. Ze zeggen niet dat in haar handtas, waarvan de inhoud in de gevangenis is vastgelegd, ook een Matchboxautootje zat, en een in het donker opgloeiende bijtring.

Ze kennen haar niet, denkt Patrick. *En daarom begrijpen ze het niet.*

Een blonde verslaggeefster voor hem staat heftig te knikken bij haar onvoorbereide interview met een fysioloog dat op camera wordt vastgelegd. 'Agressie kan worden veroorzaakt door zenuwcellen die via de hypothalamus elektrische impulsen langs de stria terminalis sturen,' zegt hij. 'En dat kan tot woede-uitbarstingen leiden. Uiteraard spelen ook andere factoren een rol, maar zonder...'

Patrick luistert al niet meer. De sfeer in de zaal wordt geladen als iedereen zijn plaats begint in te nemen. Televisiecamera's knipperen. Patrick leunt achterin tegen de muur. Hij wil niet herkend worden, al weet hij niet precies waarom. Schaamt hij zich voor Nina? Of is hij bang voor wat ze aan zijn gezicht zal zien?

Ik had niet moeten komen, zegt Patrick bij zichzelf wanneer de beklaagdencel opengaat en twee gerechtsbodes verschijnen met Nina tussen hen in. Ze ziet er kwetsbaar en angstig uit. Hij herinnert zich hoe ze trilde toen hij haar gisterenmiddag uit de chaos wegleidde.

Nina sluit haar ogen en komt naar voren. Haar gezicht heeft dezelfde uitdrukking als toen ze op haar elfde in een skilift een paar centimeter van de grond opsteeg, voordat Patrick de operator ervan wist te overtuigen dat hij haar eruit moest laten omdat ze anders zou flauwvallen.

Hij had niet moeten komen, maar Patrick weet ook dat hij niet anders kon.

Ik word aangeklaagd in dezelfde rechtszaal waar ik gisteren een man heb vermoord. De gerechtsbode legt zijn hand op mijn schouder en leidt me de cel uit. Mijn handen zijn op mijn rug geboeid. Ik loop waar de priester heeft gelopen. Als ik goed kijk, kan ik zijn voetstappen zien opgloeien.

We komen langs de tafel van het OM. Er zijn vandaag vijf keer zoveel verslaggevers aanwezig als anders. Ik herken gezichten van *Dateline* en CNN. Het gezoem van al die televisiecamera's doet me denken aan het lied van cicaden. Ik kijk om naar de tribune om Caleb te zoeken, maar achter de tafel van Fisher Carrington is alleen een rij lege stoelen.

Ik heb gevangeniskleding en pumps met lage hakken aan. Je krijgt geen schoenen in de gevangenis, dus moet je dragen wat je aan je voeten had toen je werd gearresteerd. Dat was gisteren, een levenlang geleden, toen ik nog een vrouw was met een beroep. Ik struikel wanneer mijn hak aan een mat blijft haken en kijk omlaag.

We zijn bij de plek waar de priester gisteren lag. Waarschijnlijk konden de schoonmakers de bloedvlek niet helemaal uit de vloerbedekking krijgen en hebben ze er een mat overheen gelegd.

Ineens kan ik geen stap meer verzetten.

De gerechtsbode grijpt me steviger bij de arm en trekt me mee naar de tafel van Fisher Carrington. Ik ga in de stoel zitten waarin de priester gisteren heeft gezeten. Hij is warm onder mijn dijen door de hitte die de plafondlampen verspreiden. Op het moment dat de gerechtsbode opzij gaat, voel ik iets kouds in mijn nek. Ik draai me met een ruk om, ervan overtuigd dat er iemand met een pistool achter me staat.

Maar ik zie alleen al die ogen in de rechtszaal die als zuur op me inbranden. Om ze een plezier te doen begin ik op mijn nagels te bijten en me krampachtig in mijn stoel te bewegen. Nervositeit kan voor waanzin doorgaan.

'Waar is Caleb?' fluister ik tegen Fisher.

'Geen idee, maar hij kwam vanochtend wel het voorschot naar mijn kantoor brengen. Houd je hoofd recht.' Voordat ik kan antwoorden klopt de rechter met zijn hamer.

Ik ken deze rechter niet. Waarschijnlijk hebben ze hem uit Lewiston gehaald. De openbare aanklager ken ik evenmin. Hij zit op mijn gebruikelijke plek aan de tafel van het OM. Hij is gigantisch, kaal, en angstaanjagend. Hij kijkt me slechts één keer aan en wendt dan zijn blik af. Hij heeft me al veroordeeld voor mijn overstap naar de onderwereld.

Het liefst was ik op hem af gestapt en had ik aan zijn mouw getrokken. *Oordeel niet totdat je mijn kant van het verhaal kent. Je denkt dat je sterk bent, maar er is heel weinig voor nodig om je aan het wankelen te brengen – de wimpers van een slapende baby, de spanne van een kinderhand. Het leven kan in een oogwenk veranderen, en, zo blijkt, het geweten ook.*

'Is het OM zover?' vraagt de rechter.

De hulpofficier knikt. 'Jawel, edelachtbare.'

'Is de verdediging zover?'

'Jawel, edelachtbare,' zegt Fisher.

'Wil de beklaagde opstaan?'

Eerst sta ik niet op. Het is geen bewuste weigering. Ik ben gewoon niet gewend op dit moment van de tenlastelegging overeind te komen. De gerechtsbode sleurt me van mijn stoel en verdraait daarbij mijn arm.

Fisher Carrington blijft zitten. Ik voel me ijskoud worden. Dit is zijn kans om me te vernederen. Als een beklaagde opstaat en de advocaat blijft zitten, is het voor insiders een duidelijk teken dat hij geen barst om zijn cliënt geeft. Als ik met opgeheven hoofd mijn blik afwend, komt Fisher langzaam overeind. Hij is een solide aanwezigheid aan mijn rechterzijde, een versterkte muur. Hij kijkt me aan en trekt een wenkbrauw op alsof hij twijfelt aan mijn vertrouwen in hem.

'Wat is uw naam?'

Ik haal diep adem. 'Nina Maurier Frost.'

'Wil de griffier de aanklacht voorlezen?' vraagt de rechter.

'Het Openbaar Ministerie van Maine klaagt Nina Maurier Frost aan wegens het doden van Glen Szyszynski op de dertiende dag van oktober 2001 in Biddeford, County of York, Maine. Pleit u schuldig of niet-schuldig?'

Fisher strijkt over zijn das. 'We zullen ons verweer op niet-schuldig baseren, edelachtbare. En ik wil het hof en het Openbaar Ministerie erop attenderen dat we op latere datum een verzoek tot niet-schuldigverklaring wegens ontoerekeningsvatbaarheid zullen indienen.'

Het verbaast de rechter allemaal niet. Mij ook niet, al hebben Fisher en ik het niet over ontoerekeningsvatbaarheid gehad. 'Meneer Brown,' zegt de rechter, 'wilt u een Harnish-hoorzitting aanvragen?'

Ook dit was te verwachten. In het verleden heb ik *Staat versus Harnish* als een godsgeschenk beschouwd. Daardoor konden criminelen tijdelijk van de straat worden gehouden terwijl ik er alles aan deed om ze voorgoed achter slot en grendel te krijgen. Wie zou immers willen dat iemand die een zwaar misdrijf heeft gepleegd weer op vrije voeten komt?

Maar ja, dat was in de tijd dat ik niet de crimineel in kwestie was.

Quentin Brown kijkt van mij naar de rechter. Zijn donkere ogen verraden niets. 'Edelachtbare, gezien de ernst van het misdrijf en het feit dat dat in een openbare ruimte is gepleegd, vraagt het OM een borgsom van vijfhonderdduizend dollar.'

De rechter knippert met zijn ogen. Fisher kijkt Brown stomverbaasd aan. Ik moet me inhouden niet hetzelfde te doen, anders zou hij doorhebben dat ik geestelijk helder genoeg ben om deze onverwachte gift te appreciëren. 'Begrijp ik goed, meneer Brown, dat het OM afziet van zijn rechten op een Harnish-hoorzitting?' vraagt de rechter. 'Dat u een borgsom eist in plaats van deze te weigeren?'

Brown knikt. 'Mogen we dichterbij komen?'

Hij loopt naar voren, net als Fisher. Uit macht der gewoonte wil ik ook naar voren komen, maar de gerechtsbode houdt me tegen.

De rechter legt zijn hand op de microfoon zodat de camera's het geluid niet kunnen vastleggen, maar ik kan wel horen wat er gezegd wordt. 'Meneer Brown, ik heb begrepen dat uw bewijslast in deze zaak heel overtuigend is.'

'Eerlijk gezegd weet ik niet of ze kans maakt met een beroep op ontoerekeningsvatbaarheid, maar ik kan niet van dit hof vragen haar vast te houden. Ze is jarenlang openbaar aanklaagster geweest. Ik denk niet dat ze zal vluchten en ze lijkt me ook geen gevaar voor de samenleving. Met alle respect, edelachtbare, ik heb dit met mijn baas en met haar baas overlegd, en ik verzoek het hof deze zaak zodanig af te wikkelen dat de pers er geen sensatieverhaal van kan maken.'

Fisher kijkt hem met een beminnelijke glimlach aan. 'Edelachtbare, bij dezen laten mijn cliënt en ik de heer Brown weten dat we zijn aanpak waarderen. Dit is voor alle betrokkenen een pijnlijke zaak.'

Ik kan wel dansen van blijdschap. Dat van de Harnish-hoorzitting is afgezien mag een klein wonder heten.

'Het OM vraagt een borgsom van vijfhonderdduizend dollar. Wat zijn de banden van de beklaagde met deze staat, meneer Carrington?' vraagt de rechter.

'Ze woont al haar leven lang in Maine, edelachtbare. Haar kind is hier geboren. De beklaagde zal haar paspoort inleveren en beloven de staat niet te verlaten.'

De rechter knikt. 'Gezien het feit dat ze al zo lang voor justitie werkt, ga ik als extra voorwaarde aan haar vrijlating op borgtocht verbinden dat ze niet zal spreken met werknemers die in dienst zijn van het OM van York County totdat deze zaak is afgesloten.'

'Uitstekend, edelachtbare,' zegt Fisher.

Quentin Brown is nog niet klaar. 'Behalve de borgsom vragen we een psychiatrische evaluatie van de beklaagde.'

'Daar hebben we geen probleem mee,' antwoordt Fisher. 'Die evaluatie willen we zelf ook met een door ons gekozen psychiater.'

'Gaat u daarmee akkoord, meneer Brown?' vraagt de rechter.

'Nee, wij willen dat het OM de psychiater aanwijst.'

'Goed, dan zal ik dat ook als voorwaarde stellen.' De rechter noteert iets in zijn dossier. 'Maar ik geloof niet dat een bedrag van vijfhonderdduizend dollar noodzakelijk is om de beklaagde binnen de staatsgrenzen te houden. Ik verlaag de borgsom tot honderdduizend.'

Dan gebeurt er van alles tegelijk. Ik word teruggeduwd naar de cel, Fisher zegt dat hij Caleb over de borgtocht zal informeren, verslaggevers stormen naar de gang om hun verhaal door te bellen. Ik word achtergelaten bij een broodmagere hulpsherrif. Hij sluit me in de cel op en verdiept zich vervolgens in *Sports Illustrated*.

Ik kom vrij. Ik ga naar huis om samen met Nathaniel te lunchen, net zoals ik gisteren tegen Fisher Carrington zei.

Ik trek mijn knieën tegen mijn borst en begin te huilen. Ik laat mezelf geloven dat het allemaal goed komt.

De dag dat het voor het eerst gebeurde had juf Fiore over de ark verteld. Een gigantische boot die groot genoeg was voor hen allemaal, hun ouders en hun huisdieren. Ze gaf iedereen een potlood en een vel papier om hun lievelingsdier te tekenen. 'Maak er iets moois van,' had ze gezegd, 'dan laten we alle tekeningen aan vader Glen zien voordat hij gaat voorlezen.'

Nathaniel zat die dag naast Amelia Underwood, een meisje dat altijd naar spaghettisaus rook. 'Waren er ook olifanten op de boot?' vroeg ze. Juf Fiore knikte. 'Van alles.'

'Wasberen?'

'Ook.'

'En narwals?' Dat kwam van Oren Whitford, die al kon lezen terwijl Nathaniel de b nog niet van de d kon onderscheiden.

'Ja, ook.'

'Kakkerlakken?'

'Helaas wel,' zei juf Fiore.

Nathaniel stak zijn hand op. De onderwijzeres keek hem glimlachend aan. 'Wat voor dier had jij in gedachten?'

'Ik moet plassen,' zei hij. De anderen begonnen te lachen. Het bloed steeg naar zijn wangen. Hij pakte het blokje hout aan dat juf Fiore hem als wc-pas gaf en rende het lokaal uit. De wc was aan het andere eind van de gang. Nathaniel bleef er een tijdje hangen. Hij spoelde een paar keer door alleen om het geluid te horen en waste zijn handen met zoveel zeep dat het schuim als een berg in het fonteintje oprees.

Hij had geen haast om terug te gaan naar de les. Ten eerste zou iedereen hem weer uitlachen, en ten tweede stonk Amelia Underwood erger dan de korstjes die in de toiletpot waren aangekoekt. Dus liep hij langzaam de gang door naar het kantoor van vader Glen. De deur was meestal dicht, maar stond nu net genoeg open om naar binnen te kunnen glippen.

Het rook er naar citroen, net als in de kerk. Volgens zijn moeder boden veel dames aan de kerkbanken te poetsen tot ze glansden, dus zouden ze dit kantoor ook wel hebben gepoetst. Hier waren geen banken, alleen rijen boekenplanken. Er stonden zoveel letters op de boekruggen dat het hem duizelde toen hij ze probeerde te ontcijferen. Dus keek hij naar het schilderij van een man op een witte hengst die een speer in het hart van een draak stak.

Misschien was er op de ark geen ruimte meer voor draken en werden ze daarom nooit meer gezien.

'De heilige Gregorius was heel dapper,' zei een stem achter hem, en Nathaniel besefte dat hij niet langer alleen was. 'En jij?' vroeg de priester met een langzame glimlach. 'Ben jij ook dapper?'

Als Nina zijn vrouw was geweest, had Patrick op de eerste rij van de tribune gezeten. Hij zou oogcontact met haar hebben gemaakt zodra ze de rechtszaal binnenkwam om haar te laten weten dat hij er voor haar was. Niemand zou naar zijn huis hoeven komen om hem te vertellen hoe de zitting was verlopen.

Tegen de tijd dat Caleb opendoet, is Patrick opnieuw woedend op hem.

'Ze is op borgtocht vrijgelaten,' zegt Patrick zonder inleiding. 'Je zult een cheque van tienduizend dollar naar het gerechtsgebouw moeten brengen.' Met zijn handen in zijn zakken kijkt hij Caleb minachtend aan. 'Dat zal toch wel lukken? Of was je van plan haar opnieuw te laten stikken?'

'Zoals ze mij heeft laten stikken?' antwoordt Caleb. 'Ik kon niet weg. Ik had geen oppas voor Nathaniel.'

'Lul niet. Je had mij kunnen vragen. Weet je wat? Ik pas op hem terwijl jij Nina gaat halen. Nu. Ze wacht op je.' Uitdagend slaat hij zijn armen over elkaar.

'Ik ga niet,' zegt Caleb, en in dezelfde seconde drukt Patrick hem tegen de deurpost.

'Wat is er goddomme met jou aan de hand?' sist hij hem toe. 'Ze heeft je nodig. Nu.'

Caleb, die groter en sterker is, grijpt hem bij zijn kraag en smijt hem in de heg langs het tuinpad. 'Ga mij niet vertellen wat míjn vrouw nodig heeft.' Op de achtergrond is een stemmetje te horen dat zijn vader roept. Caleb draait zich om, loopt naar binnen en doet de deur achter zich dicht.

Wijdbeens tegen de heg gedrukt probeert Patrick op adem te komen. Hij komt langzaam overeind en veegt blaadjes van zijn kleren. Wat moet hij doen? Hij kan Nina niet in de cel achterlaten, en zelf heeft hij geen tienduizend dollar paraat om haar vrij te krijgen.

Ineens gaat de deur weer open. Caleb staat op de drempel met een cheque in zijn hand. Patrick neemt hem aan en Caleb knikt hem toe, alsof ze zijn vergeten dat ze elkaar nog maar enkele minuten geleden naar het leven stonden. Dit is de valuta voor verontschuldigingen; een deal die gesloten is in naam van de vrouw die hun beider leven heeft ontwricht.

Ik ben van plan Caleb behoorlijk op zijn ziel te geven omdat hij niet bij de zitting aanwezig was, maar eerst wil ik Nathaniel zo dicht tegen me aandrukken dat hij in me versmelt. Nerveus wacht ik tot de cel opengaat en ik naar een spreekkamer word gebracht. Daar zie ik een bekend gezicht, maar het is het verkeerde.

'Caleb heeft me een cheque gegeven,' zegt Patrick.

'Hij...' begin ik, en dan besef ik wie er voor me staat. Het mag dan Patrick zijn, maar toch. Ik kijk hem met grote ogen aan wanneer hij me door de krochten van het gebouw naar de dienstuitgang leidt om de pers te vermijden. 'Is hij echt dood? Beloof je me dat hij echt dood is?'

Patrick pakt mijn arm vast en draait me naar zich toe. 'Hou op,' zegt hij met een vertrokken gezicht. 'Hou op, Nina. Alsjeblieft.'

Hij weet het. Natuurlijk weet hij het. Dit is Patrick. Ergens is het een opluchting dat ik hem niet meer voor de gek hoef te houden, dat ik met iemand kan praten die me zal begrijpen. Wanneer we buiten zijn, duwt hij me in zijn wachtende Taurus. Het parkeerterrein staat vol met journaalwagens met satellietschotels op het dak. Patrick gooit iets zwaars op mijn schoot, een dikke editie van de *Boston Globe*.

BOVEN DE WET luidt de kop van het hoofdartikel. En een onderkop: *Priester vermoord in Maine. Bijbelse gerechtigheid van officier van justitie.* Er staat een kleurenfoto bij waarop ik door Patrick en gerechtsbodes word vastgegrepen. Rechtsboven een foto van pastoor Szyszynski in een bloedplas. Ook daarop Patricks korrelige profiel. 'Je bent beroemd,' zeg ik zacht.

Patrick geeft geen antwoord. Hij kijkt naar de weg en concentreert zich op wat voor hem ligt.

Ik kon altijd alles met hem bespreken. Dat kan niet zijn veranderd door wat ik heb gedaan. Maar als ik naar buiten kijk, zie ik dat de wereld is veranderd. Er huppelen tweebenige katten over straat, zigeuners zwieren opritten in, zombies kloppen aan deuren. Ik was Halloween helemaal vergeten. Vandaag is niemand dezelfde als gisteren. 'Patrick,' begin ik.

Hij heft afwerend zijn hand. 'Het is al erg genoeg, Nina. Ik moet steeds denken aan die avond in de Tequila Mockingbird. Aan wat ik toen heb gezegd.'

Dat soort klootzakken moesten ze doodschieten. Ik had er niet meer aan gedacht. Of wel? Ik steek mijn hand uit om zijn schouder aan te raken, hem gerust te stellen dat het zijn schuld niet is, maar hij deinst opzij. 'Wat je ook denkt, het is niet waar. Ik...'

Ineens stopt Patrick langs de berm. 'Zeg alsjeblieft helemaal niets. Ik moet getuigen tijdens het proces.'

Maar ik heb hem altijd in vertrouwen genomen. Bij hem kan ik me niet achter mijn schild van waanzin verschuilen. Hij weet dat het me twee maten te klein is. Ik draai me naar hem toe met een vraag in mijn ogen, en zoals gewoonlijk geeft hij al antwoord voordat ik hem kan uitspreken. 'Praat liever met Caleb,' zegt hij, en hij voegt zich weer in het verkeer.

Als je je kind oppakt, kun je de plattegrond van je eigen botten onder je handen voelen, of de geur van je huid ruiken in zijn hals. Dat is het unieke van het moederschap – een deel van jezelf heeft zich van je losgemaakt, en toch heb je het nodig om verder te kunnen leven. Het doet denken aan het gevoel dat je krijgt als je het laatste stukje van de duizend stukjes tellende legpuzzel legt; de laatste stap in een fotofinishwedstrijd; blijdschap en verbazing over die mollige vingertjes en het eerste tandje. Als een orkaan stort Nathaniel zich in mijn armen en het kost me moeite overeind te blijven. 'Mama!'

Hier heb ik het voor gedaan, schiet het door me heen.

Over het hoofd van mijn zoon heen zie ik Caleb. Met onbewogen gezicht blijft hij op enige afstand staan. 'Bedankt voor de cheque,' zeg ik.

'Je bent beroemd,' zegt Nathaniel tegen me. 'Je foto staat in de krant.'

'Luister, maatje,' zegt Caleb, 'zoek een video uit en ga er in onze slaapkamer naar kijken, oké?'

Nathaniel schudt zijn hoofd. 'Komt mama dan ook?'

'Straks,' zeg ik. 'Ik moet eerst met papa praten.'

Caleb installeert Nathaniel op de grote oceaan van onze beddensprei terwijl ik de knoppen indruk om een Disney-video in gang te zetten. Het lijkt heel normaal dat hij hier wacht en zich laat meeslepen in een fantasiewereld, terwijl Caleb en ik naar zijn jongenskamertje gaan om de werkelijkheid onder ogen te zien. We gaan op het smalle bed zitten, omringd door een groep knuffelkikkers. Boven ons draait een rupsmobile zorgeloos rond. 'Wat heeft je goddomme bezield, Nina?' vraagt Caleb. 'Waar was je mee bezig?'

'Heb je met de politie gesproken? Zit je in de problemen?'

'Waarom zou ik?'

'Omdat de politie zich afvraagt of jij dit samen met mij hebt voorbereid.'

'Dus je hebt dit gepland?'

'In zoverre dat ik het er onvoorbereid wilde laten uitzien. Caleb, hij heeft Nathaniel iets verschrikkelijks aangedaan. En hij zou zijn vrijgesproken.'

'Dat weet je niet...'

'Dat weet ik wel. Ik maak het dagelijks mee. Maar nu ging het om míjn kind. Óns kind. Heb je enig idee hoe lang Nathaniel hier nog nachtmerries van zal hebben? Hoe lang hij in therapie zal moeten? Onze zoon zal nooit meer dezelfde zijn. Szyszynski heeft hem iets afgenomen dat we nooit meer terugkrijgen. Dus waarom zou ik hem niet hetzelfde aandoen?' *Behandel anderen zoals jij zou willen dat zij jou behandelen*, voeg ik er in stilte aan toe.

'Maar Nina. Je...' Hij kan het niet eens uitspreken.

'Wat was de eerste gedachte die in je opkwam toen je het wist, toen Nathaniel zijn naam zei?'

Caleb slaat zijn ogen neer. 'Dat ik hem wilde doden.'

'Ja.'

Hij schudt zijn hoofd. 'Szyszynski zou terechtstaan en worden gestraft.'

'Dat is niet genoeg. Welke straf de rechter ook zou opleggen, het zou nooit opwegen tegen wat Szyszynski heeft aangericht, en dat weet je. Ik heb gedaan wat elke ouder had willen doen. Ik moet alleen doen alsof ik gek ben om ermee weg te komen.'

'En je denkt dat je dat kunt?'

'Ik weet wat ervoor nodig is om ontoerekeningsvatbaar verklaard te worden. Zodra ik een beklaagde zie binnenkomen, kan ik je meteen vertellen of hij wordt veroordeeld of vrijgesproken. Ik weet wat je moet zeggen en wat je moet doen.' Ik kijk Caleb recht in de ogen. 'Ik ben advocaat. Maar ik heb een mens doodgeschoten in een volle rechtszaal en voor het oog van de rechter. Je moet toch krankzinnig zijn als je zoiets doet?'

Caleb is even stil. Dan vraagt hij zacht: 'Waarom vertel je me dit?'

'Omdat je mijn man bent. Jij hoeft niet tegen me te getuigen tijdens het proces. Je bent de enige die ik het kán vertellen.'

'Waarom heb je me dan niet verteld wat je van plan was?'

'Omdat je me zou hebben tegengehouden.'

Wanneer Caleb opstaat en naar het raam loopt, ga ik achter hem aan. Ik leg mijn hand op zijn rug, in de holte tussen de schouderbladen die er zo kwetsbaar uitziet, zelfs bij een volwassen man. 'Nathaniel verdient het,' fluister ik.

Caleb schudt zijn hoofd. 'Niemand verdient dit.'

Het blijkt dat je gewoon blijft functioneren terwijl je hart wordt verscheurd. Caleb kijkt naar de vrouw met wie hij gisteren nog getrouwd was, en ziet een vreemde in haar plaats. Hij luistert naar haar verklaringen en vraagt zich af wanneer ze de taal heeft leren spreken waar hij niets van begrijpt.

Natuurlijk zou elke ouder het monster willen doden dat hun kind heeft verkracht. Maar 99,9 procent van die ouders zou het nooit daadwerkelijk doen. Nina mag dan denken dat ze Nathaniel heeft gewroken, ze zet wel haar gezin op het spel. Als Szyszynski naar de gevangenis was gegaan, hadden ze geleidelijk weer kunnen opkrabbelen en waren ze nog steeds een gezin geweest. Als Nina naar de gevangenis gaat, raakt Caleb zijn vrouw kwijt en Nathaniel zijn moeder.

Caleb voelt de spieren in zijn schouders verstrakken. Hij is woedend, geschokt, en ook een beetje bang. Hij dacht deze vrouw door en door te kennen. Hij weet hoe hij haar tot tranen of tot vervoering kan brengen. Hij kent elke centimeter van haar lichaam. Maar haarzelf kent hij niet.

Nina staat naast hem. Ze verwacht dat hij zegt dat ze het goed heeft gedaan. Gek eigenlijk dat ze zijn goedkeuring nodig heeft om de wet aan haar laars te lappen. Daarom, en om vele andere redenen, weigert hij te zeggen wat ze wil horen.

Hij wordt gered door Nathaniel die met het tafelkleed om zijn schouders het kamertje binnenkomt. 'Is dat even een mooie cape!' roept Caleb iets te enthousiast, en hij zwaait de jongen de lucht in.

Nina glimlacht ook. Ze strekt haar armen naar Nathaniel uit, maar Caleb zet het kind op zijn schouders om het buiten haar bereik te houden.

'Het wordt donker,' zegt Nathaniel. 'Gaan we?'

'Waarheen?'

Nathaniel wijst uit het raam. Op straat bevindt zich een stoet kobolds, miniatuurmonsters en prinsesjes. Voor het eerst ziet Caleb dat de bomen hun bladeren hebben verloren en dat op muren van andere huizen pompoenen hem aangrijnzen. Hoe kon hij Halloween zijn vergeten?

Hij kijkt naar Nina, die het ineens ook schijnt te beseffen. Dan wordt er gebeld. 'Opendoen! Opendoen!' roept Nathaniel opgewonden.

'We moeten straks maar wat gaan halen.' Nina kijkt hem hulpeloos aan. 'We hebben geen snoep in huis.'

Erger is dat dat ze geen kostuum voor Nathaniel hebben. Caleb en Nina realiseren het zich tegelijkertijd en het brengt ze even dichter tot elkaar. Allebei herinneren ze zich Nathaniels vorige Halloweens. In afdalende volgorde was hij ridder, astronaut, pompoen, krokodil, en rups toen hij een peuter was. 'Wat wil je zijn?' vraagt Nina.

Nathaniel trekt zijn magische tafelkleed verder over zijn schouder. 'Een superheld. Een nieuwe.'

Caleb denkt dat ze op korte termijn wel een Superman-outfit kunnen vinden. 'Wat is er mis met de oude helden?'

171

Alles, zo blijkt. Nathaniel houdt niet van Superman omdat hij geveld kan worden door kryptoniet. De ring van Green Lantern werkt niet op iets geels. De Incredible Hulk is te stom. Captain Marvel loopt het risico dat hij weer in de jonge Billy Batson verandert als hij het woord *Shazam!* uitspreekt.

'En Ironman?' stelt Caleb voor.

Nathaniel schudt zijn hoofd. 'Die kan roesten.'

'Aquaman?'

'Heeft water nodig.'

'Niemand is volmaakt, Nathaniel,' zegt Nina toegeeflijk.

'Maar een superheld wel,' vindt Nathaniel, en Caleb begrijpt hem. Vanavond moet Nathaniel onoverwinnelijk zijn. Hij moet weten dat wat hem is overkomen nooit, maar dan ook nooit opnieuw kan gebeuren.

'Wat wij nodig hebben,' zegt Nina peinzend, 'is een superheld zonder achilleshiel.'

'Een wat?' vraagt Nathaniel.

Ze pakt hem bij de hand. 'Laten we eens kijken.' Ze trekt een kleurige piratensjaal uit zijn kast en drapeert die zwierig om zijn hoofd. Dan rolt ze geel politielint van een klos die Patrick ooit eens heeft meegebracht en wikkelt het kruiselings om zijn borst. Ze zet hem een duikbril op met donkerblauwe glazen – zijn röntgenvizier – en trekt hem een rode short over zijn trainingsbroek aan, want dit is tenslotte Maine en ze wil dat hij goed is ingepakt wanneer hij de kou in gaat. Dan gebaart ze heimelijk naar Caleb dat hij zijn rode trui moet uittrekken. Die bindt ze als een tweede cape om Nathaniels hals. 'Allemachtig, hij lijkt er als twee druppels water op. Vind je ook niet, Caleb?'

Caleb heeft geen idee wat ze bedoelt, maar hij speelt mee. 'Ja, niet te geloven.'

'Wie? Wie?' Nathaniel springt opgewonden op en neer.

'Superboy natuurlijk,' antwoordt Nina. 'Heb je die strip echt nog nooit gezien?'

'Nee...'

'Nou, hij is een super-superheld. Hij heeft twee capes, begrijp je, en daardoor kan hij verder en sneller vliegen dan wie ook.'

'Cool!'

'En hij kan gedachten uit iemands hoofd trekken nog voor ze zijn uitgesproken. Je lijkt zoveel op hem dat je volgens mij die supergave al hebt. Toe dan.' Nina knijpt haar ogen dicht. 'Raad eens wat ik denk.'

Nathaniel denkt ingespannen na. 'Um... dat ik net zo goed ben als Superboy?'

Ze slaat tegen haar voorhoofd. 'Hoe is het mogelijk! Hoe krijg je het voor elkaar?'

'En ik heb ook een röntgenvizier,' kraait Nathaniel. 'Daarmee kan ik in huizen kijken en zien wat voor snoep er wordt gegeven!' Hij rent de trap af. 'Laten we opschieten, oké?'

Nu hun zoon als buffer is verdwenen, kijken Caleb en Nina elkaar ongemakkelijk aan. 'Wat ga je doen als hij merkt dat hij niet door deuren heen kan kijken?' vraagt Caleb.

'Dan zeg ik dat zijn optische sensor gerepareerd moet worden.'

Nina loopt de kamer uit, maar Caleb blijft nog even boven. Vanuit het raam kijkt hij naar zijn zoon die verkleed als vogelverschrikker de stoeptreden afspringt. Zelfs vanaf hier kan hij hem horen lachen. Hij vraagt zich af of Nina gelijk heeft. Of een superheld niet gewoon iemand van vlees en bloed is die denkt dat ze onoverwinnelijk is.

Ze houdt de haardroger als een pistool tegen haar hoofd als ik vraag: 'Wat komt er na houden van?'

'Wat?'

Wat ik wil zeggen zit helemaal in de knoop. 'Je houdt van Mason, ja?'

De hond hoort zijn naam en kijkt verwachtingsvol op. 'Ja, natuurlijk,' zegt ze.

'Maar je houdt meer van papa?'

Ze kijkt me aan. 'Ja.'

'En je houdt nog meer van mij?'

Ze trekt haar wenkbrauwen op. 'Ja.'

'Wat komt dan daarna?'

Ze tilt me op en zet me op de rand van het aanrecht dat nog warm is van de haardroger die er net heeft gelegen. Ze denkt even diep na. 'Na houden van,' zegt ze, 'komt dat je moeder bent.'

VIJF

Ooit was er een fase in mijn leven dat ik de wereld wilde redden. Met kinderlijke onschuld luisterde ik naar docenten van de rechtenfaculteit en geloofde oprecht dat ik als officier van justitie de kans zou krijgen de aarde van het kwaad te bevrijden. Toen begreep ik nog niet dat gerechtigheid meer met overtuigingskracht dan met oordelen heeft te maken. Ik besefte nog niet dat ik een beroep had gekozen in plaats van een kruistocht.

Toch is het nooit bij me opgekomen om strafpleiter te worden. De gedachte dat ik me voor gewetenloze misdadigers moest inzetten kwam me onverdraaglijk voor, en wat mij betrof waren de meesten schuldig totdat het tegendeel was bewezen. Maar nu ik in Fisher Carringtons luxueuze wachtkamer zit en zijn elegante, efficiënte secretaresse me een kop Jamaicaanse koffie aanreikt van bijna achtentwintig dollar per pond, begin ik er de aantrekkingskracht van in te zien.

Fisher komt zijn kantoor uit om me te begroeten. Zijn lichtblauwe ogen twinkelen alsof het hem een immens genoegen doet mij in zijn wachtkamer te zien. En geef hem eens ongelijk. Hij kan me een poot uitdraaien en weet dat ik zal betalen. Met een geruchtmakende moordzaak als deze zal hij landelijke bekendheid krijgen. En bovendien is het weer eens wat anders dan het soort akkefietjes waarvoor hij zijn hand niet hoeft om te draaien.

'Nina,' zegt hij. 'Fijn je te zien.' Alsof we elkaar vierentwintig uur geleden niet in de spreekkamer van een gevangenis hebben gesproken. 'Laten we naar mijn kantoor gaan.'

Het is een zwaar gelambriseerd vertrek dat de geur van sigaren en cognac oproept. Hij heeft dezelfde wetboeken in zijn boekenkast als ik, en op de een of andere manier stelt me dat gerust. 'Hoe is het met Nathaniel?'

'Prima.' Ik ga in een grote leren oorfauteuil zitten en kijk om me heen.

'Hij zal wel blij zijn dat zijn moeder weer thuis is.'

Blijer dan zijn vader, denk ik. Mijn ogen blijven rusten op een kleine schets van Picasso aan de muur. Geen litho, maar een echte.

'Waar denk je aan?' vraagt Fisher terwijl hij tegenover me gaat zitten.

'Dat justitie me niet genoeg betaalt.' Ik draai me naar hem toe. 'Bedankt dat je me gisteren vrij hebt gekregen.'

'Ik zou er graag het krediet voor opeisen, maar dat was aan een onverwachte meevaller te danken, zoals je maar al te goed weet. Browns clementie heeft me werkelijk verbaasd.'

'Ik zou er niet op blijven rekenen,' zeg ik. Ik voel dat hij me taxerend aankijkt. Vergeleken met onze korte bijeenkomst van gisteren heb ik mezelf nu veel beter onder controle.

'Laten we ter zake komen. Heb je een verklaring tegenover de politie afgelegd?'

'Op elke vraag heb ik geantwoord dat ik had gedaan wat ik kon en dat ik verder niets meer kon doen.'

'Hoe vaak heb je dat gezegd?'

'Ik ben het blijven herhalen bij alles wat ze vroegen.'

Fisher vouwt zijn handen samen. Zijn gezichtsuitdrukking is een curieuze mengeling van fascinatie, respect, en berusting. 'Je weet wat je doet,' stelt hij vast.

Over de rand van mijn koffiekopje kijk ik hem aan. 'Ik begrijp dat dit geen vraag is.'

Grijnzend leunt Fisher achterover in zijn stoel. Hij heeft twee kuiltjes in elke wang. 'Heb je aan toneel gedaan voordat je rechten ging studeren?'

'Natuurlijk,' zeg ik. 'Jij niet?'

Ik kan zien dat hij me zoveel vragen wil stellen dat ze als soldaatjes in zijn hoofd om voorrang vechten. Ik kan het hem niet kwalijk nemen. Hij zal inmiddels wel weten dat ik bij mijn volle verstand ben. Hij kent het spel dat ik wil spelen. Het is zoiets als een marsmannetje in je achtertuin hebben. Je kunt er niet van weglopen zonder even gevoeld te hebben wat er vanbinnen zit.

'Waarom heb je je man mij laten bellen?'

'Omdat jury's dol op je zijn. De mensen geloven jou.' Ik aarzel even en zeg dan de waarheid. 'En omdat ik het altijd vreselijk vond het tegen je te moeten opnemen.'

Fisher ziet het als een verdienste. 'We moeten een verdediging voorbereiden die gebaseerd is op ontoerekeningsvatbaarheid, en anders op extreme woede.'

Maine kent geen gradaties in moord, en de verplichte celstraf varieert van vijfentwintig jaar tot levenslang. Om vrijgesproken te worden moet ik dus onschuldig zijn, wat moeilijk bewijsbaar is omdat de daad op film is vastgelegd, niet-schuldig, vanwege ontoerekeningsvatbaarheid, of ik moet zodanig geprovoceerd zijn dat ik in extreme woede heb gehandeld. Bij dat laatste verweer wordt de aanklacht tot doodslag teruggebracht. Ongelooflijk eigenlijk dat je in deze staat iedereen mag afmaken als je over de rooie gaat en de jury vindt dat je er een goede reden voor had. Maar zo is het wel.

'Waarom niet allebei aanvoeren?' stelt Fisher voor. 'Als – '

'Nee, dat zal de jury als een zwaktebod zien, geloof me. Kennelijk kun jíj al niet besluiten waarom ik niet-schuldig moet pleiten.' Ik denk even na. 'Bovendien is het niet waarschijnlijk dat twaalf juryleden unaniem tot het oordeel zullen komen dat provocatie deze daad rechtvaardigt. Ze zullen het eerder over ontoerekeningsvatbaarheid eens worden gezien het feit dat een officier van justitie voor de ogen van de rechter een man heeft doodgeschoten. Bovendien wordt de straf alleen maar iets minder wanneer je wint door extreme woede aan te voeren. Bij ontoerekeningsvatbaarheid word ik vrijgesproken.'

In mijn hoofd begint mijn verdediging al vorm te krijgen. 'Oké.' Ik buig me naar voren om hem mijn plan te vertellen. 'We krijgen een telefoontje van Brown in verband met het psychiatrisch onderzoek. We gaan eerst naar die psychiater toe, en met zijn rapport als basis zoeken we onze eigen psychiatrische expert.'

'Nina,' zegt Fisher geduldig, 'Jij bent de cliënt en ik ben de advocaat. Zolang je dat niet accepteert, gaat dit niet werken.'

'Kom nou, Fisher. Ik weet precies wat we moeten doen.'

'Nee, dat weet je niet. Jij bent openbaar aanklager en je hebt er geen benul van hoe je een verdediging moet opbouwen.'

'Het gaat er toch om een goede act neer te zetten? En dat is me tot nu toe toch prima gelukt?' Fisher wacht tot ik weer achteroverleun in mijn stoel en hem gelaten aankijk. 'Goed, oké. Wat doen we dan?'

'We gaan naar de psychiater die het OM heeft aangewezen,' zegt Fisher droogjes. 'Daarna zoeken we onze eigen psychiatrische expert.' Hij negeert mijn opgetrokken wenkbrauwen. 'Ik vraag rechercheur Ducharme alle informatie te verzamelen over het onderzoek met betrekking tot je zoon, omdat je daardoor tot de overtuiging bent gebracht dat je die man moest doden.'

Dat je die man moest doden. Er gaat een huivering door me heen. We springen met die woorden om alsof we het over het weer hebben of over een wedstrijd van de Red Sox.

'Is er iets waar ik speciaal naar moet vragen?'

'Het ondergoed,' zeg ik. 'Er zat sperma op de onderbroek van mijn zoon. Hij is naar het lab gestuurd voor een DNA-test, maar de uitslag is er nog niet.'

'Nou ja, die doet er ook eigenlijk niet meer toe...'

'Ik wil dat rapport zien,' zeg ik op een toon die geen tegenspraak duldt.

Fisher knikt en maakt een aantekening. 'Goed, ik zal het opvragen. Nog iets anders?' Ik schud mijn hoofd. 'Ik bel je zodra ik de uitslag heb. In de tussentijd mag je de staat niet verlaten en niet met collega's praten. Verknoei het niet, want je krijgt geen tweede kans.' Hij staat op en ik kan gaan.

Terwijl ik naar de deur loop, laat ik mijn vingers langs de lambrisering glijden. Met mijn hand op de deurkruk kijk ik over mijn schouder. Hij maakt notities in mijn dossier. 'Fisher?' Hij kijkt op. 'Heb je zelf kinderen?'

'Twee. Mijn ene dochter is tweedejaars aan Dartmouth, de andere zit nog op school.'

Ineens heb ik moeite met slikken. 'Goed dat ik het weet,' zeg ik zacht.

Heer wees genadig. Christus wees genadig.

Niemand onder de verslaggevers of parochianen die naar de begrafenisdienst van pastoor Szyszynski in de St.-Anna zijn gekomen herkent de vrouw in het zwart die op de twee na laatste rij in de kerk zit en zwijgt bij het Kyrie eleison.

Ik houd mijn gezicht achter een sluier verborgen. Caleb denkt dat ik na mijn afspraak met Fisher naar huis ben gegaan. In plaats daarvan zit ik, die een doodzonde heb begaan, te luisteren naar de aartsbisschop die de deugden roemt van de man die ik heb gedood.

Hij mag dan zijn aangeklaagd, hij is nooit veroordeeld. De ironie wil dat hij door mij een slachtoffer is geworden. De kerkbanken zijn afgeladen met volgelingen die hem de laatste eer komen bewijzen. Alles is zilver en wit – de misgewaden van de priesters die Szyszynski uitgeleide doen naar God, de lelies langs het middenpad, de koorknapen die met kaarsen de processie voorgaan, het lijkkleed over de kist. De kerk ziet eruit zoals ik me de hemel voorstel.

De aartsbisschop bidt boven de glanzende kist. Twee priesters naast hem zwaaien met wierook en wijwater. Ze komen me bekend voor. Dan besef ik dat ik ze een tijdje geleden bij een ontvangst in de kerk heb gezien. Misschien zal een van hen de nieuwe pastoor worden.

Ik belijd voor de Almachtige God en voor allen hier aanwezig dat ik heb gezondigd.

De geur van kaarsen en bloemen is bedwelmend. De laatste begrafenisdienst die ik heb bijgewoond was die van mijn vader. Niet met zoveel pracht en praal als deze, hoewel de plechtigheid me met net zoveel ongeloof vervulde. Ik herinner me dat de priester zijn handen op de mijne legde en de enige troost uitsprak die hij te bieden had: 'Hij is nu bij God.'

Na de lezing uit het evangelie kijk ik om me heen. Iedereen staart de aartsbisschop ernstig aan. Als Szyszynski's lichaam Christus toebehoort, wie had dan het beheer over zijn geest? Wie heeft het zaad in zijn geest geplant dat hem ertoe bracht een kind te beschadigen? En waarom mijn kind?

Ik hoor flarden van zinnen: *vertrouwen zijn ziel toe; bij zijn Schepper; hosanna in de hoge.*

Dreunende orgelklanken. Dan houdt de aartsbisschop de lijkrede. 'Pastoor Glen Szyszynski,' begint hij, 'was geliefd bij zijn gemeente.'

Ik kan niet zeggen waarom ik hier ben. Waarom ik een oceaan zou zijn overgezwommen om Szyszynski's begrafenis bij te kunnen wonen. Misschien is dit een afsluiting, misschien is dit het bewijs dat ik nodig heb.

Dit is Mijn Lichaam.

Ik haal me zijn profiel voor de geest vlak voordat ik de trekker overhaalde.

Dit is Mijn Bloed.

Zijn schedel spatte uiteen.

Ik krijg het benauwd en snak naar adem. De mensen naast me kijken even nieuwsgierig opzij. Zonder erbij na te denken sluit ik aan bij de rij die ter communie gaat. Ik open mijn mond om de hostie van de priester te ontvangen. 'Lichaam van Christus,' zegt hij, en hij kijkt me even doordringend aan.

'Amen,' antwoord ik.

Op de voorste kerkbank zie ik een vrouw die heftig zit te snikken. Haar grijze permanent piekt futloos onder haar zwarte clochehoed uit. Ze klemt zich zo stevig vast aan de rand van de bank dat het lijkt alsof ze hem wil versplinteren. De priester die me de hostie heeft gegeven fluistert iets tegen een andere geestelijke. Die neemt het van hem over terwijl de priester haar gaat troosten. Ineens dringt het tot me door.

Pastoor Szyszynski was ook iemands zoon.

Mijn borst vult zich met lood en mijn benen begeven het bijna. Ik kan mezelf voorhouden dat ik Nathaniel heb gewroken; ik kan zeggen dat ik moreel in mijn recht stond. Maar ik moet ook onder ogen zien dat door mij een moeder haar kind heeft verloren.

Is het gerechtvaardigd een cyclus van pijn te sluiten als daarmee een andere wordt geopend?

De kerk begint om me heen te draaien en de bloemen reiken naar mijn enkels. Een gezicht zo breed als de maan doemt voor me op en zegt woorden die ik niet kan horen. *Als ik in zwijm val, zullen ze weten wie ik ben. Ze zullen me aan het kruis nagelen.* Met alle kracht die ik in me heb, duw ik mensen opzij om over het midden-pad naar de kerkdeuren en naar buiten te vluchten.

Mason, de golden retriever, is altijd Nathaniels hond geweest, hoe-wel hij al tien maanden deel van het gezin uitmaakte voordat Na-thaniel werd geboren. Maar als Nathaniel er het eerst was geweest, zou hij zijn ouders hebben gezegd dat hij het liefst een katje wilde. Hij vindt het leuk dat je een jong poesje gewoon als een jas over je arm kunt leggen, dat katten nooit in bad gaan, en dat ze van grote hoogte kunnen vallen maar altijd weer op hun pootjes terechtko-men. Hij houdt van het gespin tegen zijn oor dat in zijn huid lijkt door te dringen.

Ooit heeft hij voor kerst een jong katje gevraagd, en hoewel de Kerstman verder al zijn wensen had vervuld, was het katje er niet bij. Hij wist dat het door Mason kwam. De hond bracht altijd cadeautjes mee – een muizenschedel die hij tot op het bot had af-gekloven, een dode slang die hij aan het eind van de oprit had ge-vonden, een pad die hij in zijn bek naar binnen droeg. *God mag weten wat hij met een jong poesje zou doen*, had Nathaniels moe-der gezegd.

De ochtend dat hij in het kantoor van vader Glen naar het schil-derij met de draak stond te kijken, zag hij een poes. Ze was zwart, met drie witte pootjes, alsof ze die in een pot verf had gedompeld en op het laatste moment besloot dat het toch niet zo'n goed idee was. Haar staart trilde, en haar kopje was niet groter dan Natha-niels handpalm.

'Ik zie dat je Esme aardig vindt,' zei de priester. Hij boog zich omlaag en krabde het poesje tussen de oren. 'Ja, brave meid.' Hij tilde haar in zijn armen en ging op de bank onder het schilderij met de draak zitten. Nathaniel vond het heel dapper van hem. Hijzelf zou doodsbang zijn geweest dat het monster tot leven zou komen en hem zou verslinden. 'Wil je haar ook even aaien?'

Nathaniel knikte. Hij liep op het donzige bolletje af dat op ·de schoot van de priester lag. Hij legde zijn hand op de rug van het katje en voelde haar warmte. 'Hallo,' fluisterde hij. 'Hallo, Esme.'

Haar staart kietelde onder zijn kin, en hij begon te lachen. De priester lachte ook, en hij legde zijn hand in Nathaniels nek. Het was dezelfde plek waar Nathaniel het katje streelde, en heel even zag hij de oneindige spiegel op de kermis voor zich – hijzelf die de poes aanraakte, de priester die hem aanraakte, en misschien zelfs de grote onzichtbare hand van God die de priester aanraakte. Nathaniel nam zijn hand weg en deed een stap naar achteren.

'Ze vindt je aardig,' zei de priester.

'Echt waar?'

'Ik weet het zeker. Meestal is ze bij kinderen heel anders.'

Nathaniel voelde zich groeien. Hij streelde het katje opnieuw en had kunnen zweren dat het glimlachte.

'Goed zo,' moedigde de priester hem aan. 'Niet ophouden.'

Quentin Brown zit aan Nina's bureau en vraagt zich af wat er ontbreekt. Wegens ruimtegebrek is hem haar kantoor toegewezen, en hij beseft hoe ironisch het is dat hij in haar eigen stoel en in haar eigen kantoor haar veroordeling moet voorbereiden. Hij hoeft alleen maar om zich heen te kijken om te weten dat Nina Frost een netheidsfreak is. Zelfs de paperclips zijn op grootte in kleine schaaltjes gesorteerd. Haar dossiers liggen op alfabet. Er is geen enkele aanwijzing te vinden. Geen verfrommelde Post-it met de naam van een wapenhandelaar. Nog geen krabbeltje op het vloeiblok. *Dit zou de werkplek van wie dan ook kunnen zijn*, denkt Quentin, *en dat is het probleem.*

Waarom geen foto van haar kind of haar man op het bureau?

Hij piekert even of dit misschien iets zou kunnen betekenen en haalt dan een oude foto van Gideon als peuter uit zijn portefeuille die ze ooit bij Sears hebben laten maken. Terwijl hij de foto op een bovenhoek van het vloeiblok legt, gaat de deur open.

Er komen twee rechercheurs binnen – Evan Chao en Patrick Ducharme, als Quentin zich goed herinnert. 'Ga zitten,' zegt hij, en wijst naar de stoelen tegenover hem.

Samen vormen ze een solide blok. Quentin pakt de afstandsbediening en schakelt de tv/videorecorder op de plank achter hen in. Zelf heeft hij de band al meerdere keren bekeken en hij vermoedt dat de rechercheurs hem ook hebben gezien. Bijna heel New England moet hem zo langzamerhand kennen. Hij was op elk CBS-journaal te zien. Chao en Ducharme draaien zich om en kijken gebiologeerd naar Nina Frost die gracieus naar het hekje van de tribune loopt en een pistool heft. Op deze niet-gemonteerde versie is te zien hoe de rechterkant van Glen Szyszynski's hoofd explodeert.

'Jezus,' mompelt Chao.

Quentin kijkt nu niet meer naar het scherm, maar naar de reacties van de rechercheurs. Hij kent Chao en Ducharme niet of nauwelijks, maar hij weet wel dat ze zeven jaar met Nina hebben samengewerkt. Als de camera blijft rusten op de schermutseling tussen Nina en de gerechtsbodes slaat Chao zijn ogen neer. Ducharme blijft onbewogen naar het scherm staren.

Quentin schakelt de videorecorder uit. 'Ik heb de getuigenverklaringen gelezen. Alle honderdvierentwintig. En natuurlijk kan het geen kwaad het hele gebeuren op video te hebben.' Hij leunt naar voren met zijn ellebogen op Nina's bureau. 'Het bewijs is overduidelijk. De vraag is alleen of ze ontoerekeningsvatbaarheid of extreme woede zal aanvoeren.' Aan Chao vraagt hij: 'Ben je naar de autopsie gegaan?'

'Ja.'

'En?'

'Ze hadden zijn lichaam al aan de begrafenisonderneming overgedragen, maar ik kan pas een rapport krijgen als de medische dossiers van het slachtoffer zijn gearriveerd.'

Quentin rolt met zijn ogen. 'Alsof ze nog niet zeker weten wat de doodsoorzaak is?'

'Daar gaat het niet om,' zegt Ducharme. 'Ze willen alle medische rapporten bij elkaar houden. Dat zijn de regels.'

'Nou, als ze maar opschieten. Al was Szyszynski in een terminaal stadium van aids, het is niet de oorzaak van zijn dood geweest.' Hij slaat een dossier open en houdt een document naar Ducharme op. 'Wat moet dit voorstellen?'

De rechercheur ziet dat het zijn eigen verslag is van het verhoor van Caleb Frost toen hij ervan werd verdacht zijn eigen zoon te hebben verkracht. 'De jongen kon niet meer spreken,' legt Patrick

185

uit, 'en daarom zijn hem de beginselen van gebarentaal bijgebracht. Toen we hem vroegen de dader aan te wijzen, maakte hij steeds het teken voor "vader".' Patrick geeft het rapport terug. 'We zijn toen eerst naar Caleb Frost gegaan.'

'En wat deed zij?' vraagt Quentin.

Patrick wrijft over zijn gezicht en mompelt iets.

'Dat heb ik niet helemaal verstaan,' zegt Quentin.

'Zij is een huisverbod tegen haar man gaan halen.'

'Hier?'

'In Biddeford.'

'Daar wil ik een kopie van.'

Patrick haalt zijn schouders op. 'Het is nietig verklaard.'

'Kan me niet schelen. Nina Frost heeft iemand doodgeschoten omdat ze ervan overtuigd was dat hij haar kind had verkracht. En vier dagen eerder verdacht ze een ander. Haar advocaat gaat de jury vertellen dat ze de priester heeft gedood omdat hij haar kind heeft gemolesteerd. Maar hoe zeker wist ze dat eigenlijk?'

'Er is sperma op de onderbroek van haar zoon aangetroffen.'

Quentin bladert het dossier door. 'En waarom is daar geen DNA-rapport van?'

'De uitslag komt deze week van het lab.'

Quentin kijkt op en schudt langzaam zijn hoofd. 'Ze wist niet eens wat de test heeft uitgewezen toen ze die man vermoordde?'

Er begint een spier in Patricks kaak te kloppen. 'Nathaniel, haar zoon, heeft het me zelf verteld toen hij weer kon spreken.'

'Mijn neefje van vijf heeft me verteld dat hij een dollar van de tandenfee heeft gekregen. Maar daarom geloof ik hem nog niet.'

Nog voor hij is uitgesproken komt Patrick overeind en buigt zich naar Quentin toe. 'U kent Nathaniel Frost niet eens,' bijt hij hem toe. 'En u hebt niet het recht mijn oordeel als politieman in twijfel te trekken.'

Quentin staat op en torent boven hem uit. 'Daar heb ik het volste recht toe. Want bij het lezen van uw dossier over het onderzoek is me glashelder geworden dat u prutswerk hebt geleverd door een op hol geslagen officier van justitie een voorkeursbehandeling te geven. En ik zal niet toestaan dat u daar nog eens de kans voor krijgt terwijl we haar strafrechtelijk vervolgen.'

'Ze is niet op hol geslagen,' protesteert Patrick. 'Ze wist precies wat ze deed. Jezus, als het mijn eigen kind was had ik hetzelfde gedaan.'

'Nu wil ik dat jullie alle twee goed naar me luisteren. Nina Frost wordt verdacht van moord. Ze heeft ervoor gekozen een misdrijf te plegen. Ze heeft in koelen bloede in een volle rechtszaal een man gedood. Het is jullie taak de wet te handhaven, en niemand, maar dan ook niemand mag de kans krijgen die naar zijn eigen voordeel om te buigen, en dat geldt ook voor een officier van justitie. Is dat duidelijk, rechercheur Chao?'

Chao knikt gespannen.

'Rechercheur Ducharme?'

Patrick kijkt hem aan en gaat zitten. Pas wanneer de rechercheurs zijn vertrokken beseft Quentin dat Ducharme niet hardop heeft geantwoord.

Naar Calebs mening heeft het weinig zin je op de winter voor te bereiden. Alle voorzorgsmaatregelen ter wereld kunnen niet voorkomen dat je onverwacht door noodweer wordt getroffen. Het probleem met noordwesterstormen is dat je ze niet altijd kunt voorspellen. Ze gaan richting oceaan en draaien dan om Maine te teisteren. Het is de afgelopen jaren voorgekomen dat Caleb 's ochtends de voordeur opendeed en tot aan zijn borst in de sneeuw stond in een wereld die in één nacht totaal was veranderd.

Toch gaat hij vandaag het huis op orde brengen. Dat betekent dat Nathaniels fiets in de garage komt te staan en dat de langlaufski's tevoorschijn worden gehaald. Caleb heeft de kwetsbaarste struiken voor het huis afgeschermd tegen de sneeuw die van het dak kan glijden.

Nu hoeft hij alleen nog maar genoeg houtblokken op te slaan om er de winter mee door te komen. Hij heeft al drie ladingen naar de kelder gebracht en is ze nu aan het opstapelen. Splinters van eikenhout blijven in zijn dikke handschoenen steken terwijl hij de blokken netjes op hun plaats legt. Hij voelt iets van weemoed, alsof iedere verdere toename van de houtstapel iets van de zomer wordt weggenomen – een vlucht goudvinken, een kolkend riviertje, de zachte leemgrond die door de boer wordt omgespit. Met elk blok dat hij deze hele winter lang op het vuur gooit, zal hij aan het lied van de krekels denken, of aan de sterren aan de zomerhemel. Totdat de kelder weer leeg is en de lente zich in al haar pracht heeft aangekondigd.

'Denk je dat we daarmee de winter doorkomen?'

Caleb schrikt op als hij Nina's stem hoort. Ze staat onder aan de keldertrap met over elkaar geslagen armen naar de houtstapels te kijken. 'Lijkt me niet genoeg,' voegt ze eraan toe.

'Er is nog veel meer. Ik heb alleen nog niet alles naar binnen kunnen brengen.'

Hij weet dat Nina's ogen op hem zijn gericht terwijl hij een nieuwe lading op een hoge stapel legt. 'Vandaar.'

'Ja.'

'Hoe was het bij de advocaat?'

Ze haalt haar schouders op. 'Hij is strafpleiter.'

Caleb neemt aan dat het beledigend is bedoeld. Hij begrijpt niets van juridische aangelegenheden, en zoals altijd weet hij ook nu niet hoe hij moet reageren. De kelder is nog maar halfvol, maar ineens beseft hij hoe groot hij is en dat de ruimte ineens te klein lijkt voor hem en Nina samen. 'Ga je nog weg? Want ik wil even naar de ijzerhandel om meer zeildoek te halen.'

Hij heeft geen zeildoek nodig. Hij heeft meer dan genoeg in de garage. Hij weet niet eens waarom hij het zei. 'Kun jij zolang op Nathaniel passen?'

Nina kijkt hem strak aan. 'Waarom zou ik niet op Nathaniel kunnen passen? Denk je dat ik daar te labiel voor ben?'

'Zo bedoelde ik het niet.'

'O, jawel, Caleb, al wil je het niet toegeven.' Er staan tranen in haar ogen. Maar hij weet niet wat hij moet zeggen om haar te troosten, en daarom knikt hij even en loopt dan langs haar heen de trap op.

Natuurlijk gaat hij niet naar de ijzerhandel. In plaats daarvan rijdt hij wat rond en is ineens bij de Tequila Mockingbird, het café waar Nina het weleens over heeft. Hij weet dat ze daar elke week met Patrick voor de lunch afspreekt, hij weet ook dat de barkeeper met de paardenstaart Stuyvesant heet. Caleb is er nooit binnen geweest, maar wanneer hij de kroeg in loopt die op dit uur bijna ver-

188

laten is, heeft hij het gevoel dat hij een geheim bij zich draagt. Hij weet tenslotte veel van dit café, terwijl niemand hier iets van hem weet.

'Middag,' zegt Stuyvesant wanneer Caleb bij de bar blijft staan. 'Waarmee kan ik u van dienst zijn?'

Caleb is een bierdrinker. Sterkedrank is niets voor hem. Toch vraagt hij een Talisker als hij het etiket op de fles achter de bar ziet. De naam heeft iets troostends en misschien zal de whisky het ook zijn. Stuyvesant zet het glas voor hem neer, samen met een schaaltje pinda's. Drie krukken van hem verwijderd zit een zakenman. Ergens in een hoekje zit een vrouw een brief te schrijven terwijl ze haar tranen probeert te bedwingen. Caleb heft zijn glas naar de barkeeper. '*Sláinte*,' zegt hij, een toost die hij ooit eens in een film heeft gehoord.

'Komt u uit Ierland?' vraagt Stuyvesant, terwijl hij een doek over de bar haalt.

'Mijn vader was Iers.' In werkelijkheid zijn Calebs ouders in Amerika geboren en zijn voorouders waren van Zweedse en Britse afkomst.

'Echt waar?' zegt de zakenman, zich naar hem toe buigend. 'Mijn zus woont in County Cork. Echt prachtig daar. Waarom bent u in vredesnaam hierheen gekomen?'

Caleb neemt een slok van zijn whisky. 'Ik had niet veel keus,' liegt hij. 'Ik was twee jaar oud.'

'Woont u in Sanford?'

'Nee, ik ben hier voor zaken.'

'Wie niet?' De man pakt zijn bierglas op. 'Geprezen zij de onkostenrekening.' Hij wenkt Stuyvesant. 'Geef ons er nog maar een.' En dan tegen Caleb: 'Ik betaal. Of liever gezegd, de zaak betaalt.'

Ze praten over het komende seizoen van de Bruins en over het weer, dat er al sneeuw in de lucht zit. Ze discussiëren over de voordelen van de Midwest, waar de zakenman woont, en de nadelen van New England. Caleb weet niet waarom hij de waarheid niet zegt, maar de verzinsels komen als vanzelf, en op de een of andere manier is het bevrijdend om te weten dat deze man alles meteen van hem aanneemt. Dus zegt Caleb dat hij uit Rochester in New Hampshire komt, al is hij er nooit geweest. Hij verzint een bedrijfsnaam van een firma in bouwmaterialen die dankzij hem succesvol is geworden. Hij laat de leugens van zijn lippen rollen en verzamelt ze als fiches in een casino. Het geeft hem een licht gevoel in zijn hoofd.

De man kijkt op zijn horloge en vloekt. 'Ik moet even naar huis bellen. Anders denkt mijn vrouw nog dat ik tegen een boom ben gereden. Je kent dat wel.'

'Nooit getrouwd geweest,' zegt Caleb schouderophalend, en nipt van zijn whisky.

'Heel verstandig.' De zakenman komt van zijn kruk af om naar de munttelefoon aan het eind van de bar te gaan vanwaar Nina Caleb weleens heeft gebeld wanneer de batterij van haar mobieltje leeg was. 'Ik ben trouwens Mike Johanssen,' zegt hij, zijn hand uitstekend.

Caleb drukt hem. 'Glen. Glen Szyszynski.'

Te laat bedenkt hij dat het een Poolse naam is, en geen Ierse. En ook dat Stuyvesant die naam zal hebben opgevangen. Maar het doet er niet toe. Tegen de tijd dat de zakenman terug is en Stuyvesant het tot zich heeft laten doordringen, is Caleb het café al uit. Op dit moment wil hij liever ieder ander zijn dan zichzelf.

De psychiater van het OM is zo jong dat ik de neiging voel me over het bureau naar hem toe te buigen om zijn kuifje glad te strijken. Maar dan zou dr. Storrow ongetwijfeld denken dat ik hem met het hengsel van mijn handtas probeerde te wurgen. Dat zal de reden zijn dat hij in de rechtbank in Alfred wilde afspreken, en ik kan hem geen ongelijk geven. Al zijn cliënten zijn krankzinnig of moordzuchtig, en behalve de gevangenis is het zwaar beveiligde gerechtsgebouw de beste plek om zijn vraaggesprek te houden.

Ik heb mijn kleding zorgvuldig uitgekozen. Niet mijn gebruikelijke zakelijke outfit, maar een kakibroek met katoenen coltrui en platte schoenen. Ik wil niet dat dr. Storrow me ziet als advocaat. Ik wil hem herinneren aan zijn eigen moeder die hem langs de zijlijn aanmoedigt bij het voetballen.

Wanneer hij voor het eerst zijn mond opendoet, klinkt hij onzeker, zoals ik al had verwacht. 'U was openbaar aanklager in York County, is het niet, mevrouw Frost?'

190

Ik denk na voordat ik antwoord geef. Hoe gek is gek? Moet ik doen alsof ik hem niet begrijp? Moet ik op de kraag van mijn trui knauwen? Zo'n groentje als Storrow is gemakkelijk te misleiden. Maar daar gaat het niet meer om. Nu moet ik duidelijk maken dat mijn waanzin tijdelijk was, zodat ik word vrijgesproken zonder ergens schuldig aan te zijn. Ik kijk hem glimlachend aan. 'Ja. En zeg maar Nina.'

'Oké. Ik eh... moet deze vragenlijst invullen.' Hij pakt een formulier dat ik maar al te vaak heb gezien en begint de vragen op te lezen. 'Hebt u medicijnen genomen voordat u hier vandaag kwam?'

'Nee.'

'Bent u eerder van een misdrijf beschuldigd?'

'Nee.'

'Bent u eerder voor een rechtbank verschenen?'

'Ja, de afgelopen tien jaar ben ik dagelijks voor de rechtbank verschenen.'

'O ja, natuurlijk.' Dr. Storrow kijkt me even met knipperende ogen aan alsof hij zich weer herinnert wie er voor hem zit. 'Nou ja, ik moet het u toch vragen.' Hij schraapt zijn keel. 'Begrijpt u wat de rol van de rechter is bij een proces?'

Ik trek mijn wenkbrauwen op.

'Dat beschouw ik als een bevestigend antwoord.' Dr. Storrow vinkt iets aan op zijn formulier. 'Weet u wat de rol van de openbaar aanklager is?'

'Daar heb ik inderdaad enig idee van.'

Begrijp je wat de rol van de verdediging is? Begrijp je dat het OM iemands schuld wil bewijzen? Stilzwijgend smijt ik hem die vragen toe als slagroomtaarten in het gezicht van een clown. Fisher en ik zullen dit lachwekkende onderhoud tot ons voordeel aanwenden. Op papier, zonder mijn sarcastische stem, zullen mijn antwoorden niet absurd zijn, maar alleen een beetje ontwijkend, een beetje vreemd. En dr. Storrow is te onervaren om in de getuigenbank staande te houden dat ik al die tijd precies wist waar hij het over had.

'Wat zou u doen als er in de rechtszaal iets gebeurt wat u niet begrijpt?'

Ik haal mijn schouders op. 'Dan zou ik aan mijn advocaat vra-

gen welk juridisch precedent wordt gevolgd zodat ik het kan na-
zoeken.'

'Beseft u dat uw advocaat niets mag herhalen van wat u tegen
hem zegt?'

'Is dat zo?'

Dr. Storrow legt het formulier neer. Met een uitgestreken gezicht
zegt hij: 'Ik denk dat we verder kunnen gaan.' Hij kijkt naar mijn
handtas waaruit ik ooit een pistool tevoorschijn heb gehaald. 'Is er
ooit een psychische stoornis bij u geconstateerd?'

'Nee.'

'Hebt u weleens medicijnen gebruikt wegens psychische problemen?'

'Nee.'

'Bent u emotioneel weleens ingestort als gevolg van stress?'

'Nee.'

'Hebt u ooit eerder een wapen bezeten?'

Ik schud mijn hoofd.

'Hebt u ooit geestelijke ondersteuning gezocht van welke aard
dan ook?'

Ik zwijg even. 'Ja,' geef ik toe, en ik denk aan de biecht in de
St.-Anna. 'Dat was de grootste fout van mijn leven.'

'Waarom?'

'Toen ik erachter kwam dat mijn zoon seksueel was misbruikt,
ben ik in mijn kerk te biecht gegaan. Ik heb er met mijn priester
over gesproken. En later ontdekte ik dat diezelfde klootzak de dader was.'

Door mijn taalgebruik verschijnt er een blos boven de kraag van
zijn overhemd. 'Mevrouw Frost... Nina... Ik moet u een paar vragen stellen over de dag dat... dat het allemaal is gebeurd.'

Ik trek aan de mouwen van mijn trui totdat ze mijn handen bedekken. Ik sla mijn ogen neer. 'Ik moest het doen,' fluister ik.

Ik word hier al heel goed in.

'Hoe voelde u zich die dag?' vraagt dr. Storrow. Er klinkt twijfel
in zijn stem door. Net nog was ik volstrekt helder.

'Ik moest het doen... begrijpt u. Ik heb dit al te vaak zien gebeuren. Hij mocht hier niet mee wegkomen.' Ik sluit mijn ogen en denk
aan elke verdediging waarin met succes krankzinnigheid werd aan-

192

gevoerd. 'Ik had geen keus. Ik kon mezelf niet tegenhouden... Het was alsof ik het een ander zag doen.'

'Maar u wist wat u deed,' antwoordt dr. Storrow, en ik moet me inhouden om niet met een ruk op te kijken. 'U hebt processen gevoerd tegen mensen die gruweldaden hebben gepleegd.'

'Ik heb geen gruweldaad gepleegd. Ik heb mijn zoon gered. Dat wordt toch van een moeder verwacht?'

'Wat verwacht ú van een moeder?' vraagt hij.

Dat ze de hele nacht opblijft als haar kind verkouden is. Dat ze woorden verhaspelt als hij dat leuk vindt. Dat ze een keer een taart bakt van alle ingrediënten uit de voorraadkast, gewoon om te weten hoe die smaakt.

Dat ze elke dag een beetje meer verliefd wordt op haar zoon.

'Mevrouw Frost? Nina?' zegt dr. Storrow. 'Gaat het wel?'

Ik kijk op en knik hem met betraande ogen toe. 'Het spijt me.'

'Spijt het u oprecht?' Hij leunt naar voren.

We bedoelen niet hetzelfde. Ik denk aan pastoor Szyszynski op zijn reis naar de hel. Ik denk aan de verschillende manieren waarop je die woorden kunt interpreteren. Dan kijk ik dr. Storrow aan. 'Had hij er spijt van?'

Van alle vrouwen smaakt Nina het lekkerst, denkt Caleb terwijl zijn mond langs haar schouder glijdt. Ze smaakt naar honing, zon en karamel, van haar gehemelte tot haar knieholte. Er zijn momenten dat Caleb denkt dat hij nooit genoeg van zijn vrouw kan krijgen.

Haar handen grijpen zijn schouders vast, en in het halfduister valt haar hoofd achterover. Caleb drukt zijn lippen tegen haar hals. Hier, in dit bed, ligt de vrouw op wie hij lang geleden verliefd is geworden. Hij weet wanneer ze hem zal aanraken en waar. Hij kan al haar bewegingen voorspellen.

Haar benen spreiden zich langs zijn heupen en Caleb drukt zich tegen haar aan. Hij kromt zijn rug. Hij denkt aan het moment dat hij in haar is, aan de steeds hoger wordende druk voordat hij tot ontlading zal komen.

Op dat moment glipt Nina's hand tussen hen in om zijn penis vast te houden, en onmiddellijk verslapt hij. Hij wrijft zich tegen haar aan terwijl Nina's vingers hem bespelen, maar er gebeurt niets.

Caleb voelt haar hand weer op zijn schouder, de koude lucht op zijn ballen zonder de warmte van haar greep. Wanneer hij van haar afrolt, zegt Nina: 'Dat is nog niet eerder voorgekomen.'

Hij staart naar het plafond, naar alles, behalve naar die vreemde naast hem. *En dat is niet het enige*, denkt hij.

Op vrijdagmiddag gaan Nathaniel en ik boodschappen doen. De P&C is een gastronomisch feest voor mijn zoon en mij. Van het delicatessenbuffet, waar Nathaniel een plakje kaas krijgt, gaan we naar de koekjesschappen waar we een doos Animal Crackers pakken, en dan naar de broodafdeling waar ik Nathaniel een bagel toestop. 'Wat denk je,' vraag ik, terwijl ik hem paar druiven geef van de tros die ik in het winkelwagentje heb gelegd. 'Moet ik bijna vijf dollar neerleggen voor een suikermeloen?'

Ik pak de vrucht op en ruik aan de onderkant. Eerlijk gezegd ben ik geen fruitkenner. Ik weet dat het om geur en zachtheid gaat, maar volgens mij verbergt een keiharde schil vaak de zoetste en sappigste inhoud.

Ineens drukt Nathaniel zijn half opgegeten bagel in mijn hand. 'Peter!' schreeuwt hij vanuit het winkelwagentje. 'Peter! Hé, Peter!'

Ik kijk op en zie verderop Peter Eberhardt staan met een zak chips en een fles chardonnay. Ik heb Peter niet meer gezien sinds de dag dat ik het huisverbod tegen Caleb nietig heb laten verklaren. Ik heb hem zoveel te zeggen en te vragen nu ikzelf niet meer op kantoor ben, maar als voorwaarde voor mijn vrijlating op borgtocht heeft de rechter me uitdrukkelijk verboden met collega's te praten.

Nathaniel weet dat natuurlijk niet. Hij weet alleen dat Peter – die lolly's op zijn bureau heeft liggen, die perfect een niezende eend kan nadoen, en die hij in weken niet heeft gezien – een paar meter van hem is verwijderd. 'Peter!' roept Nathaniel opnieuw met uitgestrekte armen.

Ik zie dat Peter aarzelt. Maar hij is dol op Nathaniel en kan de glimlach van mijn zoon niet weerstaan. Hij legt de chips en de fles wijn op een vak met uitgestalde appels en sluit hem stevig in zijn armen. 'Moet je hem horen!' zegt hij lachend. 'Die stem van jou doet het weer helemaal, hè?'

Nathaniel giechelt wanneer Peter zijn mond openduwt om naar binnen te kijken. 'Met het volume ook alles in orde?' Hij doet alsof hij aan een geluidsknop op Nathaniels buik draait, waardoor Nathaniel nog harder moet lachen.

Dan kijkt Peter naar mij. 'Het gaat goed met hem, Nina.' Ik weet wat hij daarmee bedoelt: *je hebt het goed gedaan.*

'Dank je.'

We kijken elkaar aan en weten niet goed wat we moeten zeggen. Dan hoor ik dat een ander winkelwagentje de achterkant van het mijne raakt. Ik kijk om en zie Quentin Brown grijnzend bij de sinaasappels staan. 'Kijk eens aan,' zegt hij. 'Op heterdaad betrapt.' Hij haalt een mobieltje tevoorschijn en toetst een nummer in. 'Stuur onmiddellijk een patrouillewagen. Ik heb een arrestant.'

'U begrijpt het niet,' protesteer ik.

'Wat valt er te begrijpen? U hebt de voorwaarden van uw borgtocht geschonden, mevrouw Frost. Of is dit geen collega van u?'

'Godallemachtig, Quentin,' zegt Peter. 'Ik heb alleen met de jongen gepraat. Hij riep me.'

Quentin pakt mijn arm vast. 'Ik heb u een kans gegeven, maar u hebt me voor gek gezet.'

'Mama?' vraagt Nathaniel angstig.

'Niets aan de hand, lieverd.' Tegen Quentin sis ik: 'Ik zal met u meegaan. Maar wees zo fatsoenlijk het zo te regelen dat mijn zoon er niet nog meer door getraumatiseerd wordt.'

'Ik heb niet met haar gepraat,' schreeuwt Peter. 'Dit kun je niet maken.'

Quentins ogen worden inktzwart. 'Ik geloof, meneer Eberhardt, dat de exacte woorden die u níet hebt gezegd, als volgt waren: "Het gaat goed met hem, Nina." *Nina.* De vrouw met wie u niet stond te praten. U mag dan zo stom zijn geweest om haar te benaderen, het was aan haar om zich om te draaien en van u weg te lopen.'

'Laat maar, Peter,' zeg ik snel, want ik hoor de politiesirene al loeien. 'Breng Nathaniel naar huis, wil je?'

195

Dan rennen twee politiemannen het gangpad in met de hand op hun holster. Nathaniel kijkt met grote ogen toe, totdat hij beseft wat ze van plan zijn. 'Mama!' gilt hij, terwijl Quentin hun beveelt mijn handen te boeien.

Ik kijk Nathaniel met een geforceerde glimlach aan. 'Niets aan de hand, zie je wel?' Mijn haar raakt los uit de clip terwijl mijn handen op mijn rug worden getrokken. 'Breng hem weg, Peter. Nu.'

'Kom mee, makker,' zegt Peter zacht en hij tilt Nathaniel het wagentje uit. Nathaniel verzet zich hevig. Hij strekt zijn armen naar me uit en begint te krijsen. '*Mammieee!*'

Ik word in marstempo weggeleid. Langs de klanten die het gebeuren met open mond gadeslaan, langs de jonge vakkenvullers, langs de caissières die hun elektronische scanner halverwege in de lucht laten hangen. Zijn gegil volgt me de hele weg naar het parkeerterrein en de politieauto met zwaailicht. Ik moet denken aan die keer dat Nathaniel een politieauto met loeiende sirene voorbij zag scheuren. Hij had de dag van zijn leven.

'Het spijt me, Nina,' zegt een van de agenten terwijl hij me de auto in duwt. Door het raampje zie ik dat Quentin Brown met over elkaar geslagen armen staat toe te kijken. *Sinaasappelsap*, denk ik. *Rosbief en plakjes kaas. Asperges, crackers, melk, vanilleyoghurt.* De inhoud van mijn achtergelaten winkelwagentje is mijn litanie op weg naar de gevangenis. Bederfelijke waar, tenzij iemand zo vriendelijk is het allemaal weer terug te brengen.

Als Caleb de deur opendoet, ziet hij zijn heftig snikkende zoon en Peter Eberhardt. 'Wat is er met Nina?' vraagt hij onmiddellijk en neemt Nathaniel in zijn armen.

'Die klootzak,' zegt Peter wanhopig. 'Hij doet dit om zijn stempel achter te laten. Hij...'

'Waar is mijn vrouw?'

Peter buigt zijn hoofd. 'Ze is weer in de gevangenis. Ze heeft de borgovereenkomst geschonden en de hulpofficier van justitie heeft haar in hechtenis laten nemen.'

Even voelt Caleb zijn zoon als een loden last. Hij wankelt, maar hervindt dan zijn evenwicht. Nathaniel huilt nog steeds, al is hij iets bedaard. Caleb wrijft over de rug van het kind. 'Vertel wat er is gebeurd.'

Caleb hoort de woorden "supermarkt", "fruitafdeling", en "Quentin Brown". Maar hij kan Peter nauwelijks verstaan boven het geraas in zijn hoofd van die ene enkele zin: *Nina, wat heb je nu weer aangericht?* 'Ik hoorde Nathaniel naar me roepen,' legt Peter uit. 'Ik was zo blij dat hij weer kon praten dat ik hem niet gewoon kon negeren.'

Caleb schudt zijn hoofd. 'Dus jij... jij bent naar haar toe gegaan?'

Peter is een kop kleiner dan Caleb en is zich daar nu meer dan ooit van bewust. Hij doet een stap naar achteren. 'Ik zou haar nooit in moeilijkheden willen brengen, Caleb, dat weet je.'

Caleb ziet het voor zich. Zijn krijsende zoon, zijn vrouw die tussen twee politiemannen wordt afgevoerd, sinaasappels die over de vloer rollen. Hij weet dat het niet alleen Peters schuld is. Voor een gesprek zijn twee mensen nodig. Nina had gewoon weg kunnen lopen.

Maar, zoals Nina zou zeggen, ze had er waarschijnlijk gewoon niet bij nagedacht.

Peter wrijft zacht over Nathaniels been, waardoor het kind opnieuw een huilbui krijgt. 'Jezus, Caleb, het spijt me. We hebben niets verkeerds gedaan. Het is echt belachelijk.'

Caleb streelt het vochtige haar van zijn zoon. 'Niets verkeerds gedaan, hè?' Dan keert hij Peter de rug toe en laat hem achter.

Ik huiver wanneer ik weer naar de isoleercel word gebracht. Misschien komt het door mijn arrestatie, of gewoon door de kou. De verwarming in de gevangenis is kapot en de bewakers dragen allemaal een dikke winterjas. Andere gevangenen hebben een trui aangetrokken, maar die heb ik niet, dus zit ik huiverend in mijn cel wanneer de deur achter me in het slot valt.

'Hé, schat.'

Ik sluit mijn ogen en ga op bed liggen met mijn gezicht tegen de muur. Ik wil nu even niets met Adrienne te maken hebben. Vanavond moet ik nadenken. Quentin Brown heeft me betrapt. Dat hij me op borgtocht wilde vrijlaten was een wonder dat waarschijnlijk niet nog eens zal gebeuren.

197

Ik vraag me af hoe het met Nathaniel is. Of Fisher met Caleb heeft gesproken. Deze keer heb ik mijn ene toegestane telefoontje aan mijn advocaat besteed, lafaard die ik ben.

Caleb zal zeggen dat het mijn schuld is, als hij nog met me wil praten.

'Schat, je zit zo hevig te klappertanden dat je nog iets aan je wortelkanaal krijgt. Hier.' Ik hoor iets tegen de tralies. Als ik me omdraai zie ik dat ze me een trui heeft toegegooid. 'Het is angora, dus niet uitrekken.'

Ik trek de trui aan die ik nooit zou kunnen uitrekken omdat Adrienne zes centimeter langer en twee cupmaten groter is dan ik. Ik ril nog steeds, maar nu weet ik tenminste dat het niet door de kou komt.

Wanneer de bewakers het sein geven dat het licht uitgaat, probeer ik aan warmte te denken. Ik herinner me hoe Mason als pup altijd met zijn zachte buikje mijn blote voeten verwarmde. Ik denk aan onze huwelijksreis naar St. Thomas, waar Caleb me op het strand tot mijn nek in het warme zand begroef. Aan Nathaniels pyjama die vlak na het opstaan nog warm is en naar slaap ruikt.

Zelfs in de gedempte stilte van deze cel kan ik Nathaniels geschreeuw horen toen mijn handen werden geboeid. Het ging zo goed met hem, hij was al bijna weer de oude. Wat voor effect zal dit op hem hebben? Zal hij bij het raam op me staan wachten als ik niet thuiskom? Zal hij naast Caleb slapen om zijn nachtmerries te verjagen?

Ik denk na over wat er in de supermarkt is gebeurd, wat ik heb gedaan en wat ik had moeten doen. Ik mag mezelf dan Nathaniels beschermer noemen, vandaag heb ik het er niet best van afgebracht. Ik dacht dat het geen kwaad kon een praatje met Peter te maken... Maar het kan voor Nathaniel een enorme terugslag betekenen.

Ik heb altijd geloofd dat ik wist wat voor Nathaniel het beste was. Maar stel dat ik het verkeerd heb gezien?

'Ik heb wat warme chocolademelk bij je slagroom gedaan,' zegt Caleb, terwijl hij de beker op Nathaniels nachtkastje zet. Het grapje komt niet over. Nathaniel draait zich niet eens om, maar blijft in elkaar gerold naar de muur staren. Zijn ogen zijn rood van het huilen.

Caleb trekt zijn schoenen uit, gaat op het bed liggen en slaat zijn armen om de jongen heen. 'Het is oké, Nathaniel.'

Hij voelt hem nee schudden. Op zijn elleboog steunend draait hij hem voorzichtig op zijn rug en kijkt hem geruststellend aan, alsof alles heel gewoon is, alsof Nathaniels wereld niet een sneeuwbol is die weer wordt geschud zodra de sneeuw is neergedwarreld. 'Nou, wat denk je? Wil je chocolademelk?'

Nathaniel komt langzaam overeind. Hij haalt zijn handen onder de dekens vandaan en drukt ze tegen zijn lichaam. Dan houdt hij met gestrekte vingers zijn handpalm op en duwt zijn duim tegen zijn kin. *Ik wil mama.*

Caleb blijft roerloos zitten. Nathaniel is niet erg toeschietelijk geweest sinds Peter hem heeft thuisgebracht. Tegen de tijd dat Caleb hem in bad deed en hem zijn pyjama aantrok was hij opgehouden met huilen. Maar natuurlijk kan hij praten. 'Kun je me zeggen wat je wilt?'

Opnieuw dat handgebaar. En nog eens.

'Kun je het ook zeggen, maatje? Ik weet dat je mama wilt. Maar zeg het tegen me.'

Opnieuw stromen de tranen over Nathaniels wangen. Caleb neemt zijn hand in de zijne. 'Zeg het,' smeekt hij. 'Alsjeblieft.'

Maar er komt niets over Nathaniels lippen.

'Oké,' mompelt Caleb, en hij laat Nathaniels hand los. 'Het is oké.' Hij glimlacht hem toe en komt van het bed af. 'Ik ben zo terug. Intussen drink jij je chocolademelk, afgesproken?'

In zijn eigen slaapkamer haalt hij een kaartje uit zijn portefeuille en belt het nummer dat erop staat. Hij laat een boodschap achter voor dr. Robichaud, de kinderpsychiater. Dan hangt hij op en slaat met zijn vuist tegen de muur.

Nathaniel weet dat het allemaal zijn schuld is. Peter zei dat het niet zo was, maar hij loog, zoals alle volwassenen 's avonds liegen om te voorkomen dat je aan het monster denkt dat zich onder je bed heeft verstopt. Hij had van de bagel gegeten voordat die was afgerekend; ze waren naar huis gereden zonder dat hij in het autozitje zat; en net nog heeft zijn vader chocolademelk naar zijn slaapkamer gebracht, terwijl boven nooit gegeten of gedronken mag worden. Zijn moeder is weg, alle regels worden overtreden, en dat allemaal door hem.

Hij had Peter geroepen toen hij hem zag, en dat scheen niet te mogen. Hij schijnt iets heel ergs te hebben gedaan.

Wel weet hij dat het kwam doordat hij weer kon praten. Daardoor greep die man zijn moeder bij haar arm. Daardoor kwam de politie die zijn moeder heeft meegenomen.

Hij neemt zich voor nooit meer iets te zeggen.

Tegen zaterdagochtend is de verwarming gerepareerd, en wel zo goed dat het in de gevangenis om te stikken is. Wanneer ik naar de spreekkamer word gebracht waar Fisher op me wacht, draag ik een mouwloos hemd onder mijn gevangenisoverall. Ik zweet als een otter, maar natuurlijk ziet Fisher er even fris uit als altijd, zelfs in zijn pak met das. 'Ik zal op z'n vroegst maandag een rechter voor een revocatiezitting kunnen krijgen.'

'Ik wil mijn zoon zien.'

Fisher vertrekt geen spier. Hij is net zo kwaad als ik in zijn plaats zou zijn geweest. Ik heb mijn zaak onherstelbaar gecompliceerd. 'Bezoekuren zijn vandaag van tien tot twaalf.'

'Bel Caleb. Alsjeblieft, Fisher. Zorg dat hij met Nathaniel hier komt.' Ik laat me in de stoel tegenover hem zakken. 'Hij is pas vijf. Hij heeft gezien dat ik door de politie werd meegenomen. Nu moet hij zien dat alles goed met me is.'

Fisher belooft niets. 'Ik hoef je niet te vertellen dat je borgtocht opnieuw in behandeling zal worden genomen. Denk goed na over wat ik tegen de rechter moet zeggen, want dit is je laatste kans.'

Ik wacht totdat hij me aankijkt. 'Wil je Caleb bellen?'

'Wil je toegeven dat ik hier de leiding heb?'

Geruime tijd kijken we elkaar aan zonder met onze ogen te knipperen. Dan geef ik het op. Ik staar naar mijn knieën totdat ik Fisher de deur achter zich hoor sluiten.

Adrienne weet dat ik wanhopig zit te wachten, hoewel de bezoektijd bijna is afgelopen. Het is een paar minuten voor twaalf en er is nog niemand voor me gekomen. Ze ligt op haar buik haar nagels oranje te lakken. Ter ere van het jachtseizoen, zei ze. Wanneer de bewaker langskomt voor zijn ronde eens in het kwartier kom ik overeind. 'Weet u zeker dat er niemand voor me is?'

Hij schudt zijn hoofd en loopt verder. Adrienne blaast op haar nagels om de lak sneller te laten drogen. 'Ik heb er nog een,' zegt ze, en ze houdt het flesje op. 'Wil jij het?'

'Ik heb geen nagels. Ik bijt ze altijd af.'

'Dat vind ik nou schandalig. Dat mensen niet weten hoe ze moeten omgaan met wat God ze heeft gegeven.'

Ik schiet in de lach. 'Dat moet jij nodig zeggen.'

'In mijn geval, schat, was God er even met zijn gedachten niet bij.' Ze gaat op bed zitten en doet haar tennisschoenen uit. Gisteravond heeft ze Amerikaanse vlaggetjes op haar teennagels gelakt. 'Wel verdomme,' zegt Adrienne. 'Het is allemaal doorgelopen.'

De wijzers van de klok hebben niet bewogen. Nog geen seconde. Ik zou het durven zweren.

'Vertel eens over je zoon,' zegt Adrienne, wanneer ik weer naar de gang sta te kijken. 'Ik heb altijd zelf een zoon willen hebben.'

'Ik had eerder gedacht dat je liever een meisje wilde.'

'Schat, wij vrouwen zijn duur en lastig. Met een jongen weet je tenminste waar je aan toe bent.'

Ik vraag me af hoe ik Nathaniel het best kan beschrijven. Het is alsof je de oceaan in een plastic beker probeert te vatten. Hoe typeer je een jongen die het voedsel op zijn bord via een kleurenpatroon opeet? Die me midden in de nacht wakker maakt met de brandende vraag waarom we zuurstof inademen in plaats van water? Die een cassetterecorder uit elkaar haalt om zijn stem te zoeken die erin gevangenzit? Ik ken mijn zoon zo goed dat ik niet weet waar ik moet beginnen.

'Soms, als ik zijn hand vasthoud,' zeg ik ten slotte langzaam, 'is het alsof hij me niet meer past. Nu is hij vijf, maar ik kan al voelen wat komen gaat. Dat zijn hand groter zal zijn, en zijn vingers sterker.' Ik kijk even naar Adrienne en haal mijn schouders op. 'Elke keer dat ik zijn hand vasthoud, denk ik dat het de laatste keer kan zijn. Dat hij daarna mijn hand in die van hem zal houden.'

201

Ze glimlacht me toe. 'Schat, hij komt vandaag niet meer.'

Het is kwart voor een. Adrienne heeft gelijk.

Laat in de middag maakt de bewaker me wakker. 'Meekomen,' zegt hij, en hij schuift mijn celdeur open. Ik kom overeind en wrijf de slaap uit mijn ogen. Hij brengt me naar een deel van de gevangenis waar ik nooit eerder ben geweest. Aan de linkerkant van de gang bevindt zich een reeks kleine kamertjes. De bewaker opent een deur en leidt me naar binnen.

Het vertrek is niet groter dan een bezemkast. Er staat een kruk voor een wand van plexiglas. Aan de muur is een telefoonhoorn gemonteerd. In een soortgelijke ruimte aan de andere kant van het plexiglas zit Caleb.

'O, goddank!' Ik gris de hoorn van de muur en druk hem tegen mijn oor. 'Caleb,' zeg ik, wetend dat hij mijn gezicht kan zien en de woorden van mijn lippen kan lezen. 'Neem de telefoon op, alsjeblieft, alsjeblieft.' Maar zijn gezicht is als uit steen gehouwen en zijn armen blijven onwrikbaar over elkaar geslagen. Hij zal me in geen enkel opzicht tegemoetkomen.

Moedeloos laat ik me op de kruk zakken en druk mijn voorhoofd tegen het plexiglas. Caleb bukt zich, en dan besef ik dat Nathaniel zich verborgen heeft gehouden. Met grote, waakzame ogen gaat hij op de kruk zitten. Aarzelend raakt hij het glas aan, alsof hij zeker wil weten dat ik geen luchtspiegeling ben.

Op het strand hebben we eens een heremietkreeft gevonden. Ik draaide hem om zodat Nathaniel zijn bewegende scharen kon zien. *Leg hem in je hand,* zei ik, *dan gaat hij kruipen.* Nathaniel stak zijn hand uit, maar elke keer dat ik de kreeft erin wilde leggen, trok hij hem terug. Hij wilde hem aanraken, maar was er tegelijkertijd bang voor.

Dus zwaai ik hem glimlachend toe en vul mijn kleine hokje met de klank van zijn naam.

Opnieuw neem ik de hoorn van de muur. 'Jij ook,' zeg ik geluidloos, maar Nathaniel schudt zijn hoofd en brengt zijn hand naar zijn kin. Hij maakt het gebaar voor *mama.*

De hoorn valt uit mijn hand. Ik hoef niet eens naar Caleb te kijken om te weten dat het waar is. Ik weet het.

De tranen stromen over mijn gezicht wanneer ik het gebaar maak dat *ik hou van je* betekent. Mijn adem stokt wanneer Nathaniel zijn vuistje heft en hetzelfde gebaar maakt. *Ik hou ook van jou.*

Hij begint te huilen. Caleb zegt iets tegen hem dat ik niet kan horen, en hij schudt zijn hoofd. Achter hen verschijnt een bewaker in de deuropening.

O, god, hij gaat weg.

Ik tik op het glas en druk mijn gezicht ertegenaan. Dan gebaar ik Nathaniel dat hij hetzelfde moet doen.

Ik kus de wand die ons van elkaar scheidt alsof hij er niet is. Wanneer hij en Caleb zijn verdwenen, blijf ik mijn wang tegen het het plexiglas aandrukken alsof ik Nathaniel nog steeds aan de andere kant kan voelen.

Het is niet alleen die ene keer gebeurd. Toen Nathaniel twee weken later met zijn ouders naar de kerk ging, kwam de priester het klaslokaal in waar juf Fiore een verhaal vertelde over iemand die met een katapult een reus had bedwongen. 'Ik heb een vrijwilliger nodig,' had hij gezegd, en hoewel iedereen zijn hand opstak, keek hij meteen naar Nathaniel.

'Esme heeft je gemist,' zei hij, toen ze in het kantoor waren.

'Echt waar?'

'Nou en of. Ze vraagt de hele tijd naar je.'

Nathaniel begon te lachen. 'Dat kan toch helemaal niet.'

'Luister maar.' De priester legde zijn hand tegen zijn oor en boog zich naar de kat op de bank. 'Nu jij.'

Nathaniel luisterde, maar hoorde niet meer dan een zwak gesnor.

'Misschien moet je dichterbij komen,' zei de priester. 'Kom hier maar zitten,' en hij klopte op zijn schoot.

Nathaniel aarzelde. Zijn moeder had hem altijd verboden alleen bij een vreemde te zijn. Maar dit was toch eigenlijk geen vreemde? Hij ging op de schoot van de priester zitten en drukte zijn oor tegen de buik van de kat. 'Heel goed.'

De man veranderde de positie van zijn benen, zoals Nathaniels vader weleens deed wanneer hij op z'n knie zat en zijn voet begon te tintelen. 'Zal ik ergens anders gaan zitten?'

'Nee, nee.' De priester liet zijn hand over Nathaniels rug glijden en liet hem toen in zijn schoot rusten. 'Zo is het prima.'

Maar toen voelde Nathaniel dat zijn shirt uit zijn broek werd getrokken en dat de lange, warme vingers van de priester zijn rug streelden. Nathaniel wist niet hoe hij het hem kon verbieden. Er kwam een herinnering bij hem op: een vlieg die in de auto gevangenzat, liet zich steeds wanhopig tegen het raampje vallen om weg te komen. 'Vader?' fluisterde Nathaniel.

'Ik zegen je alleen maar,' antwoordde hij. 'Een speciale assistent verdient dat. Jij wilt toch ook dat God dat weet, elke keer dat Hij je ziet?'

Een zegen was iets moois, en zijn vader en moeder zouden ook willen dat God hem extra aandacht schonk, dat wist hij zeker. Hij boog zich weer naar de slapende kat, en toen hoorde hij het... niet meer dan een zuchtje. Het was alsof iemand – Esme? – zijn naam fluisterde.

Op zondagmiddag word ik opnieuw door een bewaker uit mijn cel gehaald. Hij brengt me naar de spreekkamer boven waar gevangenen onder vier ogen met hun advocaat kunnen spreken. Misschien is het Fisher die de hoorzitting van morgen wil doornemen.

Maar wanneer de deur opengaat zie ik tot mijn verrassing dat het Patrick is. Op tafel staan zes kartonnen bakjes van de afhaalchinees. 'Alles wat je lekker vindt,' zegt hij. 'Generaal Tso's kip, groenten lo-mein, rundvlees met broccoli, Tung-Ting-garnalen en gestoomde knoedels. O, en die troep daar smaakt naar rubber.'

'Tofoe.' Ik kijk hem uitdagend aan. 'Ik dacht dat je niet meer met me wilde praten.'

'Klopt. Ik wil met je eten.'

'Weet je het zeker? Denk eens aan al die dingen die ik kan zeggen terwijl je je mond vol hebt...'

'Nina, hou op.' Hij steekt zijn hand uit en legt hem met de palm naar boven op tafel, een aanbod dat veel verleidelijker is dan het voedsel.

Ik ga tegenover hem zitten en leg mijn hand in de zijne. Patrick knijpt er even in, en dan barst ik in tranen uit. Ik leg mijn wang tegen de koude, gebutste tafel terwijl Patrick over mijn haar strijkt.

'Ik heb je gelukskoekje gelezen,' bekent hij. 'Er staat dat je zal worden vrijgesproken.'

'Wat staat er in dat van jou?'

'Dat je wordt vrijgesproken.' Hij glimlacht. 'Ik wist niet welke je zou kiezen.'

Ik sluit mijn ogen. 'Het komt allemaal goed,' zegt Patrick, en ik geloof hem. Ik leg zijn hand tegen mijn gloeiende gezicht, alsof hij de schaamte ervan af kan nemen en ver van zich af kan gooien.

Wanneer je hier via de munttelefoon een nummer intoetst, dan weet degene die opneemt dat hij vanuit de gevangenis wordt gebeld. Om de dertig seconden zegt een stem dat de verbinding plaatsvindt vanuit de Alfred County Jail. Ik gebruik het muntstuk van vijftig cent dat Patrick me heeft gegeven terwijl ik op weg ben naar de doucheruimte. 'Luister,' zeg ik, zodra Fisher opneemt. 'Je wilde weten wat je maandagochtend moest zeggen.'

'Nina?' Op de achtergrond hoor ik een vrouw lachen. Ik hoor het gerinkel van glazen en het gekletter van vaatwerk.

'Ik moet je spreken.'

'We zitten net aan tafel.'

'Godallemachtig, Fisher.' Ik draai me om als een groepje mannen van de luchtplaats binnenslentert. 'Besef je wel dat ik pas over een dag of drie opnieuw de gelegenheid krijg je te bellen?'

Ik hoor de achtergrondgeluiden zwakker worden wanneer een deur wordt dichtgedaan. 'Zeg het maar.'

'Nathaniel praat niet meer. Je moet me hier weghalen, want hij trekt het niet langer.'

'Is hij opnieuw zijn stem kwijt?'

'Sinds Caleb hem gisteren naar huis heeft gebracht, praat hij alleen in gebarentaal.'

Fisher denkt even na. 'Met Caleb en Nathaniels psychiater als getuigen – '

'Die zul je moeten dagvaarden.'

'De psychiater?'

'Caleb.'

Als het hem verbaast, dan laat hij het niet merken. 'Luister, Nina. Dit zijn de feiten. Je hebt er een zooitje van gemaakt. Ik ga proberen je vrij te krijgen, ook al zal het me waarschijnlijk niet lukken. Maar toch ga ik het proberen. En dat betekent dat je een week moet blijven zitten waar je zit.'

'Een week?' De paniek grijpt me bij de keel. 'Fisher, we hebben het over mijn zoon. Weet je wel hoe zijn toestand in een week kan verslechteren?'

'Een week.'

Een stem onderbreekt ons. *Dit gesprek wordt gevoerd vanuit de Alfred County Jail. Voer een muntstuk van vijfentwintig cent in als u dit gesprek wilt continueren.*

Wanneer ik tegen Fisher zeg dat hij kan barsten, is de verbinding al verbroken.

Adrienne en ik mogen een halfuur luchten. We lopen langs de rand van de binnenplaats, en als we het koud krijgen blijven we met onze rug tegen de wind bij de hoge stenen muur staan. Wanneer de bewaker naar binnen gaat, rookt Adrienne een van haar zelf gefabriceerde sigaretten. Ze maakt ze door sinaasappelschillen te verbranden en de as in de dunne bladzijden te rollen die ze uit *Jane Eyre* heeft gescheurd, een boek dat haar tante Lu voor haar verjaardag heeft gestuurd. Ze is al bij pagina 298. Ik heb gezegd dat ze volgend jaar *Vanity Fair* moest vragen.

Ik ga met gekruiste benen op het dode gras zitten. Adrienne knielt achter me en zit met haar handen in mijn haar. Ze wil schoonheidsspecialiste worden als ze vrijkomt. Met haar nagel maakt ze een scheiding en trekt dan de ene helft achter mijn oren. 'Geen paardenstaart,' zeg ik.

'Waar zie je me voor aan?' Dan trekt ze de andere helft naar achteren en begint strakke vlechten te maken. 'Je hebt heel fijn haar.'

'Dank je.'

'Het was niet als compliment bedoeld, schat. Hier, moet je kijken... Het breekt af onder mijn vingers.'

Ik verga af en toe van pijn onder haar getrek en geruk. Was het maar net zo gemakkelijk om de verwarring in mijn hoofd strak te trekken. De peuk van haar tot op een halve centimeter opgerookte sigaret belandt op het basketbalterrein. 'Zo,' zegt Adrienne voldaan. 'Dat ziet er weer een beetje sexy uit.'

206

Natuurlijk kan ik het niet zien. Ik voel met mijn handen aan de knopen en richels van de vlechten op mijn schedel en begin dan Adriennes werk weer ongedaan te maken. Ze haalt haar schouders op en gaat naast me zitten. 'Heb je altijd al advocaat willen worden?'

'Nee.' Wie wel? Welk kind vindt advocaat nu een aantrekkelijk of spannend beroep? 'Ik wilde altijd leeuwentemmer bij het circus worden.'

'Kan ik helemaal inkomen. Alleen al zo'n lovertjeskostuum.'

Maar het ging mij niet om het kostuum. Ik vond het prachtig zoals Gunther Gebel-Williams de kooi inliep om de leeuwen zich te laten gedragen alsof ze huiskatten waren. Eigenlijk, besef ik, heeft mijn huidige beroep er wel wat mee gemeen. 'En jij?'

'Mijn vader wilde dat ik middenspeler werd bij de Chicago Bulls, en ik wilde liever showgirl in Vegas worden.'

'Tja.' Ik trek mijn knieën op en sla mijn armen eromheen. 'Hoe denkt je vader er nu over?'

'Die denkt niet meer zoveel. Die is dood en begraven.'

'Het spijt me.'

Adriennne kijkt even op. 'Hoeft niet.'

Ze is in gedachten verzonken, en ineens wil ik haar terug. Ik denk aan het spelletje dat Peter Eberhardt en ik altijd deden. 'Beste soap?' vraag ik uitdagend.

'Hè?'

'Speel maar gewoon mee. Nou?'

'*The Young and the Restless*,' antwoordt Adrienne. 'Daar zouden die kerels hier eens wat vaker naar moeten kijken.'

'Lelijkste kleur?'

'Donkergeel. Om te kotsen zo smerig.' Grijnzend vervolgt ze: 'Mooiste jeans?'

'Levi's 501. Lelijkste bewaakster?'

'O ja, dat mens dat altijd 's nachts haar ronde doet en nodig haar snor moet bleken. Heb je die kont van haar weleens gezien?'

Dan krijgen we de slappe lach en gaan we languit op de koude grond liggen. Wanneer we weer op adem zijn gekomen, heb ik een hol gevoel in mijn borst, het gevoel dat ik niet tot lachen in staat zou mogen zijn.

'Leukste plek?' vraagt Adrienne na een tijdje.

Aan de andere kant van deze muur. Thuis, in mijn bed. Overal waar Nathaniel is.

'Hiervóór,' antwoord ik, wetend dat ze het zal begrijpen.

In een van Biddefords koffieshops gaat Quentin op een kruk zitten die voor een dwerg nog te klein is. Hij neemt een slok van de hete chocolademelk en brandt zijn tong. 'Jezus,' mompelt hij, en hij drukt een servetje tegen zijn mond. Op hetzelfde moment komt Tanya binnen in haar verpleegstersuniform dat met teddybeertjes is bedrukt.

'Ik wil er geen woord over horen,' zegt ze, wanneer ze op de kruk naast hem gaat zitten. 'Ik heb even geen zin in grappen over mijn uniform.'

'Maak ik die dan? Wat wil je drinken?'

Hij bestelt een cafeïnevrije mokkaccino voor haar. 'Vind je je werk leuk?'

Hij ontmoette Tanya op de Universiteit van Maine waar ze alle-bei studeerden. *Wat is dit?* had hij aan het eind van hun eerste af-spraakje gevraagd terwijl hij zijn vingers over haar sleutelbeen liet glijden. *Sleutelbeen*, zei ze. *En dit?* Hij bewoog zijn hand naar de onderkant van haar rug. *Stuitbeen.* Hij legde zijn hand op de wel-ving van haar heup. *Dit vind ik het mooiste aan je*, zei hij. Ze liet haar hoofd achterovervallen en sloot haar ogen toen hij haar daar kuste. *Darmbeen*, fluisterde ze.

Negen maanden later werd Gideon geboren. Zes dagen eerder waren ze getrouwd. Een vergissing. Hun huwelijk duurde nog geen jaar. Sindsdien had Quentin zijn zoon financieel ondersteund, en ook emotioneel.

Ze blaast in haar koffie voordat ze een slok neemt. 'Ik heb je naam in de krant zien staan. Dus je bent hier vanwege de moord op die priester.'

Quentin haalt zijn schouders op. 'Eigenlijk is de zaak heel sim-pel.'

'Ja, als je alleen naar de feiten kijkt.' Ze schudt haar hoofd.

'Wat bedoel je?'

'Dat de wereld niet zwart-wit is, maar dat heb jij nooit begrepen.'

Hij trekt zijn wenkbrauwen op. 'Heb ik dat nooit begrepen? Wie heeft wie eruit gegooid?'

'Wie heeft wie betrapt op het neuken van een of andere griet die eruitzag als een muis?'

'Er waren verzachtende omstandigheden,' zegt Quentin. 'Ik was dronken.' Hij aarzelt even en voegt er dan aan toe: 'En ze leek meer op een konijn.'

Tanya rolt met haar ogen. 'Quentin, het is nu zestieneneenhalf jaar geleden en je begrijpt nog steeds niet waar het om gaat.'

'Waar gaat het dan om?'

'Dat je toegeeft dat zelfs de grote machtige Brown weleens een fout maakt.' Ze duwt haar koffiebeker weg, al is die nog halfvol. 'Ik heb me vaak afgevraagd of je zo goed bent in je werk omdat het de aandacht van jezelf afleidt. Alsof je door over anderen te oordelen zelf het toonbeeld van deugdzaamheid bent.' Ze zoekt in haar handtas en smijt vijf dollar op de balie. 'Denk daar maar eens over na wanneer je die arme vrouw het vuur na aan de schenen legt.'

'Wat bedoel je daar verdomme mee?'

'Heb je enig idee hoe ze zich gevoeld moet hebben?' vraagt Tanya, en ze kijkt hem met schuin gehouden hoofd aan. 'Of begrijp je echt helemaal niets van de relatie tussen ouders en kinderen?'

Als ze opstaat, komt hij ook van zijn kruk af. 'Gideon wil niets met me te maken hebben.'

Tanya knoopt haar jas dicht en is al bijna bij de deur. 'Ik heb altijd gezegd dat hij jouw intelligentie had,' zegt ze, en ze glipt naar buiten voordat hij haar kan tegenhouden.

Tegen donderdag heeft Caleb een vast patroon ontwikkeld. Hij maakt Nathaniel wakker, geeft hem ontbijt, en gaat dan samen met hem de hond uitlaten. Dan rijden ze naar de plek waar Caleb die ochtend aan het werk moet. En terwijl hij muren metselt, zit Nathaniel in de laadbak van de pick-up met een schoenendoos vol lego te spelen. Ze lunchen samen met broodjes pindakaas en banaan, en met kippensoep en limonade die Caleb in thermosflessen heeft meegebracht. Daarna gaan ze naar het kantoor van dr. Robichaud, waar de psychiater tevergeefs probeert Nathaniel weer aan het praten te krijgen.

Eigenlijk is het een ballet, een verhaal zonder woorden dat voor iedereen die het ziet begrijpelijk is. Tot zijn verbazing begint Caleb eraan te wennen. Hij houdt van de stilte, want als je niets zegt, kun je ook niet in de verkeerde woorden verstrikt raken. En Nathaniel mag dan niet praten, hij is wel opgehouden met huilen.

Caleb gaat van de ene klus naar de andere en zorgt dat Nathaniel gevoed, gekleed en ingestopt wordt. Daardoor heeft hij maar een paar minuten per dag om zijn gedachten de vrije loop te laten. Meestal wanneer hij in bed ligt, met de lege plek naast zich. En al durft hij het bijna niet te denken en brengt de waarheid een bittere smaak in zijn mond: het leven is gemakkelijker zonder haar.

Op donderdag geeft Fisher me inzage in de stukken. Het totaal beslaat honderdvierentwintig ooggetuigenverslagen die de moord op pastoor Szyszynski beschrijven, Patricks onderzoeksrapport van de verkrachting, mijn eigen onsamenhangende verklaring tegen Evan Chao, en het autopsierapport.

Eerst lees ik Patricks dossier en voel me als een schoonheidskoningin die over haar plakboek gebogen zit. Hierin ligt de verklaring besloten voor alles wat in de stapel naast me ligt. Dan lees ik de verklaringen van de mensen die op de dag van de moord in de rechtszaal aanwezig waren. Natuurlijk bewaar ik het beste voor het laatst, het autopsierapport, dat ik eerbiedig vasthoud alsof het de Dode-Zeerollen zijn.

Eerst kijk ik naar de foto's. Ik staar er zo geconcentreerd naar dat ik als ik mijn ogen sluit de flarden van zijn kapotgeschoten gezicht voor me zie, de lichtgrijze kleur van zijn hersenen. Volgens dr. Vern Potter, lijkschouwer, woog zijn hart 350 gram.

'Ontleding van de kransslagaders,' lees ik hardop, 'toont vernauwing van het lumen aan door atherosclerosische aanslag.'

Lumen. Ik herhaal dit woord en de andere woorden die het enige zijn wat van dit monster is overgebleven: *geen tekenen van trombus; de serosa van de galblaas is zacht en glanzend; de blaas is lichtelijk getrabeculeerd.*

De maaginhoud bevat gedeeltelijk verteerde bacon en een kaneelbroodje.

Kruitwonden van het wapen vormen een corona rond het gat in

zijn achterhoofd waar de kogels insloegen. Slechts 816 gram van zijn hersenen is intact gebleven. Doodsoorzaak: pistoolschotwond in het hoofd. Manier van sterven: doodslag.

Het is een vreemde taal voor me en toch spreek ik hem ineens vloeiend. Ik laat mijn vingers over het autopsierapport glijden. Dan moet ik denken aan het vertrokken gezicht van zijn moeder op de begrafenis.

Achter dit dossier zit een ander met de naam van een huisarts erop gestempeld. Dit moet Szyszynski's medische dossier zijn. Het is een dikke map met meer dan vijftig jaar aan routinecontroles, maar ik neem niet de moeite erin te kijken. Waarom zou ik? Ik heb gedaan wat al die griepjes en hoestbuien, pijntjes en krampen niet voor elkaar hebben gekregen.

Ik heb hem gedood.

'Dit is voor u,' zegt een assistente, en ze reikt Quentin een fax aan. Hij bladert door de vellen en kijkt vragend op. Szyszynski's naam staat op het laboratoriumrapport, maar dit heeft niets met deze zaak te maken. Dan beseft hij dat het van de vorige zaak moet zijn die inmiddels is afgesloten en die betrekking had op de zoon van de beklaagde. Hij kijkt er vluchtig naar en haalt bij de einduitslag zijn schouders op. Het verbaast hem niet. 'Dit is niet voor mij,' zegt Quentin.

'Wat moet ik er dan mee doen?' vraagt de assistente.

Hij wil de fax aan haar teruggeven, maar legt hem dan op een hoek van zijn bureau. 'Laat maar aan mij over,' antwoordt hij, en verdiept zich dan weer in zijn werk totdat ze zijn kantoor uit is.

Er zijn plekken waar Caleb liever was geweest – in een krijgsgevangenenkamp bijvoorbeeld, of midden in een open veld tijdens een tornado. Maar volgens de dagvaarding moest hij hier vandaag aanwezig zijn. In zijn enige pak en met een tot op de draad versleten das staat hij in de kantine van het gerechtsgebouw met een kop koffie die zo heet is dat hij zich eraan brandt. Hij probeert het trillen van zijn handen te verbergen.

Eigenlijk vindt hij Fisher Carrington best een geschikte kerel. In elk geval lang niet zo demonisch als Nina hem heeft afgeschilderd.

'Relax, Caleb,' zegt de advocaat. 'Het is voorbij voordat je het weet.' Ze lopen de kantine uit. Het hof zal over vijf minuten bijeenkomen. Misschien wordt op ditzelfde moment Nina al binnengebracht.

'Je geeft gewoon antwoord op de vragen die we eerder hebben doorgenomen, daarna zal meneer Brown je een paar vragen stellen. Je hoeft alleen maar de waarheid te vertellen, oké?'

Caleb knikt en probeert een slokje van de hete koffie te nemen. Hij houdt niet eens van koffie. Om zijn gedachten af te leiden denkt hij aan Nathaniel die met Monica in de speelkamer is. Hij haalt zich het ingewikkelde patroon voor de geest dat hij voor de patio van een gepensioneerde verzekeringsdirecteur heeft bedacht. Maar in een hoekje van zijn hoofd ligt de realiteit als een tijger op de loer. Over een paar minuten zal hij moeten getuigen. Over een paar minuten zullen tientallen verslaggevers, nieuwsgierige toeschouwers en een rechter aan de lippen hangen van een man die liever zou zwijgen. 'Fisher,' begint hij, en haalt dan diep adem. 'Ze mogen niets vragen over wat ze... wat ze me heeft verteld... Nee, toch?'

'Over wat Nina je heeft verteld?' Fisher kijkt hem doordringend aan. 'Heeft ze er met je over gesproken?'

'Ja. Voordat ze...'

'Caleb,' onderbreekt de advocaat hem minzaam, 'vertel het me niet, dan zal ik ervoor zorgen dat je het niemand anders hoeft te vertellen.'

Hij doet een deur open en is verdwenen voordat Caleb beseft hoe opgelucht hij is.

Wanneer Peter de getuigenbank betreedt, werpt hij me een verontschuldigende blik toe. Hij kan niet liegen, maar hij wil ook niet dat ik door hem in de gevangenis terechtkom. Om het hem gemakkelijker te maken kijk ik hem niet aan. In plaats daarvan concentreer ik me op Patrick, die zo vlak achter me zit dat ik zijn aftershave kan ruiken. En op Brown, die veel te groot lijkt voor deze kleine rechtszaal.

Fisher legt zijn hand op mijn been dat nerveus schokkende bewegingen maakt zonder dat ik het merk.

'Hou op,' zegt hij geluidloos.

'Hebt u Nina Frost die middag gezien?' vraagt Quentin.

'Ja,' zegt Peter, 'maar ik heb haar niet gesproken.'

Quentin trekt ongelovig zijn wenkbrauwen op. 'Bent u naar haar toegelopen?'

'Ik liep door het gangpad waar toevallig haar winkelwagentje stond. Haar zoon zat erin. Ik ben naar hem toegegaan.'

'Liep mevrouw Frost ook naar haar wagentje toe?'

'Jawel, om bij haar zoon te zijn. Niet bij mij.'

'Geeft u alleen antwoord op de vraag.'

'Luister, ze stond naast me, maar ze heeft niets tegen me gezegd.'

'Hebt u iets tegen haar gezegd, meneer Eberhardt?'

'Nee.' Peter draait zich om naar de rechter. 'Ik zei iets tegen Nathaniel.'

Quentin wijst naar de stapel documenten die voor hem op tafel ligt. 'Hebt u toegang tot deze dossiers?'

'U bent aan deze zaak toegewezen, meneer Brown, niet ik.'

'Maar ik werk vanuit haar voormalige kantoor, en dat grenst aan dat van u, is het niet?'

'Ja.'

'En,' zegt Quentin, 'die werkruimtes kunnen niet worden afgesloten. Klopt dat?'

'Ja.'

'Denkt u dat ze naar u toe kwam om informatie uit u te krijgen?'

Peter knijpt zijn ogen samen. 'Ze wilde geen problemen, en ik evenmin.'

'En nu probeert u haar dus uit de problemen te houden?'

Voordat hij kan antwoorden gaat Quentin zitten en geeft het woord aan de verdediging. Fisher staat op en knoopt zijn jasje dicht. Het zweet breekt me uit.

'Wie sprak er het eerst, meneer Eberhardt?' vraagt hij.

'Nathaniel.'

'Wat zei hij?'

Peter staart even voor zich uit. Hij zal inmiddels ook wel weten dat Nathaniel zich weer in zwijgen heeft gehuld. 'Hij riep mijn naam.'

'Als u Nina niet in de problemen wilde brengen, waarom bent u dan niet gewoon weggegaan?'

'Omdat Nathaniel blij was me te zien. En na... na... wat er gebeurd is, heeft hij een tijdje niet kunnen praten. Dit was voor het eerst dat ik zijn stem weer hoorde. Ik kon niet zomaar weglopen.'

'En was dat het exacte moment dat meneer Brown om de hoek kwam en u heeft gezien?'

'Ja.'

Fisher vouwt zijn handen achter zijn rug. 'Hebt u ooit met Nina over haar zaak gesproken?'

'Nee.'

'Heb u haar vertrouwelijke informatie gegeven?'

'Nee.'

'Heeft ze u daarom gevraagd?'

'Nee.'

'Bent u beroepshalve bij deze zaak betrokken?'

Peter schudt zijn hoofd. 'Ik zal altijd Nina's vriend zijn. Maar als medewerker van het OM ken ik mijn verplichtingen en verantwoordelijkheden. Ik zou me nooit in deze kwestie willen mengen.'

'Dank u, meneer Eberhardt.'

Fisher gaat weer naast me zitten. Quentin Brown kijkt op naar de rechter. 'Geen verdere vragen, edelachtbare.'

Onwillekeurig blijven Calebs ogen op haar rusten. Hij is geschokt. Zijn vrouw die er altijd zo fris en onberispelijk uitziet, draagt nu een oranje gevangenisoverall. Haar haar hangt warrig om haar hoofd en ze heeft diepe kringen onder haar ogen. Ze heeft een schram op de rug van haar hand en een van haar schoenveters is losgeraakt. Ineens voelt Caleb de opwelling voor haar neer te knielen, de veter dicht te knopen en zijn hoofd in haar schoot te leggen.

Je kunt iemand haten, beseft hij, en tegelijkertijd stapelgek op haar zijn.

Wanneer Fisher hem aankijkt, wordt Caleb zich weer van zijn verantwoordelijkheid bewust. Als hij het verknalt, mag Nina niet naar huis, hoewel Fisher heeft gezegd dat het niet zeker is dat ze op borgtocht vrijkomt, ook al gedraagt hij zich voorbeeldig. Hij schraapt zijn keel en heeft het gevoel dat hij in een oceaan van woorden zijn hoofd boven water moet zien te houden.

214

'Wanneer is Nathaniel weer gaan spreken, vóórdat u erachter kwam dat hij was misbruikt of daarna?'

'Ongeveer drie weken geleden. Op de avond dat rechercheur Ducharme met hem kwam praten.'

'En is zijn spraakvermogen sindsdien verbeterd?'

'Ja, hij praatte bijna weer normaal.'

'Bracht zijn moeder veel tijd met hem door?'

'Meer dan anders.'

'Wat was uw indruk van Nathaniel?'

Caleb denkt even na. 'Hij was vrolijker.'

Fisher gaat dichter achter Nina staan. 'Wat is er veranderd na het incident in de supermarkt?'

'Hij was hysterisch. Hij huilde zo verschrikkelijk dat hij bijna geen adem meer kreeg, en hij wilde niet meer praten.' Caleb kijkt Nina in de ogen en biedt haar deze zin als geschenk aan. 'Hij bleef aldoor het gebaar voor *mama* maken.'

Ze maakt een geluidje als van een klein poesje. Het maakt hem sprakeloos, en hij moet Fisher vragen zijn volgende vraag te herhalen. 'Heeft hij de afgelopen week helemaal niets gezegd?'

'Nee,' antwoordt Caleb.

'Hebt u Nathaniel meegenomen om zijn moeder te bezoeken?'

'Eén keer. Het was heel... zwaar voor hem.'

'In welk opzicht?'

'Hij wilde niet bij haar weg. Ik heb hem weg moeten dragen toen het bezoekuur voorbij was.'

'Hoe is de nachtrust van uw zoon?'

'Hij slaapt niet, tenzij ik hem bij me in bed neem.'

Fisher knikt bedachtzaam. 'Denkt u, meneer Frost, dat hij zijn moeder nodig heeft?'

Quentin Brown komt onmiddellijk overeind. 'Protest!'

'Afgewezen. Dit is een hoorzitting over vrijlating op borgtocht,' zegt de rechter. 'U mag antwoorden, meneer Frost.'

Caleb ziet de antwoorden voor zijn ogen zwemmen. Er zijn er zoveel. Welke moet hij kiezen? Hij doet zijn mond open, dan weer dicht, en dan weer open.

Op dat moment ziet hij Nina's koortsachtig fonkelende ogen op zich gericht, en hij probeert zich te herinneren wanneer hij die blik eerder heeft gezien. Dan weet hij het weer. Toen ze de zwijgende Nathaniel ervan probeerde te overtuigen dat hij alleen maar vanuit zijn hart hoefde te spreken, dat ieder woord beter was dan geen woord. 'We hebben haar allebei nodig,' zegt Caleb.

Halverwege de verklaring van dr. Robichaud besef ik dat we met deze zitting de priester hadden kunnen veroordelen als ik hem niet had gedood. Alle gepresenteerde informatie concentreert zich op de verkrachting van Nathaniel en alle gevolgen van dien. De psychiater vertelt over haar kennismaking met Nathaniel, over de therapiesessies, over zijn gebruik van gebarentaal.

'Wanneer kwam het moment dat Nathaniel weer kon praten?' vraagt Fisher.

'Toen hij tegen rechercheur Ducharme de naam van de dader noemde.'

'En sindsdien heeft hij weer normaal gepraat voorzover u weet?' De psychiater knikt. 'Het ging steeds beter.'

'Hebt u hem de vorige week gezien?'

'Ja. Zijn vader belde me vrijdagavond. Hij was behoorlijk overstuur omdat Nathaniel opnieuw niet meer praatte. Toen ik de jongen maandagochtend zag, was hij aanzienlijk achteruitgegaan. Hij was teruggetrokken en op zijn hoede. Hij wilde niet eens in gebarentaal communiceren.'

'Denkt u als deskundige dat hij psychische schade ondervindt doordat hij van zijn moeder is gescheiden?'

'Zonder enige twijfel,' zegt dr. Robichaud. 'Sterker nog, hoe langer het duurt, hoe groter de schade wordt.'

Wanneer ze de getuigenbank verlaat, staat Brown op om zijn slotpleidooi te houden. Hij begint door naar mij te wijzen. 'Deze vrouw geeft blijk van schaamteloze minachting voor de wet, en niet voor de eerste keer. Zodra ze Peter Eberhardt zag, had ze zich om moeten draaien en weg moeten lopen. Maar dat deed ze niet.' Hij wendt zich tot de rechter. 'Edelachtbare, u hebt zelf de voorwaarde bedongen dat Nina Frost geen contact mocht hebben met medewerkers van justitie om haar niet in een bevoorrechte positie te stellen ten opzichte van andere beklaagden. Maar als u haar nu zonder sanctie laat gaan, doet u dat wel.'

216

Hoe gespannen ik ook ben, ik weet dat Quentin een tactische fout heeft gemaakt. Je mag suggesties noemen tegenover een jury, maar je mag nooit ofte nimmer de rechter vertellen wat hij moet doen.

Fisher staat op. 'Edelachtbare, wat meneer Brown op de fruit-afdeling in de supermarkt heeft gezien, waren niet meer dan zure druiven. In werkelijkheid is er geen informatie uitgewisseld. In feite was niemand naar informatie op zoek.'

Hij legt zijn handen op mijn schouders. Ik heb het hem vaak bij andere cliënten zien doen. Op kantoor noemden we dat altijd zijn opa-act. 'Het was een ongelukkig misverstand,' gaat Fisher verder. 'En dat is alles. Niet meer en niet minder. En als het gevolg daar-van is dat Nina Frost van haar kind wordt gescheiden, dan kan het kind daar het slachtoffer van worden. En na alles wat het heeft meegemaakt, is dat wel het laatste wat het hof wil.'

De rechter kijkt me aan. 'Ik zal haar niet van haar zoon weg-houden. Maar ik wil haar ook niet de kans geven opnieuw de re-gels te overtreden. Ik laat mevrouw Frost vrij op voorwaarde dat ze haar huis niet verlaat. Ze krijgt een elektronische armband om en moet zich onderwerpen aan alle voorschriften die met elektro-nische bewaking gepaard gaan. Mevrouw Frost?' Hij wacht tot ik knik. 'U mag uw huis niet verlaten, behalve om naar uw advocaat te gaan of om naar de rechtbank te komen. Alleen bij die gelegen-heden zal de armband geherprogrammeerd worden. En desnoods zal ik er persoonlijk op toezien dat u zich aan de regels houdt.'

Mijn nieuwe armband werkt via telefoonlijnen. Zodra ik me meer dan vijf meter van mijn huis verwijder, gaat er een alarm af. Ik kan elk moment van de dag of avond bezoek krijgen van een reclasse-ringsambtenaar die me een bloed- of urinemonster afneemt op het gebruik van alcohol of drugs. Ik kies ervoor in mijn gevangenis-plunje naar huis te gaan en vraag de hulpsheriff of hij ervoor kan zorgen dat Adrienne mijn oude kleren krijgt. Omdat ze kort en strak zijn, zullen ze haar perfect passen.

'Het lijkt wel alsof je negen levens hebt,' mompelt Fisher wan-neer we het reclasseringskantoor uit lopen waar mijn polsband is geprogrammeerd.

'Nog zeven over,' zeg ik zuchtend.

'Laten we hopen dat we ze niet allemaal hoeven te gebruiken.'

'Fisher.' Bij de trap blijf ik staan. 'Ik wil je even zeggen... dat ik het niet beter had kunnen doen.'

Hij schiet in de lach. 'Je kunt het woord *bedankt* echt niet uit je strot krijgen, hè?'

Naast elkaar lopen we naar boven naar de lobby. Fisher, tot op het laatste moment een gentleman, duwt de zware branddeur van het trappenhuis open en laat me voorgaan.

Ineens word ik verblind door een zee van cameraflitsen. Het duurt even voordat ik weer iets kan onderscheiden, en ik zie dat behalve de verslaggevers ook Patrick, Caleb en Monica op me wachten. Dan zie ik achter Calebs grote lijf mijn zoon tevoorschijn komen.

Ze heeft een rare oranje pyjama aan en haar haar ziet eruit als het zwaluwnest dat hij op een keer achter de limonadeflessen in de garage heeft gevonden, maar het is het gezicht van zijn moeder, en de stem die zijn naam roept is ook van zijn moeder. Haar glimlach maakt het klemmetje in hem los. Hij voelt het door zijn keel glijden wanneer hij het doorslikt. *Mama.* Nathaniel strekt zijn armen uit. Hij struikelt over een kabel en over iemands voet, en rent dan op haar af.

Ze laat zich op haar knieën vallen, waardoor hij nog harder gaat rennen. Hij is nu zo dichtbij dat hij zelfs door zijn betraande ogen kan zien dat ze huilt. Het klemmetje is nu helemaal weg en de stilte die nu al een week in hem aan het opzwellen is ontsnapt met een hoge, schorre kreet uit zijn mond. 'Mama, mama, mama!' schreeuwt Nathaniel. Het overstemt alle andere geluiden, behalve het kloppen van zijn moeders hart tegen zijn oor.

Hij is in die week groter geworden. Ik til Nathaniel met een stompzinnige grijns in mijn armen terwijl de camera's elke beweging vastleggen. Fisher heeft de verslaggevers op een kluitje gedreven en kan er niet genoeg van krijgen om commentaar te geven. Ik druk mijn gezicht in Nathaniels hals en probeer het heden met mijn herinnering te laten rijmen.

Ineens staat Caleb naast ons. Zijn gezicht is net zo ondoorgrondelijk als toen ik hem voor het laatst zag en we door plexiglas werden gescheiden. Ik ken mijn man. Hoewel ik mede dankzij hem ben vrijgekomen, deed hij wat van hem werd verwacht, al deed hij het niet graag. 'Caleb,' begin ik nerveus. 'Ik... ik weet niet wat ik moet zeggen.'

Tot mijn verrassing biedt hij me een olijftak aan in de vorm van een scheve glimlach. 'Dat is dan voor het eerst. Geen wonder dat er zoveel verslaggevers zijn.' Hij grijnst nog breder wanneer hij zijn arm stevig om mijn schouders slaat en me de eerste stap dichter bij huis brengt.

Dit zijn de moppen die ik ken.
Waarom stak het geraamte de weg niet over?
Het had het hart niet.

Wat is zwart-wit en valt uit een boom?
Een zebra die denkt dat hij kan vliegen.

Waarom wil een olifant niet over het strand lopen?
Omdat hij zijn zonnebril is vergeten.

En nog een:
Klop, klop.
Wie is daar?
Zegget.
Zegget wie?
Zegget toverwoord, Nathaniel, en dan mag je gaan.
Maar toen hij het me zei, kon ik er niet om lachen.

ZES

Ineens ben ik weer terug in mijn oude leven. Als een normaal ge- zin zitten we met z'n drieën rond de ontbijttafel. Met zijn vinger volgt Nathaniel de letters van de kop in de ochtendkrant. 'M,' zegt hij zacht. 'A, M...' Over mijn koffiekopje kijk ik naar de foto van mezelf met Nathaniel in mijn armen. Naast me staat Caleb. Op de een of andere manier is het Fisher gelukt zijn gezicht ook in beeld te krijgen. Een paar stappen achter ons staat Patrick. Ik herken hem alleen aan zijn schoenen. Boven de foto staat in schreeuwen- de zwarte letters: MAMA.

Wanneer Nathaniel zijn cornflakes op heeft, rent hij naar de speel- kamer waar hij twee legers van plastic dinosaurussen heeft opge- steld voor een *Jurassic Park*-oorlog. Ik kijk weer in de krant. 'Ik schijn een typisch voorbeeld van slecht ouderschap te zijn,' zeg ik.

Caleb knikt naar de envelop op tafel. 'Wat zit erin?'

Het is het soort envelop dat voor interne correspondentie op kantoren wordt gebruikt. Hij zat achter het sportkatern in de krant verborgen. Ik draai hem om, maar er staat nergens een afzender of wat dan ook. Hij is helemaal blanco.

Er zit een rapport van het OM-lab in waarvan de vormgeving me bekend voorkomt. Een tabel met acht kolommen die elk een an- dere plek met menselijk DNA aangeven. Er zijn twee rijen getallen die op elke plek exact gelijk zijn.

Conclusies. Het DNA-profiel dat op de onderbroek is gevonden komt overeen met het DNA-profiel van Szyszynski. Daardoor kan niet worden uitgesloten dat hij heeft bijgedragen aan het genetische materiaal dat in deze vlek is aangetroffen. De kans dat een ander individu hetzelfde DNA-profiel vertoont is een op zes miljard.

Of in gewone-mensentaal: Szyszynski's sperma is op het ondergoed van mijn zoon gevonden.

Caleb kijkt over mijn schouder. 'Wat is het?'

'Absolutie,' zeg ik met een zucht.

Caleb neemt het document uit mijn hand en ik wijs naar de eerste rij getallen. 'Dit is het DNA van het bloedmonster dat Szyszynski is afgenomen. En de regel eronder toont het DNA van de vlek op de onderbroek.'

'Dat zijn dezelfde getallen.'

'Precies. DNA is in je hele lichaam hetzelfde. Daarom wordt bij een gearresteerde verkrachter ook bloed afgenomen. Je moet er toch niet aan denken dat ze hem een spermatest afnemen? Als je het DNA van een verdachte als bewijsmateriaal mag aanvoeren, wordt hij gegarandeerd veroordeeld.' Ik kijk naar hem op. 'Dat betekent dat hij de dader was, Caleb. En...' Ik zwijg.

'En wat?'

'Het is goed wat ik heb gedaan.'

Hij schudt langzaam zijn hoofd. 'Nee, Nina, het is niet goed. Je zei het net zelf. Als het DNA als bewijsmateriaal wordt aangevoerd, wordt de verdachte gegarandeerd veroordeeld. Dus als je had gewacht, zou hij zijn straf hebben gekregen.'

'En dan moest Nathaniel in die rechtszaal elke minuut opnieuw doormaken, want dat labrapport betekent niets zonder zijn getuigenis.' Tot mijn ergernis voel ik tranen opkomen. 'Ik vond dat Nathaniel al genoeg heeft geleden.'

'Dat weet ik,' zegt Caleb zacht. 'Dat is het probleem. Maar bedenk eens wat de gevolgen van jouw daad voor Nathaniel zijn geweest. Ik zeg niet dat je iets verkeerds hebt gedaan. Ik heb zelf met die gedachte gespeeld. Maar zelfs al is het begrijpelijk of... of invoelbaar... Het is niet goed.'

Hij trekt zijn laarzen aan en loopt door de keukendeur naar buiten. Ik blijf achter en laat mijn kin op mijn hand steunen. Ik zucht. Caleb ziet het verkeerd, hij moet het mis hebben, want anders...

Mijn gedachten worden afgeleid wanneer mijn oog weer op de bruine envelop valt. Wie heeft dit rapport zo stiekem voor me achtergelaten? Misschien heeft Peter het te pakken gekregen, of een meelevende assistent die dacht dat het mijn motief kon onderbouwen. In elk geval is dit document niet voor mijn ogen bestemd.

En daarom kan ik het er niet met Fisher over hebben.

Ik pak de telefoon en bel hem op. 'Nina,' zegt hij. 'Heb je de ochtendkrant gezien?'

'Wat dacht je. Zeg, heb je ooit nog dat DNA-rapport over Szyszynski gekregen?'

'Over die vlek op de onderbroek? Nee.' Hij zwijgt even. 'Die zaak is nu natuurlijk afgesloten. Misschien heeft het lab hetzelfde te horen gekregen.'

Dat lijkt me niet waarschijnlijk. Bij justitie hebben ze het te druk om zich over zo'n detail te bekommeren. 'Weet je, ik zou dat rapport graag willen zien.'

'Het kan geen enkele invloed meer hebben op je...'

'Fisher,' zeg ik gedecideerd, 'dit is een vriendelijk maar dringend verzoek. Bel Quentin Brown en vraag of hij het rapport naar je door wil faxen. Ik moet het zien.'

Hij zucht. 'Goed, je hoort nog van me.'

Ik leg de hoorn op de haak en ga weer aan tafel zitten.

Buiten is Caleb houtblokken aan het splijten. Met elke houw van zijn bijl geeft hij lucht aan zijn frustratie. Gisteravond, toen zijn warme hand de mijne wilde vasthouden en hij het plastic lipje van mijn elektronische armband voelde, draaide hij zich ineens van me af.

Ik neem een slok koffie en kijk naar het labrapport. Uit alles blijkt dat Caleb het mis heeft. Al deze letters en cijfers bewijzen zwart op wit dat ik een held ben.

Quentin kijkt het labrapport vluchtig door en legt het dan op een hoek van zijn bureau. Er staat niets verrassends in. Iedereen weet waarom ze de priester heeft vermoord. Dit rapport doet er niet meer toe. Het gaat nu niet om seksueel misbruik, maar om moord.

De secretaresse, ene Rhonda of Wanda, steekt haar hoofd om de deur. 'Wordt er in dit gebouw nooit geklopt?' snauwt Quentin.

'Hebt u het labrapport over Szyszynski?' vraagt ze.

'Ja. Waarom?'

'De advocaat van Nina Frost heeft net gebeld en wil dat het ogenblikkelijk naar hem wordt gefaxt.'

Quentin reikt haar het rapport aan. 'Vanwaar die haast?'

'Ik zou het niet weten.'

Quentin weet het evenmin. Fisher Carrington zal heus wel begrijpen dat deze informatie niets aan haar zaak zal afdoen of toevoegen. Maar voor de openbaar aanklager maakt het niet uit. Nina Frost zal worden veroordeeld, daar is hij van overtuigd. En het labrapport over een dode man kan daar niets aan veranderen. Wanneer de secretaresse de deur achter zich heeft dichtgedaan, is hij Carringtons verzoek alweer vergeten.

Marcella Wentworth haat sneeuw. Ze heeft er genoeg van gezien na in Maine te zijn opgegroeid en er bijna tien jaar te hebben gewerkt. Ze haat het om wakker te worden in de wetenschap dat je je een weg naar je auto moet graven. Ze haat skiën. Ze haat het wanneer haar banden hun greep op het gladde wegdek verliezen. De dag dat ze ontslag nam bij het Maine State Lab was dan ook de mooiste van haar leven. Ze verhuisde naar Virginia en gooide haar sneeuwlaarzen in een afvalbak bij een McDonald's langs de snelweg.

Nu werkt Marcella al drie jaar bij CellCore, een particulier laboratorium. Ze heeft het hele jaar door een lekker bruin kleurtje, en één niet al te dikke winterjas. Maar de ansichtkaart die Nina Frost haar met kerst heeft gestuurd hangt nog steeds in haar kantoor. Het is een cartoon van haar onmiskenbaar handschoenvormige geboortestaat met sneeuwbril en narrenmuts op. *Eens een Mainiak, altijd een Mainiak,* luidt de tekst.

Marcella kijkt ernaar en bedenkt dat de eerste sneeuw er waarschijnlijk al is gevallen. Dan gaat de telefoon. Het is Nina Frost.

'Je zult het niet geloven, maar ik zat net aan je te denken.'

'Ik heb je hulp nodig,' zegt Nina.

Altijd even zakelijk, maar zo is Nina nu eenmaal. Sinds Marcella is verhuisd heeft Nina nog wel eens gebeld omdat ze iets wilde verifiëren. 'Je moet een DNA-test voor me checken.'

Marcella kijkt naar de stapel dossiers die haar aandacht vragen. 'Geen probleem. Waar gaat het om?'

'Kinderverkrachting. We hebben het DNA van de verdachte, en het DNA in het sperma op een onderbroek. Ik ben geen expert, maar de uitslag lijkt me duidelijk.'

'Laat me raden. Ze komen niet overeen en je denkt dat het staatslab een fout heeft gemaakt?'

'Ze komen wel overeen. Ik wil het alleen absoluut zeker weten.'

'Zo te horen wil je deze echt niet laten lopen.'

Het is even stil. Dan zegt Nina: 'Hij is dood. Ik heb hem doodgeschoten.'

Caleb heeft houthakken altijd een ontspannende bezigheid gevonden. Het geeft hem een gevoel van immense kracht wanneer hij de bijl omhoogbrengt en weer laat neerkomen. Hij houdt van het gekraak waarmee een houtblok doormidden splijt en dan – *plink* – in twee helften op de grond valt. Hij houdt van het ritme dat zijn gedachten en herinneringen verdrijft.

Tegen de tijd dat er geen hout meer te splijten valt, is hij hopelijk ontspannen genoeg om weer naar binnen te gaan en zijn vrouw onder ogen te komen.

Nina's doelbewustheid heeft hem altijd aangetrokken, vooral omdat hijzelf van nature een weifelaar is. Maar nu begint haar zelfverzekerdheid iets grotesks te krijgen. Ze kan gewoon niet loslaten.

Caleb had ooit eens een muur in een stadspark moeten bouwen. Hij was gewend geraakt aan de dakloze man die onder het paviljoen sliep. Er was hem verteld dat hij Coalspot heette. Hij was schizofreen, maar ongevaarlijk. Vaak kwam Coalspot op de bank in het park zitten terwijl Caleb vlak naast hem aan het werk was. Dan knoopte hij zijn veters los, trok zijn schoen uit, krabde over zijn hiel en trok daarna zijn schoen weer aan. 'Heb je het gezien?' vroeg hij dan aan Caleb. 'Heb je het gat gezien waar het gif doorheen lekt?'

Op een dag kwam er een maatschappelijk werkster die Coalspot naar een opvangcentrum wilde brengen, maar hij weigerde mee te gaan. Hij hield vol dat hij anderen zou infecteren omdat het gif besmettelijk was. Na drie uur wist de vrouw niet meer wat ze moest doen. 'We willen hem alleen maar helpen,' zei ze.

Caleb ging naast Coalspot zitten. Hij trok zijn eigen werklaars uit, vervolgens zijn sok, en wees toen naar zijn hiel. 'Zie je het gat?' zei hij. 'Iedereen heeft het.'

Daarna ging de man zo mak als een lammetje met de vrouw mee. Het deed er niet toe dat er geen gat was waar gif uit lekte, maar wel dat Coalspot oprecht geloofde dat het er was. En Caleb vertelde hem dat hij gelijk had.

Het voorval doet hem aan Nina denken. Ze heeft haar daden opnieuw gedefinieerd om die voor zichzelf te rechtvaardigen. Ze zegt dat ze een man heeft gedood om Nathaniel te beschermen. Hoe zwaar het ook voor hun zoon moet zijn om in de getuigenbank te staan, het kan nooit traumatischer zijn dan je moeder met geboeide handen naar de gevangenis te zien vertrekken.

Caleb weet dat Nina een rechtvaardiging zoekt. Maar hij kan het niet oplossen zoals met Coalspot door haar recht in de ogen te kijken en te zeggen dat ze gelijk heeft. Hij kan haar niet in de ogen kijken. Punt.

Hij vraagt zich af of hij niet een muur tussen hen aan het optrekken is voor het geval dat ze wordt veroordeeld en het dan gemakkelijker zal zijn haar los te laten.

Caleb pakt een ander houtblok. Als de bijl neerkomt en het hout in twee gelijke helften wordt gespleten, weet hij dat de waarheid in het midden ligt. Hij voelt zich in morele zin niet boven haar staan door wat ze heeft gedaan. Hij voelt zich juist een lafaard omdat hij niet de moed had de grens van gedachte naar daad te overschrijden.

Nathaniel kan zich niet alles meer herinneren. Wat hij zei bijvoorbeeld toen hij nee schudde, of wie uiteindelijk zijn spijkerbroek losmaakte. Wat hij nog wel weet is hoe koud het aanvoelde toen zijn broek werd uitgetrokken. En dat het pijn deed, verschrikkelijk veel pijn, al was hem gezegd dat hij er niets van zou voelen. Nathaniel had Esme zo dicht tegen zich aangedrukt dat ze begon te schreeuwen. In haar goudkleurige ogen zag hij een kleine jongen die hij niet langer was.

Hier zal Nina blij mee zijn, is Marcella's eerste gedachte wanneer ze in de uitslag ziet dat het DNA in de spermavlek exact overeenkomt met dat in het bloed van de priester. Dit is de dader, geen twijfel mogelijk.

Ze neemt de hoorn van de haak om Nina te bellen en klemt hem onder haar kin zodat ze een elastiek om de medische dossiers kan doen die bij het labrapport waren gevoegd. Marcella heeft er verder niet naar gekeken. Uit wat Nina heeft gezegd blijkt duidelijk dat hij aan een kogelwond is overleden. Maar Nina heeft haar gevraagd grondig te werk te gaan. Zuchtend legt ze de hoorn weer terug en begint de andere dossiers door te nemen.

Twee uur later is ze klaar met lezen. En hoewel ze zich had voorgenomen er weg te blijven, is ze van plan naar Maine af te reizen.

Hoe groot en comfortabel ook, een gevangenis blijft een gevangenis. Daar ben ik deze week wel achter gekomen. De hond en ik kijken verlangend naar buiten. Ik zou er een vermogen voor overhebben om boodschappen te doen, naar de bank te gaan, of bladeren te harken.

Nathaniel is weer naar school. Dit op advies van dr. Robichaud omdat het hem weer een stap dichter bij zijn normale leven brengt, maar ik vraag me af of Caleb hier ook niet een rol bij heeft gespeeld. Misschien vindt hij het geen prettige gedachte dat mijn zoon alleen bij mij achterblijft.

Op een ochtend liep ik zonder na te denken de oprit op om de krant te halen voordat ik me de elektronische armband herinnerde. Caleb trof me snikkend in de gang, waar ik stond te wachten op de politieauto met loeiende sirene die elk moment kon arriveren. Als door een wonder is het alarm niet afgegaan. Ik ben zes seconden in de frisse lucht geweest en niemand die het wist.

Om wat omhanden te hebben sta ik soms uitgebreid te koken. Ik heb *penne alla rigata* gemaakt, kip in wijnsaus, en chocolademousse. Ik kies alleen buitenlandse gerechten. Maar vandaag ben ik het huis aan het opruimen. Ik heb de garderobekast en de provisiekast al leeggehaald en opnieuw ingericht. In de slaapkamer heb ik alle schoenen eruit gegooid waarvan ik het bestaan niet meer wist, en mijn kleren op kleur gerangschikt, van heel lichtroze tot donkerbruin en zwart.

Ik ben net aan Calebs ladekast begonnen wanneer hij binnenkomt en zijn vuile shirt uittrekt. 'Wist je,' zeg ik, 'dat in de garderobekast een gloednieuw paar sportschoenen staat dat Nathaniel vijf maten te groot is?'

'Heb ik in de uitverkoop gekocht. Voor op de groei.'

Begrijpt hij dan nog steeds niet dat de toekomst niet altijd een rechte, ononderbroken lijn volgt?

'Wat ben je aan het doen?'

'Ik ben je laden aan het uitmesten.'

'Er is niks mis met mijn laden.' Caleb pakt een gescheurd overhemd op dat ik opzij heb gelegd en propt het gekreukeld en wel weer terug. 'Waarom ga je niet even een dutje doen? Of wat lezen?'

'Dat is zonde van mijn tijd.' Ik vind drie sokken waarvan het bijpassende exemplaar ontbreekt.

'Waarom is even rust nemen zonde van je tijd?' Hij pakt de sokken op die ik apart heb gelegd en legt ze weer in de la.

'Caleb, nou maak je er weer een bende van.'

'Hoezo? Mijn laden zijn prima zoals ze waren.' Hij duwt zijn overhemd in zijn spijkerbroek en doet zijn riem dicht. 'En mijn sokken ook.' Even lijkt hij er iets aan te willen toevoegen, maar hij schudt zijn hoofd en rent de trap af. Even later zie ik hem door het raam het heldere, koude zonlicht in lopen.

Ik haal de verweesde sokken en het gescheurde overhemd weer uit de ladekast. Het zal twee weken duren voordat hij de veranderingen opmerkt, en op een dag zal hij me dankbaar zijn.

'O grote god!' roep ik uit, wanneer ik uit het raam kijk en een vrouw uit een auto zie stappen die op de oprit tot stilstand is gekomen. Ze is klein en heeft kort, donker haar dat sluik langs haar gezicht valt. Ze slaat haar armen om zichzelf heen tegen de kou.

'Wat is er?' Gealarmeerd door mijn uitroep rent Caleb de kamer in. 'Wat is er aan de hand?'

'Niets, helemaal niets.' Ik doe de voordeur open en strek lachend mijn armen naar Marcella uit. 'Niet te geloven. Je bent het echt!'

'Verrassing,' zegt ze, en ze omhelst me. 'Hoe is het met je?' Ze probeert er niet naar te kijken, maar toch is mijn elektronische armband haar niet ontgaan.

'Nu gaat het prima. Ik had nooit verwacht dat je het rapport persoonlijk zou terugbrengen.'

Marcella haalt haar schouders op. 'Ik dacht dat je mijn gezelschap misschien op prijs zou stellen. Bovendien ben ik al lange tijd niet meer in Maine geweest. Ik heb het gemist.'

'Leugenaar,' zeg ik lachend. Ik trek haar mee naar binnen waar Caleb en Nathaniel nieuwsgierig staan toe te kijken. 'Dit is Marcella Wentworth. Ze heeft vroeger voor het staatslab gewerkt voordat ze zo nodig de particuliere sector in moest.'

Ik sta werkelijk te stralen. Niet dat Marcella en ik zo hecht zijn geweest, maar tegenwoordig zie ik niet veel mensen meer. Patrick komt af en toe eens langs, en ook mijn familie natuurlijk. Maar bijna al mijn vrienden en collega's houden afstand sinds de revocatiezitting.

'Ben je hier op vakantie of voor je werk?' vraagt Caleb.

Marcella kijkt even naar mij en weet niet goed wat ze moet zeggen.

'Ik heb Marcella gevraagd naar die DNA-test te kijken.'

Calebs glimlach krijgt iets geforceerds, maar zo onmerkbaar dat alleen ik het kan zien. 'Weet je wat? Nathaniel en ik gaan op stap zodat jullie rustig kunnen bijpraten.'

Wanneer ze weg zijn, neem ik Marcella mee naar de keuken. We praten over het weer in Virginia en over het weer in Maine terwijl ik ijsthee voor ons maak. Dan ga ik tegenover haar zitten en kan me niet langer inhouden. 'Dus je komt goed nieuws brengen? Dat het DNA klopt?'

'Nina, is je niets opgevallen toen je zijn medische dossier las?'

'Daar heb ik me nooit in verdiept.'

Marcella trekt met haar vinger rondjes op de keukentafel. 'Pastoor Szyszynski had chronische lymfatische leukemie.'

'Mooi,' zeg ik toonloos. 'Ik hoop dat hij heeft geleden. Ik hoop dat hij kotsmisselijk is geworden van de chemotherapie.'

'Zeven jaar geleden heeft hij een beenmergtransplantatie ondergaan. Zijn leukemie werd minder, en uiteindelijk is hij genezen.'

Ik voel me verstrakken. 'Probeer je me duidelijk te maken dat ik me schuldig moet voelen omdat ik een man heb gedood die kanker heeft overwonnen?'

'Nee. Het... Kijk. Laat ik het heel simpel houden. Om van leukemie te genezen heb je nieuw bloed nodig. En daarom wordt een beenmergtransplantatie uitgevoerd, want beenmerg maakt nieuw bloed aan. Na een paar maanden is het oude beenmerg volledig vervangen door het beenmerg van de donor. Het oude bloed is weg, en daarmee ook de leukemie.' Marcella kijkt naar me op. 'Kun je het volgen?'

'Tot nu toe wel.'

'Je lichaam kan dit nieuwe bloed gebruiken omdat het gezond is. Maar het is niet je eigen bloed, en het DNA erin is ook niet van jezelf. Het DNA in je huidcellen, je speeksel en je sperma is dat waarmee je bent geboren, maar het DNA in je nieuwe bloed komt van de donor.' Marcella legt haar hand op de mijne. 'Nina, de uitslag van het lab was correct. Het DNA in het bloed van pastoor Szyszynski komt overeen met dat in het sperma op het ondergoed van je zoon. Maar het DNA in het bloed van pastoor Szyszynski is niet van hemzelf.'

'Nee,' zeg ik. 'Zo werkt het niet. Ik heb het gisteren nog aan Caleb uitgelegd. Je DNA is in elke lichaamscel hetzelfde. Daarom kun je gewoon een bloedmonster nemen en dat vergelijken met sperma.'

'Ja, in negenennegentig procent van de gevallen. Maar dit is een uitzondering.' Ze schudt haar hoofd. 'Het spijt me, Nina.'

Ik kijk met een ruk op. 'Je bedoelt dat de dader nog in leven is?'

Ze hoeft geen antwoord te geven.

Ik heb de verkeerde man gedood.

Wanneer Marcella is vertrokken loop ik als een gekooide tijger heen en weer. Mijn handen trillen en ik huiver over mijn hele lichaam. Wat heb ik gedaan? Ik heb een onschuldig mens vermoord. Een *priester*. Een man die me kwam troosten toen mijn wereld instortte, een man die van kinderen hield, ook van Nathaniel. Ik heb een man gedood die kanker had overwonnen, een man die een lang leven verdiende. Ik heb een moord begaan die ikzelf niet eens meer kan rechtvaardigen.

Ik heb altijd geloofd dat de ergste misdadigers hun eigen plek in de hel zullen krijgen. Seriemoordenaars, kinderverkrachters, psychopaten die iemands strot afsnijden voor de tien dollar in zijn portefeuille. En ook al heb ik hen niet persoonlijk kunnen veroordelen, ik heb me altijd voorgehouden dat ze uiteindelijk hun verdiende loon zullen krijgen.

Net als ik.

En al heb ik nauwelijks nog de kracht om overeind te blijven, en al zou ik die gedachte wel uit mijn hersenen willen branden, ik weet *dat de schuldige nog steeds vrij rondloopt.*

Ik pak de telefoon om Fisher te bellen. Dan hang ik weer op. Hij moet het weten, maar misschien komt hij er zelf achter. Ik weet alleen nog niet hoe dit voor mijn proces zal uitpakken. Misschien speelt het de openbaar aanklager in de kaart omdat zijn slachtoffer nu werkelijk een slachtoffer blijkt te zijn. Dat neemt niet weg dat mijn verdediging op ontoerekeningsvatbaarheid is gebaseerd. Het doet er niet toe wie ik in die rechtszaal heb gedood, of het nu pastoor Szyszynski, de rechter, of een willekeurige toeschouwer was. Als ik op dat moment door waanzin was bevangen, zou ik nog steeds niet-schuldig worden verklaard.

Misschien wordt mijn waanzin hier juist overtuigender door.

Ik ga aan de keukentafel zitten en verberg mijn gezicht in mijn handen. Dan hoor ik de deurbel, en even later staat Patrick in de keuken na mijn dringende boodschap op zijn pieper.

'Wat is er aan de hand?' Hij kijkt om zich heen. 'Is er iets met Nathaniel gebeurd?'

De vraag komt me zo absurd voor dat ik onwillekeurig in de lach schiet. Ik moet zo lachen dat ik bijna geen adem meer krijg, totdat de tranen uit mijn ogen stromen en ik besef dat ik huil. Ik voel Patricks handen op mijn schouders, mijn onderarmen en mijn middel alsof hij daarmee de pijn kan wegnemen. Ik veeg mijn neus af aan mijn mouw en dwing mezelf hem aan te kijken. 'Patrick,' fluister ik, 'ik heb me vergist. Pastoor Szyszynski heeft het niet... Hij was het niet...'

Hij brengt me tot bedaren en laat me alles vertellen. Daarna kijkt hij me een tijdje zwijgend aan voordat hij iets zegt. 'Is het echt waar? Heb je de verkeerde doodgeschoten?'

Hij staat op en loopt heen en weer. 'Wacht even, Nina. Er gaat weleens iets mis in een laboratorium. Het zal niet de eerste keer zijn.'

Ik klamp me aan deze reddingslijn vast. 'Natuurlijk. Misschien is het gewoon een vergissing.'

'Maar we hadden de naam van de dader voordat zijn DNA bekend was.' Patrick schudt zijn hoofd. 'Waarom zou Nathaniel dan zijn naam hebben genoemd?'

De tijd kan stilstaan. Dat weet ik nu. Het is mogelijk dat je je hart niet meer voelt kloppen, dat je het bloed niet meer door je aderen voelt stromen. Dat je de afschuwelijke, overweldigende gewaarwording hebt dat je in dit moment gevangenzit en er geen uitweg is. 'Vertel nog eens wat hij tegen je zei.'

'Hij zei alleen "vader Glen",' zegt Patrick.

Nathaniel weet nog hoe smerig hij zich voelde. Zo smerig dat hij nog na honderd douches niet schoon zou worden. Het erge was dat het vuil onder zijn huid zat. Hij zou zich rauw moeten schrobben voordat het was verdwenen.

Hij had een brandend gevoel daar beneden. Zelfs Esme wilde niet in zijn buurt komen. Ze sprong op het grote houten bureau en staarde hem aan. *Dit is je eigen schuld*, wilde ze zeggen. Nathaniel probeerde zijn onderbroek te pakken, maar zijn handen leken wel van hout. Zijn ondergoed was helemaal nat, al had hij geen ongelukje gehad, dat wist hij zeker. De priester had zijn onderbroek in zijn hand gehouden en glimlachend naar de honkbalhandschoenen gekeken.

Nathaniel wilde hem nooit meer aan.

'Ik zal een andere voor je halen,' zei de priester, en hij liep de kamer uit. Nathaniel telde tot vijfendertig en begon toen opnieuw, want hij kon niet hoger tellen. Hij wilde weg. Hij wilde zich onder het bureau of in de kast verstoppen. Maar hij moest een onderbroek aan. Zonder onderbroek kon hij zich niet aankleden, die kwam eerst. Dat zei zijn moeder altijd als hij het weleens vergat, en dan stuurde ze hem weer naar boven.

De priester kwam terug met een babyonderbroek. Die leek niet op de short die zijn vader altijd droeg. Deze kwam natuurlijk uit de grote doos met al die vettige jassen en stinkende gympen die in de kerk waren achtergelaten. Nathaniel had zich vaak afgevraagd hoe je zonder het te merken je gympen kon vergeten als je de kerk uit liep. Maar ja, hij had ook weleens zijn onderbroek vergeten.

Deze was schoon en met Spiderman bedrukt. Hij zat te strak, maar dat kon Nathaniel niet schelen. 'Geef die van jou maar hier,' zei de priester. 'Ik zal hem wassen en dan krijg je hem weer terug.'

Nathaniel schudde zijn hoofd. Hij trok zijn trainingsbroek aan en stopte de boxershort onder zijn sporttrui. Hij verstijfde toen de priester hem over zijn hoofd aaide.

'Zal ik met je mee teruglopen?'

Nathaniel gaf geen antwoord. Hij wachtte tot de priester Esme oppakte en de kamer verliet. Toen liep hij door de gang naar het ketelhok. Hij vond het er eng. Veel spinnenwebben en nergens een lichtknop. Niemand ging hier ooit naar binnen, dus propte Nathaniel de onderbroek achter die grote zoemende verwarmingsmachine.

Toen hij weer terugkwam in de klas was vader Glen nog steeds aan het voorlezen. Nathaniel ging zitten en probeerde aandachtig te luisteren, ook toen hij iemands ogen op zich gericht voelde. Hij keek op en zag de andere priester met Esme op zijn arm in de gang staan. Hij keek Nathaniel glimlachend aan en legde een vinger op zijn lippen. *Tegen niemand zeggen.*

Vanaf dat moment kon Nathaniel niets meer uitbrengen.

Op de dag dat mijn zoon ophield met praten, hadden we de zondagdienst bijgewoond. Daarna werd er koffiegedronken. Caleb vond het altijd je reinste omkoperij dat je met donuts naar de kerk werd gelokt. Nathaniel bleef om me heen hangen terwijl hij wachtte tot pastoor Szyszynski de kinderen bij elkaar zou roepen voor het voorleesuurtje.

Deze ochtend had de koffiebijeenkomst een feestelijk tintje. Twee priesters die hier op studiebezoek waren geweest gingen weer terug naar hun eigen parochie. Er was een doek gespannen waarop hun een goede thuisreis werd gewenst. Omdat we geen regelmatige kerkgangers zijn, kan ik de ene priester nauwelijks van de andere onderscheiden. Een paar keer zag ik er een op de rug en ik nam aan dat het pastoor Szyszynski was, maar toen hij zich omdraaide bleek hij het niet te zijn.

Mijn zoon was kwaad omdat de donuts met poedersuiker op waren. 'Nathaniel,' zei ik, 'sta niet zo aan me te trekken.'

Ik duwde hem van me af en glimlachte verontschuldigend naar het echtpaar waar Caleb en ik mee stonden te praten, kennissen van ons die we in maanden niet hadden gezien. Ze waren van onze leeftijd, maar hadden geen kinderen. Caleb vond het gesprek waarschijnlijk net zo interessant als ik, want door Todd en Margaret vroegen we ons allebei af hoe het ons vergaan zou zijn als ik nooit zwanger was geworden. Todd had het over hun komende reis naar Griekenland vanwaar een boot hen van het ene eiland naar het andere zou brengen.

Opeens zette Nathaniel zijn tanden in mijn hand.

Ik sprong op, meer door de schok dan van pijn, en greep hem bij de pols. Ik wist me even geen raad nu hij zich in bijzijn van anderen had misdragen. Moest ik het door de vingers zien omdat het niet politiek correct is hem een welverdiende klap op zijn achterste te geven? 'Doe dat nooit meer,' siste ik hem toe, terwijl ik probeerde te blijven glimlachen. 'Heb je me begrepen?'

Toen zag ik dat alle andere kinderen achter pastoor Szyszynski de trap af gingen. 'Ga met ze mee,' drong ik aan. 'Je wilt toch ook naar het voorlezen luisteren?'

Nathaniel verborg zijn hoofd onder mijn trui, waardoor mijn buik weer net zo dik leek als toen ik zwanger was. 'Toe nou. Ga nou maar met je kameraadjes mee.'

Ik moest hem van me lostrekken en naar de trap duwen. Twee keer keek hij om, en twee keer knikte ik hem bemoedigend toe. 'Sorry,' zei ik tegen Margaret. 'Je had het over Corsica?'

Pas nu herinner ik me dat een andere priester met een kat op zijn arm achter de kinderen de trap af liep. Dat hij Nathaniel inhaalde en zijn hand op zijn schouder legde alsof hij het eerder had gedaan.

Nathaniel heeft zijn naam gezegd.

Er komt een herinnering boven die tranen in mijn ogen brengt.

Wat is het tegenovergestelde van links?

Wechts.

En het tegenovergestelde van rechts?

Kwom.

Ik herinner me de priester die me tijdens de begrafenisdienst van pastoor Szyszynski diep in de ogen keek toen hij me de hostie gaf, alsof mijn gezicht hem bekend voorkwam. Ik herinner me het spandoek met de namen van de twee priesters. VREDE ZIJ MET U, VADER O'TOOLE. VREDE ZIJ MET U, VADER GWYNNE.

Vertel me wat hij zei, had ik aan Patrick gevraagd.

Vader Glen.

Misschien heeft Patrick het zo gehoord, maar zo kan Nathaniel het niet hebben gezegd.

'Hij heeft niet vader *Glen* gezegd,' fluistert Nina tegen Patrick, 'maar vader *Gwynne*.'

'Jawel, maar we weten allebei dat hij de L niet kan uitspreken.'

'Maar hij zei het goed,' zegt Nina. 'Gwen. Gwynne. Je zou het onderscheid bijna niet horen.'

'Maar wie is Gwynne in vredesnaam?'

Nina staat op en strijkt door haar haar. 'Hij is het, Patrick. Hij heeft Nathaniel verkracht en misschien doet hij het nog steeds andere kleine jongens aan...' Ze wankelt en valt tegen de muur. Patrick ondersteunt haar en voelt hoe ze trilt. Zijn eerste reactie is haar in zijn armen te nemen, maar zijn verstand zegt hem haar een stap opzij te laten doen.

Ze laat zich langs de koelkast op de vloer zakken. 'Hij is de beenmergdonor. Het kan niet anders.'

'Weet Fisher dit al?' Ze schudt haar hoofd. 'En Caleb?'

Hij moet denken aan een verhaal dat hij lang geleden op school heeft gelezen over het begin van de Trojaanse Oorlog. Paris werd voor de keus gesteld de rijkste en slimste man op aarde te worden, of de vrouw van een ander te beminnen. En Patrick, stommeling die hij is, zou dezelfde fout hebben gemaakt. Want met haar klitterige haar en rode, gezwollen ogen komt Nina hem nu even mooi voor als Helena toen moet zijn geweest.

Ze heft haar gezicht naar hem op. 'Patrick... Wat moet ik doen?'

'Jij,' zegt Patrick nadrukkelijk, 'doet helemaal niets. Je blijft hier in dit huis omdat je dat door de rechter is opgedragen.' Wanneer ze haar mond opendoet om te protesteren, steekt Patrick zijn hand op. 'Je hebt al een keer opgesloten gezeten, en we weten hoe Na-thaniel daarop gereageerd heeft. Wat zal er gebeuren als je op-nieuw de gevangenis in moet? Je kunt hem maar op één manier be-schermen en dat is door bij hem te blijven...' Hij aarzelt en weet dat hij aan de rand van de afgrond staat. Er is geen andere uitweg dan teruggaan of springen. 'Laat het maar aan mij over.'

Ze weet precies wat dat inhoudt. Het betekent dat hij tegen de voorschriften en tegen zijn eigen gedragscode in gaat. Het betekent dat hij het systeem de rug toekeert, net als zijzelf heeft gedaan. En net als zij zal hij daarvan de gevolgen onder ogen moeten zien.

Aan de verwarring en de sprankeling in haar ogen ziet hij hoe verleidelijk ze zijn aanbod vindt.

'Zodat jij ook de cel in gaat? En misschien je baan kwijtraakt?' zegt ze. 'Zoiets stoms kan ik niet toestaan.'

Wie zegt dat mijn besluit niet allang vaststaat? Patrick zegt het niet hardop, maar dat hoeft ook niet. Hij gaat naast haar zitten en legt zijn hand op haar knie. Zij bedekt hem met de hare. En in haar ogen ziet hij dat ze weet wat hij voor haar voelt. Ze heeft het altijd geweten. Maar voor het eerst is ze bijna zover het te erkennen.

'Patrick,' zegt ze zacht, 'ik heb al genoeg mensen pijn gedaan van wie ik houd.'

Patrick komt overeind wanneer de deur opengaat en Nathaniel met een vlaag kou om zich heen de keuken binnenstormt. Hij ruikt naar popcorn en houdt een knuffelkikker onder zijn winterjas. 'Ik ben met papa naar de kermis geweest!'

'Je bent toch maar een bofkont,' zegt Patrick, en hij hoort zelf hoe weinig overtuigend het klinkt. Dan komt Caleb binnen en trekt de deur achter zich dicht. Met een ongemakkelijk glimlachje kijkt hij van Patrick naar Nina. 'Ik dacht dat Marcella bij je op bezoek was?'

'Ze had nog een andere afspraak. Net toen ze wegging, kwam Patrick langs.'

'O.' Caleb wrijft over zijn nek. 'En... wat zei ze?'

'Waarover?'

'Over het DNA.'

Patrick ziet hoe ze onder zijn ogen verandert. Met een stralende glimlach zegt ze tegen haar man: 'Het komt exact overeen.'

238

Zodra ik weer in de buitenlucht ben, komt de wereld me betoverend voor. De koude lucht prikkelt mijn neusgaten en de hemel is zo wijd en blauw dat mijn ogen niet alles kunnen bevatten.

Ik ben op weg naar Fishers kantoor, waardoor mijn elektronische armband geherprogrammeerd moest worden. Maar het is zo heerlijk om weer buiten te zijn dat ik mijn geheim even naar de achtergrond kan dringen. Als ik vaart minder voor een stoplicht zie ik een man van het Leger des Heils met zijn bel zwaaien. Dit is het seizoen van naastenliefde. Hopelijk blijft er wat over voor mij.

Patricks woorden spelen nog steeds door mijn hoofd. Ik ken geen man die principiëler en oprechter is dan hij. Zijn aanbod om me te helpen zal niet zomaar een opwelling zijn geweest. Natuurlijk kan ik het niet accepteren. Maar tegelijkertijd hoop ik dat hij zich niets van me aantrekt en doet wat hij zich heeft voorgenomen. Meteen haat ik mezelf om die gedachte.

Er is nog een reden dat ik niet wil dat Patrick achter Gwynne aan gaat, hoewel ik die alleen in het diepste en donkerste hoekje van de nacht zal toegeven. Ik wil degene zijn die de dader heeft gedood. Want het gaat om míjn zoon, míjn verdriet, en míjn gerechtigheid.

Wanneer ben ik die vrouw geworden? Een vrouw die in staat is een moord te plegen, en die het opnieuw zal doen om haar doel te bereiken, ongeacht wat ze daardoor anderen zal aandoen? Heeft dit altijd in me gesluimerd? Misschien ligt het kwaad als een zaadje in zelfs de meest rechtschapen mensen besloten, en is er een samenloop van omstandigheden voor nodig om het te laten ontkiemen. Bij de meesten gebeurt dat nooit, maar bij wie het wel ontspruit, raakt het verstand als door wederik overwoekerd en wordt elk mededogen gedood.

Het is me de kerstgedachte wel.

Fishers kantoor is ook helemaal in kerstsfeer. Slingers langs de schoorsteenmantel en mistletoe boven het bureau van zijn secretaresse. Naast het koffieapparaat staat een karaf met warme kruidencider. Terwijl ik op mijn advocaat zit te wachten, laat ik mijn hand over de leren bekleding van de bank glijden en denk aan aan de oude chenille canapé bij ons thuis.

Ik ben niet vergeten dat Patrick zei dat het laboratorium misschien een fout heeft gemaakt. Ik ga Fisher niet over de beenmergtransplantatie vertellen voordat ik zeker weet dat Marcella's verklaring klopt. Ik denk niet dat Quentin Brown erachter zal komen, dus er is geen reden om Fisher op te zadelen met informatie die hij misschien nooit nodig zal hebben.

'Nina!' Fisher loopt met grote passen op me af. 'Je bent magerder geworden,' zegt hij fronsend.

'Gevangenis-chic noemen ze dat.' In zijn kantoor kijk ik uit het raam waar kale twijgjes tegenaan roffelen.

'Wil je liever naar buiten?' vraagt Fisher zacht.

Het vriest bijna, maar dit aanbod kan ik niet weigeren. 'Ja, graag.'

We lopen over het parkeerterrein achter het gebouw waar de wind bruine bladeren doet opdwarrelen als kleine tornado's. Fisher heeft wat documenten meegenomen. 'We hebben de evaluatie van de psychiater van het OM gekregen. Zo te zien heb je zijn vragen nogal indirect beantwoord.'

'Ja, kom zeg. *Begrijp je de rol van een rechter in de rechtszaal?* Godallemachtig.'

Fisher grijnst. 'Niettemin vond hij je volledig toerekeningsvatbaar op het moment van het misdrijf.'

Ik blijf staan. En nu? Getuigt het wel van waanzin als je de klus wilt afmaken wanneer je ontdekt dat de eerste poging is mislukt? Of is dat de gewoonste zaak van de wereld?

'Maak je geen zorgen. Ik denk dat we gehakt van hem en zijn rapport kunnen maken, maar toch wil ik een verklaring van een andere forensische psychiater dat je toen krankzinnig was en nu niet meer. De jury mag niet denken dat je nog steeds een bedreiging bent.'

Maar dat ben ik wel. Ik zie steeds voor me hoe ik pastoor Gwynne doodschiet om mijn vergissing goed te maken. 'Heb je al iemand op het oog?' vraag ik met een uitgestreken gezicht.

'Wat denk je van Sidwell Mackay?'

'We maken hem op kantoor altijd belachelijk,' zeg ik. 'Nogal een watje.'

'Peter Casanoff?'

Ik schud mijn hoofd. 'Arrogante ouwehoer.'

Met de wind in onze rug lopen we verder te beraadslagen wie me krankzinnig kan verklaren. Misschien is het helemaal niet zo moeilijk. Welke rationele vrouw ziet nog steeds het bloed van de verkeerde man op haar handen en gaat dan een uur onder de douche staan om te bedenken hoe ze de juiste man kan vermoorden?

'O'Brien uit Portland?' stelt Fisher voor.

'Die heb ik een paar keer aan de telefoon gehad. Lijkt me niet slecht, misschien een beetje breedsprakig.'

Fisher knikt. 'Hij zal overkomen als een echte academicus, en dat is precies wat je nodig hebt.'

Ik kijk hem met een zelfvoldane glimlach aan. 'Jij bent de baas, Fisher.'

Hij fronst even en overhandigt me dan het psychiatrische rapport. 'Dit komt van het OM. Je moet precies weten wat je hebt gezegd voordat je met O'Brien gaat praten.'

Strafpleiters vragen hun cliënten dus inderdaad uit het hoofd te leren wat ze tegen de psychiater van het OM hebben gezegd.

'Overigens is je zaak aan rechter Neal toegewezen.'

'Dat meen je niet,' zeg ik zuchtend.

'Hoezo?'

'Hij schijnt ongelooflijk onnozel te zijn.'

'Dan mag je je als beklaagde in de vingers knijpen,' zegt Fisher droogjes. 'Trouwens, ik ben niet van plan je in de getuigenbank te zetten.'

'Dat had ik ook niet verwacht na de getuigenverklaring van twee psychiaters.' Maar tegelijkertijd denk ik: *ik kan niet getuigen, niet met wat ik nu weet.*

Fisher blijft staan en kijkt me aan. 'Voordat je me gaat vertellen hoe de verdediging volgens jou gevoerd moet worden, wil ik je eraan herinneren dat jij ontoerekeningsvatbaarheid ziet met de ogen van de openbaar aanklager, en ik...'

'Weet je, Fisher,' onderbreek ik hem terwijl ik op mijn horloge kijk, 'ik kan het hier nu even niet over hebben.'

'Verandert de koets anders weer in een pompoen?'

'Sorry, het kan gewoon niet.' Ik wend mijn blik af.

'Je kunt het niet voor je uit blijven schuiven, Nina. Je proces begint in januari, en tussen kerst en nieuwjaar ben ik thuis bij mijn gezin.'

'Laat me eerst door die andere psychiater onderzoeken. Dan zien we wel weer.'

Fisher knikt. Ik denk aan O'Brien. Zal ik hem van mijn waanzin kunnen overtuigen, of zal het tegen die tijd een act zijn geworden?

Voor het eerst in tien jaar neemt Quentin een lange lunchpauze. Niemand op kantoor zal het merken. Zijn aanwezigheid wordt nauwelijks getolereerd en ze zullen dansen op zijn bureau zodra hij weg is. Hij kijkt naar de plattegrond die hij heeft gedownload en rijdt even later het parkeerterrein van de school op. Tieners in dikke windjacks werpen een vluchtige blik op hem wanneer hij langs hen heen loopt naar de achterkant van het schoolgebouw.

Daar bevindt zich een verwaarloosd sportterrein met een al even verwaarloosd rugby- en honkbalveld. Quentin steekt zijn handen in de zakken van zijn winterjas en ziet hoe zijn zoon een middenspeler bewaakt die minstens drie koppen kleiner is dan hij, en ziet hem dan moeiteloos scoren.

De laatste keer dat zijn zoon contact met hem zocht, was vanuit de gevangenis nadat hij wegens drugsbezit was gearresteerd.

Quentin had heel wat hatelijke opmerkingen over voorkeursbehandeling moeten incasseren toen hij Gideons celstraf had weten om te zetten in behandeling in een afkickcentrum. Zijn zoon had erop gerekend dat hij er ongestraft vanaf zou komen. 'Ik wist al dat je als vader weinig voorstelde,' had hij tegen Quentin gezegd, 'dus ik had kunnen weten dat je er als advocaat ook geen reet van zou bakken.'

Nu, een jaar later, slaat Gideon zijn handpalm tegen die van een andere speler, draait zich om, en ziet dat Quentin naar hem staat te kijken. 'Shit. Time-out.' Terwijl de andere jongens het veld af lopen, komt Gideon met over elkaar geslagen armen naar hem toe. 'Kom je me een urinetest afnemen of zo?'

Quentin haalt zijn schouders op. 'Ik wil alleen even praten.'

'Ik heb niks te zeggen.' Gideon draait hem zijn rug toe.

'Het spijt me.'

Bij die woorden blijft de jongen even staan. 'Ja, zal wel,' mompelt hij, en rent weer terug naar het honkbalveld. Hij pakt de bal op en gooit hem de lucht in – misschien om indruk op Quentin te maken? 'Kom op! Kom op!' roept hij, en de anderen verzamelen zich om hem heen. Quentin loopt weg. 'Wie was dat?' hoort

242

hij een van de anderen vragen. En Gideon zegt, wanneer hij denkt dat Quentin het niet meer kan horen: 'Iemand die de weg kwam vragen.'

Vanuit het raam in de spreekkamer in Dana-Farber kan Patrick de rafelige rand van Boston zien. Olivia Bessette, de oncoloog die in de medische dossiers van pastoor Szyszynski stond vermeld, is aanzienlijk jonger dan Patrick had verwacht, eigenlijk niet veel ouder dan hijzelf. Haar krullende haar is in een strak knotje gebonden. Ze tikt met de rubberzool van haar Zweedse muil lichtjes op de vloer en zegt: 'Leukemie tast alleen de bloedcellen aan. Chronische lymfatische leukemie kan ontstaan wanneer je in de veertig of in de vijftig bent, hoewel ik ook gevallen ken van patiënten van een jaar of twintig.'

Patrick vraagt zich af hoe je op de rand van een ziekenhuisbed kunt gaan zitten om tegen iemand te zeggen dat hij niet lang meer te leven heeft. Het zal wel niet veel anders zijn dan midden in de nacht ergens aanbellen en tegen iemand zeggen dat zijn zoon is verongelukt omdat hij dronken achter het stuur zat. 'Hoe zit dat precies met bloedcellen?' vraagt hij.

'Bloedcellen zijn geprogrammeerd om af te sterven. Ze worden in het babystadium gevormd, groeien dan op om hun functie te vervullen, en tegen de tijd dat ze door het beenmerg worden afgestoten zijn het volwassen cellen. Dan moeten de witte cellen in staat zijn infectie tegen te gaan, rode bloedcellen moeten zuurstof kunnen vervoeren, en bloedplaatjes moeten ervoor zorgen dat het bloed stolt. Maar als je leukemie hebt, worden je cellen nooit volwassen, en ze sterven ook niet af. Dat betekent dat het lichaam overwoekerd wordt door witte cellen die niet functioneren en alle andere cellen in de weg zitten.'

Nina weet niet dat Patrick hier is, maar ze zou er vast geen bezwaar tegen hebben. Hij wil alleen maar opheldering over wat ze al weten. Om deze afspraak te kunnen maken moest hij doen alsof hij in opdracht werkte van de hulpofficier van justitie. Meneer Brown bezit overtuigende bewijslast, had Patrick uitgelegd, en daarom moesten ze er honderd procent zeker van zijn dat pastoor Szyszynski niet aan leukemie is gestorven toen zijn aanvaller een pistool trok. Misschien kon dr. Bessette, zijn oncoloog, daar uitsluitsel over geven?

'Wat doet een beenmergtransplantatie eigenlijk?' vraagt Patrick.

'Die verricht wonderen, als hij aanslaat tenminste. Al onze cellen bevatten zes eiwitmoleculen, leukocyte antigenen, ofwel HLA. Ze helpen het lichaam jou als jij en mij als ik te herkennen. Van een beenmergdonor hoop je dat al die zes eiwitmoleculen overeenkomen met die van jou. In de meeste gevallen zal dat van een broer of zus zijn, of halfbroer en halfzus, misschien van een neef of nicht. Familieleden schijnen de minste kans op afstoting te hebben.'

'Afstoting?' vraagt Patrick.

'Ja. In wezen probeer je je lichaam ervan te overtuigen dat de donorcellen je eigen cellen zijn omdat ze dezelfde eiwitmoleculen bevatten. Lukt dat niet, dan zal je immuunsysteem het getransplanteerde beenmerg afstoten.'

'Zoals bij een harttransplantatie.'

'Precies. Alleen is dit geen orgaantransplantatie. Beenmerg wordt verkregen uit het nierbekken, want het zijn de grote botten in je lichaam die het bloed aanmaken. We brengen de donor in slaap en steken dan naalden in zijn heupen, zo'n honderdvijftig keer aan elke kant, waarmee de jonge cellen worden weggezogen.'

De arts glimlacht wanneer Patrick zijn gezicht vertrekt. 'Het is inderdaad een pijnlijke aangelegenheid. Als beenmergdonor moet je heel opofferingsgezind zijn.'

Ja, die gast was de onbaatzuchtigheid zelve, denkt Patrick.

'De leukemiepatiënt heeft intussen immunosuppressieven geslikt. Een week voor de transplantatie krijgt hij genoeg chemotherapie om alle bloedcellen in zijn beenmerg te doden.'

'Kun je zo leven?'

'Er is een groot risico van infectie. De patiënt heeft nog steeds zijn eigen levende bloedcellen, hij maakt alleen geen nieuwe meer aan. Dan krijgt hij het donormerg toegediend, gewoon via een infuus. Dat duurt ongeveer twee uur. Op de een of andere manier weten de cellen hun weg naar zijn eigen beenmerg te vinden en beginnen daar te groeien. Na ongeveer een maand is zijn beenmerg volledig vervangen door dat van de donor.'

244

'En zijn bloedcellen hebben dan die zes eiwitmoleculen van de donor? Dat HLA?' vraagt Patrick.

'Inderdaad.'

'En heeft hij dan ook het DNA van de donor?'

Dr. Bessette knikt. 'Ja, in alle opzichten. Eigenlijk heeft hij het bloed van iemand anders. Zijn lichaam wordt alleen wijsgemaakt dat het van hemzelf is.'

Patrick buigt zich naar voren. 'Maar gaat zijn lichaam zelf weer bloed aanmaken als de kanker is verdwenen?'

'Nee. Dat zouden we als afstoting beschouwen, want dan komt de leukemie weer terug. Het is de bedoeling dat de patiënt voor altijd het bloed van zijn donor blijft produceren.' Ze tikt op het dossier dat voor haar ligt. 'Glen Szyszynski is vijf jaar na de transplantatie volledig genezen verklaard. Zijn nieuwe beenmerg functioneerde goed en de kans dat de leukemie zou terugkomen was minder dan tien procent.' Dr. Bessette knikt. 'Ik denk dat de openbaar aanklager er gerust vanuit mag gaan dat de priester niet aan leukemie is overleden.'

Patrick kijkt haar glimlachend aan. 'U zult wel blij zijn met zo'n succesverhaal.'

'Natuurlijk. Pastoor Szyszynski heeft het geluk gehad dat hij de perfecte match heeft gevonden.'

'De perfecte match?'

'Zo noemen we het wanneer het HLA van de donor in alle opzichten overeenkomt met dat van de patiënt.'

Patrick zucht even. 'Hij heeft zeker geluk gehad, vooral omdat de donor geen familie van hem was.'

'O, maar dat was hij wel,' zegt dr. Bessette. 'Pastoor Szyszynski en zijn donor waren halfbroers.'

Francesca Martine kwam bij het Maine State Lab via New Hampshire, waar ze als DNA-specialist had gewerkt totdat zich iets beters aandiende. Dat bleek níet de ballistisch expert te zijn, die haar hart brak. Ze verhuisde naar het noorden om haar wonden te likken, en ontdekte dat voor haar geborgenheid te maken had met gels en petrischalen, en dat getallen je nooit in de steek lieten.

Toch kunnen getallen geen verklaring geven voor de diepgaande reactie die ze voelt wanneer ze Quentin Brown voor het eerst ontmoet. Als ze hem aan de telefoon sprak, stelde ze zich zo'n typische kantoorslaaf van het OM voor – afgestompt, onderbetaald, en met een ziekelijk grauwe gezichtskleur. Maar vanaf het moment dat hij haar lab binnenkomt, kan ze haar ogen niet van hem afhouden. Natuurlijk is hij indrukwekkend met zijn uitzonderlijk lange lijf en mahoniebruine huid, maar Frankie weet dat ze zich niet alleen daardoor tot hem aangetrokken voelt. Er is meteen een soort magnetische spanning tussen hen omdat ze allebei anders zijn dan anderen. Zij is niet zwart, maar in gezelschap meestal wel de enige met een IQ van 220.

Helaas zal Quentin Brown haar alleen van dichtbij willen bekijken als ze de vorm aanneemt van een forensisch labrapport. 'Waarom wil je dit eigenlijk zien?' vraagt ze.

Hij knijpt zijn ogen samen. 'En waarom wil je dat weten?'

'Gewoon uit nieuwsgierigheid. Het is behoorlijk technisch allemaal.'

Quentin aarzelt. 'De verdediging heeft het met spoed opgevraagd. En ik vraag me af waarom. Ik begrijp niet wat de uitslag van de DNA-test nog uitmaakt.'

Frankie slaat haar armen over elkaar. 'Ze waren niet geïnteresseerd in het labrapport, maar in de medische dossiers.'

'Ik kan je niet volgen.'

'Je weet dat ik in mijn DNA-rapporten altijd vermeld dat er een kans van een op zes miljard is dat het DNA van een willekeurig individu overeenkomt met dat van een ander individu?'

Quentin knikt.

'Nou, dit is de uitzondering.'

Het kost ongeveer tweeduizend dollar aan belastinggeld om een lijk op te graven. 'Nee,' zegt Ted Poulin botweg. Komend van de hoofdofficier van justitie van Maine, de baas van Quentin, moet dat genoeg zijn. Maar deze keer legt Quentin zich er niet zonder slag of stoot bij neer.

Hij grijpt de hoorn steviger beet. 'De DNA-expert van het OM-lab zegt dat we de test op tandpulp kunnen uitvoeren.'

'Quentin, voor de aanklacht maakt het niet uit. Ze heeft hem vermoord. Punt.'

'Ze heeft hem gedood omdat ze dacht dat hij haar zoon had gemolesteerd. Ik moet hem van verkrachter tot slachtoffer zien te maken, en dit is de enige manier.'

Het is lang stil aan de andere kant van de lijn. Quentin laat zijn vingertoppen over Nina's houten bureaublad glijden.

'Heeft hij nog familie die bezwaar kan maken?'

'Zijn moeder heeft al toestemming gegeven.'

Ted zucht. 'Er zal waanzinnig veel publiciteit van komen.'

Quentin leunt achterover en zegt grijnzend: 'Laat dat maar aan mij over.'

Fisher stormt het districtsgerechtsgebouw binnen en ziet er ongewoon verhit uit. Natuurlijk is hij hier eerder geweest, maar God mag weten waar ze Quentin Brown hebben weggestopt. Hij wil het net aan de secretaresse vragen, maar ziet Brown dan een keukentje uitkomen met een kop koffie in zijn hand. 'Meneer Carrington,' zegt Quentin minzaam. 'Zocht u mij?'

Fisher haalt het document uit zijn binnenzak dat hij die ochtend heeft ontvangen. Een verzoek tot opgraving. 'Wat heeft dit te betekenen?'

Quentin haalt zijn schouders op. 'Dat zou u moeten weten. U wilde tenslotte op stel en sprong dat DNA-rapport hebben.'

Maar Fisher heeft geen idee. Dat rapport had hij aangevraagd op Nina's verzoek, maar dat hoeft Brown niet te weten. 'Wat bent u van plan?'

'Met een eenvoudige test aantonen dat de priester die door uw cliënt is vermoord niet dezelfde is die haar zoon heeft misbruikt.'

Fisher verstrakt. 'Ik zie u morgenochtend in de rechtszaal.' Tegen de tijd dat hij in zijn auto is gestapt om naar Nina's huis te rijden, begint hij te begrijpen hoe een normaal mens zo gefrustreerd kan raken dat hij in staat is een moord te plegen.

'Fisher!' zeg ik, en ik ben oprecht blij hem te zien. Ik sta er zelf van te kijken. Of ik heul nu echt met de vijand, of ik heb te lang onder huisarrest gestaan. Ik doe de keukendeur open en laat hem binnen. Dan zie ik dat hij woedend is.

'Je wist het,' zegt hij op verraderlijk kalme toon. Hij overhandigt me een motie die door de hulpofficier is ingediend.

Mijn maag draait zich om en ik word kotsmisselijk. Ik slik moeizaam en kijk hem ten slotte aan. Ik kan maar beter de waarheid vertellen. 'Ik wist niet of ik het je moest zeggen. Ik wist niet of die informatie belangrijk was voor mijn zaak.'

'Dat bepaal ík!' briest Fisher. 'Daar betaal je me voor, want bewust of onbewust moet je toch inzien dat ik degene ben die je vrij kan krijgen, en dat ik daar beter voor ben uitgerust dan elke andere advocaat in Maine... onder wie jij.'

Ik sla mijn ogen neer. In feite ben ik openbaar aanklager, en die laat een advocaat van de verdediging nooit het het achterste van haar tong zien. We dansen om elkaar heen, maar de openbaar aanklager is altijd de leidende figuur en de andere advocaat zal zich naar haar moeten schikken.

Altijd.

'Ik vertrouw je niet,' zeg ik na een tijdje.

Fisher slaat direct terug. 'Dan staan we quitte.'

We staan als twee grommende honden met ontblote tanden tegenover elkaar. Fisher draait zich nijdig om, en op dat moment zie ik mijn gezicht weerkaatst in het raam. De waarheid is dat ik geen openbaar aanklager meer ben. Ik ben niet in staat om mezelf te verdedigen. Ik weet niet eens of ik dat wil.

'Fisher,' roep ik hem na wanneer hij bij de deur is. 'Hoe schadelijk kan dit voor me zijn?'

'Dat weet ik niet. Je zogenaamde waanzin zal er niet minder van worden, maar de sympathie van het publiek raak je kwijt. Je bent niet langer de held die een pedofiel heeft gedood, maar iemand die in een impuls een onschuldige man heeft neergeknald – een priester nota bene.' Hij schudt zijn hoofd. 'Juist voor mensen als jij hebben we wetten in het leven geroepen.'

In zijn ogen zie ik wat me te wachten staat. Ik word niet langer gezien als een moeder die voor haar kind deed wat ze moest doen, maar als een onbezonnen vrouw die dacht dat ze het beter wist dan ieder ander. Ik vraag me af of cameraflitsen anders op je huid aan-

voelen als je als crimineel in plaats van slachtoffer wordt vastgelegd. Ik vraag me af of ouders die ooit begrip hadden voor mijn
daad, ook al waren ze het er niet mee eens, nu de straat zullen
oversteken als ze me zien, alsof ik een besmettelijke ziekte heb.

'Ik kan niet tegenhouden dat zijn lichaam wordt opgegraven,'
zegt Fisher zuchtend.

'Dat weet ik.'

'En als je informatie voor me blijft verbergen, dan zul je nog veel
meer schade ondervinden, want zo kan ik niet werken.'

Ik buig mijn hoofd. 'Ik begrijp het.'

Hij brengt groetend zijn hand omhoog. Ik kijk hem na en sla
mijn armen om mezelf heen tegen de wind. Wanneer zijn auto de
weg op rijdt en ik me omdraai, zie ik Caleb achter me staan. 'Wat
was dat?' vraagt hij.

Hoofdschuddend loop ik langs hem heen, maar hij grijpt mijn
arm vast. 'Je hebt gelogen. Je hebt tegen me gelogen!'

'Caleb, je begrijpt het niet...'

Hij pakt me bij de schouders en schudt me door elkaar. 'Wat begrijp ik niet? Dat je een onschuldige man hebt gedood? Jezus,
Nina, wanneer dringt het eens tot je door?'

Nathaniel heeft me eens gevraagd hoe sneeuw verdwijnt. In Maine
is er maar één warme dag voor nodig om sneeuwbanken van een
meter dik te laten verdampen. Samen zijn we naar de bibliotheek
gegaan om het antwoord op te zoeken: *sublimatie*, het proces
waardoor iets vasts in lucht opgaat.

Terwijl Caleb me bij de schouders overeind houdt, stort ik in.
Alles wat ik die week voor me heb gehouden, gooi ik eruit. Ik hoor
pastoor Szyszynski's stem in mijn hoofd en zijn gezicht zwemt voor
mijn ogen. 'Ik weet het,' snik ik. 'O, Caleb, ik weet het. Ik dacht
dat ik ertegen bestand was. Ik dacht dat ik het aankon. Maar ik
heb me vergist.' Ik druk me tegen zijn borst en wacht tot hij zijn
armen om me heen slaat.

Maar Caleb doet een stap naar achteren en stopt zijn handen in
zijn zakken. Zijn roodomrande ogen hebben een gekwelde uitdrukking.

'Wat was de vergissing, Nina? Dat je een mens hebt gedood, of
iets anders?'

'Het is zo jammer,' zegt de secretaresse van de parochieraad van St.-Anna. Myra Lester schudt haar hoofd en reikt Patrick een kopje thee aan. 'Kerstmis staat voor de deur en wij zitten zonder kapelaan.'

Patrick weet dat de beste weg naar informatie niet altijd de snelste is. Ook weet hij uit de langvervlogen dagen van zijn katholieke opvoeding dat de secretaresse van de parochie behalve een bron van roddels ook het collectieve geheugen is. Dus zet hij zijn meelevendste gezicht op, wat hem vroeger altijd een kneepje in de wang van zijn tantes opleverde. 'De gemeente moet er kapot van zijn.'

'Al die geruchten die over pastoor Szyszynski de ronde deden, en dan de manier waarop hij is gedood... Hoogst onchristelijk allemaal, en meer wil ik er niet over zeggen.' Snuivend nestelt ze haar omvangrijke achterste in een fauteuil in het kantoor van de pastorie.

Het liefst had hij zich als iemand anders voorgedaan, bijvoorbeeld als nieuwkomer in Biddeford die meer over de parochie wil weten, maar door het onderzoek naar seksueel misbruik weet ze dat hij van de politie is. 'Myra,' zegt Patrick, en kijkt dan glimlachend op. 'Sorry, mevrouw Lester, bedoel ik natuurlijk.'

Ze bloost en zegt koket: 'Nee, nee, zegt u toch Myra, rechercheur.'

'Goed dan, Myra. Ik probeer in contact te komen met de priesters die hier op bezoek waren kort voor de dood van pastoor Szyszynski.'

'O, ja, alleraardigst waren ze, alleraardigst! Pastoor O'Toole had zo'n enig zuidelijk accent. Ik moest steeds aan perzikenbrandewijn denken als ik hem hoorde praten... Of was dat pastoor Gwynne?'

'Heb je enig idee waar ik ze kan vinden? De officier van justitie zit me nogal op de nek.'

'Die zijn natuurlijk terug naar hun eigen parochie.'

'En is daar administratie van? Een doorstuuradres misschien?'

Myra fronst, waardoor ragfijne rimpeltjes op haar voorhoofd verschijnen. 'Dat lijkt me wel. Er passeert niets in deze kerk zonder dat ik er het fijne van weet.' Ze staat op en haalt een leren band uit de opgestapelde verslagen en grootboeken achter haar bureau.

Ze bladert even en tikt dan met vlakke hand op een pagina. 'Hier heb ik het al. Pastoor Brendan O'Toole is die middag vertrokken vanuit St. Dennis in Harwich, Massachusetts, en pastoor Arthur Gwynne vanuit de See van Portland.' Myra krabt met het gummetje van haar potlood over haar hoofd. 'Die andere priester kan ook wel uit Harwich afkomstig zijn, maar dat verklaart de perziken-brandewijn niet.'

'Misschien is hij als kind verhuisd,' suggereert Patrick. 'Wat is de zee van Portland?'

'S-e-e. Het diocees hier in Maine.' Ze kijkt op naar Patrick. 'Daar wordt bepaald welke priesters naar ons toe worden gestuurd.'

Middernacht op een kerkhof met een opgegraven kist. Patrick kan wel een aangenamere plek bedenken. Maar hij staat bij de twee zwetende mannen die de kist uit de grond hebben gehesen en naast pastoor Szyszynski's laatste rustplaats hebben gezet als een altaar in het maanlicht. Hij heeft Nina beloofd dat hij als haar ogen, oren, en indien nodig ook als haar handen zou fungeren.

Ze dragen allemaal een hazmatpak – Patrick en Evan Chao, Fisher Carrington en Quentin Brown, Frankie Martine, en Vern Potter, de patholoog. Achter de lichtkring van hun zaklampen klinkt de roep van een uil.

Vern schrikt op. 'Godallejezus. Ik verwacht elk moment zombies tussen de grafstenen te zien opdoemen. Hadden we dit niet overdag kunnen doen?'

'Liever zombies dan de pers,' mompelt Evan Chao. 'Vooruit maar, Vern, hoe eerder dit achter de rug is hoe beter.'

'Oké.' Met een koevoet breekt Vern de kist open. Patrick kokhalst bij de stank die eruit ontsnapt. Fisher Carrington draait zich om en houdt een zakdoek tegen zijn masker. Quentin loopt weg om over te geven achter een boom.

De priester ziet er niet eens zoveel anders uit. Zijn grijze, gerimpelde huid is nog niet vergaan. 'Mondje open,' mompelt Vern. Hij drukt de kaak omlaag en trekt met een tang een kies los.

'Geef me ook een paar verstandskiezen,' zegt Frankie. 'En wat haar.'

Evan knikt naar Patrick en neemt hem even apart. 'Dit geloof je toch niet.'

'Nee.'

'Die schoft heeft gewoon zijn verdiende loon gekregen.'

Heel even is Patrick verbaasd, dan bedenkt hij dat er geen enkele reden is om aan te nemen dat Evan weet dat pastoor Szyszynski onschuldig was. 'Tja,' zegt hij alleen.

Enkele minuten later drukt Vern een glazen potje en een envelop in Frankies hand. Quentin gaat haastig met haar mee, met Fisher vlak achter zich aan. De lijkschouwer doet de kist weer dicht en zegt tegen de grafdelvers: 'Jullie kunnen hem weer terugleggen.' Dan draait hij zich om naar Patrick. 'Ga je mee?'

'Ik kom zo.' Patrick wacht tot Vern weg is en kijkt dan naar het graf dat de mannen weer met aarde bedekken. Hij blijft bij hen tot ze klaar zijn, want hij vindt dat iemand erbij moet blijven.

Tegen de tijd dat Patrick bij de districtsrechtbank van Biddeford is gearriveerd, vraagt hij zich af of pastoor Arthur Gwynne ooit heeft bestaan. Van het kerkhof is hij naar de zetel van het diocees in Portland gereden, waar de secretaris hem vertelde dat volgens zijn gegevens alleen pastoor O'Toole een bezoek aan Biddeford heeft gebracht. Misschien was pastoor Gwynne er op persoonlijke uitnodiging van de kapelaan zelf?

Dan geeft een gerechtelijk ambtenaar hem een afschrift van het testament van de priester dat een maand geleden openbaar werd toen het bij de rechtbank werd gedeponeerd. De inhoud is kort en simpel. Pastoor Szyszynski liet de helft van zijn vermogen na aan zijn moeder, en de andere helft aan de executeur-testamentair: Arthur Gwynne uit Belle Chasse in Louisiana.

Glazuur is het sterkste natuurlijke materiaal in het menselijk lichaam en heel moeilijk kapot te krijgen. Daarom laat Frankie de getrokken kies vijf minuten in vloeibare stikstof weken. 'Hé, Quentin,' zegt ze grijnzend tegen de hulpofficier die ongeduldig staat te wachten. 'Kun je een dollar klein voor me maken?'

Hij voelt in zijn zakken en schudt zijn hoofd. 'Sorry.'

'Geen probleem.'

Ze haalt een dollar tevoorschijn, legt die even in de vloeibare stikstof, trekt hem er dan weer uit en legt hem lachend op haar werkblad. 'Ik wel.'

Hij zucht. 'Duurt het daarom zo lang voordat we uitslagen van het lab krijgen?'

'Hé, ik heb je toch voor laten gaan?' Frankie haalt de kies uit zijn bad en legt hem in een steriele vijzel met stamper. Ze begint te drukken en te draaien, maar de kies wil niet breken.

'Vijzel en stamper?'

'Vroeger gebruikten we altijd de schedelzaag van de patholoog, maar daar moesten we steeds een nieuw blad inzetten. Bovendien wordt de snijrand te heet waardoor het DNA wordt gedenatureerd.' Over haar veiligheidsbril kijkt ze even naar hem op. 'Je wilt toch niet dat ik het verknal, wel?' Ze geeft er opnieuw een dreun op, maar de kies blijft intact. 'O, krijg ook wat.' Frankie vist een andere kies uit de vloeistof. 'Kom mee. Ik wil dit achter de rug hebben.'

Ze legt de kies in een dubbele steriele verpakking en gaat Quentin voor naar de trap die naar de ondergrondse garage van het lab leidt. 'Achteruit,' zegt ze. Ze legt het zakje op de vloer en gaat op haar hurken zitten. Dan neemt ze een hamer uit de zak van haar laboratoriumjas en begint erop los te slaan. Bij de vierde slag wordt de kies in het zakje versplinterd.

'En nu?' vraagt Quentin.

De splinters zijn bruinachtig, heel licht... maar toch. 'Nu moet je even wachten,' zegt ze.

Quentin, die niet gewend is om de halve nacht op een kerkhof te staan en daarna naar een lab in Augusta te rijden, valt in slaap op een stoel in de gang. Hij schrikt wakker wanneer hij een koele hand in zijn nek voelt. Hij gaat zo vlug rechtop zitten dat hij even duizelig is. 'En?' vraagt hij.

'Het tandmerg was chimerisch,' zegt Frankie, terwijl ze hem een rapport overhandigt.

'Leg even uit.'

Frankie gaat naast hem zitten. 'De reden dat we tandmerg testen is dat het zowel bloedcellen als weefselcellen bevat. Maar als iemand een beenmergtransplantatie heeft ondergaan, zullen die twee DNA-profielen in zijn tandmerg laten zien. Het eerste profiel is het DNA waarmee hij is geboren, en dat zit in de weefselcellen. Het tweede profiel is het DNA van de beenmergdonor, en dat zit in de bloedcellen. In dit geval vertoonde het tandmerg van de verdachte ook twee profielen.'

Quentin kijkt fronsend naar de getallen in het rapport. 'Dus...'

'Dus dit is het bewijs,' zegt Frankie, 'dat iemand anders die jongen heeft verkracht.'

Nadat Fisher me gebeld heeft om het me te vertellen, loop ik direct naar de wc om over te geven. Steeds opnieuw, totdat ik niets meer in mijn maag heb. Ik heb een mens gedood die geen straf had verdiend. Wat ben ik voor iemand?

Ik wil douchen tot ik me niet zo smerig meer voel. Ik wil mijn eigen huid afstropen. Maar het afgrijzen zit in mijn wezen. Snij het eruit en zie hoe je doodbloedt.

Zoals ik hem heb zien doodbloeden.

In de gang ren ik langs Caleb heen. Maar hij praat toch al niet meer tegen me. In mijn slaapkamer schop ik mijn schoenen uit en kruip aangekleed onder het dekbed. Ik trek het over mijn hoofd en adem mijn cocon in.

Ik kan niet warm worden. Ik zal hier blijven, want al mijn beslissingen zullen vanaf nu verdacht zijn. Ik doe helemaal niets meer. Liever dat dan de wereld om me heen nog eens op het spel zetten.

Het is je instinct, beseft Patrick, waardoor je iemand net zo veel kwaad wil doen als hij jou heeft aangedaan. Er is een tijd geweest in zijn loopbaan bij de militaire politie dat zijn arrestaties gewelddadig werden, en dat het bloed dat over zijn handen stroomde aanvoelde als balsem. Nu begrijpt hij dat die theorie een stap verder kan voeren. Dat je iemand hetzelfde wil aandoen als wat hij degene om wie je geeft heeft aangedaan. Dat is de enige verklaring die hij kan bedenken voor het feit dat hij in een 757 zit die van Dallas-Fort Worth onderweg is naar New Orleans.

De vraag is niet wat hij voor Nina zou overhebben. 'Alles,' zou hij zonder aarzelen hebben geantwoord. Ze heeft hem uitdrukkelijk verboden achter Arthur Gwynne aan te gaan, en tot nu toe kon Patrick zijn speurtocht voor zichzelf rechtvaardigen door zich voor te houden dat hij informatie verzamelde, maar nu moet zelfs hij de waarheid onder ogen zien. De enige reden dat hij naar Louisiana vliegt is om de confrontatie met deze man aan te gaan.

Hij heeft geen idee wat hem te wachten staat. Zijn hele leven heeft hij zich laten leiden door principes en regels – als militair, als politieman, en als minnaar die zijn liefde niet beantwoord zag. Maar regels hebben alleen zin als iedereen zich eraan houdt. Wat gebeurt er wanneer iemand er lak aan heeft? Wat is sterker – de behoefte om de wet te handhaven of het motief die de rug toe te keren?

Het was een grote schok voor hem te beseffen dat de geest van een misdadiger niet veel anders is dan die van een normaal, weldenkend mens. Het komt allemaal neer op de macht van het verlangen, van de hunkering. Verslaafden verkopen hun lichaam om een gram coke te kunnen kopen. Pyromanen zetten hun leven op het spel om iets in vlammen te kunnen zien opgaan. Als wetsdienaar heeft Patrick altijd geloofd dat hij erboven stond. Maar stel dat je obsessie niets met drugs, opwinding of geld te maken heeft? Stel dat je niets liever wilt dan het leven weer oppakken zoals het een week, een maand of een jaar geleden was, en dat je daar alles voor overhebt?

Dat was Nina's vergissing. Ze dacht dat het stoppen van de tijd gelijkstond aan het terugdraaien van de tijd. En hij kon het haar niet kwalijk nemen, want steeds wanneer hij in haar gezelschap was, maakte hij dezelfde fout.

De vraag is niet wat hij voor Nina zou doen, maar wat hij niet voor haar zou doen.

De stewardess duwt de drankentrolley als een kinderwagen voor zich uit en brengt het naast Patrick tot stilstand. 'Wat wilt u drinken?' vraagt ze. Haar glimlach doet hem denken aan Nathaniels Halloween-masker van vorig jaar.

'Tomatensap. Zonder ijs.'

De man die naast Patrick zit vouwt zijn krant dicht. 'Tomatensap met wodka,' zegt hij met een zwaar Texaans accent. 'Met ijs.'

Ze nemen allebei een slok uit hun glas wanneer de stewardess is doorgelopen. De man kijkt even hoofdschuddend naar zijn krant. 'Ze moeten dat wijf gewoon ophangen,' mompelt hij.

'Sorry?'

'Die moordzaak, bedoel ik. Ach, je hebt er vast wel van gehoord. Dat maffe wijf in de dodencel die op het laatste moment gratie heeft gevraagd omdat ze Jezus heeft gevonden. Maar ik zeg je dat de gouverneur haar geen spuitje durft te geven omdat ze een vrouw is.'

Patrick is altijd een voorstander van de doodstraf geweest. Toch zegt hij: 'Terecht misschien.'

'Je bent zeker zo'n linkse yank,' zegt de man minachtend. 'Ik zeg altijd dat het niet uitmaakt of je een pik hebt of niet. Als je iemand in een buurtwinkel door z'n hoofd schiet, dan moet je de gevolgen ondervinden. Waar of niet?' Hij haalt zijn schouders op en drinkt zijn glas leeg. 'Ben je op vakantie of op zakenreis?'

'Zaken.'

'Ik ook. Ik zit in de verkoop. Diervriendelijke vallen,' zegt hij vertrouwelijk, alsof het om geheime informatie gaat.

'Ik ben advocaat bij de ACLU,' liegt Patrick. 'Ik ga bij de gouverneur de zaak van die vrouw bepleiten.'

De vertegenwoordiger loopt rood aan. 'O... Ik wilde niet respectloos...'

'Schei toch uit.'

De man vouwt zijn krant dubbel en stopt hem in het netje van de rugleuning voor hem. 'Zelfs intellectuele doetjes als jullie kunnen ze niet allemaal redden.'

'Al was het er maar één,' antwoordt Patrick.

Er is een vrouw die mijn kleren draagt, mijn huid en mijn geur heeft, maar ik ben het niet. Schuldgevoel is alsof je met inkt bent getekend. Je bent niet meer wie je vroeger was. En het is niet meer uit te wissen. Je krijgt jezelf niet meer terug.

Woorden kunnen me niet van de rand weghalen. Daglicht evenmin. Dit is niet iets waar je overheen kunt komen, maar iets waarmee je moet leren leven.

Ik vraag me af wie de vrouw is die mijn leven leidt. Ik wil haar bij de hand nemen.

En dan wil ik haar van een rots af duwen.

Patrick trekt zijn jasje uit terwijl hij door de straten van Belle Chasse langs smeedijzeren hekken en met klimop begroeide pergola's loopt. Kerstmis past niet bij dit klimaat. De kerstversieringen lijken te zweten in de vochtige hitte. Hij vraagt zich af hoe Glen Szyszynski het als jongen uit Louisiana in het noorden kon uithouden.

Maar hij weet het antwoord al. Het bewijs zit in zijn binnenzak, een document dat een ambtenaar van de burgerlijke stand in New Orleans voor hem heeft gekopieerd. Arthur Gwynne, geboren 23/10/43, zoon van Cecilia Marquette Gwynne en haar echtgenoot Alexander Gwynne. Vier jaar later het huwelijk van de weduwe Cecilia Marquette Gwynne met Teodor Szyszynski. En in 1951 werd Glen geboren.

Halfbroers.

Szyszynski's testament werd in 1994 voor het laatst gewijzigd. Het is heel goed mogelijk dat Arthur Gwynne niet meer in Belle Chasse woont, maar het is een beginpunt. Priesters vertrekken niet onopgemerkt uit een stadje dat grotendeels katholiek is. Misschien had hij contact met zijn buren en kunnen die hem iets wijzer maken. En anders heeft hij nog altijd de pagina die hij uit het telefoonboek heeft gescheurd en waarop alle kerken staan vermeld. De grootste is de Kerk van Onze-Lieve-Vrouwe van de Genade.

Hij wil nog niet denken aan wat hij met de informatie zal doen, als hij die al zal vinden.

Dan slaat hij een hoek om en ziet hij de kathedraal. Hij loopt de stenen trap op en gaat naar binnen. Voor hem ziet hij een bekken met wijwater. Flakkerende kaarsen werpen golven op de muren, en een gebrandschilderd raam veroorzaakt een flonkerende rode plas op de mozaïekvloer. Boven het altaar hangt een cipressenhouten kruisbeeld van Jezus.

Het is er schemerig en vredig, en het ruikt er naar bijenwas en stijfsel. Even wordt Patrick weer teruggebracht naar zijn jeugd. Onwillekeurig slaat hij een kruis wanneer hij op een kerkbank achterin gaat zitten.

Vier vrouwen zijn in gebed verzonken. Een andere zit zachtjes te snikken terwijl een priester haar fluisterend probeert te troosten. Patrick blijft geduldig wachten en laat zijn handen over het glanzend gepoetste hout glijden.

Ineens voelt hij zijn nekharen overeind komen. Over de rand van de bank achter hem loopt een kat die met haar staart zijn nek kietelt. 'Jezus,' mompelt hij.

De kat knippert met haar ogen en springt dan gracieus in de armen van de priester die naast Patrick is komen staan. 'Foei,' zegt de priester vermanend.

Het duurt even voordat het tot Patrick doordringt dat het niet tot hem maar tot de kat is gericht. 'Neemt u me niet kwalijk. Ik probeer in contact te komen met pastoor Arthur Gwynne.'

De priester kijkt hem glimlachend aan. 'Die hebt u dan nu gevonden.'

Steeds wanneer Nathaniel naar zijn moeder wil, ligt ze te slapen. Ook als het buiten nog licht is, en zelfs wanneer het tijd is voor *Franklin* op Nickelodeon. *Laat haar met rust*, zegt zijn vader. *Dat wil ze het liefst.* Maar daar gelooft Nathaniel niets van. Hij bedenkt dat hij zelf weleens midden in de nacht wakker wordt omdat hij van spinnen heeft gedroomd, en het enige wat hem ervan weerhoudt de kamer uit te rennen is dat het zo donker is en het zo ver lijkt van zijn bed naar de deur.

'We moeten iets doen,' zegt Nathaniel tegen zijn vader, wanneer zijn moeder na drie dagen nog steeds slaapt.

Maar zijn vader trekt rimpels in zijn gezicht, net als wanneer Nathaniel te hard schreeuwt als zijn haar wordt gewassen en zijn stem door de badkamer weergalmt. 'We kunnen niets doen,' zegt hij tegen Nathaniel.

Dat is niet waar. Nathaniel weet het. Dus wanneer zijn vader naar buiten gaat om de vuilnisbakken aan het eind van de oprit te zetten (*Twee minuten, Nathaniel... Je kunt toch wel twee minuten rustig blijven zitten?*), rent hij de trap op naar zijn slaapkamer. Hij gooit de prullenmand leeg die hij als kruk kan gebruiken en neemt iets uit zijn ladekast. Dan draait hij zachtjes de deurkruk van de kamer van zijn ouders om en loopt op zijn tenen naar binnen.

Hij doet het leeslampje aan dat op het nachtkastje van zijn moeder staat en kruipt op het bed. Zijn moeder is er helemaal niet, alleen die grote gezwollen vorm onder de dekens die niet eens beweegt wanneer hij haar naam roept. Hij port erin. Dan trekt hij de dekens weg.

Het wezen dat zijn moeder niet is, kreunt en knippert met haar ogen tegen het plotselinge licht.

Haar haar zit vol klitten, net als de vacht van de bruine schapen op de kinderboerderij. Haar ogen liggen heel diep in haar gezicht en er lopen groeven langs haar mond. Ze ruikt naar verdriet. Ze kijkt Nathaniel even aan alsof ze zich probeert te herinneren wie hij is. Dan trekt ze de dekens weer over haar hoofd en rolt van hem weg.

'Mama?' fluistert Nathaniel. 'Mama, ik weet wat je nodig hebt.'

Nathaniel weet hoe het voelt om in het donker gevangen te zitten zonder het te kunnen uitleggen. Hij weet ook wat zij toen voor hem deed. Dus pakt hij het gebarentaalboek dat hij van dr. Robichaud heeft gekregen en drukt het onder de dekens in zijn moeders handen.

Hij houdt zijn adem in terwijl haar handen langs de randen glijden en door de pagina's bladeren. Er klinkt een geluid dat Nathaniel nooit eerder heeft gehoord – misschien klinkt het zo wanneer bij een aardbeving de aarde begint te splijten – en het boek valt opengeslagen op de grond. Ineens rijst het dekbed op als de kaak van een witte walvis en wordt hij in zijn geheel vastgepakt en verzwolgen.

Dan is hij op de plek waar hij het boek heeft neergelegd en in haar armen. Ze drukt hem zo dicht tegen zich aan dat er geen ruimte is voor woorden. Maar dat geeft niet, want Nathaniel begrijpt precies wat zijn moeder wil zeggen.

Christus, denk ik, *doe dat licht uit.*

Maar Fisher begint documenten op de dekens uit te spreiden alsof hij dagelijks een bespreking heeft met een cliënt die te uitgeput is om haar bed uit te komen. Misschien is het ook wel zo. Wat weet ik er uiteindelijk van?

'Ga weg,' kreun ik.

'Het komt erop neer dat hij een beenmergtransplantatie had ondergaan,' zegt Fisher zakelijk. 'Je hebt de verkeerde doodgeschoten. Nu moeten we dat in ons voordeel zien te gebruiken.' Dan kijkt hij me aan. Hij is niet in staat de schok of de weerzin te verbergen die mijn aanblik teweegbrengt. Ongewassen, ongekleed, vervuild.

259

Ja, kijk maar, Fisher, denk ik. *Misschien ben ik wel echt krankzinnig.*

Ik ga op mijn zij liggen, waardoor wat papieren naar de rand van het bed dwarrelen. 'Je hoeft mij niet voor de gek te houden, Nina,' zegt Fisher zuchtend. 'Je hebt me ingehuurd om je uit de gevangenis te houden, dus ga je niet naar de gevangenis.' Hij zwijgt even alsof hij op het punt staat me iets belangrijks te vertellen, maar wat hij zegt doet er volstrekt niet toe. 'Ik heb al de nodige paperassen verwerkt om een jury aan te vragen, maar je weet dat we dat op het laatste moment weer kunnen intrekken.' Hij kijkt naar mijn nachthemd, naar mijn klitterige haar. 'Misschien is het makkelijker er één persoon van te overtuigen... dat je gek was.'

Ik trek het dekbed over mijn hoofd.

'We hebben het rapport van O'Brien gekregen. Goed werk, Nina. Ik zal het voor je achterlaten...'

In het donker onder de dekens begin ik te neuriën zodat ik hem niet kan horen.

'Goed dan.'

Ik steek mijn vingers in mijn oren.

'Dat was het wel zo'n beetje.' Ik voel bewegingen op het bed als hij zijn papieren verzamelt. 'Na de kerst neem ik weer contact met je op.' Hij loopt naar de deur.

Ik heb een man gedood. Die gedachte is een deel van mij geworden, zoals de kleur van mijn ogen of de moedervlek op mijn rechterschouderblad. Ik heb een man gedood, en dat kan nooit meer ongedaan worden gemaakt.

Ik steek mijn gezicht boven het dekbed uit wanneer hij bij de deur is. 'Fisher.' Het eerste woord dat ik in dagen heb gesproken.

Hij draait zich glimlachend om.

'Ik wil getuigen.'

De glimlach verdwijnt. 'Geen sprake van.'

'Jawel.'

Hij loopt weer naar het bed toe. 'Als jij gaat getuigen, zal Brown je aan mootjes hakken. Als jij getuigt, kan zelfs ik je niet meer helpen.'

Ik kijk hem aan zonder met mijn ogen te knipperen. 'Nou en?'

'Iemand wil je spreken,' zegt Caleb, en hij laat de draadloze telefoon op het bed vallen. Wanneer ik er niet naar omkijk, voegt hij eraan toe: 'Het is Patrick.'

Toen we een keer aan het strand waren, liet ik me door Nathaniel in het zand begraven. Het was een zware last op mijn borst, en ik weet nog hoe opgesloten ik me voelde toen hij een duin om me heen bouwde. Toen ik uiteindelijk bewoog, was ik als een titan die van de aarde oprees, en ineens kreeg ik zoveel kracht dat ik de goden ten val had kunnen brengen.

Nu zie ik mijn hand naar de telefoon kruipen zonder dat ik hem kan tegenhouden. Kennelijk is er maar één manier om me uit mijn onmacht en zelfmedelijden te lokken, en dat is door me de mogelijkheid te bieden in actie te komen. En al weet ik hoe gevaarlijk de gevolgen kunnen zijn, ik ben er nog steeds aan verslaafd. *Hallo, ik ben Nina, en ik moet weten waar hij is.*

'Patrick?' Ik druk de hoorn tegen mijn oor.

'Ik heb hem gevonden, Nina. In Belle Chasse, een stadje in Louisiana. Hij is priester.'

Alle lucht verdwijnt uit mijn longen. 'Je hebt hem gearresteerd.'

Hij aarzelt. 'Nee.'

Ik ga rechtop zitten. 'Je...' Ik kan de zin niet afmaken. Een deel van mij hoopt dat hij me iets afschuwelijks zal vertellen, iets wat ik wanhopig graag wil horen. Maar een ander deel hoopt dat hij niet vergiftigd is door de vrouw die ik ben geworden.

'Ik heb met hem gesproken, maar hij mag niet weten dat ik achter hem aan zit of zelfs maar dat ik uit Maine kom. Anders gaat hij ervandoor en krijgen we nooit een bekentenis. Natuurlijk is hij op zijn hoede nadat zijn halfbroer is vermoord vanwege een misdrijf dat hijzelf heeft gepleegd.' Patrick aarzelt even. 'Daarom heb ik gezegd dat ik ging trouwen en dat ik een kerk zocht voor de inzegening. Het was het eerste wat in me opkwam.'

De tranen springen in mijn ogen. Hij was binnen Patricks bereik en toch heeft hij niets gedaan. 'Arresteer hem. Jezus, leg die telefoon neer en ga meteen achter hem aan...'

'Ho even. In Louisiana heb ik geen enkele bevoegdheid. Het misdrijf is daar niet gepleegd. Ik heb een arrestatiebevel uit Maine nodig voordat ik iets kan ondernemen, en dan nog kan hij uitlevering aanvechten.' Hij zwijgt even. 'En wat denk je dat mijn baas zal zeggen als hij erachter komt dat ik mijn politiepenning gebruik om informatie te krijgen over een zaak waar ik niets mee te maken heb?'

'Maar, Patrick... Je hebt hem gevonden!'

'Dat weet ik. En hij zal gestraft worden.' Het is even stil. 'Maar niet vandaag.'

Hij vraagt of het goed met me gaat en ik lieg tegen hem. Hoe kan het goed met me gaan? Ik ben terug bij af. Alleen zal ik nu terechtstaan voor de moord op een onschuldig mens, en zal Nathaniel een nieuwe beproeving moeten ondergaan. Terwijl ik in de gevangenis zit, zal hij zijn verkrachter onder ogen moeten komen en de nachtmerrie opnieuw doormaken. Nathaniel zal nog eens het slachtoffer worden.

Wanneer de verbinding is verbroken, kijk ik naar de hoorn in mijn hand.

De eerste keer had ik veel meer te verliezen.

'Wat ben je aan het doen?'

Ik trek net een coltrui over mijn hoofd wanneer Caleb de slaapkamer binnenkomt. 'Wat denk je?' Ik rits mijn spijkerbroek dicht en trek een paar makkelijke schoenen aan.

'Patrick heeft je je bed uit gekregen,' zegt hij op een toon die ik niet helemaal kan doorgronden.

'Patricks informatie heeft me uit bed gekregen.' Ik wil langs hem heen lopen, maar hij houdt me tegen. 'Laat me nou, ik moet ergens heen.'

'Jij gaat nergens heen, Nina. Denk aan de armband.'

Ik kijk naar zijn gezicht. Er zijn rimpels verschenen die ik niet eerder heb gezien. Geschokt besef ik dat ik er de oorzaak van ben. Ik ben hem op zijn minst de waarheid verschuldigd.

Ik leg mijn hand op zijn arm en breng hem naar het bed waar hij naast me op de rand gaat zitten. 'Patrick heeft de beenmergdonor gevonden. Het is de priester die in oktober de St.-Anna kwam bezoeken. Die met die kat. Hij heet Arthur Gwynne en hij werkt in een kerk in Belle Chasse in Louisiana.'

Caleb verbleekt. 'Waarom... Waarom vertel je me dit?'

Omdat ik de eerste keer alles in mijn eentje heb gedaan, terwijl

ik je op zijn minst had moeten zeggen wat ik van plan was. Om-
dat je in de rechtszaal niet tegen me zult hoeven getuigen. 'Omdat
het nog niet is afgelopen,' zeg ik.

Hij deinst naar achteren. 'Nee.' Ik sta op, maar hij pakt mijn
pols beet en brengt zijn gezicht vlak voor het mijne. Hij doet me
pijn. 'Wat ga je doen? Je huisarrest schenden om een andere priester te doden? Is één keer levenslang niet genoeg?'

'In Louisiana kennen ze de doodstraf.'

Mijn antwoord valt als een hakbijl tussen ons neer. Caleb duwt
me van zich af, waardoor ik struikel en op de grond val. 'Is dat wat
je wilt?' vraagt hij zacht. 'Ben je echt zo egoïstisch?'

'Egoïstisch?' Ik barst in tranen uit. 'Ik doe dit voor onze zoon.'

'Je doet dit voor jezelf, Nina. Als je ook maar een beetje aan Nathaniel dacht, dan zou je er als moeder voor hem zijn. Dan zou je
je bed uit komen om verder te gaan met je leven en dan liet je het
rechtssysteem met Gwynne afrekenen.'

'Het rechtssysteem. Moet ik rustig afwachten tot die klootzak
wordt gearresteerd? Terwijl hij in de tussentijd nog tien of twintig
andere kinderen verkracht? En dan nog langer wachten omdat de
gouverneurs het niet eens worden over de vraag in welke staat hij
berecht moet worden? En dan opnieuw wachten terwijl Nathaniel
tegen die hufter moet getuigen? En dan horen dat Gwynne een
straf is opgelegd die al voorbij is voordat onze zoon zijn nachtmerries is kwijtgeraakt?' Ik haal diep en beverig adem. 'Dat is het
rechtssysteem, Caleb. En daar moet ik op wachten?'

Als hij geen antwoord geeft, kom ik overeind. 'Ik ga toch al naar
de gevangenis omdat ik een man heb gedood. Ik heb geen toekomst
meer. Maar Nathaniel wel.'

'Wil je dat je zoon zonder jou opgroeit?' Calebs stem breekt. 'Ik
zal je de moeite besparen.'

Hij loopt abrupt de slaapkamer uit en roept Nathaniel. 'Hé,
maatje,' hoor ik hem zeggen. 'We gaan op avontuur.'

Mijn handen en voeten zijn als verlamd. Toch weet ik naar Nathaniels slaapkamer te komen, waar Caleb wat kleren in een Bat-
man-rugzak propt. 'Wat... Wat ben je aan het doen?'

'Wat denk je?' antwoordt Caleb, een echo van mijn eerdere woorden.

Nathaniel springt op en neer op zijn bed. Zijn haar fladdert als zijde om zijn hoofd. 'Je kunt hem niet bij me weghalen.'

Caleb ritst de rugzak dicht. 'Waarom niet? Jij wilde zelf bij hem weggaan.' Met een geforceerde glimlach draait hij zich om naar Nathaniel. 'Ben je zo ver?' Nathaniel springt in zijn uitgestrekte armen.

'Dag, mammie!' kraait hij. 'We gaan op avontuur.'

'Ik weet het.' Het kost me moeite hem toe te lachen met een dichtgeknepen keel.

Caleb loopt met hem langs me heen. Ik hoor hun voetstappen op de trap en een deur die wordt dichtgeslagen. Dan het geronk van Calebs pick-up die achteruit de oprit af rijdt. Daarna is het angstaanjagend stil in huis.

Ik laat me op Nathaniels bed vallen, in lakens die naar kleurpotloden en gemberkoek ruiken. Het probleem is dat ik dit huis niet kan verlaten. Zodra ik buiten ben, zullen politiewagens met loeiende sirenes achter me aan komen en ben ik al gearresteerd voordat ik de luchthaven heb bereikt.

Het is Caleb gelukt. Hij heeft me weerhouden van wat ik zo wanhopig graag wilde doen.

Want hij weet dat ik niet achter Arthur Gwynne zal aan gaan. Als ik nu de deur uit loop, zal ik mijn zoon gaan zoeken.

Drie dagen later heeft Caleb nog steeds niets van zich laten horen. Ik heb elk hotel en motel in de omgeving gebeld, maar daar is hij niet, niet onder zijn eigen naam tenminste. Het is de dag voor kerst, dus ik weet zeker dat ze terug zullen komen, want Caleb is gehecht aan de kersttraditie. Ik heb Nathaniels cadeautjes ingepakt, waarvan ik het hele jaar door een voorraadje op zolder aanleg. Van de slinkende voedselvoorraad in de koelkast heb ik een kip gebraden en selderijsoep gekookt. Ik heb de tafel gedekt met het mooie porselein dat we bij ons trouwen hebben gekregen.

Ik heb ook het huis schoongemaakt, en ik hoop dat Caleb het ziet zodra hij binnenkomt. Misschien beseft hij dan dat ik ben veranderd. Ik heb mijn haar in een vlecht gebonden en een zwartfluwelen broek met een rode bloes aangetrokken. Ik draag de oorhangers die ik de vorige kerst van Nathaniel heb gekregen, kleine sneeuwmannetjes die hij van boetseerklei had gemaakt.

Dat neemt niet weg dat ik diepe kringen onder mijn ogen heb. Ik kan niet meer slapen sinds ze zijn vertrokken, misschien een soort kosmische straf omdat ik al die dagen sluimerend heb doorgebracht toen we nog met z'n drieën waren. 's Nachts loop ik door de gangen en probeer de plekken in het tapijt te vinden die door Nathaniels rennende voetstappen zijn afgesleten, of zit ik naar oude foto's te staren.

We hebben geen boom, want ik kon niet naar buiten om er een om te hakken. Het is traditie dat we op de zaterdag voor kerst als gezin over ons perceel lopen om er een uit te zoeken. Maar ja, van een gezin is de afgelopen tijd nauwelijks sprake geweest.

Om een uur of vier in de middag heb ik kaarsen aangestoken en een kerst-cd opgezet. Ik ga op de bank zitten met mijn handen in mijn schoot gevouwen, en wacht.

Om halfvijf begint het te sneeuwen. Ik rangschik Nathaniels cadeaus opnieuw, nu op grootte. Ik vraag me af of de sneeuwlaag straks dik genoeg zal zijn, zodat hij de heuvel af kan met de nieuwe slee die met een feestelijke strik tegen de muur staat.

Tien minuten later hoor ik een bestelwagen over de oprit rijden. Ik spring overeind, kijk nog een laatste keer inspecterend om me heen, en doe dan met een brede glimlach de deur open. Een man van UPS met sneeuwvlokken op zijn jas staat met een pakje op de stoep. 'Nina Frost?'

Ik neem het pakje aan en hij wenst me een vrolijk kerstfeest toe. Binnen maak ik het open. Een leren kantooragenda voor het jaar 2002. Op de binnenkant van het omslag staat een stempel van Fishers advocatenkantoor. PRETTIGE FEESTDAGEN. *Carrington, Whitcomb, Horoby, en Platt.* 'Dit zal in de gevangenis echt van pas komen,' zeg ik hardop.

Ook voordat hij was gescheiden meldde Patrick zich altijd beschikbaar tijdens de kerstdagen. Soms zelfs dag en nacht. De meeste telefoontjes komen van oude mensen die beweren iets verdachts te hebben gehoord of gezien. Meestal willen ze alleen wat gezelschap op een avond dat niemand in z'n eentje is.

'Vrolijk kerstfeest,' zegt hij, wanneer hij het huis uit loopt van de tweeëntachtigjarige Maisie Jenkins die net weduwe is geworden.

'God zegene je, jongen,' roept ze terug, en ze gaat weer het huis in dat net zo eenzaam is als dat van Patrick.

Hij zou Nina kunnen opzoeken, maar waarschijnlijk is Caleb terug met Nathaniel omdat het kerstavond is. Nee, daar heeft hij nu niets te zoeken. Hij stapt in zijn auto en rijdt langzaam door de gladde straten van Biddeford. Kerstlampjes flonkeren aan veranda's en ramen alsof de wereld alleen maar vrede en rijkdom kent.

Ineens ziet hij iets voor zich op de weg en stampt op de rem. Hij stuurt mee in de slip en weet de figuur die tijdens het oversteken is gevallen te vermijden. Hij stapt de auto uit en haast zich naar de man toe. 'Alles goed met u, meneer?' vraagt Patrick.

De man rolt zich om. Hij is als Kerstman verkleed en stinkt naar alcohol vanonder zijn nepbaard. 'Ik ben geen meneer, ik ben de Kerstman, ja?'

Patrick helpt hem overeind. 'Hebt u zich bezeerd?'

'Blijf van me af.' Santa kruipt van hem weg. 'Ik kan je aanklagen, weet je dat?'

'Omdat ik u niet heb aangereden? Dat betwijfel ik.'

'Vanwege roekeloos rijden. Je hebt gedronken.'

Patrick schiet in de lach. 'En u niet?'

'Geen druppel.'

'Oké, Kerstman.' Patrick helpt hem overeind. 'Kan ik je thuisbrengen?'

'Ik moet mijn slee ophalen.'

'Begrijp ik.' Met zijn arm om hem heen trekt hij de man mee naar de patrouillewagen.

'De rendieren vreten het dak op als ik ze te lang alleen laat.'

'Begrijp ik.'

'Ik kan niet mee, want ik ben nog niet klaar.'

Patrick opent het achterportier. 'Alles op z'n tijd. Kom nou maar. Ik ga je naar een lekker warm bed brengen waar je je roes kunt uitslapen.'

Santa schudt zijn hoofd. 'Mijn vrouw vermoordt me.'

'Vast niet.'

'Weet je wel wat het betekent om naar huis te gaan, naar de vrouw van wie je houdt, maar die jou het liefst nooit meer zag thuiskomen?'

Patrick duwt hem krachtiger dan zijn bedoeling is de auto in. Nee, hij weet niet wat dat betekent. Hij is nog bezig met het eerste deel van die zin: *Weet je wat het betekent om naar huis te gaan, naar de vrouw van wie je houdt.*

Tegen de tijd dat ze bij het bureau arriveren, is Santa half bewusteloos en moet hij door Patrick en een brigadier naar binnen worden gesleurd. Dan stapt Patrick weer in zijn auto. Maar in plaats van naar huis te gaan, rijdt hij langs het huis van Nina, gewoon om te kijken of alles in orde is. Dat doet hij niet vaak meer sinds hij naar Biddeford is teruggekomen toen Nina en Caleb al getrouwd waren. Hij reed 'avonds laat weleens langs en zag dan dat er geen licht meer brandde, behalve in hun slaapkamer. Gewoon voor alle zekerheid, hield hij zichzelf toen voor.

Jaren later gelooft hij het zelf nog steeds niet.

Nathaniel begrijpt dat zijn vader hem de tijd van zijn leven wil bezorgen. Niet alleen mag hij op kerstavond laat opblijven, maar ook zoveel cadeautjes uitpakken als hij wil. En ze logeren in een heel oud kasteel in een heel ander land dat Canada heet.

Hun kamer in dit kasteelhotel heeft een open haard. Er is ook een vogel die er echt uitziet, ook al is hij dood. Opgezet, zei zijn vader. De vogel ziet er inderdaad uit alsof hij te veel heeft gegeten, maar Nathaniel betwijfelt of je daaraan dood kunt gaan. Er zijn twee enorme bedden met heel zachte kussens.

Hij heeft een vrachtwagen met afstandsbediening uitgepakt, een knuffelkangoeroe, een helikopter, Matchbox-autootjes in allerlei kleuren. Twee computerspelletjes en een flipperautomaatje dat hij in zijn hand kan houden. De kamer ligt bezaaid met cadeaupapier dat zijn vader nu in het vuur gooit.

'Dat trekt lekker,' zegt hij lachend tegen Nathaniel.

Nathaniel mag elke dag bepalen wat ze gaan doen. Zo hebben ze een hele dag bij een fort gespeeld, zijn ze met de kabelbaan geweest, en daarna naar een restaurant met de kop van een eland aan de buitenmuur. Nathaniel heeft er vijf toetjes besteld. Toen zijn ze naar hun kamer gegaan om cadeautjes uit te pakken. De kerstkousen bewaren ze voor morgen. Ze hebben alles gedaan wat Nathaniel wilde, wat thuis nog nooit is voorgekomen.

'Goed,' zegt zijn vader. 'Wat gaan we nu doen?'

Nathaniel wil dat alles weer wordt zoals het was.

Om elf uur wordt er aan de voordeur gebeld. Ik zie eerst een enorme boom en dan Patricks gezicht tussen de takken. 'Hallo,' zegt hij.

'Hallo,' zeg ik met een geforceerde glimlach.

'Ik heb een boom voor je gekocht.'

'Dat zie ik.' Ik doe een stap terug en laat hem binnen. Hij zet de boom tegen de muur, waarbij het naalden rond onze voeten regent. 'Ik zie Calebs pick-up niet staan.'

'Hij is er niet. Nathaniel ook niet.'

Patricks gezicht betrekt. 'Jezus, Nina, het spijt me.' '

'Geeft niet. Ik heb nu een boom en iemand die me helpt het kerstdiner op te eten.'

'Het zal me een waar genoegen zijn.'

'Kom binnen. Dan haal ik de schalen uit de koelkast.'

'Ogenblik.' Hij rent naar zijn auto en komt terug met boodschappenzakken van de Wal-Mart. Een paar zijn met linten dichtgebonden. 'Vrolijk kerstfeest.' Hij aarzelt even en drukt dan een kus op mijn wang.

'Je ruikt naar whisky.'

'Dat moet de Kerstman zijn geweest,' zegt Patrick. 'Ik heb een stomdronken Santa de cel in gesjouwd om zijn roes uit te slapen.' Intussen pakt hij de zakken uit. Cracker Jacks, Cheeto's, Chex Mix. Alcoholvrije champagne. 'Alles was verder al dicht,' zegt hij verontschuldigend.

Ik neem de nepchampagne op en draai hem om in mijn handen. 'Een beetje dronken worden zit er niet in, hè?'

'Niet als je daardoor in de cel terechtkomt.' Hij kijkt me aan. 'Je kent de voorwaarden, Nina.'

En omdat hij altijd weet wat het beste voor me is, loop ik achter hem aan naar de woonkamer waar we de boom in de standaard zetten. We leggen een vuur aan en halen dan de kerstversieringen uit de dozen die ik van zolder heb gehaald. 'Deze kan ik me nog herinneren.' Patrick haalt een tere glazen druppel met een figuurtje erin uit het vloeipapier. 'Daar waren er twee van.'

'Totdat jij erop ging zitten.'

'Ik dacht dat je moeder me zou vermoorden.'

'Dat had ze waarschijnlijk ook gedaan als je niet zo bloedde.'

Patrick schiet in de lach. 'En jij stond naar me te wijzen en te roepen dat ik een snee in mijn achterste had.' Hij hangt de druppel op borsthoogte in de boom. 'Wil je wel geloven dat ik er een litteken aan heb overgehouden?'

'Geloof je het zelf?'

'Wil je het zien?'

Aan zijn sprankelende ogen zie ik dat hij een grapje maakt. Toch doe ik alsof ik het niet hoor.

Als we klaar zijn gaan we op de bank zitten en eten koude kip met Chex Mix. Onze schouders raken elkaar. Ik moet denken aan vroeger, toen we vaak in slaap vielen op de steiger bij het zwembad met de zon op onze huid. Patrick zet de andere Wal-Martzakken onder de boom. 'Beloof me dat je die morgenochtend pas openmaakt.'

Dan dringt het tot me door dat hij wil weggaan.

'Je gaat nu toch niet door de sneeuw...'

Hij haalt zijn schouders op. 'Vierwielaandrijving. Maak je geen zorgen.'

Ik laat de nepchampagne in mijn glas ronddraaien. 'Alsjeblieft,' zeg ik. Meer niet. Nu Patrick hier naast me zit en zijn stem de woonkamer vult, zal het huis nog leger lijken als hij weg is.

'Het is al morgen.' Patrick wijst naar de klok. Het is bijna kwart over twaalf. 'Vrolijk kerstfeest.' Hij legt twee plastic tassen op mijn schoot.

'Maar ik heb helemaal niets voor jou.' Ik zeg niet wat ik denk: dat we elkaar al die jaren dat hij weer in Biddeford is nooit een kerstcadeautje hebben gegeven. Hij neemt wel pakjes mee voor Nathaniel, maar tussen ons bestaat een stilzwijgende afspraak. Anders zouden we ons op gevaarlijk terrein begeven.

'Maak nou maar open.'

In de ene zak zit een kampeertentje. In de andere een zaklamp en een nieuw Clue-spel. Patrick kijkt me vrolijk aan. 'Dit is je kans om te bewijzen dat je me kunt verslaan, al zal het je niet lukken.'

'Vermorzelen zal ik je,' zeg ik lachend. We halen de tent uit de beschermhoes en zetten hem op voor de kerstboom. Er is nauwelijks genoeg ruimte voor twee, maar toch kruipen we naar binnen. 'Volgens mij zijn tenten kleiner geworden.'

'Ik denk dat wij groter zijn geworden.' Patrick legt het spelbord tussen onze gekruiste benen. 'Jij mag eerst.'

'Wat ben je toch een heer,' zeg ik, en we beginnen te spelen. Elke keer dat de dobbelsteen rolt, worden we verder teruggebracht in de tijd, totdat de wereld niet groter is dan de kampeerplaats in de achtertuin. Onze knieën stoten tegen elkaar en ons gelach vult de kleine piramide van vinyl. De knipperende lichtjes in de kerstboom zouden vuurvliegjes kunnen zijn en de vlammen achter ons een kampvuur. Patrick neemt me mee naar vroeger, en dat is het mooiste cadeau dat ik me kan wensen.

Hij wint trouwens.

'Ik wil een herkansing.'

'Hoe lang heb jij eigenlijk op school gezeten?' vraagt Patrick lachend.

'Hou je mond. We beginnen opnieuw.'

'Ik peins er niet over. Ik kap ermee nu ik heb gewonnen. Voor de hoeveelste keer? De driehonderdste?'

Ik wil zijn pion pakken, maar hij houdt hem buiten mijn bereik. 'Wat ben je toch een rotzak,' zeg ik.

'En jij kunt niet tegen je verlies.' Hij houdt de pion nog hoger, en als ik ernaar grijp, gooi ik niet alleen het spelbord maar ook de hele tent omver. We vallen om en raken verstrikt in het vinyl. Patrick lacht. 'De volgende keer dat ik een tent voor je koop, neem ik een maatje groter.'

Hij zwijgt wanneer ik mijn hand tegen zijn wang leg. 'Vrolijk kerstfeest, Patrick,' fluister ik. En ik kus hem.

Bijna meteen deinst hij van me weg. Ik kan hem niet aankijken. Ik kan niet geloven dat ik dit heb gedaan. Maar dan legt hij zijn handen om mijn gezicht en kust me hartstochtelijk terug. Onze tanden en neus schrapen en schuren tegen elkaar. Onze vingers zijn met elkaar verstrengeld, in gebarentaal het teken voor vriendschap.

Dan zijn we op de een of andere manier de tent uit. Het vuur voelt heet aan op de rechterkant van mijn gezicht. Patrick woelt met zijn handen door mijn haar. Dit mag niet, ik weet dat dit niet mag, maar er is een plekje voor hem in mij. Ik heb het gevoel dat hij voor mij de eerste was. En niet voor het eerst denk ik dat iets immoreels niet altijd iets verkeerds hoeft te zijn. Steunend op mijn ellebogen kijk ik op hem neer. 'Waarom ben je gescheiden?'

'Waarom denk je?' antwoordt hij zacht.

Ik knoop mijn bloes los en druk hem dan blozend weer dicht. Patrick legt zijn hand op de mijne en trekt met de andere de bloes van mijn schouders. Dan maakt hij zijn overhemd los. Ik leg mijn vingers tegen zijn borst, die heel anders aanvoelt dan die van Caleb.

'Denk niet aan hem,' zegt Patrick zacht, want hij heeft altijd mijn gedachten kunnen raden. Ik kus zijn tepels en laat mijn lippen verder dwalen langs de smalle streep zwart haar die onder zijn broek verdwijnt. Ik maak zijn riem los en neem zijn penis in mijn hand, en dan in mijn mond.

Ogenblikkelijk trekt hij me omhoog en drukt me tegen zijn borst. Ik voel het bonzen van zijn hart. 'Sorry,' fluistert hij in mijn schouder. 'Het is ineens te veel.'

Dan glijdt hij met zijn tong langs mijn lichaam naar beneden. Ik probeer niet aan mijn zachte buik te denken, aan de zwangerschapsstrepen, mijn onvolkomenheden. Over die dingen hoef je je in een huwelijk geen zorgen meer te maken. 'Ik ben niet meer zo... .'

'Je bent niet meer wat?' Zijn woorden klinken gedempt terwijl hij met zijn hoofd tussen mijn benen ligt.

'*Patrick*.' Ik ruk hem aan zijn haar omhoog. Maar dan glijden zijn vingers naar binnen en heb ik het gevoel dat ik val. Hij buigt zich over me heen en houdt me dicht tegen zich aan. Dan komt hij in me en versmelten onze lichamen met elkaar alsof ze niet anders gewend zijn. Daarna blijven we in elkaars armen liggen.

'Ik wil niet...'

'Ik weet het.' Ik leg mijn vingers tegen zijn lippen.

Hij sluit zijn ogen. 'Ik hou van je.'

'Dat weet ik ook.' Meer durf ik nu niet te zeggen. Ik streel zijn schouders en zijn rug en probeer dit moment in mijn geheugen op te slaan.

Met een lachje verbergt hij zijn gezicht in mijn hals. 'Toch ben ik beter met Clue.'

Met mijn armen om zich heen valt hij in slaap terwijl ik naar hem kijk. Dan zeg ik hem wat ik niemand anders kan zeggen. In gebarentaal maak ik de letter S en wrijf die hand in een cirkel over zijn hart. Het is de meest waarachtige manier om hem te vertellen dat het me spijt.

Patrick wordt wakker wanneer het eerste zonlicht aan de horizon is verschenen. Hij raakt Nina's schouder aan en dan zijn eigen borst om zich ervan te overtuigen dat dit echt is. Hij gaat weer liggen en kijkt naar de gloeiende kooltjes in de haard. Kon hij de ochtend maar tegenhouden.

Maar die zal komen, en daarmee de verontschuldigingen. En hoewel hij Nina beter kent dan zij zichzelf, weet hij niet wat haar excuus zal zijn. Het is haar beroep om anderen te beoordelen. Maar welke argumenten ze ook zal aanvoeren, voor hem zullen ze allemaal hetzelfde klinken. *Dit had niet mogen gebeuren. Het was verkeerd.*

Er is maar één ding dat Patrick haar wil horen zeggen, en dat is zijn eigen naam. Iets anders zou alleen maar afbreuk doen aan de nacht die hij intact wil houden. Daarom trekt hij voorzichtig zijn arm onder Nina's hoofd vandaan. Hij kust haar slaap en ademt haar geur in. Hij laat haar los voordat zij de kans krijgt hem los te laten.

Het eerste wat ik zie is de tent die weer overeind staat. Dan dringt het tot me door dat Patrick is verdwenen. Op een bepaald moment in die ongelooflijk diepe slaap is hij weggegaan.

Misschien is het maar beter zo.

Tegen de tijd dat ik de borden en glazen van gisteravond heb opgeruimd en onder de douche ben geweest, heb ik mezelf er bijna van overtuigd dat het waar is. Maar ik kan niet aan Patrick denken zonder hem voor me te zien terwijl hij zich over me heen buigt en zijn donkere haar langs mijn gezicht strijkt. En het vredige gevoel dat zich als honing door mijn bloed verspreidt, heeft niets met Kerstmis te maken.

Vergeef me, vader, want ik heb gezondigd.

Maar is dat wel zo? Speelt het lot altijd volgens de regels? Ik voel een brede kloof tussen wat ik wil en wat ik zou moeten doen.

Als er aan de voordeur wordt gebeld, spring ik op van de bank. Misschien is het Patrick met koffie en bagels. Als hij ervoor heeft gekozen om terug te komen, dan treft mij geen schuld, hoe ik ook naar zijn terugkomst heb verlangd.

Maar wanneer ik de deur opendoe, staan Caleb en Nathaniel op de stoep. Heel even kijk ik in paniek over Calebs schouder of de bandensporen van Patricks auto alweer met sneeuw zijn bedekt. Kun je aan iemand ruiken of hij heeft gezondigd? Dringt het als een parfum in je huid door?

'Mama!' roept Nathaniel.

Ik til hem op en druk hem tegen me aan. Mijn hart bonkt in mijn keel. 'Caleb.'

Hij kijkt me niet aan. 'Ik ben zo weer weg.'

Dit is dus een barmhartigheidsbezoek. Over een paar minuten is Nathaniel weer weg. Ik sla mijn armen dichter om hem heen.

'Vrolijk kerstfeest, Nina,' zegt Caleb. 'Ik kom hem morgen weer ophalen.' Hij knikt me toe en draait zich om. Nathaniel kwettert opgewonden terwijl de pick-up wegrijdt. Ik kijk naar de voetafdrukken die Caleb in de sneeuw heeft achtergelaten.

DEEL III

Onze deugden zijn meestal slecht vermomde ondeug-
den.

François, Duc de la Rochefoucauld

Vandaag hebben we op school een speciale snack van juf Lydia gekregen.

Eerst kregen we een blaadje sla met een rozijn erop. Dat was een eitje.

Daarna kregen we een reepje kaas. Dat was een rups.

Toen kwam er een druif. Dat was de pop.

Ten slotte kregen we een stukje kaneelbrood in de vorm van een vlinder.

Toen gingen we naar buiten om de vlinders vrij te laten die in ons klaslokaal waren geboren. Een ging op mijn pols zitten. Hij zag er nu anders uit, maar ik weet zeker dat dit ooit de rups is geweest die ik een week geleden heb gevonden en aan juf Lydia heb gegeven. Daarna vloog de vlinder het zonlicht in.

Soms veranderen de dingen zo snel dat het pijn doet.

ZEVEN

Toen ik vier was, vond ik een rupsje op het raamkozijn in mijn slaapkamer en besloot zijn leven te redden. Mijn moeder nam me mee naar de bibliotheek zodat ik het kon opzoeken in een natuurgids. Ik legde het in een jampot, maakte gaatjes in het deksel, en gaf het gras en blaadjes en een vingerhoedje met water. Mijn moeder zei dat het rupsje dood zou gaan als ik het niet vrijliet, maar ik wist wel beter. In de buitenwereld kon het door een vrachtwagen worden overreden. Of het kon verschroeid worden door de zon. Onder mijn bescherming had het veel meer levenskansen.

Ik voorzag het trouw van vers water en voedsel. Ik zong ertegen als de zon onderging. Ondanks mijn goede bedoelingen is het rupsje drie dagen later gestorven.

Jaren later gebeurt het allemaal opnieuw.

'Nee,' zeg ik tegen Fisher. We zijn bijven staan. De koude januarilucht dringt onder mijn jas door. Ik druk hem het document weer in handen zonder ernaar te kijken, alsof de naam van mijn zoon daarmee van de getuigenlijst zal verdwijnen.

'Nina, die beslissing is niet aan jou,' zegt hij vriendelijk. 'Nathaniel moet getuigen.'

'Quentin Brown doet dit alleen om me kapot te maken. Hij wil dat ik zie hoe Nathaniel instort, zodat ik misschien opnieuw door het lint zal gaan, maar dan in aanwezigheid van een rechter én een jury.' Ik probeer mijn tranen te bedwingen. Het moet afgelopen zijn. Nu. Ik heb een man gedood omdat ik juist wilde voorkomen dat mijn zoon in de getuigenbank moest staan en de gruweldaad die hem was aangedaan opnieuw zou moeten beleven. Ik wilde alleen maar dat Nathaniel dit afschuwelijke hoofdstuk kon afsluiten.

Maar zelfs die grote offers – het leven van de priester en mijn eigen toekomst – zijn kennelijk voor niets geweest.

Sinds Kerstmis komt Caleb om de paar dagen Nathaniel langsbrengen zodat hij een paar uur bij me kan zijn. Ik weet niet hoe Caleb hem de situatie heeft uitgelegd. Misschien zei hij dat ik te ziek ben om voor een kind te zorgen, of te verdrietig, en misschien is het allebei waar. In elk geval is het niet in Nathaniels belang dat hij ziet hoe zijn moeder zich voorbereidt op haar straf. Hij heeft al zoveel moeten meemaken.

Ik weet de naam van het motel waar ze logeren. Soms, wanneer ik de moed ervoor heb, bel ik. Maar Caleb neemt altijd de telefoon op, en we hebben elkaar weinig te zeggen, of misschien zoveel dat we niet weten waar we moeten beginnen.

Met Nathaniel gaat het goed. Hij is altijd vrolijk als hij naar huis komt. Hij zingt de liedjes voor me die juf Lydia de klas heeft geleerd. En hij schrikt niet langer als ik van achteren mijn hand op zijn schouder leg.

En nu zal al die vooruitgang teniet worden gedaan.

In het park achter ons ligt een dreumes op zijn rug een sneeuwengel te maken. Het probleem is dat je de engel kapotmaakt zodra je weer opstaat. Er blijft hoe dan ook altijd een voetafdruk op achter. 'Fisher,' zeg ik, 'ik ga naar de gevangenis.'

'Je – '

'Fisher, alsjeblieft.' Ik leg mijn hand op zijn arm. 'Ik kan het aan. Ik vind ook dat ik het heb verdiend. De enige reden dat ik een man heb gedood is dat ik Nathaniel nog meer leed wilde besparen. Hij mag nooit meer geconfronteerd worden met wat hem is aangedaan. Als Quentin Brown iemand wil straffen, dan straft hij mij maar. Maar van Nathaniel blijft hij af.'

Fisher zucht. 'Ik zal doen wat ik kan – '

'Je begrijpt het niet,' onderbreek ik hem. 'Dat is niet genoeg.'

Omdat rechter Neal uit Portland komt, heeft hij geen kantoor in het gerechtshof in Alfred, en daarom krijgt hij tijdens de duur van het proces dat van een andere rechter toegewezen. Rechter McIntyre gaat in zijn vrije tijd graag op jacht, dus in het kleine vertrek hangen de koppen van elanden en bokken aan de muur die de slag hebben verloren. *En ik?* denk ik. *Ben ik de volgende?*

Fisher heeft een verzoekschrift ingediend, en de daaruit voortvloeiende zitting wordt een besloten aangelegenheid om de media buiten de deur te houden. 'Dit is volslagen krankzinnig,' zegt hij tegen de rechter. 'De moord op pastoor Szyszynski is op video vastgelegd. Waarom wil het OM dit kind in hemelsnaam als getuige oproepen?'

'Meneer Brown?' vraagt de rechter.

'Het aangevoerde motief voor de moord was de psychische conditie van de jongen en de overtuiging van de beklaagde dat haar zoon door pastoor Szyszynski was misbruikt. Het OM weet nu dat dit niet zo is. Het is belangrijk dat de jury te horen krijgt wat Nathaniel tegen zijn moeder heeft gezegd voordat ze zich voornam deze man te doden.'

De rechter schudt zijn hoofd. 'Tja, meneer Carrington, het wordt heel moeilijk voor me een dagvaarding te vernietigen als het OM die relevant denkt te kunnen maken. Als het proces eenmaal is begonnen, kan ik altijd nog besluiten dat de getuigenis van de jongen niet essentieel is, maar vooralsnog blijft de dagvaarding gehandhaafd.'

Fisher probeert het opnieuw. 'Als het OM op schrift zet wat volgens hen de getuigenverklaring van het kind zal inhouden, dan kunnen we dat misschien onbetwist laten, zodat Nathaniel niet hoeft te getuigen.'

'Lijkt me redelijk, meneer Brown,' zegt de rechter.

'Dat ben ik niet met u eens. Voor ons is het essentieel dat de getuige lijfelijk aanwezig is.'

Het is even stil. 'Denkt u er nog eens over na, raadsman,' zegt rechter Neal dringend.

'Dat heb ik al gedaan, edelachtbare. Geloof me.'

Fisher kijkt me aan en ik weet precies wat hij van plan is. Hij wacht even op een knikje van mij voordat hij zich weer tot de rechter wendt. 'Wanneer het OM zich zo onbuigzaam betoont, zal ik om een competentiezitting moeten verzoeken. We praten hier over een kind bij wie het de afgelopen zes weken twee keer is voorgekomen dat het dagenlang niet meer kon spreken.'

Ik weet dat de rechter blij zal zijn met dit compromis. Ik weet ook dat van alle strafpleiters die ik in actie heb gezien Fisher het best met kinderen is. Maar in dit geval zal hij dat niet zijn. Want nu is het de bedoeling dat de rechter Nathaniel niet-competent verklaart, zodat hij niet de lijdensweg van een proces hoeft door te maken. En de enige manier waarop Fisher dat kan bereiken is door mijn zoon te intimideren.

Fisher zegt het niet hardop, maar hij heeft het gevoel dat door de kunstgrepen die hij toepast om Nina ontoerekeningsvatbaar te laten verklaren, de werkelijkheid dichter wordt benaderd dan hem lief is. Om te voorkomen dat ze na de zitting van vanochtend zou instorten, nam hij haar mee uit lunchen in een chic restaurant, waar ze nooit haar waardigheid zou willen verliezen. Daar vroeg hij haar naar al die kinderen die ze in de getuigenbank had ondervraagd en wilde exact weten wat een openbaar aanklager aan Nathaniel zou vragen.

Het gerechtsgebouw is nu verlaten. Alleen de bewaking, Caleb, Nathaniel en Fisher zijn aanwezig. Ze lopen zwijgend door de gang. Nathaniel houdt de hand van zijn vader vast.

Caleb schraapt zijn keel. 'Hij is een beetje nerveus.'

Fisher reageert er niet op. Het laatste wat hij wil is de jongen angst aanjagen, maar hij mag zich ook niet zo op zijn gemak voelen dat hij tijdens de hoorzitting competent wordt bevonden om te getuigen.

In de rechtszaal doet Fisher de plafondlampen aan. Met een sissend geluid wordt een fel wit licht door de ruimte verspreid. Nathaniel drukt zich dichter tegen zijn vader aan.

'Nathaniel,' zegt Fisher kortaf, 'ik wil dat je op die stoel gaat zitten. Je vader blijft achter in de zaal. Hij mag niets tegen jou zeggen en jij mag niets tegen hem zeggen. Je moet alleen antwoord geven op mijn vragen. Is dat duidelijk?'

De jongen kijkt hem grote angstige ogen aan. Hij volgt Fisher naar de getuigenbank en klimt dan op de kruk. 'Kom eraf.' Fisher haalt de kruk weg en vervangt hem door een lage stoel. Nu reikt Nathaniels voorhoofd nauwelijks tot de rand.

'Ik... ik kan niets zien,' fluistert Nathaniel.

'Dat hoeft ook niet.'

Fisher staat op het punt een vraag te stellen wanneer hij wordt afgeleid door Caleb, die alle krukken in de rechtszaal aan het verzamelen is en ze bij de dubbele deuren zet. 'Ik dacht dat het misschien beter is dat ze hier morgenochtend niet voor het grijpen staan.' Hij kijkt Fisher aan.

De advocaat knikt. 'Ik zal de conciërge vragen ze achter slot en grendel te zetten.'

Nu begrijpt Nathaniel waarom Mason altijd zijn halsband los probeert te krijgen. Hij rukt opnieuw aan het ding dat een das wordt genoemd en die strak om zijn nek is gebonden, maar zijn vader trekt zijn hand weg. Hij heeft een raar gevoel in zijn maag. Hij was liever naar school gegaan. Hier zal iedereen naar hem kijken. Hier wil iedereen met hem praten over dingen waar hij liever niets over zegt.

Nathaniel drukt Franklin, zijn knuffelschildpad, dichter tegen zich aan. De gesloten deuren van de rechtszaal zwaaien open en een man die eruitziet als een politieagent maar het niet is wenkt ze naar binnen. Nathaniel loopt aarzelend over het rode tapijt. De zaal is niet meer zo eng als gisteravond, maar toch heeft hij het gevoel dat hij de buik van een walvis in loopt. Zijn hart begint zo hard te bonken dat hij zijn hand tegen zijn borst drukt omdat niemand het mag horen.

Zijn moeder zit op de voorste rij. Haar ogen zijn opgezwollen, en voor ze hem ziet veegt ze erover met haar hand. Nathaniel moet denken aan al die andere keren dat ze probeert te verbergen dat ze huilde.

Hij ziet ook een grote man voor in de zaal. Zijn huid heeft de kleur van kastanjes. Het is de man uit de supermarkt die zijn moeder heeft laten wegvoeren.

Naast zijn moeder zit de advocaat. Hij staat op en loopt naar Nathaniel toe. Hij vindt de advocaat niet aardig. Elke keer dat hij naar hun huis komt, hebben zijn ouders ruzie met elkaar. En gisteravond, toen Nathaniel hierheen was gebracht om te oefenen, was de advocaat echt gemeen.

Nu legt hij zijn hand op Nathaniels schouder. 'Nathaniel, ik weet dat je je zorgen maakt om je moeder. Ik ook, want ik wil dat ze weer gelukkig wordt. Maar er is hier iemand die je moeder niet aardig vindt. Hij heet meneer Brown. Zie je die grote meneer daar?' Nathaniel knikt. 'Hij gaat je een paar vragen stellen. Daar kan ik niets tegen doen. Maar als je antwoord geeft, denk er dan aan dat ik hier ben om je moeder te helpen, en hij niet.'

Dan loopt hij met Nathaniel naar voren. Er zijn meer mensen dan gisteravond. Er is een man in een zwarte jurk met een hamer in zijn hand. En iemand met rechtopstaand krulletjeshaar. En een mevrouw met een typemachine. En zijn moeder. En de grote man die haar niet aardig vindt. De advocaat brengt hem naar het hokje waarin hij gisteren ook heeft gezeten. Hij gaat op de lage stoel zitten en vouwt zijn handen in zijn schoot.

De man in de zwarte jurk zegt: 'Wil iemand een kruk voor dit kind gaan halen?'

Iedereen begint om zich heen te kijken. De man die eruitziet als politieagent zegt: 'Er zijn geen krukken.'

'Hoezo niet? Er zijn altijd krukken voor kinderen die moeten getuigen.'

'Ik kan wel even in de rechtszaal van rechter Shea gaan kijken, edelachtbare, maar dan is er niemand om de beklaagde te bewaken.'

De man in de jurk zucht en reikt Nathaniel een dik boek aan. 'Ga maar op mijn bijbel zitten, Nathaniel.'

Dat doet hij. Hij wriemelt een beetje omdat hij er steeds van afglijdt. De man met de krulletjes komt glimlachend naar hem toe. 'Hallo, Nathaniel.'

Nathaniel weet niet of hij al wat moet zeggen.

'Wil je hand op de bijbel leggen?'

'Maar daar zit ik op.'

De man pakt een andere bijbel en steekt hem naar Nathaniel uit. 'Steek je rechterhand op,' zegt hij, en Nathaniel zwaait zijn arm in de lucht. 'Je andere rechterhand,' zegt de man. 'Zweer je de waar-

284

heid te zullen vertellen, en niets dan de waarheid, zo waarlijk helpe je God almachtig?'

Nathaniel schudt zijn hoofd.

'Is er een probleem?' vraagt de man in de zwarte jurk.

'Ik mag niet vloeken,' fluistert hij.

Zijn moeder kan haar lach niet onderdrukken. Voor Nathaniel is het het mooiste geluid dat hij ooit heeft gehoord.

'Nathaniel, ik ben rechter Neal. Ik wil dat je vandaag een paar vragen beantwoordt. Ga je daarmee akkoord?'

Hij haalt zijn schouders op.

'Weet je wat een belofte is?' Wanneer Nathaniel knikt, wijst de rechter naar de mevrouw die aan het typen is. 'Je moet hardop praten, want die mevrouw schrijft alles op wat we zeggen, en daarom moet ze je kunnen horen. Denk je dat je luid en duidelijk kunt praten?'

Nathaniel buigt zich naar voren en schreeuwt zo hard als hij kan: '*Ja!*'

'Weet je wat een belofte is?'

'*Ja!*'

'Beloof je dat je vandaag een paar vragen zult beantwoorden?'

'*Ja!*'

De rechter leunt achterover. 'Dit is meneer Brown, Nathaniel, en hij gaat eerst met je praten.'

Nathaniel kijkt naar de grote man die glimlachend opstaat. Hij heeft heel witte tanden. Als van een wolf. Hij is zo groot dat hij bijna het plafond raakt. Nathaniel ziet hem dichterbij komen en bedenkt dat hij zijn moeder kwaad zal doen en dan hem in tweeën zal bijten.

Hij haalt diep adem en begint te huilen.

De man blijft staan. 'Ga weg!' roept Nathaniel. Hij trekt zijn knieën op en verbergt zijn gezicht.

'Nathaniel.' Meneer Brown komt langzaam verder naar voren en steekt zijn hand uit. 'Ik wil je alleen een paar vragen stellen, oké?'

Nathaniel schudt zijn hoofd, maar wil niet opkijken. Misschien heeft de grote man ook laserogen, net als Cyclops van de X-men. Misschien kan hij je met één blik laten bevriezen en je met de volgende in vlammen laten opgaan.

'Hoe heet je schildpad?' vraagt de grote man.

Nathaniel duwt Franklin onder zijn knieën zodat die de man ook niet hoeft te zien. Hij slaat zijn handen voor zijn gezicht en gluurt tussen zijn vingers door, maar de man is nog dichterbij gekomen. Nathaniel drukt zich naar achteren alsof hij door de spijlen van de rugleuning wil kruipen.

'Nathaniel,' probeert de man opnieuw.

'Nee,' snikt Nathaniel. 'Ik wil niet.'

De man draait zich om. 'Rechter, kunnen we even overleggen?'

Nathaniel tuurt over de rand van het hokje naar zijn moeder. Ze huilt ook, maar dat is logisch, want de man wil haar kwaad doen. Ze zal wel net zo bang voor hem zijn als hijzelf.

Fisher heeft gezegd dat ik tijdens de getuigenis van mijn zoon niet te emotioneel mocht worden omdat ik anders de zaal zou worden uitgezet, maar ik kan de tranen niet tegenhouden. Nathaniel houdt zich schuil in zijn stoel en is bijna onzichtbaar door de constructie van de getuigenbank. Fisher en Brown staan nu bij de rechter die bijna vuur spuwt van woede. 'Waarom moest u het met alle geweld zover laten komen, meneer Brown? U weet heel goed dat deze getuigenis niet nodig was, en ik sta in mijn rechtszaal geen psychologische spelletjes toe. Ik wil er verder geen woord meer over horen.'

'U hebt gelijk, rechter,' antwoordt die schoft. 'Ik heb overleg gevraagd omdat dit kind duidelijk niet moet getuigen.'

De rechter slaat met zijn hamer. 'Dit hof is tot het oordeel gekomen dat Nathaniel Frost niet in staat is om als getuige op te treden. De dagvaarding is vernietigd.' Hij wendt zich tot mijn zoon. 'Ga maar gauw naar je vader, Nathaniel.'

Nathaniel springt de stoel uit en rent het trapje af. Ik denk dat hij naar Caleb zal rennen die achter in de zaal zit, maar in plaats daarvan komt hij op mij af. Mijn stoel wordt achteruitgeduwd door de kracht waarmee hij zich tegen me aan werpt. Hij slaat zijn armen om mijn middel, waardoor de adem vrijkomt die ik onwillekeurig heb ingehouden.

Wanneer Nathaniel opkijkt, doodsbang van de gezichten in deze onbekende wereld, van de griffier, de rechter, de stenograaf, de openbaar aanklager, zeg ik nadrukkelijk: 'Nathaniel, je was de beste getuige die ik me wensen kon.'

Over zijn hoofd kruis ik de blik van Quentin Brown. En ik glimlach.

Nathaniel Frost was zes maanden oud toen Patrick hem voor het eerst zag. Zijn eerste gedachte was dat hij sprekend op Nina leek, zijn tweede dat hier in zijn armen de reden lag dat ze nooit samen zouden zijn.

Patrick heeft zijn best gedaan Nathaniel met hem vertrouwd te maken, hoe pijnlijk een bezoek ook voor hem was. Jarenlang heeft hij geprobeerd onder Nina's huid te kruipen, dus misschien kon hij iets leren van Nathaniel, die immers vlak onder haar hart had gelegen. Hij ging mee op wandeltochten en nam Nathaniel van Caleb over als de jongen te moe was om te lopen. Hij liet hem ronddraaien in zijn kantoorstoel op het bureau. Hij heeft zelfs een heel weekend op hem gepast toen Caleb en Nina naar een trouwerij gingen.

En geleidelijk aan raakte Patrick, die zijn hele leven van Nina had gehouden, net zo gehecht aan haar zoon.

Patrick zou durven zweren dat de klok twee uur lang heeft stilgestaan. Op dit moment moet Nathaniel de competentiezitting ondergaan, een procedure waar Patrick niet bij kan zijn, al zou hij het willen, wat niet zo is. Want Nina zal er ook zijn, en hij heeft haar sinds kerstavond niet meer gesproken.

Niet dat hij het niet zou willen. God, hij kan alleen nog maar aan Nina denken, aan haar ontspannen lichaam in zijn armen toen ze sliep. Maar elk woord dat nu tussen hen wordt gewisseld, zal afbreuk doen aan zijn herinnering aan die avond. Het gaat er niet om wat ze tegen hem zou zeggen, het gaat om de woorden die ze niet wil uitspreken. Dat ze van hem houdt, dat ze hem nodig heeft, dat het voor haar net zo veel heeft betekend als voor hem.

Hij slaat zijn handen voor zijn ogen. Diep in zijn hart weet hij ook dat het een vergissing was. Patrick wil erover praten, zijn twijfel uitspreken tegen iemand die het zou begrijpen. Maar zijn enige vertrouwelinge en beste kameraad is Nina. Als ze dat niet meer kan zijn, hoe moet het dan verder?

287

Met een diepe zucht neemt hij de hoorn van de haak en belt een nummer buiten de staat. Hij wil haar iets geven voordat hij in de rechtszaal tegen haar moet getuigen. Farnsworth McGee, de politiecommissaris van Belle Chasse, Louisiana, laat de telefoon drie keer overgaan voordat hij opneemt.

'Hallo?'

'Met inspecteur Ducharme uit Biddeford, Maine,' zegt Patrick. 'Nog nieuws over Gwynne?'

Patrick ziet de man voor zich die hij heeft ontmoet voordat hij Belle Chasse verliet. Minstens twintig kilo te zwaar, een dikke bos gitzwart haar. Achter zijn bureau een vishengel in een hoek. Op het mededelingenbord een bumpersticker met de tekst: HELL, YES, MY NECK'S RED.

'Jullie moeten goed begrijpen dat we hier behoedzaam te werk gaan. We willen geen ongelukken, als je begrijpt wat ik bedoel.'

'Is hij gearresteerd of niet?' vraagt Patrick knarsetandend.

'Jullie autoriteiten zijn nog steeds met die van ons in gesprek, rechercheur. Heus, je bent de eerste die het hoort als er iets gebeurt.'

Hij smijt de hoorn neer – boos op die idioot, boos op Gwynne, maar vooral boos op zichzelf omdat hij niet zelf het heft in handen heeft genomen toen hij in Louisiana was. Maar hij beseft tegelijkertijd dat hij als politieman bepaalde regels in acht moet nemen. Dat Nina het hem heeft verboden, al wilde ze in haar hart niets liever.

Patrick kijkt naar de telefoon. Toch is het altijd mogelijk je van een andere kant te laten zien. Met name je heldhaftige kant.

Hij heeft het Nina tenslotte ook zien doen.

Hij pakt zijn jack en loopt het politiebureau uit, vastbesloten iets te ondernemen.

Het is de mooiste dag van mijn leven geworden. In de eerste plaats omdat Nathaniel niet in staat werd verklaard om als getuige op te treden. Bovendien vroeg Caleb me na de hoorzitting of Nathaniel bij me kon blijven omdat hij een klus had bij de Canadese grens. 'Vind je het niet vervelend?' had hij beleefd gevraagd. Ik was in de zevende hemel. Ik zag ons al samen in de keuken zijn lievelingsmaaltje bereiden, ik zag ons twee keer achter elkaar naar de Shrek-video kijken met een schaal popcorn tussen ons in.

Maar Nathaniel is uitgeput door alle gebeurtenissen van die dag. Om halfzeven 's avonds valt hij in slaap op de bank en wordt niet wakker wanneer ik hem naar boven draag. In bed vouwt hij zijn knuistje open op het kussen alsof hij me een cadeautje aanbiedt.

Toen Nathaniel werd geboren, zwaaide hij met gespannen vuistjes in de lucht alsof hij boos was op de wereld. Als hij aan mijn borst lag, graaiden zijn vingertjes naar mijn huid om houvast te zoeken. Ik vond het fascinerend dat zijn handjes al zoveel potentie bezaten. Zouden ze later een pen of een geweer vasthouden? Zouden ze iemand genezen of zou hij er muziek mee componeren? Zouden zijn handpalmen met eelt worden bedekt? Of met inkt? Soms spreidde ik zijn vingertjes om zijn handlijnen te bekijken alsof ik er zijn toekomst in kon lezen.

Hoe moeilijk het ook was om na het verwijderen van de cyste zwanger te worden, de bevalling was een regelrechte nachtmerrie. Zesendertig uur van barensweeën hadden me uitgeput. Caleb zat op de rand van het bed naar een *Gilligan's Island*-marathon op tv te kijken. 'We noemen haar Ginger,' zei hij. 'Of MaryAnn.'

De bankschroef in mij werd met het uur steviger aangedraaid, totdat de foltering een zwart gat werd waarin de ene pijn de andere meetrok. Caleb kwam achter me staan om de kussens op te duwen, want ik had nog niet de energie om mijn ogen open te doen. 'Ik kan niet meer,' fluisterde ik.

Dus begon hij over mijn rug te wrijven en te zingen. 'Daar was laatst een meisje loos... Even flink zijn, Nina.'

'Help me herinneren dat ik je later vermoord.'

Maar toen Nathaniel enkele minuten later werd geboren, was ik alles vergeten. Caleb hield hem op. Mijn zoon was zo klein dat hij wel een wurmpje leek in zijn handen. Geen Ginger of MaryAnn, maar een Maatje. Zo hebben we hem drie dagen genoemd voordat we een naam hadden gekozen. Caleb liet de keus helemaal aan mij, want hij wilde niet de eer opeisen voor een karwei dat ik in mijn eentje had geklaard. Dus noemde ik hem Nathaniel Patrick Frost, naar mijn overleden vader en mijn oudste vriend.

Nu is het nauwelijks te geloven dat de jongen die hier ligt te slapen ooit zo klein is geweest. Ik streel zijn haar en voel het door mijn vingers glijden. *Ik heb al eens eerder geleden*, denk ik. *En kijk eens wat ik ervoor heb teruggekregen.*

Quentin, die nooit een zwarte kat uit de weg zal gaan en rustig onder ladders doorloopt, is wel bijgelovig wat rechtszittingen betreft. Op ochtenden dat hij naar de rechtbank moet, kleedt hij zich aan, gaat ontbijten, en doet dan zijn das af en overhemd uit om zich te scheren. Dat is natuurlijk niet efficiënt, maar het heeft te maken met zijn allereerste zaak, toen hij zo nerveus was dat hij bijna ongeschoren de deur uit was gegaan, en dat was ook gebeurd als Tanya hem niet had teruggeroepen.

Hij wrijft het scheerschuim over zijn kin en wangen en trekt het scheermesje over zijn gezicht. Vandaag is hij niet nerveus, ook al zal de pers als een vloedgolf de rechtszaal overspoelen. Quentin weet dat hij een sterke zaak heeft. De moord is op videoband vastgelegd. Wat de beklaagde of Fisher Carrington ook zegt, niets kan de beelden voor de ogen van de jury laten verdwijnen.

Zijn eerste rechtszaak betrof een verkeersovertreding, die Quentin behandelde alsof het een halsmisdrijf was. Tanya had Gideon meegenomen en was met hem op schoot achterin gaan zitten. Toen Quentin hem zag, had hij er nog een schepje bovenop gedaan.

'Verdomme!' Hij heeft zich gesneden. De scheercrème brandt in het wondje. Hij drukt er een tissue tegen en ziet het bloed tussen zijn vingers druppelen. Het doet hem aan Nina Frost denken. Wanneer het is gestold, schiet hij het propje door de badkamer naar de prullenmand. Hij hoeft niet eens te kijken of hij goed heeft gemikt, want dat hoeft niet als je weet dat je niet kunt missen.

Ik heb al van alles aan- en weer uitgetrokken. Mijn zwarte aanklagerspak, het lichtroze pak dat ik aanhad bij de trouwerij van mijn nichtje, de corduroy trui die Caleb me ooit met kerst heeft gegeven en waar het kaartje nog aan hangt. Ik heb een sportpantalon geprobeerd, maar dat was me niet vrouwelijk genoeg. Ik ben kwaad op Fisher omdat hij niet aan mijn kleding heeft gedacht. Ik weet dat prostituees op advies van hun advocaat altijd een lelijke, veel te grote bloemetjesjurk van het Leger des Heils aantrekken, waardoor ze er verloren en onwaarschijnlijk jong uitzien.

Ik weet hoe ik een zelfverzekerde indruk kan maken, maar ik heb geen idee wat ik aan moet trekken om er hulpeloos uit te zien.

De klok op het nachtkastje geeft ineens een kwartier later aan dan ik had verwacht.

Ik trek de trui aan. Hij is bijna twee maten te groot. Ben ik zoveel afgevallen of heb ik nooit de moeite genomen hem te passen? Ik duw hem op tot mijn middel en trek een panty aan, maar zie dan dat er een ladder in de linkerkous zit. Ik pak een andere, maar die heeft ook een ladder. 'Niet vandaag,' mompel ik, en ruk mijn ondergoedla open waar ik een extra panty voor noodgevallen bewaar. Broekjes en beha's vallen op mijn blote voeten terwijl ik ik naar het plastic zakje graai.

Dan herinner ik me dat ik die reservepanty heb aangetrokken op de dag dat ik Glen Szyszynski vermoordde, en omdat ik sindsdien niet meer heb gewerkt, heb ik er ook niet meer aan gedacht een nieuwe te kopen.

'Wel verdomme!' Ik geef een trap tegen de ladekast, maar daarmee bezeer ik alleen mijn tenen. Ik ruk de hele la los en smijt hem de kamer door.

Dan ga ik op het ondergoed op de vloer zitten, trek mijn knieën op, sla mijn handen voor mijn gezicht en begin te huilen.

'Mama was gisteravond op tv,' zegt Nathaniel, wanneer ze in Calebs pick-up naar het gerechtsgebouw rijden. 'Toen jij onder de douche stond.'

Caleb, die in gedachten was verzonken, rijdt bijna de berm in als hij dit hoort. 'Toen had je allang moeten slapen.'

Nathaniel buigt zijn hoofd, en meteen heeft Caleb er spijt van. Nathaniel denkt de laatste tijd algauw dat hij iets verkeerds heeft gedaan. 'Geeft niet,' zegt Caleb, en hij richt zijn aandacht weer op de weg. Over tien minuten zullen ze bij de rechtbank zijn, waar hij Nathaniel aan Monica kan overdragen. Misschien kan zij beter met zijn zoon praten.

Maar er zit Nathaniel nog iets dwars. Hij kauwt even op de woorden in zijn mond en gooit ze er dan haastig uit. 'Waarom wordt mama boos als ik met een stuk hout speel en doe of het een pistool is, terwijl ze zelf met een echt pistool heeft gespeeld?'

Caleb draait zich opzij en ziet dat zijn zoon een verklaring van hem verwacht. Hij geeft richting aan en parkeert de pick-up in de berm. 'Weet je nog dat je me vroeg waarom de hemel blauw is? En dat we het gingen opzoeken op de computer, maar dat het zo ingewikkeld was dat we er allebei niets van begrepen? Nou dit is zo'n beetje hetzelfde. Het antwoord is verschrikkelijk ingewikkeld.'

'Die man op tv zei dat het verkeerd was wat ze heeft gedaan.' Nathaniel bijt op zijn onderlip. 'Daarom worden ze vandaag boos op haar, hè?'

O, god, was het maar zo eenvoudig. Caleb zucht. 'Ja, ik denk het wel.'

Hij wacht tot Nathaniel nog iets zal zeggen, maar als hij blijft zwijgen, voegt Caleb zich weer in het verkeer. Na vijf minuten vraagt Nathaniel: 'Papa? Wat is een martelaar?'

'Waar heb je dat vandaan?'

'Van die man op tv gisteravond.'

Caleb haalt diep adem. 'Het betekent dat je moeder van je houdt, meer dan van wie of van wat dan ook. En daarom heeft ze iets gedaan, want ze kon niet anders.'

Nathaniel laat zijn hand peinzend over zijn veiligheidsgordel glijden. 'Waarom is het dan verkeerd?' vraagt hij.

Het parkeerterrein is één grote mensenmassa. Cameraploegen, verslaggevers en producers zijn druk met hun voorbereidingen bezig. Een militante katholieke vrouwengroepering eist dat Nina's berechting in Gods hand wordt gelegd. Patrick baant zich een weg door de menigte en is stomverbaasd wanneer hij beroemde nieuwslezers ziet.

Het geroezemoes onder de toeschouwers rond de trappen van het gerechtsgebouw zwelt aan wanneer een autoportier dichtslaat en Nina haastig de trappen op gaat, samen met Fisher die vaderlijk zijn arm om haar heen heeft geslagen. Er stijgt evenveel gejuich als gejoel uit de menigte op.

Patrick dringt zich dichter naar de trappen van het bordes. 'Nina!' schreeuwt hij. 'Nina!'

Hij zwaait met zijn politiepenning, maar dat brengt hem niet dichterbij. 'Nina!' roept hij opnieuw.

Ze aarzelt even en kijkt achterom. Dan grijpt Fisher haar bij de arm en trekt haar mee naar binnen.

'Dames en heren, mijn naam is Quentin Brown. Ik ben hulpofficier van justitie van de staat Maine.' Hij kijkt de jury glimlachend aan. 'De reden dat u hier vandaag bijeen bent gekomen, is dat op 30 oktober 2001 deze vrouw, Nina Frost, met haar echtgenoot naar de districtsrechtbank van Biddeford reed om bij een tenlastelegging aanwezig te zijn. Maar ze liet haar man hier wachten terwijl zij naar Moe's Gun Shop in Sanford reed, waar ze vierhonderd dollar contant betaalde voor een halfautomatische Beretta met een kaliber van negen millimeter en twaalf patronen. Die stopte ze in haar tas, stapte weer in haar auto en reed terug naar het gerechtsgebouw.'

Quentin loopt naar de jury toe alsof hij alle tijd van de wereld heeft. 'Om in deze rechtszaal te kunnen komen, moest u vanochtend allemaal door een metaaldetectiepoortje. Maar op dertig oktober hoefde Nina Frost dat niet. Waarom niet? Omdat ze de afgelopen zeven jaar openbaar aanklager is geweest. Ze kende de bewaker die bij het detectiepoortje de wacht hield. Ze wandelde gewoon langs hem heen de rechtszaal in, met het geladen wapen in haar handtas.'

Hij loopt naar de tafel van de verdediging, gaat achter Nina staan en wijst met zijn vinger naar haar nek. 'Een paar minuten later houdt ze het wapen tegen het hoofd van pastoor Glen Szyszynski en doodt hem door vier kogels recht door zijn schedel te jagen.'

Quentin ziet dat de juryleden nu allemaal naar Nina kijken, precies zoals zijn bedoeling was. 'Dames en heren, de feiten in deze zaak zijn kristalhelder. WCSH News, die de tenlastelegging aan het filmen was, heeft de daad van mevrouw Frost op video vastgelegd. De vraag voor u is dus niet óf ze dit misdrijf heeft gepleegd, want we weten dat het zo is. De vraag is: waarom zou ze dit ongestraft mogen doen?'

Hij kijkt elk jurylid afzonderlijk aan. 'Ze wil u laten geloven dat haar daad gerechtvaardigd was omdat pastoor Szyszynski, haar parochiepriester, beschuldigd werd van verkrachting van haar vijfjarige zoon. Toch wist ze niet eens zeker of die beschuldiging terecht was. De staat zal u wetenschappelijk, juridisch en onomstotelijk bewijzen dat pastoor Szyszynski niet degene was die haar kind heeft misbruikt... En toch heeft de beklaagde hem vermoord.'

Quentin keert Nina Frost de rug toe. 'Als in Maine een persoon iemand met voorbedachten rade doodt, is hij of zij schuldig aan moord. Tijdens dit proces zal ik aantonen dat dit precies is wat Nina Frost heeft gedaan. Het doet er niet toe of de man die ze doodde van een misdrijf werd beschuldigd. Het doet er niet toe of de man die ze doodde abusievelijk werd vermoord. Als ze hem heeft vermoord, dan dient ze te worden gestraft.' Hij kijkt naar de jury. 'En daar, dames en heren, begint uw taak.'

Fisher heeft alleen maar oog voor de jury. Hij loopt naar de tribune en maakt persoonlijk oogcontact met elke man en vrouw nog voor hij een woord heeft gezegd. Ik werd er altijd gek van als ik met hem in een rechtszaal werd geconfronteerd. Hij heeft het verbazingwekkende vermogen om ieders vertrouweling te worden, of het jurylid nu een eenentwintigjarige alleenstaande bijstandsmoeder of een e-commerce-miljonair is.

'Wat meneer Brown u net heeft gezegd is allemaal waar. Op de ochtend van dertig oktober heeft Nina Frost inderdaad een wapen gekocht. Ze is er inderdaad mee naar het gerechtsgebouw gereden. Ze is inderdaad opgestaan om vier kogels door het hoofd van pastoor Szyszynski te jagen. En wat meneer Brown u wil laten geloven, is dat er niets anders is dan deze feiten... Maar we leven niet in een wereld van feiten. We leven in een wereld van gevoelens. En wat in zijn versie van het verhaal ontbreekt, is wat er in Nina's hoofd en hart omging dat haar tot die daad heeft gebracht.'

Fisher gaat achter me staan, net als Quentin toen hij wilde laten zien hoe ik van achteren op de beklaagde afsloop om hem dood te schieten. Hij legt zijn handen op mijn schouders. Het is een geruststellend gevoel. 'Vier weken lang heeft Nina in een hel geleefd die geen enkele ouder zou mogen doormaken. Ze was erachter gekomen dat haar vijfjarige zoon seksueel was misbruikt. Erger nog, de politie heeft de dader geïdentificeerd als haar eigen priester, een man die ze in vertrouwen had genomen. Ze voelde zich verraden, ze werd verscheurd door verdriet, en daardoor begon ze haar greep

294

op de werkelijkheid te verliezen. Toen ze die ochtend naar de rechtbank kwam om aanwezig te zijn bij de aanklacht tegen de priester,
kon ze maar aan één ding denken, en dat was dat ze haar kind
moest beschermen.

Nina Frost weet beter dan wie ook hoe het rechtssysteem voor
kinderen werkt – of in gebreke blijft – want de afgelopen zeven
jaar had ze er dagelijks mee te maken. Maar, dames en heren, op
dertig oktober was ze geen officier van justitie. Ze was alleen de
moeder van Nathaniel.' Hij gaat naast me staan. 'Ik vraag u allen
aandachtig te luisteren. En wanneer u tot een besluit komt, neem
dat dan niet alleen met uw verstand. Neem het ook met uw hart.'

Moe Baedeker, eigenaar van Moe's Gun Shop, weet niet wat hij
met zijn honkbalpet moet doen. Hij moest hem afzetten van de gerechtsbodes, maar zijn haar ziet er niet uit. Hij legt de pet op zijn
schoot en haalt zijn vingers als een kam door zijn haar. Dan ziet hij
zijn smerige nagels met olie en vuil onder de randen en verbergt
zijn handen snel onder zijn dijen. 'Ja, ik herken haar,' zegt hij, naar
mij knikkend. 'Ze is een keer in mijn zaak geweest. Ze liep regelrecht naar de toonbank en zei dat ze een halfautomatisch handvuurwapen zocht.'

'Had u haar ooit eerder gezien?'

'Nee.'

'Heeft ze in uw winkel rondgekeken?' vraagt Quentin.

'Nee. Ze stond buiten te wachten tot ik openging en liep toen
meteen naar de toonbank.' Hij haalt zijn schouders op. 'Ik heb
meteen haar gegevens gecheckt, en toen alles in orde bleek heb ik
haar een wapen verkocht.'

'Wilde ze ook kogels hebben?'

'Twaalf patronen.'

'Hebt u de beklaagde laten zien hoe het wapen werkt?'

Moe schudt zijn hoofd. 'Ze zei dat ze het wel wist.'

Zijn verklaring spoelt als een golf over me heen. Ik herinner me
weer de geur van dat winkeltje, het ongeschuurde hout aan de muren, de afbeeldingen van Rugers en Glocks achter de toonbank. Er
was zo'n ouderwetse kassa die rinkelde als de la openging. Toen hij
me wisselgeld gaf in nieuwe biljetten van twintig dollar, hield hij ze

stuk voor stuk tegen het licht en legde uit hoe je kon zien of ze echt waren of niet.

Inmiddels is Fisher aan het kruisverhoor begonnen. 'Wat deed ze terwijl u haar achtergrond checkte?'

'Ze liep heen en weer en keek steeds op haar horloge.'

'Was er nog iemand anders in de zaak?'

'Nee.'

'Heeft ze gezegd waarom ze een wapen nodig had?'

'Nee, en ik heb het niet gevraagd.'

Op een van de biljetten die hij me gaf, had iemand iets geschreven. Het was een handtekening. 'Die heb ik er ooit op gezet,' zei Moe. 'Geloof het of niet, maar ik heb dat biljet zes jaar later weer teruggekregen. Zo zie je maar.' Op dat moment was ik te veel met mezelf bezig om er de verkapte waarschuwing in te horen.

De cameraman die voor WCSH aan het filmen was, stond in de hoek, volgens Quentin Browns diagram van de rechtszaal in Biddeford. Wanneer de videotape in de recorder wordt gedaan, houd ik mijn ogen op de jury gericht. Ik wil zien hoe ze naar me kijken.

Ik heb dit fragment misschien één keer gezien. Maar dat is maanden geleden, toen ik dacht dat ik iets goeds had gedaan. Wanneer ik de vertrouwde stem van de rechter hoor, kan ik niet anders dan naar het scherm kijken.

Mijn handen trillen wanneer ik het pistool ophoud. Er ligt een verwilderde blik in mijn wijd opengesperde ogen. Maar ik beweeg me soepel en elegant. Mijn hoofd valt naar achteren wanneer ik het wapen op het hoofd van de priester richt, en heel even zie ik twee verschillende maskers op mijn gezicht, een van verdriet en een van opluchting.

De knal is zelfs op band zo oorverdovend dat ik opspring uit mijn stoel. Geschreeuw. Gehuil. De stem van de cameraman. 'Godallejezus!' Dan zwenkt de camera naar beneden en zie ik mezelf op de grond liggen terwijl ik door de gerechtsbodes en Patrick in bedwang word gehouden.

'Fisher,' fluister ik, 'ik ben misselijk.'

De camera blijft rusten op het hoofd van de priester in een steeds groter wordende bloedplas. De helft van zijn gezicht ontbreekt, en de vlekken op de film doen vermoeden dat er hersenresten op de cameralens zijn gespat. '*Is het gelukt?*' hoor ik mezelf zeggen. '*Is hij dood?*'

'Fisher...' De rechtszaal draait om me heen.

Ik zie dat hij opstaat. 'Edelachtbare, mag ik om een korte pauze verzoeken...'

Maar ik ben al uit mijn stoel en ren het middenpad af met twee gerechtsbodes op mijn hielen. Zodra ik door de dubbele deuren ben, zak ik op mijn knieën en begin te braken tot ik niets meer in mijn maag heb.

'Frost kotste ervan,' zeg ik even later, wanneer ik me heb opgefrist en Fisher me heeft meegenomen naar een spreekkamer waar de pers niet kan komen. 'Dat zal morgen de kop van elke voorpagina zijn.'

Hij legt zijn vingertoppen tegen elkaar. 'Ik moet zeggen dat je dat uitstekend hebt gedaan. Heel indrukwekkend.'

Ik kijk hem aan. 'Denk je dat ik expres heb staan braken?'

'Niet dan?'

'Goeie god.' Ik kijk uit het raam en zie dat de menigte nog groter is geworden. 'Fisher, heb je die tape gezien? Hoe kan welk jurylid ook me nog vrij willen spreken?'

Fisher zwijgt even. 'Nina, wat dacht je toen je ernaar keek?'

'Wat ik dacht? Hoe kon ik nadenken met al dat bloed en die hersenresten...'

'Hoe dacht je over jezelf?'

Ik schud mijn hoofd en sluit mijn ogen, maar er zijn geen woorden voor wat ik heb gedaan.

Fisher klopt op mijn arm. 'En daarom zullen ze je vrijspreken.'

Patrick, die in de gang zit te wachten tot hij als getuige wordt opgeroepen, probeert niet aan Nina te denken. Hij heeft een kruiswoordpuzzel ingevuld in de krant die op de stoel naast hem is achtergelaten. Hij heeft genoeg koffiegedronken om zijn bloeddruk te verhogen, en hij heeft met een paar politiemensen gepraat. Maar het helpt allemaal niet. Nina zit in zijn bloed.

Toen ze met de hand voor haar mond de rechtszaal uit wankelde, was hij overeind gesprongen en op haar af gerend, maar toen hij halverwege was, zag hij Caleb achter de gerechtsbodes verschijnen.

Dus was Patrick weer gaan zitten.

De riem aan zijn pieper begint te vibreren. Patrick maakt hem los en kijkt naar het nummer op het schermpje. *Eindelijk*, denkt hij, en gaat op zoek naar een telefoon.

Tegen lunchtijd gaat Caleb broodjes bij een deli halen en brengt die naar de spreekkamer waar ik me heb verstopt. 'Ik wil niets,' zeg ik, wanneer hij me een broodje aanreikt. Ik verwacht dat hij zal aandringen dat ik iets moet eten, maar hij haalt alleen zijn schouders op. Vanuit mijn ooghoek kijk ik naar hem terwijl hij zwijgend zit te kauwen. Het kan hem allemaal niet meer schelen. Hij heeft de strijd al opgegeven.

Er wordt aan de deurkruk gemorreld en vervolgens op de deur gebonsd. Caleb staat geërgerd op om het ongewenste bezoek weg te jagen, maar het is Patrick. Hij doet de deur open en de twee mannen kijken elkaar ongemakkelijk aan.

Op dat ogenblik besef ik dat ik wel foto's van Patrick en Caleb afzonderlijk heb, maar geen foto waar we alle drie op staan.

'Nina, ik moet je spreken,' zegt hij als hij binnenkomt.

Niet nu, denk ik, en het zweet breekt me uit. Patrick zal toch niet over die avond beginnen waar Caleb bij is? Of misschien juist wel?

'Pastoor Gwynne is dood.' Patrick overhandigt me een gefaxt artikel uit *Nexus*. 'Ik ben gebeld door de politie in Belle Chasse. Ik vond dat ze meer haast moesten maken en heb wat druk op de autoriteiten uitgeoefend. Hoe dan ook, toen ze hem wilden arresteren, was hij al dood.'

'Wie heeft het gedaan?' fluister ik.

'Niemand. Het was een beroerte.'

Patrick blijft doorpraten. Zijn woorden vallen als hagelstenen op de fax die ik probeer te lezen. '... twee dagen geduurd voordat die verdomde politiechef contact opnam...'

Pastoor Gwynne, een geliefde kapelaan in deze gemeente, is door zijn huishoudster dood aangetroffen in zijn woonkamer.

'... kennelijk was er een familiegeschiedenis van hart- en vaatziekten...'

'Hij zag er zo vredig uit in zijn leunstoel,' aldus Margaret Mary Seurat, die de afgelopen vijf jaar bij de priester in dienst was. 'Net alsof hij in slaap was gevallen nadat hij zijn kopje warme chocola had gedronken.'

'... en je gelooft het niet, maar ze zeiden dat zijn kat aan een gebroken hart is gestorven...'

Het wonderlijke is dat Gwynnes dierbare huisdier, een kat die al zijn parochianen kenden, vlak na zijn dood eveneens is overleden. Voor degenen die de pastoor kenden, kwam dit niet als een verrassing. 'Ze hield zoveel van hem,' zegt Seurat. 'Wij allemaal.'

'Het is voorbij, Nina.'

Aartsbisschop Schulte zal de begrafenisplechtigheid leiden in de kerk van Onze-Lieve-Vrouwe van de Genade op woensdagochtend om negen uur.

'Hij is dood.' Ik keur de waarheid op mijn tong. 'Hij is *dood*.' Misschien is er wel een God. Misschien zijn er kosmische raderen van gerechtigheid. Nu weet ik hoe vergelding aanvoelt. 'Caleb,' zeg ik, en ik draai me naar hem om. In mijn blik ligt alles besloten wat ik hem zeggen wil. Dat Nathaniel nu veilig is. Dat er geen nieuw proces zal komen waar hij zal moeten getuigen. Dat de schurk in dit drama nooit meer een ander kind pijn kan doen. Dat na de uitspraak van de jury deze nachtmerrie eindelijk voorbij zal zijn.

Zijn gezicht is net zo bleek geworden als het mijne. 'Ik heb het gehoord.'

In dit kleine vertrek, na twee martelende uren in de rechtszaal, voel ik een overweldigende vreugde. En op dat ogenblik maakt het niet uit wat er tussen Caleb en mij is misgegaan. Dit nieuws is veel belangrijker, een triomf die we kunnen delen. Ik sla mijn armen om mijn man heen.

Hij beantwoordt mijn omhelzing niet.

Het bloed stijgt naar mijn wangen. Wanneer ik hem aankijk en een schijn van waardigheid probeer op te houden, zie ik dat hij naar Patrick staart, die hem de rug heeft toegekeerd.

'Nou,' zegt Patrick, zonder me aan te kijken. 'Ik dacht dat je het wel zou willen weten.'

Gerechtsbodes zijn menselijke brandkranen. Ze zijn in de rechtszaal aanwezig voor in geval van nood, maar verder gaan ze op in hun omgeving. Zoals de meeste gerechtsbodes die ik ken is Bobby Ianucci niet erg atletisch en ook niet erg slim. En zoals de meeste gerechtsbodes begrijpt Bobby dat hij lager op de sociale ladder staat dan de advocaten in de rechtszaal, wat verklaart dat hij zich door Quentin Brown laat intimideren.

'Wie waren er in de rechtszaal aanwezig toen u pastoor Szyszynski uit de cel binnenbracht?' vraagt de aanklager.

Bobby moet er even over nadenken, en de inspanning is van zijn vlezige gezicht af te lezen. 'Eh, nou, de rechter. En een griffier, en een stenograaf, en de advocaat van de priester, ik weet niet meer hoe hij heet. En een aanklager uit Portland.'

'Waar zaten de heer en mevrouw Frost?' vraagt Quentin.

'Op de voorste rij van de tribune, samen met rechercheur Ducharme.'

'Wat gebeurde er toen?'

Bobby recht zijn schouders. 'Roanoke, dat is de andere gerechtsbode, en ik brachten de pastoor naar zijn advocaat. Toen deed ik een stap naar achteren, want hij moest gaan zitten. En ik bleef achter hem staan.' Hij haalt diep adem. 'En toen...'

'Ja, meneer Ianucci?'

'Nou, ik weet niet waar ze ineens vandaan kwam. Ik weet niet hoe ze het deed, maar het volgende moment worden er schoten gelost en is er overal bloed, en pastoor Szyszynski valt uit zijn stoel.'

'En wat gebeurde er toen?'

'Ik heb haar overmeesterd, samen met Roanoke, een paar bewakers en rechercheur Ducharme. Ik nam haar het wapen af, en daarna heeft rechercheur Ducharme haar handen geboeid en haar terug naar haar cel gebracht.'

'Bent uzelf geraakt, meneer Ianucci?'

Bobby schudt zijn hoofd. 'Nee, maar als ik vijftien centimeter meer naar rechts had gestaan dan had ze me wel getroffen.'

'Dus u zou zeggen dat de beklaagde uiterst zorgvuldig heeft gericht?'

Fisher staat op. 'Protest.'

'Aanvaard,' zegt rechter Neal.

300

De aanklager haalt zijn schouders op. 'Geen verdere vragen.'

Terwijl hij weer gaat zitten, loopt Fisher naar de gerechtsbode toe. 'Hebt u die ochtend met de beklaagde gesproken voordat de schietpartij plaatsvond?'

'Nee.'

'Dus u was gewoon aan het werk – de veiligheid handhaven, gevangenen bewaken – en u had geen enkele reden om mevrouw Frost in de gaten te houden?'

'Nee.'

'Hebt u gezien dat ze het pistool trok?'

'Nee.'

'U zei dat meerdere mensen haar direct overmeesterden. Kostte het u moeite haar het pistool afhandig te maken?'

'Nee.'

'En ze heeft zich niet verzet toen ze in bedwang werd gehouden?'

'Ze probeerde om ons heen te kijken. Ze vroeg aldoor of hij dood was.'

Fisher haalt zijn schouders op. 'Maar ze probeerde niet weg te komen. Ze heeft u niet proberen te verwonden.'

'O nee.'

Fisher laat het antwoord even in de lucht hangen. 'U kende mevrouw Frost voor die tijd al, is het niet, meneer Ianucci?'

'Jazeker.'

'Hoe was uw relatie met haar?'

Bobby kijkt me even aan en wendt dan snel zijn blik weer af. 'Nou ja, ze is officier van justitie. Dus ik zag haar zo vaak.' Hij zwijgt even en voegt er dan aan toe: 'Ik vond haar wel aardig.'

'Hebt u ooit gedacht dat ze gewelddadig zou kunnen zijn?'

'Nooit.'

'Maar die bewuste ochtend leek ze niet op de Nina Frost die u kende, is het wel?'

'Nou ja, ze zag er wel hetzelfde uit.'

'Maar zoals ze handelde, meneer Ianucci... Hebt u mevrouw Frost ooit eerder zo zien handelen?'

De gerechtsbode schudt zijn hoofd. 'Ik heb haar nooit eerder iemand zien doodschieten, als u dat bedoelt.'

'Dat bedoel ik,' zegt Fisher, en hij gaat zitten. 'Geen vragen meer.'

Die middag, wanneer de zitting is geschorst, ga ik niet meteen naar huis. In het kwartier dat me rest voordat mijn elektronische armband wordt gereactiveerd rijd ik naar de St.-Anna waar alles is begonnen.

Het schip van de kerk is voor publiek toegankelijk, al hebben ze bij mijn weten nog geen nieuwe kapelaan gevonden. Binnen is het donker. Mijn hakken tikken over de tegelvoer.

Rechts van me staat een tafel met brandende votiefkaarsen. Ik steek een nieuwe aan voor Glen Szyszynski, en dan een voor Arthur Gwynne.

Dan schuif ik een kerkbank in en kniel. 'Heilige Maria, vol van genade,' fluister ik in gebed tegen een vrouw die haar zoon ook altijd in alles heeft bijgestaan.

Om acht uur, wanneer Nathaniel naar bed moet, gaat het licht in de motelkamer uit. Op het bed naast dat van zijn zoon ligt Caleb met zijn handen onder zijn hoofd gevouwen te wachten tot Nathaniel in slaap is gevallen. Dan gaat hij soms tv-kijken, of hij doet het leeslampje aan om de krant van die dag door te nemen.

Vanavond doet hij geen van beide. Hij is niet in de stemming om wijsneuzen na de eerste dag van Nina's proces over de uitkomst te horen orakelen.

Eén ding is duidelijk, de vrouw die alle getuigen hebben gezien, de vrouw op de videotape, is niet de vrouw met wie Caleb trouwde. En als je echtgenote niet dezelfde vrouw is op wie je acht jaar geleden verliefd werd, wat doe je dan? Probeer je erachter te komen wie ze is geworden en maak je er maar het beste van? Of hoop je tegen beter weten in dat ze op een ochtend wakker zal worden en weer de vrouw is die ze vroeger was?

Misschien, denkt Caleb, is hij ook niet meer de man die hij vroeger was.

Dat brengt hem direct bij het onderwerp waar hij niet aan wil denken, zeker niet in het donker waarin niets hem kan afleiden. Vanmiddag, toen Patrick naar de spreekkamer kwam om te zeggen dat Gwynne dood was... Ach, misschien had het niets te betekenen. Nina en Patrick kennen elkaar tenslotte al hun hele leven. En hoewel Caleb hem eerder als een blok aan het been beschouwt, heeft Patricks relatie met Nina hem nooit echt dwarsgezeten. Want als puntje bij paaltje komt, is hij degene die elke nacht bij Nina slaapt.

Dat was tenminste zo.

Hij knijpt zijn ogen dicht alsof hij de herinnering wil verdrijven. Patrick die zich abrupt omdraaide toen Nina haar armen om Caleb heen sloeg. Dat was op zich niet verontrustend. Het is honderden keren voorgekomen dat Nina hem op zo'n manier toelachte of liefkoosde dat Patrick zich er ongemakkelijk bij voelde, al scheen het Nina nooit op te vallen. Er zijn zelfs momenten geweest dat hij medelijden met Patrick had vanwege de pure jaloezie in zijn ogen terwijl hij het op bijna hetzelfde moment wist te verbergen.

Maar vandaag zag hij geen jaloezie in Patricks ogen. Hij zag verdriet. En daarom kan Caleb het incident niet van zich afzetten en blijft hij het moment analyseren. Jaloezie wordt tenslotte veroorzaakt doordat je iets wilt wat niet van jou is.

Maar verdriet komt doordat je iets hebt verloren wat je al had.

Nathaniel haat die stomme speelkamer met dat stomme boekenhoekje en die stomme kale poppen, met die stomme doos kleurpotloden waar geeneens een gele bij zit. Hij haat de tafeltjes die naar het ziekenhuis ruiken, en ook de vloer die koud is onder zijn sokken. Hij haat Monica. Als ze lacht moet hij denken aan die keer dat hij in een Chinees restaurant een ingesneden sinaasappelschil onder zijn bovenlip had geklemd. En wat hij nog het het meest haat is de gedachte dat zijn vader en moeder maar tweeëntwintig trappen boven hem zitten en dat hij niet bij ze mag zijn.

'Nathaniel,' zegt Monica, 'zullen we die toren afmaken?'

Ze hebben gisteren de hele middag aan de blokkentoren gewerkt en een briefje voor de bewakers achtergelaten dat hij niet mocht worden afgebroken.

'Hoe hoog kan hij worden volgens jou?'

Hij is al groter dan Nathaniel. Monica heeft een stoel neergezet zodat hij verder kan bouwen. Ze heeft al een stapeltje blokken in haar hand.

'Voorzichtig,' waarschuwt ze als hij op de stoel klimt.

Hij legt een blok op de bovenkant, en het hele bouwwerk begint te wiebelen. Bij het volgende dreigt het in te storten – maar het blijft overeind. 'Dat scheelde maar een haartje,' zegt Monica.

Hij stelt zich voor dat dit New York City is, en hij een reus. Of een *Tyrannosaurus rex*. Of King Kong. Hij verslindt grote gebouwen alsof het wortelreepjes zijn. Met een grote haal van zijn machtige klauw maait Nathaniel de bovenkant van de toren weg.

Het hele bouwsel valt kletterend op de vloer.

Monica ziet er zo bedroefd uit dat Nathaniel zich heel even schuldig voelt. 'Ach... Waarom heb je dat nou gedaan?' vraagt ze met een zucht.

Er speelt een voldaan glimlachje rond zijn mondhoeken. Maar hij zegt niet wat hij denkt: *Omdat ik het kon.*

Joseph Toro is nerveus, en ik kan het hem niet kwalijk nemen. De laatste keer dat ik hem zag, zat hij onder het bloed en de hersenresten van zijn eigen cliënt.

'Hebt u Glen Szyszynski eerder ontmoet voordat u die dag naar de rechtszaal kwam?' vraagt Quentin.

'Ja,' zegt de advocaat timide. 'In de gevangenis, in afwachting van de aanklacht.'

'Wat zei hij over de misdaad waarvan hij werd beschuldigd?'

'Die heeft hij categorisch ontkend.'

'Protest,' roept Fisher. 'Niet relevant.'

'Aanvaard.'

Quentin denkt even na. 'Hoe gedroeg pastoor Szyszynski zich op de ochtend van dertig oktober?'

'Protest.' Nu staat Fisher op. 'Niet relevant.'

Rechter Neal kijkt de getuige aan. 'Ik wil graag uw antwoord horen.'

'Hij was doodsbang,' mompelt Toro. 'Hij was aldoor aan het bidden. Hij heeft me hardop voorgelezen uit Mattheus. Uit het deel waar Christus zegt: *Mijn God, waarom hebt Gij mij verlaten?*'

'Wat gebeurde er toen uw cliënt de rechtszaal werd binnengeleid?' vraagt Quentin.

'Ze brachten hem naar de tafel van de verdediging waar hij naast mij ging zitten.'

'En waar was mevrouw Frost op dat moment?'

'Die zat op de voorste rij achter ons, aan de linkerkant.'

'Hebt u die ochtend met mevrouw Frost gesproken?'

'Nee,' antwoordt Toro. 'Ik heb haar nooit eerder ontmoet.'

'Is u iets ongewoons aan haar opgevallen?'

'Protest,' zegt Fisher. 'Hij kende haar niet, dus hoe kon hij weten of er al dan niet iets ongewoons aan haar was?'

'Afgewezen,' antwoordt de rechter.

Toro kijkt naar me als een vogeltje dat een blik op de kat waagt die een paar meter verderop zit. 'Ja, er was inderdaad iets dat me opviel. Haar man had zijn plaats al ingenomen, maar mevrouw Frost had bijna het begin van de tenlastelegging gemist. Ik vond het vreemd dat ze uitgerekend op deze dag niet op tijd in de rechtszaal verscheen.'

Ik luister naar zijn verklaring, maar ik kijk naar Quentin Brown. Voor een aanklager is een beklaagde niet meer dan een zaak die hij zal winnen of verliezen. Voor hem zijn beklaagden geen mensen van vlees en bloed. Hij is alleen geïnteresseerd in de misdaad die hen voor de rechtbank heeft gebracht, niet in hun leven. En terwijl ik hem aanstaar, draait Brown zich ineens om. Zijn blik is koel, emotieloos – een blik die ook ik in mijn repertoire heb gecultiveerd. In feite ben ik in alle opzichten net zo ervaren als hij, maar toch ligt er een kloof tussen ons. Want dit is tenslotte gewoon zijn werk. Maar het is mijn toekomst.

Het gerechtsgebouw van Alfred is oud, en dat is ook aan de toiletten af te zien. Caleb ritst net zijn gulp dicht wanneer iemand anders naast hem in het urinoir komt staan. Hij wendt zijn blik af en loopt naar een wastafel om zijn handen te wassen. Dan ziet hij in de spiegel dat het Patrick is.

Hij schrikt wanneer Patrick zich omdraait en zijn naam noemt. 'Caleb?'

Ze zijn de enigen in het toilet. Caleb slaat zijn armen over elkaar en wacht tot Patrick zijn handen heeft gewassen en met een papieren doekje heeft afgedroogd. Hij wacht, en hij weet niet waarom. Hij begrijpt alleen dat hij nu niet kan weggaan.

'Hoe is het met haar?' vraagt Patrick.

Caleb kan geen woord over zijn lippen krijgen.

'Dit moet een verschrikking voor haar zijn.'

'Ik weet het.' Caleb dwingt zichzelf Patrick recht aan te kijken om hem duidelijk te maken dat dit niet zomaar een terloops antwoord is. 'Ik wéét het,' herhaalt hij.

Patrick wendt zijn blik af en slikt. 'Heeft ze... heeft ze het je verteld?'

'Dat was niet nodig.'

Het enige geluid is dat van stromend water. 'Wil je me een klap geven?' zegt Patrick na enkele ogenblikken. Hij spreidt zijn armen. 'Vooruit, sla me maar.'

Langzaam schudt Caleb zijn hoofd. 'Ik zou niets liever willen, maar ik doe het niet, want je bent de moeite niet waard.' Hij doet een stap naar Patrick toe en priemt zijn vinger in zijn borst. 'Je bent hier teruggekomen om bij Nina te zijn. Je hebt je hele leven voor een vrouw geleefd die niet voor jou is bestemd. Je hebt gewacht tot het slecht met haar ging en jij de eerste was aan wie ze zich vast kon klampen.' Hij draait zich om. 'Ik hoef je niet te slaan, Patrick. Daar vind ik je te zielig voor.'

Caleb wil weglopen, maar blijft staan als Patrick zegt: 'Nina schreef me elke dag toen ik in dienst zat, en dat was het enige waar ik naar kon uitkijken.' Hij glimlacht verdrietig. 'Ze schreef me hoe ze jou heeft ontmoet. Over jullie afspraakjes. Maar toen ze schreef dat ze een berg met je had beklommen, wist ik dat ik haar kwijt was.'

'Mount Katahdin? Er is die dag niets gebeurd.'

'Nee. Jullie zijn omhooggegaan en weer beneden gekomen,' zegt Patrick. 'Maar Nina heeft verschrikkelijke hoogtevrees. Soms wordt ze zo duizelig dat ze flauwvalt. Maar ze hield zoveel van je dat ze bereid was je overal te volgen. Zelfs naar een hoogte van bijna duizend meter.' Hij maakt zich van de muur los en loopt op Caleb af. 'Weet je wat zielig is? Dat jij degene bent met wie ze samenleeft. Dat ze van alle mannen ter wereld uitgerekend jou heeft gekozen. Jij hebt deze ongelooflijke vrouw gekregen, en je beseft niet eens wat voor godsgeschenk ze is.'

Dan duwt hij Caleb opzij. Hij moet hier weg voordat hij zo stom is zijn hart uit te storten.

Frankie Martine is een getuige van het OM. Ze geeft helder en beknopt antwoord op de vragen en maakt wetenschap voor zelfs het meest ongeschoolde jurylid toegankelijk. Bijna een uur lang neemt Quentin met haar de implicaties van beenmergtransplantaties door, en ze weet de belangstelling van de jury vast te houden. Dan vertelt ze over haar dagelijks werk, het verzamelen van DNA-materiaal. Ik heb eens drie dagen bij haar op het staatslab doorgebracht om te zien hoe ze te werk ging. Ik wilde het weten om de testrapporten te begrijpen die me werden toegestuurd.

Kennelijk heb ik er niet genoeg van opgestoken.

'Je DNA is in elke lichaamscel hetzelfde,' legt Frankie uit. 'Dat betekent dat als je iemand bloed afneemt, het DNA in die bloedcellen hetzelfde is als het DNA in zijn huidcellen, weefselcellen en lichaamsvocht als speeksel en sperma. Daarom is me gevraagd het DNA in het bloed van pastoor Szyszynski te vergelijken met het DNA dat in het sperma op de onderbroek is aangetroffen.'

'En hebt u dat gedaan?' vraagt Quentin.

'Ja, dat heb ik gedaan.'

Hij overhandigt Frankie hetzelfde labrapport dat anoniem in mijn brievenbus is achtergelaten. 'Wat waren uw bevindingen?'

Frankie kijkt me aan. Ik zie geen sympathie in haar ogen, maar ook geen weerzin. Dit is een vrouw die dagelijks de forensische bewijzen onder ogen krijgt van wat mensen elkaar kunnen aandoen.

'Ik kwam tot de conclusie dat de kans dat het DNA van een willekeurig individu overeenkomt met dat in het sperma van de verdachte een op zes miljard is.'

Quentin kijkt naar de jury. 'Zes miljard? Is dat niet bijna de hele wereldbevolking?'

'Zo ongeveer.'

'En wat heeft dat met beenmergtransplantaties te maken?'

Frankie gaat even verzitten. 'Het OM heeft me gevraagd deze bevindingen te onderzoeken aan de hand van pastoor Szyszynski's medische dossier. Zeven jaar geleden had hij een beenmergtransplantatie ondergaan, wat in feite betekent dat zijn bloed een langetermijnlening was... geleend van een donor. Het betekent ook dat het DNA in dat bloed, het DNA dat overeenkwam met het sperma op de onderbroek, niet van pastoor Szyszynski was, maar van zijn donor.' Ze kijkt naar de juryleden en wacht tot die begrijpend knikken voordat ze verdergaat. 'Als we pastoor Szyszynski een speeksel- of spermatest hadden afgenomen, of zelfs een huidtest, alles behalve zijn bloed, zou zijn gebleken dat het niet zijn sperma was dat op de onderbroek van het kind is achtergelaten.'

Quentin laat dit even bezinken. 'Wacht even. Wilt u zeggen dat iemand na een beenmergtransplantatie twee soorten DNA in zijn lichaam heeft?'

'Precies. Het komt uiterst zelden voor, en juist daarom heeft een DNA-test nog steeds de meest exacte bewijskracht.' Frankie haalt een recenter labrapport tevoorschijn. 'Zoals u hier kunt zien, kan worden aangetoond dat iemand na een beenmergtransplantatie twee verschillende DNA-profielen bezit. Daartoe onttrekken we tandmerg dat zowel weefsel als bloedcellen bevat. Als iemand een beenmergtransplantatie heeft ondergaan, laten de weefselcellen in tandmerg een ander DNA-profiel zien dan de bloedcellen.'

'En dat was ook het geval toen u tandmerg van pastoor Szyszynski analyseerde?'

'Ja.'

Quentin schudt zijn hoofd en doet alsof hij stomverbaasd is. 'Dus pastoor Szyszynski was een van de zes miljard wier DNA overeenkwam met het DNA in het ondergoed... maar die het er toch niet op heeft achtergelaten?'

Frankie vouwt het rapport weer dicht. 'Zo is het inderdaad.'

'U hebt in een aantal zaken met Nina samengewerkt, is het niet?' vraagt Fisher.

'Dat is juist,' antwoordt Frankie.

'Gaat ze grondig te werk?'

'Heel grondig. Ze houdt voortdurend contact over de gefaxte resultaten. Ze is zelfs weleens naar het lab gekomen. Veel aanklagers nemen die moeite niet, maar Nina wilde zeker weten dat ze alles goed had begrepen. Van begin tot eind blijft ze de vinger aan de pols houden.'

Fisher kijkt me even aan, alsof hij wil zeggen: *Vertel mij wat.* 'Dus ze vindt het heel belangrijk dat er geen fouten worden gemaakt?'

'Ja.'

'Ze is niet iemand die overhaaste conclusies trekt of zonder meer iets aanneemt zonder het te controleren?'

'Niet voorzover ik haar ken,' zegt Frankie.

'Mevrouw Martine, ik neem aan dat u ervan uitgaat dat uw rapporten accuraat zijn?'

'Uiteraard.'

'Hebt u een rapport afgegeven waarin staat dat de kans dat iemand anders dan pastoor Szyszynski het sperma op de onderbroek van Nathaniel Frost heeft achtergelaten minder is dan een op zes miljard?'

'Ja.'

'U hebt in dat rapport niet aangegeven dat de verdachte mogelijk het bloed van een beenmergdonor bezat. Omdat het zo zelden voorkomt dat zelfs een wetenschapper als u er niet van uitgaat?'

'Statistieken zijn statistieken. Een schatting.'

'Maar toen u dat eerste rapport aan het OM verstuurde, had u de openbaar aanklager durven zweren dat hij er volledig op kon vertrouwen?'

'Ja.'

'En de twaalf juryleden die op basis van dat rapport tot een uitspraak over pastoor Szyszynski moesten komen? Had u hun durven zweren dat ze er volledig op konden vertrouwen?'

'Ja.'

'En had u Nina Frost, de moeder van het kind, durven vragen er volledig op te vertrouwen, zodat ze deze zaak met een gerust gemoed kon afsluiten?'

'Ja.'

Fisher kijkt de getuige aan. 'Vindt u het dan vreemd, mevrouw Martine, dat ze dat ook heeft gedáán?'

'Natuurlijk tekende Quentin protest aan,' zegt Fisher met zijn mond vol pepperonipizza. 'Daar gaat het niet om. Het punt is dat ik de getuige al had laten gaan voordat ik de vraag introk. Het zal de jury heus wel zijn opgevallen.'

'Je verwacht te veel van een jury,' werp ik tegen. 'Je was fantastisch bij het kruisverhoor, Fisher, echt waar, maar kijk uit, want het kan nog heel anders uitpakken.'

Hij schudt zijn hoofd. 'Wanneer ga je nu eens helemaal voor de verdediging, Nina?'

Nooit, denk ik. Misschien is het voor een strafpleiter gemakkelijker om het menselijk handelen te rationaliseren. Wanneer je elke dag voor de vrijheid van misdadigers vecht, maak je jezelf wijs dat ze een of ander excuus voor hun misdrijf hadden, of je houdt jezelf voor dat het gewoon je werk is om in hun voordeel te liegen. Na zeven jaar als openbaar aanklager te hebben gewerkt zie ik de wereld in zwart-wit. Toegegeven, het kostte me weinig moeite mezelf ervan te overtuigen dat ik moreel in mijn recht stond toen ik dacht een kinderverkrachter te hebben gedood. Maar om te worden vrijgesproken van een moord op een onschuldige man, daar zou zelfs Johnnie Cochran af en toe nachtmerries van hebben.

'Fisher?' vraag ik zacht. 'Vind je dat ik gestraft moet worden?'

Hij veegt zijn handen af aan zijn servet. 'Zou ik hier zitten als ik dat vond?' Hij kijkt me glimlachend aan. 'Maak je geen zorgen, Nina. Jij wordt vrijgesproken. Dat beloof ik je.'

Maar dat verdien ik niet. De waarheid ligt in mijn hart besloten, al kan ik het niet hardop zeggen. Wat voor zin heeft het rechtssysteem als mensen kunnen besluiten dat motieven belangrijker zijn dan de wet? Als je één steen van het fundament weghaalt, hoe lang zal het dan duren voordat het hele systeem in elkaar stort?

Misschien krijg ik gratie omdat ik mijn kind wilde beschermen, maar er zijn genoeg ouders die hun kinderen bescherming bieden zonder dat ze een misdrijf plegen. Ik kan mezelf voorhouden dat ik die dag alleen aan mijn zoon dacht, dat ik alleen maar een goede moeder wilde zijn, maar in werkelijkheid was ik dat niet. Ik handelde als aanklager die het gerechtelijke systeem niet vertrouwde toen het voor mij persoonlijk relevant werd. En dat is de reden dat ik moet worden veroordeeld.

'Ik kan het mezelf niet eens vergeven,' zeg ik uiteindelijk. 'Hoe kunnen twaalf andere mensen het dan wel?'

De deur gaat open en Caleb komt binnen. Ineens is de sfeer geladen. Fisher kijkt me even aan – hij weet van de verwijdering tussen Caleb en mij – en legt zijn servet neer. 'Caleb! Er zijn nog een paar pizzapunten over.' Hij staat op. 'Ik zal zorgen dat het in orde komt...' zegt hij, en maakt zich dan uit de voeten.

Caleb gaat tegenover me zitten. Het getik van de klok die vijf minuten voorloopt klinkt even luid als dat van mijn hart. 'Trek?' vraag ik.

Hij laat zijn vinger langs de rand van de pizzadoos glijden. 'Uitgehongerd,' antwoordt Caleb.

Maar hij maakt geen aanstalten een stuk pizza te nemen. In plaats daarvan kruipen zijn handen over tafel om de mijne te pakken. Hij schuift zijn stoel dichterbij en buigt zijn hoofd. 'Laten we opnieuw beginnen,' fluistert hij.

Als ik de afgelopen maanden iets heb geleerd, dan is het dat je niet opnieuw kunt beginnen, maar dat je zult moeten leven met de fouten die je hebt gemaakt. Van Caleb heb ik daarentegen lang geleden geleerd dat je zonder fundament niets kunt opbouwen. Misschien weten we pas hoe we moeten leven als we eerst hebben begrepen hoe we níet moeten leven.

'Laten we verdergaan waar we zijn opgehouden,' zeg ik, en ik leg mijn wang tegen zijn haar.

Hoever kan iemand gaan zonder het vertrouwen in zichzelf te verliezen?

Het is een vraag die Patrick niet loslaat. Er zijn dingen waarvoor excuses zijn aan te voeren – doden in oorlogstijd, voedsel stelen als je honger hebt, liegen om je leven te redden. Maar breng de omstandigheden dichter bij huis, en ineens wordt het vertrouwen van iemand die zijn leven aan de wet heeft gewijd zwaar op de proef gesteld. Patrick neemt het Nina niet kwalijk dat ze pastoor Szyzynski heeft doodgeschoten, want op dat moment geloofde ze oprecht dat ze geen andere keus had. Ook vindt hij het niet verkeerd dat hij op kerstavond de liefde met haar heeft bedreven. Hij heeft jarenlang op Nina gewacht, en toen ze eindelijk de zijne was, al was het maar voor één nacht, deed het er niet toe dat ze met een ander was getrouwd. Waarom zou de band tussen hem en Nina minder hecht zijn alleen omdat die niet op papier is bekrachtigd?

Rechtvaardiging is iets merkwaardigs. De grenzen worden verlegd, en eer en ethiek worden rekbare begrippen.

Als Nina haar man zou verlaten, zou hij ogenblikkelijk voor haar klaarstaan, en hij zou het ook kunnen verdedigen. Eerlijk gezegd fantaseert hij er weleens over. Hoop is zijn balsem voor de werkelijkheid, en als Patrick hem dik genoeg uitsmeert, kan hij soms zelfs een leven met haar voor zich zien.

Maar hij kan niet om Nathaniel heen.

Hij wil niets liever dan dat Caleb uit haar leven verdwijnt. Maar Caleb is niet alleen Nina's man, hij is ook de vader van haar zoon. En Patrick zou nooit willen dat Nathaniel ongelukkig werd na alles wat er is gebeurd. Hoe zou Nina dan nog van hem kunnen houden?

Vanuit de getuigenbank kijkt hij naar Quentin Brown. Die verwacht dat dit probleemloos zal verlopen, net als toen ze de ondervraging hebben geoefend. Als politierechercheur is Patrick tenslotte gewend om in de getuigenbank plaats te nemen. Voor zover Brown weet, staat hij ondanks zijn vriendschap met Nina aan de kant van de aanklager.

'Was u belast met de zaak Nathaniel Frost?' vraagt Quentin.

'Ja.'

'Hoe gedroeg de beklaagde zich tijdens het onderzoek?'

Patrick kan Nina niet aankijken, nog niet. 'Ze was een uiterst bezorgde moeder.'

Dit is niet het antwoord dat ze hebben gerepeteerd. Quentin kijkt hem doordringend aan en legt hem dan het antwoord in de mond dat hij had moeten geven. 'Hebt u haar ooit ongeduldig of boos zien worden?'

'Ze was weleens radeloos. Haar kind kon niet meer praten. Ze wist niet wat ze moest doen.' Patrick haalt zijn schouders op. 'Wie zou het in zo'n situatie niet zijn?'

Quentin kijkt hem fronsend aan. Persoonlijk commentaar van de getuige is niet gewenst. 'Wie was uw eerste verdachte in die zaak?'

'We hadden geen andere verdachte dan Glen Szyszynski.'

Quentin lijkt hem nu wel te kunnen wurgen. 'Hebt u iemand anders voor ondervraging naar het bureau laten komen?'

'Ja. Caleb Frost.'

'Waarom?'

Patrick schudt zijn hoofd. 'Het kind communiceerde in gebarentaal, en hij duidde de dader aan met het teken voor *vader*. Toen begrepen we nog niet dat hij *priester* bedoelde, en niet *papa*.' Hij

312

kijkt naar Caleb die op de eerste rij achter Nina zit. 'Mijn fout,' zegt Patrick.

'Hoe reageerde de beklaagde toen haar zoon het teken voor *vader* maakte?'

Fisher staat op om te protesteren, maar Patrick gaat snel verder: 'Ze nam het heel ernstig op. Haar eerste zorg was altijd, *altijd*, dat ze haar kind moest beschermen.' Fisher gaat weer naast Nina zitten.

'Rechercheur Ducharme – ' valt de aanklager hem in de rede.

'Ik ben nog niet uitgesproken, meneer Brown. Ik wilde zeggen dat ze er kapot van moet zijn geweest, maar toch is ze een huisverbod tegen haar man gaan halen omdat dat volgens haar de beste manier was om Nathaniels veiligheid te waarborgen.'

Quentin loopt verder op Patrick toe en sist hem toe zodat niemand anders het kan horen: '*Waar ben je goddomme mee bezig?*' Dan kijkt hij naar de jury. 'Op welk moment besloot u pastoor Szyszynski te arresteren?'

'Toen Nathaniel weer kon praten en zijn naam noemde, ben ik met hem gaan praten.'

'En hebt u hem toen gearresteerd?'

'Nee, ik hoopte dat hij zou bekennen. Dat hopen we altijd in dit soort gevallen.'

'Heeft pastoor Szyszynski ooit toegegeven dat hij Nathaniel Frost seksueel heeft misbruikt?'

Patrick is vaak genoeg als getuige opgetreden om te weten dat deze vraag volstrekt onaanvaardbaar is omdat het antwoord onbewijsbaar is. De rechter en de aanklager kijken naar Fisher Carrington in de verwachting dat hij zal protesteren, maar Nina's advocaat blijft rustig aan de tafel van de verdediging zitten. 'Kinderverkrachters geven zelden toe dat ze een kind hebben misbruikt,' zegt Patrick uiteindelijk. 'Ze weten dat ze het in de gevangenis niet gemakkelijk zullen krijgen. En laten we eerlijk zijn, zonder bekentenis is het maar afwachten of het tot een veroordeling komt. Even zo vaak gaan ze vrijuit door gebrek aan bewijs, of omdat het kind te bang is om te getuigen, of omdat de jury het kind niet gelooft als het wel getuigt...'

Quentin onderbreekt hem voordat Patrick nog meer schade kan aanrichten. 'Edelachtbare, kunnen we even schorsen?'

De rechter kijkt hem over zijn dikke brillenglazen aan. 'We zitten midden in een ondervraging.'

'Daar ben ik me van bewust.'

Schouderophalend vraagt Neal aan Fisher: 'Heeft de verdediging er bezwaar tegen dat we even pauzeren?'

'Nee, edelachtbare. Maar ik wil het hof vragen de aanklager eraan te herinneren dat getuigen tijdens de schorsing niet benaderd mogen worden.'

Quentin werpt Fisher een vernietigende blik toe. Dan stormt hij zo snel de rechtszaal uit dat hij niet ziet dat Patrick oogcontact maakt met Nina en haar een geruststellend knipoogje geeft.

'Waarom staat die smeris aan onze kant?' vraagt Fisher, zodra we in een spreekkamer boven zitten.

'Omdat hij een vriend is die altijd voor me heeft klaargestaan.' Dat is de enige verklaring die ik kan bedenken. Ik wist natuurlijk dat Patrick tegen me zou moeten getuigen, en ik heb er niet verder bij stilgestaan. Ik ken Patrick als iemand die zich strikt houdt aan de scheidslijn tussen goed en kwaad. Daarom wilde hij niet dat ik met hem over de moord sprak, daarom kostte het hem zoveel moeite me bij te staan terwijl ik mijn proces afwachtte. Daarom ook betekende zijn aanbod om pastoor Gwynne te zoeken zoveel voor me, want ik wist hoe moeilijk het voor hem was.

Ik denk terug aan kerstavond. En daarom kan ik bijna niet geloven dat het werkelijk is gebeurd.

Fisher denkt na over dit vreemde geschenk dat hem in de schoot is geworpen. 'Moet ik ergens op bedacht zijn? Is er iets wat hij níet zal doen om je te beschermen?'

We hebben met elkaar geslapen omdat Patrick die nacht zijn morele teugels heeft losgelaten. Omdat hij te eerlijk was om zijn gevoelens te onderdrukken.

'Hij zal niet liegen,' antwoord ik.

Quentin gaat nu regelrecht in de aanval. Wat voor spelletje deze rechercheur ook speelt, nu is het afgelopen.

'Waarom was u in de rechtszaal op de ochtend van 30 oktober?'

'Omdat de zaak aan mij was toegewezen,' antwoordt Ducharme kalm.

'Hebt u die ochtend met de beklaagde gesproken?'

'Ja, zowel met haar als met haar echtgenoot. Ze waren alle twee nerveus. We vroegen ons af wie tijdens de zitting op Nathaniel kon passen, want ze durfden hem niet aan de zorg van onbekenden over te laten.'

'Wat deed u toen de beklaagde op pastoor Szyszynski schoot?'

Ducharme kijkt de aanklager recht in de ogen. 'Ik zag een pistool en ben eropaf gesprongen.'

'Wist u dat mevrouw Frost een wapen bij zich had?'

'Nee.'

'Hoeveel mannen waren ervoor nodig om haar te overmeesteren?'

'Ze liet zich vallen,' zegt Patrick. 'Vier bewakers hielden haar toen tegen de vloer gedrukt.'

'En wat deed u?'

'Ik heb om handboeien gevraagd, en een gerechtsbode, de heer Ianucci, heeft me die gegeven. Ik heb mevrouw Frosts handen op de rug geboeid en haar naar haar cel teruggebracht.'

'Hoe lang bent u daar bij haar geweest?'

'Vier uur.'

'Heeft ze iets tegen u gezegd?'

Tijdens de repetitie had Ducharme verteld dat de beklaagde bekende dat ze de moord had gepleegd. Maar nu kijkt hij als een koorknaap op naar de jury. 'Ze bleef steeds maar hetzelfde herhalen. "Ik heb alles gedaan wat ik kon. Meer kan ik niet doen." Ze leek wel gek geworden.'

Gek geworden? 'Protest!' buldert Quentin.

'Het is meneer Browns eigen getuige, edelachtbare,' zegt Fisher.

'Afgewezen, meneer Brown,' zegt de rechter. 'Willen de raadslieden even hier komen?'

Quentin stormt naar voren. 'Rechter, ik wil deze getuige onwillig laten verklaren.'

Rechter Neal kijkt naar Ducharme en dan weer naar de aanklager. 'Hij geeft toch antwoord op uw vragen?'

'Maar niet zoals we hadden afgesproken!'

'Het spijt me, meneer Brown, maar dat is uw probleem.'

Quentin haalt diep adem en draait zich om. Dat Patrick Ducharme eigenhandig zijn zaak om zeep helpt is nu minder belang-rijk dan de vraag waaróm.

Óf Ducharme heeft een rekening met Quentin te vereffenen, ook al kennen ze elkaar nauwelijks, of hij probeert Nina Frost om de een of andere reden te helpen. Dan ziet hij dat de rechercheur en de beklaagde elkaar intens en langdurig in de ogen kijken.

Zo zit het dus.

'Hoe lang kent u de beklaagde?' vraagt Quentin op effen toon.

'Dertig jaar.'

'Zo lang al?'

'Ja.'

'Wat is uw relatie met haar?'

'We hebben beroepsmatig veel met elkaar te maken.'

Mijn reet, denkt Quentin. 'Ontmoet u elkaar weleens buiten de werksituatie?'

Patrick Ducharmes kaak verstrakt, al is Quentin de enige die het kan zien. 'Ik ken haar gezin. Af en toe gaan we samen lunchen.'

'Hoe voelde u zich toen u hoorde wat er met Nathaniel was ge-beurd?'

'Protest,' roept Carrington.

De rechter wrijft over zijn kin. 'De getuige mag antwoorden.'

'Ik maakte me zorgen over de jongen,' antwoordt de rechercheur.

'En Nina Frost? Maakte u zich ook zorgen over haar?'

'Natuurlijk. Ze is een collega.'

'En meer niet?'

Hij is op de reactie voorbereid. Ducharme verbleekt. En Nina Frost lijkt ter plekke te verstijven. *Bingo*, denkt Quentin.

'Protest!'

'Afgewezen,' zegt de rechter, die de rechercheur met samengekne-pen ogen aankijkt.

'We zijn al heel lang met elkaar bevriend.' Ducharme probeert in een mijnenveld van woorden de juiste te vinden. 'Ik wist dat Nina kapot was van verdriet en ik deed alles wat ik kon om haar te helpen.'

'Door haar te helpen bij het doden van de priester, bijvoorbeeld?'

Nina Frost schiet overeind. *'Protest!'*

Haar advocaat duwt haar terug in haar stoel. Patrick Ducharme ziet eruit alsof hij de aanklager wel kan vermoorden, maar Quentin vindt het allang best zolang de jury denkt dat de rechercheur misschien medeplichtig is aan moord. 'Hoe lang werkt u al bij de politie?'

'Drie jaar.'

'En daarvoor was u rechercheur bij de militaire politie?'

'Ja, vijf jaar.'

Quentin knikt. 'Hoe vaak bent u als getuige opgetreden in uw carrière bij zowel de militaire politie als de politie van Biddeford?'

'Tientallen keren.'

'Dan weet u ongetwijfeld dat u onder ede staat.'

'Natuurlijk.'

'U hebt het hof vandaag verteld dat de beklaagde gek geworden leek toen u vier uur met haar in de cel doorbracht.'

'Dat klopt.'

Quentin kijkt hem aan. 'De dag nadat pastoor Szyszynski was vermoord, kwamen u en rechercheur Chao voor een gesprek naar mijn kantoor. Herinnert u zich nog wat u toen over de gemoedstoestand van de beklaagde hebt gezegd?'

Er valt een lange stilte. Uiteindelijk kijkt Ducharme op. 'Ik zei dat ze precies wist wat ze deed, en dat ik hetzelfde had gedaan als het mijn zoon was geweest.'

'Dus... Op de dag na de schietpartij was u van mening dat Nina Frost bij haar volle verstand was, en nu zegt u dat ze gek geworden was. Welke van de twee is het, rechercheur... en wat is er in vredesnaam in de tussentijd gebeurd waardoor u van mening bent veranderd?' Glimlachend gaat Quentin weer zitten.

Fisher is aan het kruisverhoor begonnen, maar ik ben zo ontdaan door Patricks getuigenis dat ik hem nauwelijks kan volgen. 'Weet u,' zegt Fisher, 'ik vermoed dat meneer Brown iets over uw relatie met mevrouw Frost wilde laten doorschemeren dat niet klopt, en ik wil de jury graag duidelijk maken wat de werkelijke aard van uw relatie is. U en Nina waren als kind hecht met elkaar bevriend, is het niet?'

'Ja.'

'En zoals alle kinderen hebt u weleens gejokt?'

'Dat zal wel,' zegt Patrick.

'Maar dat heeft niets met meineed te maken, vindt u wel?'

'Nee.'

'Zoals alle kinderen beraamde u plannetjes en complotjes, en misschien hebt u die ook ten uitvoer gebracht?'

'Natuurlijk.'

Fisher spreidt zijn handen. 'Maar dat is wel wat anders dan het beramen van een moord, niet?'

'Absoluut.'

'En als kind was u erg aan elkaar gehecht. U bent nog steeds aan elkaar gehecht. Maar alleen als *vrienden*, en meer niet. Is dat juist?'

Patrick kijkt mij recht aan. 'Ja, dat is juist.'

Het OM heeft geen verdere vragen. Ik loop rusteloos heen en weer in de kleine spreekkamer waar ik alleen ben achtergebleven. Caleb is even bij Nathaniel gaan kijken en Fisher is zijn kantoor aan het bellen. Ik sta bij het raam – wat Fisher me heeft afgeraden omdat veel fotografen een toestel met een supertelelens hebben – wanneer de deur opengaat en ik de geluiden op de gang hoor. 'Hoe is het met hem?' vraag ik zonder me om te draaien, denkend dat Caleb weer terug is.

'Moe,' antwoordt Patrick, 'maar daar kom ik wel overheen.'

Ik draai me met een ruk om en loop naar hem toe, maar nu is er een muur tussen ons die alleen hij en ik kunnen zien. Patricks blauwe ogen zijn dof en lusteloos.

'Je hebt in de getuigenbank over ons gelogen,' zeg ik.

'O ja?' Hij komt dichterbij, en het doet pijn. We staan vlak tegenover elkaar, maar ik kan de onzichtbare muur tussen ons niet wegnemen.

We zijn echt alleen maar vrienden. Meer zullen we nooit worden. We kunnen onszelf wel iets anders wijsmaken vanwege die ene nacht, maar dat is geen basis om samen verder te gaan. We zullen nooit weten wat er gebeurd zou zijn als ik Caleb niet had ontmoet, als Patrick niet naar het buitenland was gegaan. Maar ik heb met Caleb een leven opgebouwd, en ik kan dat deel van mezelf niet wegsnijden, net zo min als het deel van mijn hart dat Patrick toebehoort.

318

Ik hou van hen allebei, en zo zal het altijd blijven. Maar nu gaat het niet om mij.

'Ik heb niet gelogen, Nina. Ik heb gedaan wat het beste was.' Hij legt zijn hand tegen mijn wang.

Ik ga hem verlaten. Ik ga iedereen verlaten.

'Ik wil ook doen wat het beste is,' zeg ik, 'en dat betekent dat ik moet nadenken voordat ik iets doe, zodat ik de mensen van wie ik hou niet meer hoef te kwetsen.'

'Je gezin,' mompelt hij.

Ik schud mijn hoofd. 'Nee,' zeg ik. 'Jou.'

Wanneer de zitting is geschorst gaat Quentin naar een bar, maar hij heeft geen zin om te drinken. Hij stapt weer in zijn auto en rijdt doelloos rond. Hij loopt een Wal-Mart in en geeft meer dan honderd dollar uit aan boodschappen die hij niet nodig heeft. Daarna stopt hij bij een McDonald's voor zijn avondmaaltijd. Pas twee uur later beseft hij waar hij eigenlijk had moeten zijn.

Het is donker wanneer hij bij Tanya's huis arriveert, en het kost hem moeite de passagier uit de auto te krijgen. Hij had niet verwacht dat hij zo gemakkelijk aan een een plastic skelet kon komen. Alle Halloween-spullen in de feestartikelenwinkel waren zestig procent afgeprijsd en lagen ergens in een hoek opgestapeld.

Hij sleept het skelet mee over de oprit als een maat die te veel heeft gedronken. Met een van de lange, knokige vingers drukt hij op de deurbel. Een paar ogenblikken later doet Tanya open. Ze is nog steeds in werkkleding en haar haar is naar achteren in een paardenstaart gebonden. 'Oké,' zegt ze, van Quentin naar het geraamte kijkend. 'Ik ben benieuwd.'

Hij pakt het skelet bij de schedel zodat de rest blijft bungelen, en wijst naar de schouder. 'Scapula,' declameert hij. 'Ischium, ilium, maxilla, fibula, cuboïde.' Elk bot heeft hij met zwarte viltstift gemarkeerd.

Tanya wil de deur dichtdoen. 'Laat maar, Quentin.'

'Wacht!' Hij duwt de pols van het skelet tussen de deur. Hij haalt diep adem en zegt: 'Ik heb het voor jou gekocht. Ik wilde je laten zien... dat ik niet ben vergeten wat je me hebt geleerd.'

Ze houdt haar hoofd schuin, een gebaar dat hem altijd heeft vertederd. En ook de manier waarop ze haar pijnlijke nekspieren masseerde. Hij kijkt naar deze vrouw die hij niet meer kent, maar die eruitziet zoals hij zich *thuis* voorstelt.

Tanya laat haar vingers over de botten glijden waarvan hij de naam is vergeten, brede witte ribben en delen van de knie en de enkel. Dan pakt ze Quentin bij de arm en kijkt hem glimlachend aan. 'Je hebt nog een hoop te leren,' zegt ze, en trekt hem dan mee naar binnen.

Die nacht droom ik dat ik naast Fisher in de rechtszaal zit. Ineens komen mijn nekharen overeind. De lucht wordt zwaarder, en ik heb moeite met ademhalen. Achter me hoor ik gefluister. 'Allen opstaan,' zegt de griffier, en wanneer ik overeind wil komen, voel ik de koude loop van een pistool tegen mijn schedel en hoor ik de klik van een trekker die wordt overgehaald. Dan begin ik te vallen. Te vallen.

Ik word wakker van gekletter en gerammel. Het klinkt alsof iemand in een vuilnisbak zit te wroeten. Een wasbeer. Maar wasberen in januari?

In mijn pyjama ga ik op mijn tenen naar beneden. Ik steek mijn blote voeten in laarzen en trek een parka aan. Voor alle zekerheid grijp ik de kachelpook voordat ik naar buiten ga.

Mijn voetstappen worden gedempt door de sneeuw wanneer ik naar de garage loop. De donkere gestalte die zich over het vuilnisvat heeft gebogen is te groot om een wasbeer te kunnen zijn. Wanneer ik met de pook tegen het blik sla als tegen een gong, schrikt hij op.

Hij ziet eruit als een inbreker, en mijn eerste gedachte is dat hij het ijskoud moet hebben. Zijn in rubberhandschoenen gestoken handen zijn glibberig van mijn afval. Hij wil natuurlijk geen dodelijke ziekte oplopen, want wie weet wat je kunt krijgen door in andermans vuil te wroeten.

'Wat ben je in godsnaam aan het doen?' vraag ik.

Even is hij in tweestrijd. Dan haalt hij een recordertje uit zijn zak. 'Wilt u een verklaring afleggen?'

'Je bent verslaggever? Een verslaggever die in mijn afval zit te peuren?' Ik kom dichterbij. 'Wat dacht je te vinden?'

Nu zie ik hoe jong hij is, een jaar of twintig. Hij rilt, en ik weet niet of het door de kou komt of doordat er een moordenares naast hem staat. 'Willen je lezers weten dat ik vorige week ongesteld ben geweest? Wat voor soort ontbijtvlokken we eten? Dat ik te veel reclamefolders krijg?'

Ik gris de recorder uit zijn handen en druk de opnametoets in. 'Je wilt een verklaring? Dan zul je die krijgen. Vraag aan je lezers of ze elke minuut van hun leven en elke gedachte in hun hoofd kunnen verantwoorden, en of ze er trots op zijn. Vraag ze of ze nooit roekeloos de straat zijn overgestoken, nooit tweeënvijftig kilometer per uur hebben gereden in een zone van vijftig. Of ze nooit het gaspedaal hebben ingedrukt toen het stoplicht oranje werd. Als je dan die ene stakker vindt die nooit een misstap heeft begaan, zeg dan maar tegen hem dat morgen zijn wereld op z'n kop kan komen te staan en hij tot dingen in staat is die hij nooit voor mogelijk had gehouden.' Mijn stem breekt en ik draai me om. 'Zeg maar tegen hem... dat hij in mijn schoenen had kunnen staan.'

Ik gooi de recorder zo ver als ik kan van me af en zie het apparaat in een sneeuwbank vallen. Dan loop ik naar binnen, doe de deur op slot, en leun ertegenaan om op adem te komen.

Wat ik ook doe, ik kan pastoor Szyszynski niet terugbrengen. En nooit zal ik mijn schuld uit mijn gedachten kunnen verdrijven. Geen enkele rechter kan me zwaarder straffen dan ik mezelf zal straffen. Nooit zal ik vergeten dat Arthur Gwynne het evenveel verdiende te sterven als zijn halfbroer het verdiende te leven.

Al die tijd heb ik me als in slow motion bewogen totdat er onvermijdelijk een bijl zou neerkomen. Ik heb naar getuigenverklaringen over mezelf geluisterd alsof het een vreemde betrof. Maar nu ben ik weer terug in de werkelijkheid. De toekomst mag dan onuitwisbare delen van het verleden bewaren, het betekent niet dat we die steeds opnieuw moeten beleven. Dat is het lot dat ik Nathaniel juist wilde besparen, dus waarom zou ik het mezelf niet besparen?

Het begint te sneeuwen, ik voel het als een zegen.

Ik wil mijn leven terug.

Het vogeltje zag eruit als een piepklein dinosaurusje. Het was nog te klein om veren te hebben of zijn ogen open te doen. Het lag op de grond naast een V-vormige stok en een eikel met een geel mutsje op. Het bekje hing open en een vleugelstompje flapperde. Ik kon de omtrek van het hartje zien.

Ik ging er op mijn knieën naast zitten. Maar het bleef liggen. Het buikje was opgezwollen als een ballon.

Toen ik opkeek, zag ik zijn broertjes en zusjes in het nest.

Met een vinger duwde ik het in mijn hand. 'Mama!'

'Wat is er? ... Nee, Nathaniel!' Ze greep mijn pols vast waardoor het vogeltje weer op de grond viel. 'Niet aankomen!'

'Maar... maar...' Iedereen kon zien dat het ziek was. Vader Glen zei altijd dat je mensen moest helpen als ze te ziek of te verdrietig waren om voor zichzelf te zorgen. Dus waarom zou dat niet voor vogels gelden?

'Zodra een mens een babyvogeltje aanraakt, wil de moeder het niet meer.' En op dat moment vloog de moeder van het roodborstje naar beneden en hupte langs haar baby heen zonder ernaar te kijken. 'Zie je wel?'

Ik bleef naar het vogeltje kijken en vroeg me af of het daar zou blijven liggen totdat het doodging. Ik legde er een groot blad overheen zodat het warm zou blijven. 'En als ik een vogeltje was en iemand me aanraakte, zou ik dan ook doodgaan?'

'Als jij een vogeltje was,' zei ze, 'zou ik je nooit uit het nest hebben laten vallen.'

ACHT

Dit is wat hij meeneemt: zijn Yomega Brain-jojo, de arm van een zeester die hij op het strand heeft gevonden, zijn Dapperste-Jongen-lint, een zaklamp, zesenzeventig penny, twee dimes en een Canadese kwartdollar, een granolareep en een zak jellybeans die nog van Pasen over was. Dit zijn de schatten die hij bij zich had toen hij met zijn vader naar het motel ging, en die kan hij nu niet achterlaten. Alles past in de witte kussensloop die hij onder zijn jack tegen zijn buik houdt.

'Ben je zover?' vraagt zijn vader, en het klinkt alsof hij die woorden direct weer is vergeten. Nathaniel weet niet waarom hij zijn bezittingen geheim probeert te houden, want zijn vader schijnt hem niet of nauwelijks op te merken. Hij klimt op de passagiersstoel van de pick-up en maakt zijn veiligheidsgordel vast, en bij nader inzien maakt hij hem weer los.

Als hij echt slecht wil zijn, dan kan hij net zo goed meteen beginnen.

Op een keer heeft de man van de stomerij Nathaniel aangeboden hem de grote bewegende duizendpoot met geperste kleren te laten zien. Zijn vader had hem over de toonbank getild en hij was meneer Sarni naar achteren gevolgd waar de kleren werden gereinigd. De lucht was er zo zwaar en vochtig dat Nathaniel moest niezen toen hij op de grote rode knop drukte en de transporteur met hangers begon te draaien. De lucht in het gerechtsgebouw doet hem aan de stomerij denken. Het is hier niet zo warm en plakkerig, maar toch heeft hij net zo veel moeite met ademhalen.

Als zijn vader hem samen met Monica naar de speelkamer beneden brengt, praten ze heel zacht met elkaar en denken ze dat Nathaniel het niet kan horen. Hij weet niet wat "onwillige getuige" of "vooringenomen jury" betekent, maar terwijl zijn vader aan het praten is, trekt Monica precies hetzelfde gezicht als hij.

'Nathaniel,' zegt Monica, en ze doet alsof ze heel opgewekt is, 'laten we eerst je jas uittrekken.'

'Ik heb het koud,' liegt hij, en hij slaat zijn armen om het bundeltje op zijn buik.

Ze durft Nathaniel nooit aan te raken, misschien omdat ze röntgenogen heeft en kan zien hoe smerig hij vanbinnen is. Ze kijkt naar hem wanneer ze denkt dat hij het niet ziet. Haar ogen zijn zo diep als een vijver. Zijn moeder kijkt ook vaak zo naar hem. Het komt allemaal door vader Gwynne. Nathaniel wou dat ze hem als een gewoon kind behandelden in plaats van De Jongen wie Het is Overkomen.

Het was verkeerd wat vader Gwynne heeft gedaan. Nathaniel wist het toen doordat hij kippenvel kreeg, en hij weet het nu omdat hij er met dr. Robichaud en Monica over heeft gepraat. Ze zeiden steeds weer dat het Nathaniels schuld niet was. Maar dat neemt niet weg dat hij zich heel snel omdraait als hij iemands adem in zijn nek voelt. Als hij zijn buik zou opensnijden, net als zijn vader doet met een forel die hij heeft gevangen, zou hij dan die dikke zwarte knoop vinden die steeds zo'n pijn doet?

'Hoe gaat het?' vraagt Fisher als ik naast hem ben gaan zitten.

'Dat zou jij moeten weten.' Ik kijk naar de griffier die een stapel dossiers op de rechterstafel legt.

Fisher klopt op mijn schouder. 'Nu is het onze beurt,' zegt hij geruststellend. 'Vandaag zal ik de jury laten vergeten wat Brown ze heeft verteld.'

'De getuigen – '

' – zullen ons niet teleurstellen. Geloof me, Nina. Tegen lunchtijd zal iedereen geloven dat je ontoerekeningsvatbaar was.'

326

Dan komt de jury door een zijdeur binnen. Ik vraag me af hoe ik Fisher moet zeggen dat ik dat eigenlijk helemaal niet wil.

'Ik moet plassen,' zegt Nathaniel.

'Oké.' Monica legt het boek neer waaruit ze aan het voorlezen was en loopt met hem de gang door naar de toiletten. Nathaniels moeder wil niet dat hij er alleen ingaat, maar nu mag het wel, want er is maar één wc. Monica kijkt er even in en houdt dan de deur voor hem open. 'Vergeet niet je handen te wassen,' zegt ze.

Nathaniel gaat op de koude wc-bril zitten om na te denken. Hij liet vader Gwynne al die slechte dingen met hem doen. Hijzelf was ook slecht, maar hij is niet gestraft. Eigenlijk is iedereen sindsdien nog aardiger voor Nathaniel en besteden ze extra veel aandacht aan hem.

Zijn moeder heeft ook iets slechts gedaan, want, zei ze, dat was de beste manier om alles weer goed te maken.

Nathaniel probeert er iets van te begrijpen, maar het is allemaal te verwarrend. Hij weet alleen dat de wereld om de een of andere reden op zijn kop staat. Mensen houden zich niet meer aan regels omdat het de enige manier is de dingen weer in orde te krijgen.

Hij trekt zijn broek op en spoelt door. Dan doet hij het deksel naar beneden en klimt via de stortbak naar de richel bovenin. Het raampje is heel klein, maar voor Nathaniel groot genoeg om er-doorheen te glippen. Dan is hij in het trappenhuis. Hij loopt tus-sen de pick-ups en bestelwagens van het parkeerterrein, steekt het bevroren gazon over en begint doelloos de snelweg te volgen, vast-besloten om weg te lopen. *Drie slechte dingen tegelijk*, denkt hij.

'Dr. O'Brien,' zegt Fisher, 'wanneer is mevrouw Frost bij u geko-men?'

'Op twaalf december.' De psychiater is volkomen op zijn gemak. Hij heeft in zijn carrière al zo vaak moeten getuigen. Met zijn zil-vergrijze haar en zijn ontspannen houding had hij een broer van Fisher kunnen zijn.

'Wat voor documentatie had u over haar voordat u haar ont-moette?'

'Een introductiebrief van u, een kopie van het politierapport, de videotape die door WCSH is gemaakt, en het psychiatrische verslag van dr. Storrow, de psychiater van het OM, die haar twee weken eerder had onderzocht.'

'Hoe lang hebt u haar die eerste dag gesproken?'

'Een uur.'

'Hoe was haar gemoedsgesteldheid?'

'Ze had het voornamelijk over haar zoon. Ze maakte zich grote zorgen over zijn veiligheid,' zegt O'Brien. 'Haar kind kon niet meer praten. Ze was dodelijk ongerust. Ze voelde zich schuldig omdat ze als werkende moeder zoveel weg was dat ze niet heeft gezien dat haar kind problemen had. Door haar gespecialiseerde kennis van het gerechtelijk systeem wist ze wat voor gevolgen seksueel misbruik kan hebben, en bovendien vreesde ze dat haar zoon de rechtsgang niet zonder trauma zou overleven. De omstandigheden in aanmerking nemende die mevrouw Frost naar mijn kantoor hebben gebracht, en na mijn persoonlijke ontmoeting met haar, ben ik tot de conclusie gekomen dat ze een klassiek voorbeeld was van iemand die aan een posttraumatisch stresssyndroom lijdt.'

'Hebt u een verklaring voor haar gedrag op de ochtend van dertig oktober?'

O'Brien leunt naar voren en richt zich tot de jury. 'Mevrouw Frost wist dat ze in de rechtszaal tegenover de verkrachter van haar zoon zou komen te staan. Ze geloofde met heel haar hart dat haar zoon permanent door hem was beschadigd. Ze geloofde ook dat het vernietigend voor het kind zou zijn wanneer het als getuige moest optreden, al was het maar in een competentiehoorzitting. Ten slotte geloofde ze dat de dader uiteindelijk zou worden vrijgesproken. Dit speelde allemaal door haar hoofd toen ze naar het gerechtsgebouw reed. Ze werd steeds geagiteerder, en steeds minder zichzelf, totdat er iets in haar knapte. Op het moment dat ze het wapen tegen pastoor Szyszynski's hoofd drukte, kon ze zichzelf niet meer tegenhouden. Het was een onbewuste reflex.'

In elk geval luistert de jury naar hem. Sommige leden kijken me af en toe aan. Ik probeer een gezichtsuitdrukking te vinden die het midden houdt tussen Berouwvol en Verslagen.

'Dr. O'Brien, wanneer hebt u mevrouw Frost voor het laatst gesproken?'

'Een week geleden.' O'Brien kijkt me vriendelijk aan. 'Ze voelt zich nu beter in staat haar zoon te beschermen, en ze beseft dat het niet goed is wat ze heeft gedaan. Ze is vol berouw en schuldgevoel.'

'Lijdt mevrouw Frost nog steeds aan een posttraumatische stressstoornis?'

'PTSS is niet zoiets als waterpokken waar je voorgoed van kunt genezen. Maar naar mijn mening heeft mevrouw Frost het punt bereikt dat ze haar gevoelens en gedachten onder woorden kan brengen, zodat ze er niet meer door overweldigd kan worden. Met poliklinische vervolgtherapie denk ik dat ze heel normaal kan functioneren.'

Die leugen kost Fisher – dus mij – tweeduizend dollar. Maar het is het waard. Diverse juryleden knikken. Misschien wordt eerlijkheid overschat. Maar uit een stroom van onwaarheden er een kiezen die je het liefst wilt horen, is pas echt onbetaalbaar.

Nathaniels voeten doen zeer en zijn tenen zijn bevroren in zijn laarzen. Zijn wanten liggen in de speelkamer, en zijn vingers zijn paars geworden, zelfs in de zakken van zijn jack. Wanneer hij hardop begint te tellen, gewoon om iets te doen te hebben, blijven de getallen in wolkjes voor hem in de koude lucht hangen.

Hij klimt over de vangrail en rent naar het midden van de snelweg. Een bus zoeft met aanhoudend claxonneren voorbij, totdat hij in de verte verdwijnt.

Nathaniel spreidt zijn armen om in evenwicht te blijven en begint dan over de streepjeslijn te lopen.

'Dr. O'Brien,' zegt Quentin Brown. 'U denkt dus dat mevrouw Frost nu wel in staat is haar zoon te beschermen?'

'Ja, dat denk ik inderdaad.'

'Wie zal dan de volgende zijn op wie ze een wapen richt?'

De psychiater schuift even in zijn stoel. 'Ik denk niet dat dat zal gebeuren.'

De aanklager tuit peinzend zijn lippen. 'Misschien niet nu. Maar wie weet over twee maanden... twee jaar? Een jongen op het speelplein die haar zoon bedreigt? Een onderwijzer die hem op de verkeerde manier aankijkt? Zal ze de rest van haar leven als wraakgodin van haar zoon fungeren?'

O'Brien trekt zijn wenkbrauwen op. 'Meneer Brown, we hebben het niet over een onderwijzer die haar zoon verkeerd aankijkt. We hebben het over een situatie waarin haar zoon seksueel is misbruikt. Ze was ervan overtuigd dat ze wist wie de dader was. Ik heb inmiddels begrepen dat de werkelijke dader een natuurlijke dood is gestorven, dus ze heeft geen enkele reden meer voor welke wraakgevoelens dan ook.'

'Dr. O'Brien, u hebt het rapport van de psychiater van het OM gelezen. Is het niet zo dat zijn conclusie diametraal tegenover de uwe staat? Dat hij mevrouw Frost niet alleen in staat achtte om terecht te staan, maar ook dat ze volgens hem bij haar volle verstand was toen ze het misdrijf pleegde?'

'Jawel, maar daar wil ik bij aantekenen dat dit dr. Storrows eerste gerechtelijke evaluatie is, terwijl ik al meer dan veertig jaar forensisch psychiater ben.'

'Dan zult u wel wat kosten,' zegt Brown. 'Betaalt de verdediging u voor uw getuigenis van vandaag?'

'Mijn honorarium bedraagt tweeduizend dollar per dag, plus onkosten,' antwoordt O'Brien schouderophalend.

Er klinkt geroezemoes achter in de rechtszaal. 'Dr. O'Brien, u zei, meen ik, dat er uiteindelijk iets in haar is geknapt, ja?'

'Dat is natuurlijk niet de klinische term, maar zo zou ik het in gewone woorden willen zeggen.'

'Is er iets in haar geknapt voordat ze naar de wapenwinkel reed, of daarna?' vraagt Brown.

'Het had allemaal met haar verwarring...'

'Is er iets in haar geknapt voordat ze zes kogels in een halfautomatisch pistool laadde, of daarna?'

'Zoals ik al zei, het heeft te maken met – '

'Is er iets in haar geknapt voordat ze langs het detectiepoortje glipte, wetend dat de bewaker haar niet zou tegenhouden, of daarna?'

'Meneer Brown – '

'En, dr. O'Brien, is er iets in haar geknapt voordat ze in een volle rechtszaal doelbewust naar voren liep en het wapen tegen iemands hoofd drukte, of daarna?'

O'Brien perst zijn lippen op elkaar. 'Ik heb het hof al eerder gezegd dat mevrouw Frost op dat moment geen zeggenschap meer over zichzelf had. Ze kon niet anders dan de priester doodschieten, net zo min als ze kon stoppen met ademhalen.'

'Maar de ademhaling van een ander kon ze wel laten stoppen.' Brown loopt naar de jurytribune. 'U bent expert op het gebied van posttraumatische stressstoornis, is het niet?'

'Ik word inderdaad als een kenner van dit onderwerp beschouwd.'

'En PTSS wordt veroorzaakt door een traumatische gebeurtenis?'

'Ja.'

'En u denkt dat bij mevrouw Frost PTSS werd veroorzaakt door de verkrachting van haar zoon?'

'Ja.'

'Hoe weet u dat het doden van de priester niet de oorzaak was?'

'Dat is inderdaad mogelijk,' geeft O'Brien toe. 'Alleen vond die andere traumatische gebeurtenis eerder plaats.'

'Is het niet zo dat Vietnamveteranen hun hele leven aan PTSS blijven lijden? Dat deze mannen dertig jaar later nog steeds nachtmerries hebben?'

'Ja.'

'Hoe kunt u dan met enige wetenschappelijke onderbouwing deze jury voorhouden dat de beklaagde genezen is van de ziekte waardoor – in uw woorden – iets in haar is geknapt?'

Meer geroezemoes achter in de rechtszaal.

'Ik betwijfel of mevrouw Frost de gebeurtenissen van de afgelopen maanden ooit helemaal zal kunnen vergeten,' zegt O'Brien diplomatiek. 'Maar naar mijn persoonlijke overtuiging is ze nu niet meer gevaarlijk... en zal ze dat ook in de toekomst niet zijn.'

'Maar u kunt het niet helemaal uitsluiten,' zegt Brown.

Dan hoor ik een bekende stem roepen. Monica duwt de gerechtsbode weg die haar tegen probeert te houden en rent op Caleb af. Snikkend zegt ze: 'Nathaniel is verdwenen.'

De rechter schorst de zitting en de gerechtsbodes worden erop uitgestuurd Nathaniel te gaan zoeken. Patrick waarschuwt de sheriff en de State Police. Fisher probeert de verslaggevers zoet te houden die lucht hebben gekregen van een nieuw probleem.

Ik moet hier blijven vanwege die verdomde elektronische armband.

Ik denk aan Nathaniel. Misschien is hij ontvoerd. Misschien is hij opgesloten in een goederenwagon en vriest hij halfdood. Misschien heeft hij zich als verstekeling op een schip verborgen. Misschien is hij ergens midden op de oceaan terwijl ik tussen deze vier muren gevangenzit.

'Hij zei dat hij naar de wc moest,' zegt Monica met betraande ogen. We zitten op de gang te wachten. Alle verslaggevers zijn weggestuurd. Ik weet dat ze vergiffenis wil, maar van mij zal ze die niet krijgen. 'Ik dacht dat hij misschien niet lekker was geworden omdat het zo lang duurde. Maar toen ik naar binnen ging, zag ik dat het raampje openstond.' Ze grijpt mijn mouw vast. 'Ik geloof niet dat hij ontvoerd is, Nina. Volgens mij deed hij het alleen om aandacht te trekken.'

Ik klamp me vast aan het laatste restje zelfbeheersing. Ik houd mezelf voor dat ze niet kon weten wat Nathaniel van plan was. Dat niemand volmaakt is, en dat ik hem niet beter heb beschermd dan zij. Maar toch.

Op een speelplein vol met schreeuwende kinderen heb ik altijd de stem van Nathaniel kunnen herkennen. Als ik nu hard genoeg roep, zal Nathaniel me misschien kunnen horen.

Er zijn rode vlekken op Monica's wangen verschenen. 'Wat kan ik doen?' fluistert ze.

'Breng hem weer terug.' Dan loop ik weg, want schuldgevoel is niet alleen besmettelijk, maar ook dodelijk.

Caleb kijkt de patrouillewagens na die met zwaailichten aan wegscheuren. Misschien zullen ze Nathaniels aandacht trekken, misschien ook niet. Eén ding weet hij wel, en dat is dat deze agenten zijn vergeten wat het is om vijf jaar te zijn. Daarom gaat hij tegen het raam staan dat naar de wc in het souterrain leidt. Hij zakt door zijn knieën totdat hij Nathaniels lengte heeft. Dan kijkt hij om zich heen naar alles wat zijn aandacht kan hebben getrokken.

Een paar kale struiken. Een weggegooide paraplu die binnenstebuiten is gewaaid. Een gehandicaptenleuning die met gele zigzagstrepen is beschilderd.

'Meneer Frost.' Caleb schrikt op van de diepe stem. Hij komt overeind en draait zich om. Tegenover hem staat de openbaar aanklager met opgetrokken schouders vanwege de kou.

Toen Monica de rechtszaal in rende om het slechte nieuws te brengen, hoefde Fisher Carrington maar één blik op Nina te werpen om een schorsing aan te vragen. Brown daarentegen had aan de rechter gevraagd of dit niet een truc was om sympathie te winnen. 'Wij weten niet beter of hij zit hier ergens veilig en wel te spelen.'

Het duurde niet lang voordat hij zijn tactische fout besefte en de jury Nina's radeloosheid zag. Toch is hij de laatste die Caleb hier had verwacht.

'Ik wil alleen zeggen dat als ik iets kan doen...' Brown maakt de zin niet af.

'U kunt inderdaad iets doen,' antwoordt Caleb. Ze weten allebei wat het is, en het heeft niets met Nathaniel te maken.

De aanklager knikt en loopt naar binnen. Caleb gaat weer op z'n knieën zitten. Hij begint spiraalsgewijs rond het gerechtsgebouw te kruipen, net zoals hij stenen in een ronde patio legt. Hij maakt zijn cirkels steeds groter zodat geen enkel plekje wordt overgeslagen. Hij doet het zoals hij alles doet – langzaam en vasthoudend – totdat hij zeker weet dat hij de wereld ziet door de ogen van zijn zoon.

Aan de andere kant van de snelweg bevindt zich een steile heuvel waar Nathaniel zich op z'n achterste vanaf laat glijden. Hij scheurt zijn broek aan een tak, maar dat geeft niet, want *niemand zal hem straffen*. Hij loopt door smeltende plasjes ijswater en langs afgezaagde boomstammen het bos in.

Dan komt hij bij een plek die afgevlakt is door diersporen. Hij gaat op een boomstronk zitten en haalt de kussensloop vanonder zijn jas tevoorschijn. Hij neemt er de granolareep uit en eet die voor de helft op. De rest bewaart hij voor later.

Wanneer de herten komen, houdt Nathaniel zijn adem in. Hij denkt aan wat zijn vader heeft gezegd – ze zijn banger voor ons dan wij voor hen. Het moederhert heeft een karamelkleurige vacht en staat hoog op haar kleine hoeven. Haar baby heeft witte stippen op haar rug. Ze buigen hun lange hals naar de grond en wroeten met hun neus in de sneeuw.

Het is het moederhert dat het gras vindt. Het is maar een plukje, nauwelijks een handvol. Maar in plaats van te eten duwt ze haar kind ernaartoe. Ze kijkt toe terwijl het eet, al betekent het dat ze zelf niets zal krijgen.

Nathaniel wil haar de andere helft van zijn granolareep geven. Maar zodra hij zijn hand in de kussensloop steekt, kijken de herten op, springen weg en verdwijnen dieper het bos in.

Nathaniel kijkt naar de scheur in zijn broek, naar zijn bemodderde laarzen. Hij legt de halve granolareep op de boomstronk voor het geval dat de herten terugkomen. Dan staat hij op en loopt langzaam terug naar de weg.

Patrick heeft de omgeving van het gerechtsgebouw tot anderhalve kilometer in de omtrek afgezocht. Hij weet zeker dat Nathaniel uit vrije wil is weggegaan, en nog zekerder dat de jongen niet veel verder kan zijn gekomen. Via zijn zender neemt hij contact op met Alfred om te vragen of iemand al iets heeft gevonden. Dan wordt zijn aandacht getrokken door iets langs de kant van de weg zo'n vijfhonderd meter verder. Hij ziet hoe Nathaniel over de vangrail klimt en langs de berm van de weg begint te lopen.

'Krijg nou wat,' zegt Patrick ademloos, en rijdt langzaam op. Het lijkt alsof Nathaniel precies weet waar hij heen gaat. Zelfs iemand die zo klein is als Staak moet vanaf daar het hoge dak van het gerechtsgebouw kunnen zien. Maar de jongen kan niet zien wat Patrick vanuit de hoge cabine van zijn pick-up kan zien, en dat is Caleb die aan de overkant van de weg dichterbij komt.

Hij ziet Nathaniel naar links en naar rechts kijken, en dan beseft Patrick wat hij van plan is. Hij zet zijn magnetische zwaailicht op het dak van de pick-up en zet de wagen dwars op de weg om het verkeer te blokkeren. Hij stapt uit en maakt de weg vrij, zodat wanneer Nathaniel zijn vader ziet wachten, hij veilig de snelweg kan oversteken om in zijn vaders armen te rennen.

'Doe dat nooit meer,' zeg ik in Nathaniels zachte hals terwijl ik hem tegen me aandruk. 'Nooit meer, begrepen?'

Hij kijkt me aan en legt zijn handen tegen mijn wangen. 'Ben je boos op me?'

'Nee. Ja. Misschien als ik niet meer zo verschrikkelijk blij ben.'
Ik druk hem steviger tegen me aan. 'Wat heeft je bezield?'

'Ik ben slecht,' zegt hij toonloos.

Over Nathaniels hoofd heen kijk ik naar Caleb. 'Natuurlijk niet, lieverd. Het was niet goed dat je bent weggelopen. Je had wel een ongeluk kunnen krijgen, en je hebt papa en mij heel erg ongerust gemaakt.' Ik aarzel even en zoek de juiste woorden. 'Maar je kunt iets slechts doen en toch niet slecht zijn.'

'Net als vader Gwynne?'

Ik verstijf. 'Dat is geen goed voorbeeld. Vader Gwynne heeft iets slechts gedaan, en hij was ook slecht.'

Nathaniel kijkt naar me op. 'En jij?'

Kort daarna neemt dr. Robichaud, Nathaniels psychiater, in de getuigenbank plaats. Quentin Brown staat op om te protesteren. 'Wat heeft deze getuige ons te bieden, edelachtbare?'

'Rechter, het betreft hier de gemoedsgesteldheid van mijn cliënt,' werpt Fisher tegen. 'De informatie die ze van dr. Robichaud kreeg over de verslechterende toestand van haar zoon, was hoogst relevant voor haar psychische status op dertig oktober.'

'Protest afgewezen,' zegt rechter Neal.

'Dokter, hebt u andere kinderen behandeld die niet meer konden praten nadat ze seksueel waren misbruikt?'

'Helaas wel.'

'En in sommige gevallen krijgen kinderen hun stem nooit meer terug?'

'Het kan jaren duren.'

'Had u enig idee of dit bij Nathaniel Frost ook het geval zou zijn?'

'Nee,' zegt dr. Robichaud. 'Daarom ben ik hem gebarentaal gaan leren. Het frustreerde hem dat hij niet kon communiceren.'

'Heeft het geholpen?'

'Een tijdje wel,' zegt de psychiater. 'Hij is ook weer gaan praten.'

'Was die vooruitgang blijvend?'

'Nee. Nathaniel raakte opnieuw zijn stem kwijt toen hij een week lang geen contact met zijn moeder had.'

'En waarom was dat?'

'Ik heb begrepen dat ze weer in de gevangenis zat omdat ze de voorwaarden van haar vrijlating op borgtocht zou hebben geschonden.'

'Hebt u Nathaniel gezien in de week dat zijn moeder in de gevangenis was?'

'Ja. Meneer Frost bracht hem naar me toe omdat de jongen niet meer sprak. Hij wilde alleen nog maar het gebaar voor zijn moeder maken.'

'Wat heeft naar uw mening die terugval veroorzaakt?'

'Het was duidelijk de plotselinge en langdurige scheiding van mevrouw Frost,' zegt dr. Robichaud.

'In welk opzicht kwam er verandering in Nathaniels conditie toen zijn moeder weer werd vrijgelaten?'

'Hij schreeuwde naar haar.' De psychiater glimlacht. 'Een heerlijk geluid.'

'En, dokter, stel dat hij opnieuw plotseling en langdurig van zijn moeder werd gescheiden, wat zouden daarvan volgens u de gevolgen dan kunnen zijn?'

'Protest!' roept Quentin.

'Vraag ingetrokken.'

Enkele ogenblikken later begint de aanklager aan het kruisverhoor. 'Dokter, halen vijfjarige kinderen volgens uw ervaring de zaken niet vaak door elkaar?'

'Absoluut. Daarom zijn er ook competentiehoorzittingen, meneer Brown.'

Rechter Neal kijkt hem even waarschuwend aan. 'Het kan maanden tot jaren duren voordat dit soort zaken voor de rechter komt, is het niet, dokter?'

'Ja.'

'En is er niet een aanzienlijk verschil in ontwikkeling tussen een vijf- en een zevenjarig kind?'

'Zeer zeker.'

'Is het niet zo dat u kinderen hebt behandeld die in eerste instantie niet konden getuigen, maar die een paar jaar later, toen therapie en tijd de wonden enigszins hadden geheeld, daar wel toe in staat waren zonder een terugslag te krijgen?'

'Ja.'

'Is het niet zo dat u met geen mogelijkheid kunt voorspellen of

Nathaniel over een paar jaar had kunnen getuigen zonder er psychische schade van te ondervinden?'

'Ik weet niet wat er in de toekomst ligt.'

Quentin kijkt naar mij. 'Mevrouw Frost zal zich daar als openbaar aanklager van bewust zijn, denkt u niet?'

'Ja.'

'En als moeder van een kind van die leeftijd is ze zich ook bewust van de veranderingen in zijn ontwikkeling?'

'Ja. Ik heb mevrouw Frost uitgelegd dat Nathaniel over een paar jaar misschien zo vooruit is gegaan dat hij wel als getuige kan optreden.'

De aanklager knikt. 'Helaas heeft de beklaagde pastoor Szyszynski gedood voordat we erachter konden komen.'

Quentin neemt de opmerking al terug voordat Fisher kan protesteren. Ik trek aan zijn mouw. 'Ik moet met je praten.' Hij kijkt me aan alsof ik gek ben geworden. 'Ja,' zeg ik. 'Nu.'

Ik weet wat Quentin denkt: *ik heb bewezen dat ze hem vermoord heeft. Ik heb mijn werk gedaan.* En ik mag dan misschien geleerd hebben me niet met andermans leven te bemoeien, ik ben wel verantwoordelijk voor het mijne. 'Het is aan mij,' zeg ik in de spreekkamer tegen Fisher. 'Ik moet ze een reden geven om te zeggen dat het er niet meer toe doet.'

Fisher schudt zijn hoofd. 'Je weet wat er gebeurt wanneer een strafpleiter te veel wil aantonen. De aanklager heeft de bewijslast, en het enige wat ik kan doen is er gaten in schieten. Maar laat één getuige te veel opdraven, en de verdediging heeft verloren.'

'Ik begrijp wat je bedoelt. Maar de aanklager hééft bewezen dat ik Szyszynski heb vermoord. En ik ben niet zomaar een getuige.' Ik haal diep adem. 'Natuurlijk zijn er gevallen dat de verdediging verliest omdat er een getuige te veel is opgeroepen. Maar er zijn ook gevallen dat de aanklager verliest omdat de jury het verhaal rechtstreeks van de beklaagde te horen krijgt. Zij weten wat voor vreselijke dingen er zijn gebeurd, en ze willen weten waarom, en dat willen ze regelrecht uit míjn mond horen.'

'Nina, je kunt al nauwelijks stilzitten als ik een kruisverhoor afneem omdat je voortdurend wilt protesteren. Ik kan je niet in de getuigenbank zetten als je je als openbaar aanklager gedraagt.' Fisher gaat tegenover me zitten en spreidt zijn handen op tafel. 'Jij denkt in feiten. Maar dat je die aan een jury vertelt, betekent nog niet dat ze die voor waar zullen aannemen. Na al het basiswerk dat ik heb verricht zijn ze me aardig gaan vinden. Ze vertrouwen me. Als ik zeg dat je zo overmand werd door emoties dat je niet meer rationeel kon denken, dan zullen ze me geloven. Daarentegen maakt het niet uit wat jij hun vertelt, want ze gaan er al bij voorbaat van uit dat je liegt.'

'Niet als ik de waarheid vertel.'

'Dat je echt van plan was die andere priester te doden?'

'Dat ik niet gek was.'

'Nina,' zegt Fisher zacht, 'dat haalt je hele verdediging onderuit. Dat mag je niet doen.'

'Waarom niet, Fisher? Waarom mag ik twaalf mensen niet duidelijk maken dat er tussen een goede en een slechte daad duizenden tinten grijs liggen? Zoals het er nu uitziet zal ik worden veroordeeld omdat Quentin verteld heeft wat er die dag in mijn hoofd omging. Als getuige kan ik een alternatieve versie geven. Ik kan uitleggen waarom het verkeerd was wat ik heb gedaan, en waarom ik dat op dat moment niet inzag. Of ze sturen me naar de gevangenis, of ze sturen me naar huis naar mijn zoon. Hoe kan ik die kans laten lopen?'

Fisher staart naar de tafel. 'Ga zo door,' zegt hij na een tijdje, 'en ik zal je nog in dienst moeten nemen als dit achter de rug is.' Hij steekt zijn hand op en telt af op zijn vingers. 'Je geeft alleen antwoord op mijn vragen. Zodra je de jury uitleg probeert te geven, kap ik je af. Als ik over tijdelijke waanzin begin, dan zoek je maar een manier om dat te bevestigen zonder meineed te plegen. En bij het minste vertoon van ongeduld of woede, kun je je voorbereiden op een lang bezoek aan de gevangenis.'

'Oké.' Ik spring overeind en loop naar de deur.

Maar Fisher blijft zitten. 'Nina, het is maar dat je het weet... Misschien kun je de jury niet overtuigen, maar mij heb je wel overtuigd.'

Drie maanden geleden zou ik in de lach zijn geschoten als ik dat van een strafpleiter te horen had gekregen. Maar nu kijk ik Fisher glimlachend aan en wacht tot hij bij de deur is. Dan lopen we als een team de rechtszaal in.

De afgelopen zeven jaar is de rechtszaal mijn kantoor geweest. Voor veel mensen is het een angstaanjagende ruimte, maar niet voor mij. Ik weet wat hier de regels zijn: wanneer ik de griffier moet benaderen, wanneer ik me tot de jury moet richten, hoe ik achterover moet leunen om iets tegen iemand achter me op de tribune te fluisteren zonder de aandacht op me te vestigen. Maar nu zit ik in een deel van het kantoor waar ik nooit eerder ben geweest. Ik moet stil blijven zitten en mag niet het werk doen dat ik gewend ben.

Nu begin ik te begrijpen waarom veel mensen er bang voor zijn.

Het getuigenhokje is zo klein dat mijn knieën de voorkant raken. De starende blikken van een paar honderd mensen voelen aan als speldenprikken. Ik denk aan wat ikzelf duizenden getuigen heb voorgehouden: *Je moet drie dingen doen. Luisteren naar de vraag, antwoord geven op de vraag, en dan je mond houden.* Mijn baas zei altijd dat de beste getuigen vrachtwagenchauffeurs en mensen die aan de lopende band werken waren, omdat die veel minder breedsprakig zijn dan, bijvoorbeeld, hooggeleerde advocaten.

Fisher geeft me een document aan. 'Vanwaar dit huisverbod tegen je echtgenoot, Nina?'

'Omdat ik dacht dat Nathaniel mijn man had geïdentificeerd als degene die hem seksueel heeft misbruikt.'

'Heeft je man iets gedaan wat voor jou aanleiding was het te geloven?'

Ik kijk naar Caleb op de tribune en schud mijn hoofd. 'Absoluut niet.'

'Toch ben je zover gegaan dat je hem via een gerechtelijk bevel verbood zijn eigen zoon te zien?'

'Ik dacht alleen maar aan mijn zoon. Als hij volgens Nathaniel de dader was... Nou ja, het was het enige wat ik kon doen om hem te beschermen.'

'Wanneer besloot je het huisverbod nietig te laten verklaren?' vraagt Fisher.

'Toen ik besefte dat mijn zoon met het gebaar voor *vader* niet Caleb, maar een priester bedoelde.'

339

'En op dat moment kwam je tot de overtuiging dat pastoor Szys-zynski de dader was?'

'Niet meteen. Eerst kreeg ik van een arts te horen dat er anale penetratie had plaatsgevonden. Toen maakte Nathaniel dat gebaar voor *vader*. Later fluisterde hij een naam tegen rechercheur Du-charme die klonk als "vader Glen". En ten slotte zei rechercheur Ducharme dat hij de onderbroek van mijn zoon in de St.-Anna-kerk had gevonden.' Ik slik moeizaam. 'Ik heb zeven jaar lang be-wijslast verzameld om dit soort zaken voor de rechter te brengen en de dader veroordeeld te krijgen. Ik heb alleen gedaan wat me volstrekt logisch leek.'

Fisher kijkt me dreigend aan. *Volstrekt logisch*. O, verdomme.

'Nina, *luister aandachtig* naar mijn volgende vraag,' zegt Fisher waarschuwend. 'Wat voelde je toen je tot de overtuiging kwam dat pastoor Szyszynski je zoon had misbruikt?'

'Ik was kapot. Dit was een man die ik vanuit mijn eigen geloof en dat van mijn gezin had vertrouwd. Aan wie ik mijn zoon had toevertrouwd. Ik was kwaad op mezelf omdat ik te veel met mijn werk bezig was... Als ik meer thuis was geweest, had ik het mis-schien zien aankomen. En omdat Nathaniel een verdachte had aangewezen, wist ik wat de volgende stap...'

'Nina,' onderbreekt Fisher me. *Geef antwoord op de vraag*, zeg ik bij mezelf, *en hou dan je mond*.

Brown glimlacht. 'Laat haar haar zin afmaken, edelachtbare.'

'Ja, meneer Carrington,' valt de rechter hem bij. 'Ik dacht niet dat mevrouw Frost was uitgesproken.'

'Dat ben ik wel,' zeg ik vlug.

'Heb je met de psychiater van je zoon een plan van actie bespro-ken?'

Ik schud mijn hoofd. 'Er viel geen plan van actie te bespreken. Ik heb honderden zaken vervolgd waar kinderen als slachtoffer bij betrokken waren. Zelfs als Nathaniel weer normaal kon praten en sterker was geworden... zelfs als het nog twee jaar zou duren voor-dat de zaak zou voorkomen... Hoe dan ook, de priester heeft nooit bekend. Dat betekende dat alles van mijn zoon afhing.'

'Hoe bedoel je?'

'Zonder bekentenis van de verdachte heeft de aanklager alleen nog de getuigenverklaring van het kind. Dat houdt in dat Nathaniel een competentiezitting zou moeten doormaken. Dan moest hij in een volle rechtszaal vertellen wat die man hem had aangedaan. En dat terwijl diezelfde man hem op een paar meter afstand zat aan te staren – en reken maar dat hij het kind meer dan eens duidelijk heeft gemaakt dat het niets mocht zeggen. Maar niemand zou naast Nathaniel zitten om hem gerust te stellen of vast te houden, niemand om hem te zeggen dat hij niet bang hoefde te zijn.

Óf Nathaniel zou doodsbang worden en instorten tijdens de hoorzitting, en dan zou de rechter hem tot incompetente getuige verklaren met het gevolg dat de dader niet zou worden gestraft, of hij werd wel competent verklaard, en dan moest hij alles opnieuw doormaken tijdens het proces, met een zaal vol nieuwe gezichten, onder wie twaalf juryleden die hem bij voorbaat niet zouden geloven omdat hij nog maar een kind is.' Ik richt me tot de jury. 'Ik voel me hier heel slecht op mijn gemak, terwijl ik de afgelopen zeven jaar toch elke dag in een rechtszaal ben geweest. Het is heel eng om in dit hokje te zitten. Het moet voor elke getuige heel angstaanjagend zijn. Maar we hebben het niet over zomaar een getuige. We hebben het over Nathaniel.'

'En het gunstigste scenario?' vraagt Fisher vriendelijk. 'Stel dat de dader uiteindelijk toch werd veroordeeld?'

'De priester had tien jaar celstraf gekregen, niet meer dan tien jaar. Die straf krijgt iedereen die zonder crimineel verleden het leven van een kind vernietigt. Hij zou waarschijnlijk al voorwaardelijk vrijkomen nog voordat Nathaniel in zijn puberjaren is.' Ik schud mijn hoofd. 'Hoe kan iemand dat als het gunstigste scenario beschouwen? Hoe kan welk hof dan ook beweren dat mijn zoon hiermee wordt beschermd?'

Fisher kijkt me aan en vraagt dan om een schorsing.

In de spreekkamer boven hurkt Fisher voor mijn stoel neer. 'Zeg me na.'

'Schei uit, zeg.'

'Zeg me na. *Ik ben getuige. Ik ben geen aanklager.*'

Ik rol met met mijn ogen en herhaal: 'Ik ben getuige. Ik ben geen aanklager.'

'*Ik zal luisteren naar de vraag, antwoord geven op de vraag, en mijn mond houden,*' gaat Fisher verder.

Als ik in zijn schoenen stond had ik dezelfde belofte van mijn getuige gevraagd. Maar ik sta niet in Fishers schoenen, en hij niet in de mijne. 'Fisher, kijk me aan. Ik ben de vrouw die de grens heeft overschreden. De vrouw die werkelijk heeft gedaan wat elke ouder in zo'n afschuwelijke situatie had willen doen. Elk afzonderlijk lid van die jury vraagt zich af of ik daardoor een monster of een held ben.' Ik sla mijn ogen neer en voel tranen achter mijn oogleden prikken. 'Ik weet het zelf niet eens. Ik kan niet zeggen waarom ik het heb gedaan. Maar ik kan wel uitleggen dat als het leven van Nathaniel verandert, mijn leven ook verandert. Als hij er niet overheen komt, kom ik er ook niet overheen. En als je het zo bekijkt, dan maakt het toch niet meer uit of ik bij mijn verklaring blijf of niet?' Als Fisher geen antwoord geeft, diep ik mijn laatste beetje zelfvertrouwen op. 'Ik weet wat ik doe,' zeg ik tegen Fisher. 'Ik heb mezelf volledig onder controle.'

Hij schudt zijn hoofd. 'Nina,' zegt hij zuchtend, 'waarom denk je dat ik zo ongerust ben?'

'Wat ging er door je heen toen je op de ochtend van dertig oktober wakker werd?' vraagt Fisher me enkele minuten later.

'Dat dit de verschrikkelijkste dag van mijn leven zou worden.'

Fisher draait zich verbaasd om. We hebben dit tenslotte niet gerepeteerd. 'Waarom? Pastoor Szyszynski zou immers in staat van beschuldiging worden gesteld?'

'Jawel, maar zodra hij was aangeklaagd zou de gerechtelijke klok gaan tikken. Óf hij zou moeten terechtstaan, of ze zouden hem laten gaan. En dat betekende dat Nathaniel er opnieuw bij betrokken zou worden.'

'Wat gebeurde er toen je in het gerechtsgebouw arriveerde?'

'Thomas LaCroix, de aanklager, zei dat ze de rechtszaal gingen ontruimen omdat het zo'n geruchtmakende zaak was. Daardoor was de tenlastelegging uitgesteld.'

'En wat deed jij?'

'Ik zei tegen mijn man dat ik even naar kantoor moest.'

'En ben je naar kantoor gegaan?'

Ik schud mijn hoofd. 'Ik ben naar een wapenhandel gereden. Ik weet niet hoe ik daar terecht ben gekomen, maar wel dat ik er op de een of andere manier moest zijn.'

'Wat heb je toen gedaan?'

'Ik heb op het parkeerterrein gewacht tot de winkel openging en heb een wapen gekocht.'

'En daarna?'

'Ik heb het pistool in mijn tas gestopt en ben teruggereden naar het gerechtsgebouw voor de tenlastelegging.'

'Wist je al wat je met het wapen ging doen toen je terugreed?' vraagt Fisher.

'Nee. Ik dacht alleen maar aan Nathaniel.'

Fisher laat het even bezinken. 'Wat deed je toen je bij het gerechtsgebouw arriveerde?'

'Ik ben naar binnen gelopen.'

'Heb je aan de metaaldetector gedacht?'

'Nee, dat doe ik nooit. Ik loop gewoon om de poortjes heen. Als aanklager kom ik er twintig keer per dag.'

'Ben je met opzet om de poortjes heen gelopen omdat je een wapen bij je had?'

'Op dat moment dacht ik helemaal niets.'

Ik kijk alleen maar naar de deur waar de priester elk moment uit kan komen. In mijn hoofd bonkt het zo hevig dat ik niet hoor wat Caleb zegt. Ik moet hem zien. Hij zal door die deur komen.

Ik houd mijn adem in als de deurknop wordt omgedraaid. Wanneer de deur openzwaait en de gerechtsbode als eerste verschijnt, staat de tijd stil. En dan valt de hele zaal weg, en is het hij en ik met Nathaniel tussen ons in. Ik kan hem niet aankijken, en toch kan ik mijn blik niet afwenden.

De priester draait zijn hoofd om en kijkt me recht in de ogen.

Geluidloos zegt hij: Ik vergeef je.

Bij de gedachte dat hij mij *vergeeft, knapt er iets in me. Mijn hand glijdt in mijn tas en bijna onverschillig laat ik het gebeuren.*

Soms weet je dat je droomt, zelfs op het moment dat het gebeurt. Het pistool wordt als door een magneet naar voren getrok-

ken totdat het slechts een paar centimeter van zijn hoofd is ver-
wijderd. Op het moment dat ik de trekker overhaal, denk ik niet
aan Szyszynski; ik denk niet aan Nathaniel; ik denk zelfs niet aan
wraak.

Eén woord is vastgeklemd tussen mijn tanden.

Nee.

'Nina!' sist Fisher me toe. 'Gaat het wel?'

Ik kijk hem met knipperende ogen aan, dan kijk ik naar de jury-leden die me aanstaren. 'Ja... Het... spijt me.'

Maar in mijn hoofd ben ik nog daar. Ik had de terugslag van het wapen niet verwacht. Op elke actie komt een tegenreactie. Dood een mens, en je zult worden gestraft.

'Heb je je verzet toen de bewakers je overmeesterden?'

'Nee,' mompel ik. 'Ik wilde alleen weten of hij dood was.'

'Daarna heeft rechercheur Ducharme je naar de cel gebracht?'

'Ja.'

'Heb je iets tegen hem gezegd?'

'Dat ik geen keus had. Ik moest het doen.'

Wat uiteindelijk ook de waarheid is. Toen zei ik het om de in-druk te wekken dat ik gek geworden was. Maar wat de psychiater heeft verklaard is in technische zin juist. Ik had geen bewuste con-trole over mijn daden. Alleen wil dat nog niet zeggen dat ik door waanzin was bevangen. Wat ik heb gedaan had niets met geestes-ziekte of zenuwinstorting te maken. Ik deed het uit instinct.

Fisher zwijgt even. 'Enige tijd later kwam je erachter dat pastoor Szyszynski niet de man was die je zoon heeft misbruikt. Wat bracht dat bij je teweeg?'

'Ik wilde naar de gevangenis.'

'Wil je dat nog steeds?'

'Nee.'

'Waarom niet?'

'Ik heb het gedaan om mijn zoon te beschermen. Maar hoe kan ik hem beschermen als ik niet bij hem ben?'

Fisher kijkt me veelbetekenend aan. 'Zou je ooit opnieuw het recht in eigen hand nemen?'

O, ik weet wat hij wil dat ik zeg. In zijn plaats zou ik hetzelfde willen horen. Maar ik heb mezelf genoeg leugens verteld. Ik ga ze niet aan deze jury voeren.

'Ik wou dat ik kon zeggen dat het nooit meer zal gebeuren, maar dat weet ik niet zeker. Ik dacht dat ik deze wereld kende. Ik dacht dat ik hem aankon. Maar net op het moment dat je je leven op orde denkt te hebben, komt je wereld op z'n kop te staan.

Ik heb iemand gedood.' De woorden branden op mijn tong. 'Niet zomaar iemand, maar een bewonderenswaardig mens. Een onschuldig mens. Dat zal ik voor altijd bij me moeten dragen. En zoals elke last zal hij steeds zwaarder worden. Alleen kan ik deze niet afleggen omdat hij nu een deel van mij is geworden.' Ik richt me tot de jury en herhaal: 'Ik zou graag zeggen dat ik nooit meer zoiets zal doen, maar ja, ik heb ook altijd gedacht dat ik nooit tot zoiets in staat zou zijn. En daarin heb ik me vergist.'

Fisher zal me wel vermoorden. Door mijn tranen kan ik hem nauwelijks zien. Maar mijn hart bonkt niet en ik heb een vredig gevoel vanbinnen. Actie en reactie. Na al die tijd is me duidelijk geworden dat als je iets heel verkeerds hebt gedaan, je ermee verzoend kunt raken door iets anders heel goed te doen.

Het had weinig gescheeld, denkt Quentin, of hij had zelf in de getuigenbank gezeten. Eigenlijk is hij niet zoveel anders dan Nina Frost. Misschien zou hij niet gedood hebben om wille van zijn zoon, maar hij heeft wel zijn invloed aangewend om Gideons straf wegens drugsbezit tot het minimum te beperken. Hij herinnert zich nog goed hoe geschokt hij was toen hij het van Gideon te weten kwam, niet omdat hij de wet had overtreden, zoals Tanya dacht, maar omdat de jongen zich rot moest zijn geschrokken van het systeem. Ja, onder andere omstandigheden had hij Nina misschien wel aardig gevonden. Wie weet was hij een biertje met haar gaan drinken om over zijn zoon te praten. Maar goed, wie zijn billen brandt, moet op de blaren zitten. Daarom zit Nina nu in de getuigenbank, en Quentin is van plan haar volledig te slopen.

Hij trekt zijn wenkbrauwen op. 'U zegt dus dat u toen u op de ochtend van dertig oktober wakker werd niet het voornemen had pastoor Szyszynski te doden?'

'Dat is juist.'

'En toen u naar het gerechtsgebouw reed voor zijn tenlastelegging, waardoor, zoals u zei, de klok zou gaan tikken, was u nog steeds niet van plan pastoor Szyszynski te doden?'

'Nee.'

'Ah.' Quentin loopt heen en weer voor de getuigenbank. 'Dan kwam het misschien in een opwelling terwijl u naar de wapenhandel reed.'

'Nee.'

'Wellicht toen u Moe vroeg het halfautomatische wapen voor u te laden?'

'Nee.'

'En op het moment dat u de metaaldetector van het gerechtsgebouw ontweek, was u nog steeds niet van plan pastoor Szyszynski te doden?'

'Inderdaad.'

'Toen u de rechtszaal binnenliep, mevrouw Frost, en de gunstigste plaats uitkoos vanwaar u Glenn Szyszynski kon vermoorden zonder iemand anders te verwonden... zelfs op dat moment was u niet voornemens hem te doden?'

Haar neusvleugels trillen. 'Nee, meneer Brown.'

'En op het moment dat u het pistool uit uw handtas haalde en tegen Glen Szyszynski's hoofd zette? Was u toen nog steeds niet van plan hem te doden?'

Nina perst haar lippen op elkaar. 'U moet antwoorden,' zegt rechter Neal.

'Ik heb het hof eerder al gezegd dat ik op dat moment nergens aan dacht.'

Quentin weet dat hij een teer punt heeft geraakt. 'Mevrouw Frost, is het niet zo dat u als officier van justitie meer dan tweehonderd zaken van kindermisbruik hebt vervolgd?'

'Ja.'

'En van die tweehonderd zaken zijn er twintig voor de rechter gebracht?'

'Ja.'

'En twaalf daarvan hebben tot een veroordeling geleid?'

'Ja.'

'Waren de kinderen die erbij betrokken waren in staat om te getuigen?'

'Ja.'

'Is het niet zo dat in een aantal zaken geen overtuigend bewijsmateriaal voorhanden was zoals in de zaak van uw zoon?'

'Ja.'

'Had u – als officier van justitie, iemand met toegang tot kinderpsychiaters en maatschappelijk werkers, iemand met gedetailleerde kennis van het juridische systeem – niet beter dan welke moeder ook Nathaniel kunnen voorbereiden op zijn rol in het proces?'

Ze knijpt haar ogen samen. 'Al liggen alle hulp- en informatiebronnen ter wereld voor het grijpen, je kunt een kind hier niet op voorbereiden. De realiteit is, en dat weet u net zo goed als ik, dat het rechtssysteem er niet is om kinderen te beschermen, maar om beklaagden te beschermen.'

'Dan mag u zich gelukkig prijzen,' zegt Quentin droogjes. 'Kunt u zeggen dat u uw werk met toewijding deed?'

Ze aarzelt even. 'Ik kan beter zeggen... dat ik het met te veel toewijding deed.'

'Kunt u zeggen dat u hard hebt gewerkt met de kinderen die u in de getuigenbank hebt gezet?'

'Ja.'

'Beschouwt u uw werk met de kinderen als geslaagd in de gevallen dat het tot een veroordeling kwam?'

'Nee,' antwoordt ze kortaf.

'Maar al die daders hebben toch celstraf gekregen?'

'Niet lang genoeg.'

'Niettemin, mevrouw Frost,' dringt Patrick aan, 'hebt u het rechtssysteem voor die twaalf kinderen laten werken.'

'U begrijpt het niet,' zegt ze met vuurspuwende ogen. 'Hier ging het om míjn kind. Als aanklager had ik een heel andere verantwoordelijkheid. Binnen het rechtssysteem moest ik voor die kinderen doen wat ik kon, en dat heb ik gedaan. Maar wat buiten die rechtszaal gebeurde was aan de ouders en niet aan mij. Als een moeder besloot met haar kind onder te duiken om het weg te houden van de vader die het misbruikte, dan was dat háár beslissing. Als een moeder de uitspraak niet wilde afwachten en een verkrachter doodschoot, dan had dat niets met mij te maken. Maar op een dag was ik niet meer alleen aanklager, ik was ook de moeder. En het was aan mij om alles in het werk te stellen om mijn zoons veiligheid hoe dan ook te waarborgen.'

Dit is het moment waarop Quentin heeft gewacht. Om nog wat olie op het vuur van haar woede te gooien komt hij dichter naar haar toe en zegt: 'Bedoelt u dat uw kind meer gerechtigheid verdient dan een ander kind?'

'Die andere kinderen waren mijn werk. Nathaniel is mijn leven.'

Fisher Carrington springt overeind. 'Edelachtbare, mag ik een korte pauze – '

'Nee,' zeggen Quentin en de rechter gelijktijdig. 'Dat kind is uw leven?' herhaalt Quentin.

'Ja.'

'Was u bereid uw vrijheid op te geven om Nathaniel te beschermen?'

'Absoluut.'

'Dacht u daaraan toen u het wapen op het hoofd van pastoor Szyszynski richtte?'

'Natuurlijk,' antwoordt ze fel.

'U dacht dat er maar één manier was om uw zoon te beschermen, en dat was door uw pistool in het hoofd van pastoor Szyszynski leeg te schieten – '

'Ja!'

' – om er zeker van te zijn dat hij de rechtszaal niet levend zou verlaten?'

'*Ja!*'

Quentin loopt naar achteren. 'Maar u vertelde ons net dat u op dat moment helemaal niets hebt gedacht, mevrouw Frost.' Hij blijft haar aankijken totdat ze haar ogen neerslaat.

Ik tril nog steeds wanneer Fisher opstaat om de ondervraging over te nemen. Hoe heb ik me zo kunnen laten gaan? Ik kijk nerveus naar de gezichten van de jury, maar ik weet niet wat ik moet denken. Een vrouw ziet eruit alsof ze in tranen zal uitbarsten, een andere is in een kruiswoordpuzzel verdiept.

'Nina,' zegt Fisher. 'Dacht je die ochtend in de rechtszaal dat je je vrijheid wilde geven om Nathaniel te beschermen?'

'Ja,' fluister ik.

'Dacht je die ochtend in de rechtszaal dat er maar één manier was om die klok te laten ophouden met tikken, en wel door pastoor Szyszynski's leven te beëindigen?'

'Ja.'

Hij kijkt me aan. 'Was je die ochtend in de rechtszaal van plan hem te doden?'

'Natuurlijk niet,' antwoord ik.

'Verder geen vragen, edelachtbare.'

Quentin ligt op het abominabele bed in zijn goedkope hotelkamer en vraagt zich af waarom het zo koud blijft terwijl hij de verwarming op z'n hoogst heeft gezet. Hij trekt de dekens over zich heen en zet met de afstandsbediening de tv aan. Op het ene net een amusementsprogramma, op het volgende *Wheel of Fortune*, en op het derde een infomercial voor kalende mannen. Met een grijns voelt hij even aan zijn eigen geschoren hoofd.

Hij staat op en trekt de koelkast open. Alleen een sixpack Pepsi en een beschimmelde mango. Als hij vanavond nog iets te eten wil krijgen, dan zal hij naar buiten moeten. Zuchtend laat hij zich weer op bed zakken om zijn laarzen aan te trekken, en gaat per ongeluk op de afstandsbediening zitten.

De zender verspringt opnieuw, nu naar CNN. Een vrouw met een helm van sluik rood haar is aan het praten met op de achtergrond een grafisch portret van Nina Frost. 'De getuigenverklaringen in het proces tegen de van moord beschuldigde officier van justitie werden vanmiddag afgerond,' zegt de nieuwslezeres. 'Morgenochtend zullen de slotpleidooien worden gehouden.'

Quentin zet de tv uit. Hij knoopt zijn laarzen dicht, aarzelt even en toetst dan een nummer in op de telefoon naast het bed.

Wanneer die drie keer is overgegaan, aarzelt hij of hij een boodschap zal achterlaten. Dan klinkt er ineens een explosie van oorverdovende rap in zijn oor. 'Ja?' zegt een stem, en tegelijkertijd wordt de muziek zachter gezet.

'Gideon,' zegt Quentin, 'met mij.'

Het is even stil. 'Mij wie?' antwoordt de jongen. Quentin kan een glimlach niet onderdrukken. Hij weet best wie er aan de lijn is.

'Als je mijn moeder zoekt, die is er niet. Misschien zeg ik dat ze je moet terugbellen, of misschien vergeet ik het gewoon.'

'Wacht!' Quentin kan bijna horen dat de hoorn halverwege de haak weer naar Gideons oor wordt gebracht.

'Wat.'

'Ik bel niet voor Tanya. Ik bel voor jou.'

Lange tijd is het stil. Dan zegt Gideon: 'Als je belt om met me te praten, dan breng je er weinig van terecht.'

'Je hebt gelijk.' Quentin wrijft over zijn slapen. 'Ik wil alleen zeggen dat ik er spijt van heb. Van alles. Destijds geloofde ik oprecht dat het het beste voor je was.' Hij haalt diep adem. 'Ik had het recht niet me met je leven te bemoeien, zeker niet omdat ik je jaren daarvoor in de steek heb gelaten.' Wanneer zijn zoon blijft zwijgen, begint Quentin nerveus te worden. Is de verbinding verbroken zonder dat hij het merkte? 'Gideon?'

'Daar wilde je met me over praten?' zegt hij ten slotte.

'Nee. Ik wilde vragen of je zin hebt een pizza met me te gaan eten.' Het lijkt eeuwen te duren voordat zijn zoon reageert.

'Waar?' vraagt Gideon.

Hoe ongeïnteresseerd een jury tijdens een getuigenverklaring ook lijkt – de een valt in slaap, de ander zit haar nagels te lakken – op het moment dat het erop aankomt zijn ze een en al oor. Nu kijken de juryleden aandachtig naar Quentin die aan zijn slotpleidooi is begonnen. 'Dames en heren, dit is een heel moeilijke zaak voor me. Al ken ik de beklaagde niet persoonlijk, toch had ik haar mijn collega kunnen noemen. Maar Nina Frost staat niet langer aan de kant van de wet. U hebt met eigen ogen gezien wat ze heeft gedaan op de ochtend van dertig oktober. Ze liep een rechtszaal binnen, richtte een pistool op het hoofd van een onschuldig man en vuurde vier kogels op hem af.

Het ironische is dat Nina Frost beweert dat ze deze misdaad heeft gepleegd om haar zoon te beschermen. Toch ontdekte ze later – zoals wij allemaal later zouden ontdekken als het rechtssysteem had kunnen functioneren zoals het in een beschaafde samenleving betaamt – dat ze door het doden van pastoor Szyszynski haar zoon helemaal niet heeft beschermd.' Hij kijkt de jury nadenkend aan. 'Het is niet voor niets dat we rechtspraak hebben, want het is heel gemakkelijk om iemand te beschuldigen. In een rechtszaal wordt naar de feiten gekeken zodat een rationeel oordeel kan worden geveld. Maar mevrouw Frost heeft niet naar de feiten gekeken. Mevrouw Frost heeft deze man niet alleen beschuldigd, ze heeft hem die ochtend helemaal in haar eentje berecht, veroordeeld, en geëxecuteerd.'

Hij loopt naar de jurytribune en laat zijn hand langs de leuning glijden. 'Meneer Carrington zal u vertellen dat de beklaagde dit misdrijf heeft gepleegd omdat ze het rechtssysteem kende en omdat ze oprecht geloofde dat het haar zoon niet zou beschermen. Ja, Nina Frost kende het rechtssysteem, maar ze heeft het gebruikt om het naar haar hand te zetten. Ze wist wat haar rechten als beklaagde zouden zijn. Ze wist wat ze moest doen om een jury te laten geloven dat ze tijdelijk waanzinnig was. Ze wist precies wat ze deed op het moment dat ze opstond om pastoor Szyszynski in koelen bloede dood te schieten.'

Quentin richt zich tot elk jurylid afzonderlijk. 'Om mevrouw Frost schuldig te verklaren, moet u er ten eerste van overtuigd zijn dat de staat Maine zonder een spoor van gerede twijfel heeft bewezen dat pastoor Szyszynski onrechtmatig is gedood.' Hij spreidt zijn handen. 'Wel, u hebt het allemaal op de videoband zien gebeuren. In de tweede plaats moet u ervan overtuigd zijn dat de beklaagde pastoor Syszynski heeft gedood. En ook daar kan geen twijfel over bestaan. En ten slotte moet u ervan overtuigd zijn dat mevrouw Frost pastoor Szyszynski met voorbedachten rade heeft gedood.'

Hij aarzelt. 'Toen u vanochtend naar het gerechtsgebouw reed, is minstens één van u over een kruising gekomen met een stoplicht dat op oranje sprong. U moest besluiten of u uw voet van het gaspedaal zou nemen en afremmen, of dat u gas zou geven. Ik weet niet welke keuze u hebt gemaakt, dat hoef ik ook niet te weten. Het enige wat ik moet weten – het enige wat u moet weten – is dat het besluit om te stoppen of door te rijden een bewuste keuze is geweest. Dat is het enige. Mevrouw Frost heeft u gisteren gezegd dat toen ze het pistool tegen het hoofd van pastoor Szyszynski hield, ze er alleen maar aan dacht haar zoon te beschermen en dat hij daarom de rechtszaal niet levend mocht verlaten. Ook dat is een bewuste keuze.'

Quentin loopt naar de tafel van de verdediging en wijst naar Nina. 'Deze zaak gaat niet over emoties. Deze zaak gaat over feiten. En de feiten in deze zaak zijn dat een onschuldig man is gedood, dat deze vrouw hem heeft vermoord, en dat ze meende dat haar zoon recht had op een voorkeursbehandeling die alleen zij hem kon geven.' Hij richt zich nog één keer tot de jury. 'Geef haar geen voorkeursbehandeling omdat ze de wet heeft overtreden.'

'Ik heb twee dochters,' zegt Fisher wanneer hij opstaat. 'De een zit nog op school, de ander studeert aan Dartmouth.' Hij kijkt de jury glimlachend aan. 'Ik ben gek op ze, net zoals u op uw eigen kinderen, en net zo gek is Nina Frost op haar zoon Nathaniel.' Hij legt zijn hand op haar schouder. 'Maar op een heel gewone ochtend moest Nina een verschrikkelijke waarheid onder ogen zien. Iemand had haar kleine jongen anaal verkracht. En Nina moest nog een verschrikkelijke waarheid onder ogen zien. Ze wist wat een proces zou betekenen voor het fragiele emotionele evenwicht van haar zoon.'

Hij loopt naar de jury. 'Hoe ze dat wist? Omdat ze het kinderen van andere ouders had laten doormaken. Omdat ze keer op keer had meegemaakt dat kinderen in de getuigenbank in tranen uitbarstten. Omdat ze verkrachters vrij zag komen terwijl die kinderen probeerden te begrijpen waarom ze die nachtmerrie opnieuw moesten beleven, en nu in een zaal vol vreemden.' Fisher schudt zijn hoofd. 'Dit was een tragedie. Temeer omdat pastoor Szyszynski niet de man was die de kleine jongen had misbruikt. Maar op dertig oktober was de politie ervan overtuigd dat hij de dader was. De openbaar aanklager was ervan overtuigd. Nina Frost was ervan overtuigd. En die ochtend was ze er ook van overtuigd dat ze geen andere keuze had. Wat er die ochtend in de rechtszaal is gebeurd was geen bewust voorbereide criminele daad, het was een wanhoopsdaad. De vrouw die u die man hebt zien doodschieten mag er dan hebben uitgezien als Nina Frost, zich bewogen hebben als Nina Frost, maar, dames en heren, die vrouw op de videoband was iemand anders. Iemand die op dat moment niet in staat was zichzelf tegen te houden.'

Wanneer Fisher een adempauze inlast voordat hij mijn tijdelijke waanzin wil aanvoeren, kom ik overeind. 'Neemt u mij niet kwalijk, maar ik wil het graag overnemen.'

Fisher draait zich perplex om. '*Wat!*'

Ik wacht tot hij dichterbij is zodat ik hem onder vier ogen kan spreken. 'Fisher, ik weet heus wel hoe ik een slotpleidooi moet houden.'

'Je gaat niet jezelf vertegenwoordigen!'

'Ik ga mezelf ook niet in een verkeerd daglicht stellen.' Ik kijk naar de rechter, dan naar Quentin Brown, die me met open mond staat aan te kijken. 'Mag ik dichterbij komen, edelachtbare?'

'O, jazeker,' zegt rechter Neal.

Geflankeerd door Fisher en Quentin loop ik naar de rechter toe. 'Edelachtbare, ik geloof niet dat dit een verstandige zet is van mijn cliënt,' zegt Fisher.

'Het zal niet de eerste zijn,' mompelt Quentin.

De rechter wrijft over zijn voorhoofd. 'Ik denk dat mevrouw Frost beter weet wat de risico's zijn dan andere beklaagden. U mag verdergaan.'

Fisher en ik kijken elkaar even ongemakkelijk aan. 'Het is jouw begrafenis,' mompelt hij, en gaat dan zitten. Ik loop naar de jurytribune en begin me in mijn element te voelen, zoals een oud-schipper die na lange tijd weer aan boord van een klipper stapt. 'Hallo,' zeg ik zacht. 'Ik denk dat u zo langzamerhand wel weet wie ik ben. U hebt heel wat verklaringen gehoord over de reden van mijn aanwezigheid hier. Maar wat u niet hebt gehoord, is de waarheid.'

Ik gebaar naar Quentin. 'Dat weet ik, omdat ik openbaar aanklager ben geweest, net als meneer Brown. En de waarheid vindt tijdens een proces niet gemakkelijk zijn weg. Het OM overstelpt u met feiten, en de verdediging met emoties. Niemand houdt van de waarheid omdat die onderhevig is aan persoonlijke interpretatie, en zowel meneer Brown als meneer Carrington is bang dat u haar verkeerd zult interpreteren. Maar vandaag wil ik u de waarheid vertellen.

De waarheid is dat ik een gruwelijke fout heb gemaakt. De waarheid is dat ik die ochtend niet de verontruste burger was zoals meneer Brown u wil laten geloven, en evenmin had ik een zenuwinzinking zoals meneer Carrington u wil laten geloven. De waarheid is dat ik vooral Nathaniels moeder was, en dat was het belangrijkst.'

Ik blijf voor een jurylid staan, een jongen met een honkbalpet achterstevoren op zijn hoofd. 'Stel dat je beste vriend met een vuurwapen werd bedreigd en je had zelf een revolver in je hand? Wat zou je dan doen?' Aan een oudere heer vraag ik: 'Stel dat wanneer u thuiskomt uw vrouw is verkracht?' Ik ga iets naar achteren. 'Waar ligt de grens? We hebben geleerd dat we voor onszelf moeten opkomen, dat we moeten opkomen voor wie ons dierbaar is. Maar ineens heeft de wet een nieuwe grenslijn getrokken. *Doe jij maar niets*, zegt de wet, *en laat het maar aan ons over.* En je weet dat de wet het er niet best van zal afbrengen. Je kind zal worden getraumatiseerd en de veroordeelde zal over een paar jaar weer vrijkomen. In de ogen van de wet is je probleem afgehandeld. Wat moreel goed is wordt als verkeerd beschouwd, en je kunt wegkomen met wat moreel verkeerd is.'

Ik kijk weer naar de jury. 'Misschien wist ik dat het rechtssysteem niet voor mijn zoon zou werken. Misschien wist ik tot op zekere hoogte zelfs dat ik een jury ervan kon overtuigen dat ik waanzinnig was, al was ik het niet. Ik wou dat ik het u met zekerheid kon zeggen, maar als ik iets heb geleerd, dan is het wel dat we veel minder weten dan we denken te weten. En onszelf kennen we nog het minst.'

Ik draai me om naar de tribune en kijk naar Caleb, en dan naar Patrick. 'Aan iedereen die me om mijn daden veroordeelt wil ik vragen: hoe kunt u weten dat u niet hetzelfde had gedaan als u in mijn schoenen had gestaan? Elke dag doen we wel iets om de mensen van wie we houden te beschermen. We vertellen een leugentje om bestwil, we maken een veiligheidsgordel vast, we nemen de autosleutels af van een vriend die te veel heeft gedronken. Maar er zijn ook moeders die de kracht vinden om een auto op te tillen waaronder een peuter bekneld is geraakt. Er zijn mannen die in een vuurlijn springen om de vrouw te beschermen zonder wie ze niet kunnen leven. Zijn ze daardoor waanzinnig? Of is dat juist het moment dat ze op hun helderst zijn?' Ik trek mijn wenkbrauwen op. 'Het antwoord is niet aan mij. Maar toen ik die ochtend in de

354

rechtszaal pastoor Szyszynski heb doodgeschoten, wist ik precies wat ik deed. En tegelijkertijd was ik waanzinnig.' Ik spreid mijn handen in een smekend gebaar. 'Dat is wat liefde met je kan doen.'

Quentin staat op om weerwoord te geven. 'Helaas voor mevrouw Frost kennen we geen twee rechtssystemen in dit land – een voor mensen die denken dat ze alles weten, en een voor de rest.' Hij kijkt naar de jury. 'U hebt het gehoord – het spijt haar niet dat ze iemand heeft gedood... Het spijt haar dat ze de verkeerde man heeft gedood.

Er zijn al te veel fouten gemaakt,' zegt de aanklager vermoeid. 'Voegt u er alstublieft niet nog een aan toe.'

Wanneer er aan de voordeur wordt gebeld, denk ik dat het Fisher is. Ik heb hem niet meer gesproken sinds we het gerechtsgebouw verlieten. Dat de jury na de slotpleidooien drie uur aan het beraadslagen was, steunt hem in zijn overtuiging dat ik het beter aan hem had kunnen overlaten. Maar als ik opendoe, springt Nathaniel op me af. 'Mama!' schreeuwt hij, en knelt zijn armen zo stevig om mijn hals dat ik naar achteren struikel. 'Mama, we zijn weg uit het hotel!'

'Echt waar?' zeg ik, over zijn hoofd heen naar Caleb kijkend.

Hij zet zijn eigen plunjezak en die van Nathaniel op de grond. 'Het leek me een goed moment om thuis te komen,' zegt hij zacht. 'Als je er geen bezwaar tegen hebt?'

Nathaniel heeft zijn armen inmiddels om de buik van onze golden retriever geslagen, en Mason likt hem waar hij maar kan. Zijn dikke staart zwiept over de tegelvloer. Ik weet hoe die hond zich voelt. Pas nu ik gezelschap heb, besef ik hoe eenzaam ik ben geweest.

Ik druk me tegen Caleb aan met mijn hoofd onder zijn kin zodat ik zijn hart kan horen kloppen. 'Natuurlijk niet,' zeg ik.

De hond lag als een ademend kussen onder me. 'Wat is er met Masons moeder gebeurd?'

Mijn moeder keek op van de bank waar ze papieren met zulke kleine lettertjes zat te lezen dat ik al hoofdpijn kreeg als ik ernaar keek. 'Die is... ergens.'

'Waarom komt ze niet bij ons wonen?'

'Masons moeder was van een fokker in Massachusetts. Ze heeft twaalf pups gekregen, en daarvan hebben we Mason mee naar huis genomen.'

'Denk je dat hij haar mist?'

'In het begin wel, denk ik. Maar het is al heel lang geleden, en Mason is nu heel gelukkig bij ons. Waarschijnlijk denkt hij niet eens meer aan haar.'

Ik liet mijn vinger over Masons tanden glijden. Hij knipoogde naar me.

Ik durfde te wedden dat ze het mis had.

NEGEN

'Wil je melk?' vraagt Nathaniels moeder.

'Ik heb al een bord cornflakes op,' antwoordt zijn vader.

Ze wil de melk weer in de koelkast zetten, maar zijn vader neemt het pak uit haar hand. 'Misschien wil ik nog wel wat meer.'

Ze kijken elkaar aan. Dan doet zijn moeder met een raar glimlachje een stap naar achteren. 'Oké,' zegt ze.

Nathaniel kijkt ernaar zoals hij naar een cartoon zou kijken. In zijn achterhoofd weet hij dat het niet echt is, dat er iets niet klopt, maar toch wordt hij erdoor geboeid.

Afgelopen zomer heeft hij met zijn vader in de tuin achter een groene libel aan gezeten, totdat die in het vogelbadje neerstreek naast een blauwe libel. Ze keken hoe ze elkaar aanstootten en beten. 'Zijn ze aan het vechten?' had Nathaniel gevraagd.

'Nee, ze gaan paren.' Voordat Nathaniel verder kon vragen, legde zijn vader uit dat sommige dieren op die manier baby's maakten.

'Maar het lijkt wel alsof ze elkaar willen vermoorden,' zei Nathaniel.

Bijna op hetzelfde moment versmolten de libellen met elkaar. Hun lange staarten huiverden en hun vleugels leken wel twee samengesmede harten.

'Soms lijkt het daar ook op,' had zijn vader geantwoord.

Quentin had die hele nacht op de dunne matras liggen woelen en zich afgevraagd waarom de jury zo veel tijd nodig had. Godallemachtig, de moord is op video vastgelegd. De zaak is toch zo simpel als wat? Toch is de jury al sinds de vorige middag aan het beraadslagen, en nu, vierentwintig uur later, zijn ze nog steeds niet tot een uitspraak gekomen.

Hij is minstens twintig keer langs de vergaderzaal van de jury gelopen. De gerechtsbode die bij de deur de wacht houdt is een al wat oudere man die het vermogen bezit om staande te slapen. Wanneer de aanklager voorbijkomt, schiet hij direct weer in de houding. 'En?' vraagt Quentin.

'Veel geschreeuw. Ze hebben net de lunch besteld. Elf sandwiches met kalkoen en een met rosbief.'

Gefrustreerd draait Quentin zich om en loopt de gang weer door, maar ziet dan zijn zoon om de hoek verschijnen. 'Gideon?'

Gideon in een gerechtsgebouw. Heel even staat Quentins hart stil, net als een jaar geleden. 'Wat doe je hier?'

De jongen haalt zijn schouders op alsof hij het zelf niet weet. 'Ik had vandaag geen basketbaltraining, dus ik dacht dat ik net zo goed even kon komen kijken.' Zijn sneaker die ik over de vloer laat schuren veroorzaakt een piepend geluid. 'Om te zien hoe het er hier vanbinnen uitziet en zo.'

Langzaam verschijnt er een glimlach op Quentins gezicht. Hij slaat zijn zoon op de schouder. Voor het eerst in tien jaar kan Quentin Brown in een gerechtsgebouw geen woorden vinden.

Zesentwintig uur; 1560 minuten; 93.600 seconden. Wachten kan een eeuwigheid duren. Ik heb elke centimeter van deze spreekkamer in mijn geheugen opgeslagen. Ik heb de linoleumtegels op de vloer geteld, de vlekken op het plafond bestudeerd, de afstand tussen de ramen berekend. Wat zijn ze daarbinnen aan het doen?

Als de deur opengaat, besef ik dat er nog iets ergers is dan wachten, en wel het moment dat je weet dat er een besluit is genomen.

Er verschijnt een witte zakdoek in de deuropening, gevolgd door Fisher.

'De uitspraak.' De woorden verschroeien mijn tong.

'Nog niet.'

Ik zak weer in mijn stoel terwijl Fisher me de zakdoek toegooit. 'Denk je dat ik die nodig zal hebben?'

'Nee, zie het als een witte vlag. Het spijt me van gisteren. Al zou het wel prettig zijn geweest als je me wat eerder had laten weten dat je het het slotpleidooi wilde houden.'

'Ik weet het.' Ik kijk naar hem op. 'Denk je dat de jury het daarom niet over vrijspraak eens kan worden?'

Fisher haalt zijn schouders op. 'Misschien kunnen ze het niet eens worden over je veroordeling.'

'Nou ja, ik ben altijd goed in slotpleidooien geweest.'

'En ik ben meer iemand voor het kruisverhoor,' zegt hij glimlachend.

Even kijken we elkaar in perfecte harmonie aan. 'Wat haat je het meest aan een proces?'

'Nu. Het wachten op de terugkomst van de jury.' Fisher slaakt een diepe zucht. 'Dan moet ik de cliënt altijd geruststellen, want die wil alleen maar weten wat de uitkomst is, al kan niemand die voorspellen. Jullie aanklagers hebben het veel gemakkelijker. Je wint of verliest een zaak, en je hoeft nooit iemand te verzekeren dat hij niet levenslang zal krijgen, terwijl je maar al te goed weet dat hij...' Hij zwijgt wanneer hij me ziet verbleken. 'Nou ja, hoe dan ook. Je weet hoe onvoorspelbaar de uitspraak van een jury is.'

Als ik daar niet vrolijker van word, vraagt hij: 'Wat vind jij het moeilijkst?'

'Vlak voordat het OM de bewijsvoering staakt, want dat is mijn laatste kans om me ervan te overtuigen dat ik alle bewijslast heb ingediend en dat ik het goed heb gedaan. Zodra ik de bewijsvoering staak... weet ik dat ik erachter zal komen of ik het verknald heb of niet.'

Fisher kijkt me aan. 'Nina, het OM heeft de bewijsvoering gestaakt.'

Ik lig op mijn zij op een alfabetkleed in de speelkamer en ram de voet van een pinguïn in zijn houten sleuf. 'Als ik deze puzzel nog één keer moet maken,' zeg ik, 'zal ik de jury de moeite besparen en verhang ik mezelf.'

Caleb kijkt op. Hij is met Nathaniel veelkleurige plastic teddy-beertjes aan het sorteren. 'Ik wil naar buiten,' zeurt Nathaniel.

'Dat kan niet, maatje. We wachten op belangrijk nieuws voor mama.'

'Maar ik wil naar buiten!' Nathaniel schopt tegen de tafel.

'Straks misschien.' Caleb geeft hem een handvol beertjes. 'Hier heb je er nog meer.'

'*Nee!*' Nathaniel veegt met een armzwaai alle beertjes van tafel die in alle hoeken van de kamer terechtkomen. Het gekletter weer-galmt in mijn hoofd, precies op de lege plek waar ik wanhopig pro-beer absoluut nergens aan te denken.

Ik kom overeind, grijp mijn zoon bij de schouders en schud hem door elkaar. 'Je gooit *niet* met speelgoed! Je raapt alles op, Natha-niel, en ik meen het!'

Nathaniel begint heel hard te huilen. Caleb kijkt me met een strak gezicht aan. 'Dat je gespannen bent is nog geen reden – '

'*Neem me niet kwalijk.*'

We draaien ons alle drie om wanneer we de stem bij de deur ho-ren. Een gerechtsbode knikt ons toe. 'De jury komt binnen,' zegt hij.

'Er is geen uitspraak,' fluistert Fisher me tien minuten later toe.

'Hoe weet je dat?'

'Omdat de gerechtsbode het dan gezegd zou hebben, en niet al-leen dat de jury was teruggekomen.'

Ik kijk hem wantrouwend aan. 'Gerechtsbodes vertellen míj nooit iets.'

'Geloof me maar.'

Ik bevochtig mijn lippen. 'Waarom zijn we hier dan?'

'Ik weet het niet.' Dan richten we onze aandacht op de rechter, die zo te zien opgelucht is dat het eind van dit debacle in zicht is. 'Meneer Foreperson,' vraagt rechter Neal, 'is de jury tot een besluit gekomen?'

Een man op de voorste rij van de jurytribune staat op. Hij neemt zijn honkbalpet af, steekt hem onder zijn arm, en schraapt zijn keel. 'Edelachtbare, we kunnen het niet eens worden. Een paar van ons – '

'Wacht even, meneer Foreperson. Hebt u over deze zaak beraadslaagd en is het tot een stemming gekomen?'

'We hebben al zo vaak gestemd, maar er zijn steeds een paar juryleden die het niet met de anderen eens zijn.'

De rechter kijkt naar Fisher en dan naar Quentin. 'Komt u naar voren, alstublieft.'

Ik sta eveneens op. 'Goed, mevrouw Frost, u ook,' zegt de rechter zuchtend. Als we voor hem staan, fluistert hij: 'Ik ga ze de Allen-verklaring geven. Heeft iemand van u bezwaar?'

'Geen bezwaar,' zegt Quentin, en Fisher knikt instemmend. Als we naar de tafel van de verdediging teruglopen, kijk ik naar Caleb en zeg geluidloos: 'Ze zijn er niet uit.'

De rechter begint te spreken. 'Dames en heren, u hebt alle feiten en getuigenverklaringen gehoord. Ik besef dat het een lang traject is geweest en dat u een moeilijke beslissing moet nemen. Maar ik weet ook dat u heel goed in staat bent om tot een eensluidend standpunt te komen, en dat een andere groep gezworenen het er niet per definitie beter vanaf zou brengen dan u.' Hij kijkt de groep doordringend aan. 'Ik verzoek u naar de juryzaal terug te gaan, met respect naar elkaars mening te luisteren, en te proberen tot een unaniem oordeel te komen. Aan het eind van de middag zal ik u vragen terug te komen.'

'En nu?' fluistert Caleb achter me.

Met nieuwe energie verlaat de jury de rechtszaal. We kunnen alleen maar afwachten.

Als je ziet hoe iemand zichzelf vanbinnen zit op te vreten, dan ga je jezelf ook steeds onbehaaglijker voelen. Dat ondervindt Caleb aan den lijve wanneer hij meer dan tweeënhalf uur bij Nina heeft doorgebracht terwijl de jury aan het beraadslagen is. Ze zit in elkaar gedoken op een klein stoeltje in de speelkamer, zich niet bewust van Nathaniel die het geluid van een vliegtuig nadoet en met gespreide armen door het vertrek rent. Met haar kin op haar hand steunend staart ze voor zich uit in het niets.

'Hé,' zegt Caleb zacht.

Ze knippert met haar ogen. 'O... hé.'

'Gaat het een beetje?'

'Ja.' Er verschijnt een zwakke glimlach om haar lippen. 'Ja, heus.'

Caleb moet denken aan die keer lang geleden dat hij haar probeerde te leren waterskiën. Ze spande zich te veel in, terwijl ze zich juist moest ontspannen. 'Waarom gaan we niet met z'n allen iets uit de automaat halen?' stelt hij voor. 'Warme chocolademelk voor Nathaniel, en voor jou het slootwater dat voor soep doorgaat.'

'Goed idee.'

Caleb draait zich om naar Nathaniel en zegt dat ze iets gaan drinken. Nathaniel rent naar de deur en Caleb loopt achter hem aan. 'Ga je mee?' vraagt hij aan Nina.

Ze kijkt hem aan alsof hun gesprek van nog geen dertig seconden geleden nooit heeft plaatsgevonden. 'Waarheen?' vraagt ze.

Patrick zit op een bank achter het gerechtsgebouw te verkleumen en kijkt naar Nathaniel die vrolijk door het veld springt. Het is hem een raadsel hoe dit kind om halfvijf 's middags nog zoveel energie kan hebben, maar dan denkt hij aan de tijd dat Nina en hij een hele dag konden ijshockeyen zonder iets van kou of vermoeidheid te voelen. Misschien begin je tijd pas op te merken als je ouder wordt en je er minder van ter beschikking hebt.

De jongen laat zich naast Patrick neervallen. Zijn wangen zijn felrood en er komt snot uit zijn neus. 'Heb je een zakdoek, Patrick?'

Hij schudt zijn hoofd. 'Sorry, Staak, veeg hem maar aan je mouw af.'

Nathaniel lacht en duwt zijn hoofd onder Patricks arm. Patrick kan wel juichen. Kon Nina dit maar zien, dat haar zoon iemands aanraking zoekt. Het is precies wat ze nu nodig heeft. Hij trekt Nathaniel tegen zich aan en drukt een kus op zijn kruin.

'In vind het leuk om met jou te spelen,' zegt Nathaniel.

'Ik vind het ook leuk om met jou te spelen.'

'Je schreeuwt tenminste niet.'

Patrick kijkt hem aan. 'Doet je moeder dat wel dan?'

Nathaniel knikt en haalt zijn schouders op. 'Het is net of ze is gestolen en vervangen door een gemener iemand die er net zo uitziet als zij. Iemand die niet stil kan zitten en niet luistert als ik wat zeg, en als ik wat zeg krijgt ze er altijd hoofdpijn van.' Hij slaat zijn ogen neer. 'Ik wil mijn oude mama terug.'

'Dat wil zij ook, Staak.' Patrick kijkt naar het westen waar de zon bloed aan de horizon onttrekt. 'Ze is op dit moment nogal nerveus omdat ze niet weet wat ze te horen zal krijgen.' Wanneer Nathaniel zijn schouders ophaalt, voegt hij eraan toe: 'Je weet dat ze van je houdt.'

'Ik hou toch ook van haar?' antwoordt de jongen verdedigend.

Patrick knikt en denkt: *je bent niet de enige.*

'Het proces nietig verklaren?' zeg ik hoofdschuddend. 'Nee, Fisher, ik kan dit niet nog eens doormaken. Je weet dat het er niet beter op zal worden.'

'Je denkt als openbaar aanklager,' zegt Fisher vermanend, 'maar in dit geval geef ik je gelijk.' Hij draait zich weg van het raam. 'Ik wil dat je vanavond ergens over nadenkt.'

'Waarover?'

'Dat de jury van zijn plicht wordt ontheven. Ik zal morgenochtend met Quentin praten. Misschien is hij bereid om de rechter een uitspraak te laten doen.'

Ik staar hem aan. 'Je weet dat we deze zaak hebben verdedigd op basis van emotie en niet op basis van de wet. Een jury zou op emotionele gronden *misschien* tot vrijspraak zijn gekomen, maar een rechter zal *altijd* oordelen op basis van de wet. Ben je waanzinnig?'

'Nee, Nina,' zegt Fisher. 'Maar jij was het evenmin.'

Die avond liggen we in bed terwijl een volle maan op ons neerkijkt. Ik heb Caleb van mijn gesprek met Fisher verteld. Nu staren we allebei naar het plafond alsof daar het antwoord zal verschijnen. Ik wil dat Caleb mijn hand vastpakt in dit grote bed. Ik wil voelen dat we niet mijlenver van elkaar zijn verwijderd.

'Wat vind je zelf?' vraagt hij.

Ik draai me naar hem toe. In het maanlicht is zijn gezicht met goud omrand, de kleur van de moed. 'Ik neem geen beslissingen meer,' antwoord ik.

Hij komt op zijn elleboog overeind. 'Wat zou er gebeuren?'

Ik slik en probeer het beven van mijn stem te beheersen. 'Tja, een rechter zal me veroordelen omdat ik in de zin van de wet een moord heb gepleegd. Maar waarschijnlijk zou ik een minder lange celstraf krijgen dan wanneer een jury me schuldig had verklaard.'

Caleb brengt zijn gezicht vlak boven het mijne. 'Nina, je mag niet naar de gevangenis.'

Ik wend mijn hoofd af zodat hij mijn tranen niet kan zien. 'Ik wist wat voor risico ik nam toen ik het deed.'

Zijn handen verstevigen hun greep op mijn schouders. 'Het mag niet. Het mag gewoon niet.'

'Ik kom wel weer terug.'

'Wanneer?'

'Dat weet ik niet.'

Caleb verbergt zijn gezicht in mijn hals. Ineens klem ik me ook aan hem vast alsof er nu geen afstand tussen ons mag bestaan, omdat we morgen misschien zo ver van elkaar worden verwijderd. Ik voel zijn ruwe handen op mijn rug, en word verscheurd door zijn verdriet. Wanneer hij in me komt, druk ik mijn nagels in zijn schouders alsof ik een spoor bij hem wil achterlaten. We bedrijven de liefde op een bijna gewelddadige manier en met alle emoties die we in ons hebben. Dan is het voorbij.

'Maar ik hou van je,' zegt Caleb met brekende stem, want in een perfecte wereld zou dat excuus alles moeten verklaren.

Die nacht droom ik dat ik een oceaan in loop. De golven doorweken de zoom van mijn katoenen nachthemd. Het water is koud, maar lang niet zo koud als anders in Maine. Het zand op de bodem voelt zacht aan onder mijn voeten. Ik blijf doorlopen, ook wanneer het water tot mijn knieën reikt, zelfs wanneer het tot mijn heupen komt en mijn nachthemd als een tweede huid aan me blijft plakken. Ik blijf doorlopen, en het water komt tot mijn hals, tot mijn kin. Tegen de tijd dat het zich boven mijn hoofd sluit, besef ik dat ik zal verdrinken.

Eerst vecht ik ertegen en probeer ik de lucht in mijn longen te sparen. Dan beginnen ze te branden en voel ik een ring van vuur onder mijn ribben. Het wordt zwart voor mijn ogen en mijn voeten beginnen te spartelen. *Dit is het dan*, denk ik. *Afgelopen.*

Bij dat besef laat ik mijn armen en benen verslappen. Ik voel mijn lichaam zinken totdat ik op het zand op de bodem van de zee lig.

De zon is een sidderend geel oog. Ik kom overeind. Tot mijn verbazing kan ik met het grootste gemak over de oceaanbodem lopen.

Nathaniel beweegt zich niet in het uur dat ik naar hem kijk terwijl hij slaapt. Maar wanneer ik me niet langer kan inhouden en zijn haar streel, rolt hij op zijn rug en kijkt me met knipperende ogen aan. 'Het is nog donker,' fluistert hij.

'Ja, het is nog geen ochtend.'

Hij vraagt zich af waarom ik hem midden in de nacht ben komen wakker maken. Hoe moet ik uitleggen dat ik misschien pas weer de gelegenheid krijg als zijn lichaam zo lang is als het hele bed? Dat tegen de tijd dat ik terugkom de jongen die ik achterliet niet langer bestaat?

'Nathaniel,' zegt ik met bevende stem, 'ik zal misschien weg moeten.'

Hij gaat rechtop zitten. 'Dat kan niet, mama.' Hij heeft er zelfs een reden voor. 'We zijn net terug.'

'Dat weet ik... Maar de keus is niet aan mij.'

Nathaniel trekt de dekens op tot zijn borst en lijkt ineens heel klein. 'Wat heb ik nu weer gedaan?'

Met een snik trek ik hem op schoot en druk mijn gezicht in zijn haar. Hij wrijft zijn neus tegen mijn hals. Het doet me zo denken aan de tijd dat hij nog een peuter was dat het me de adem beneemt. Ik zou er nu alles voor geven om die minuten terug te krijgen zodat ik ze in een doosje zou kunnen doen. Zelfs de gewone momenten – in de auto rijden, de speelkamer opruimen, samen met Nathaniel eten koken. Ze mogen dan alledaags zijn, ze zijn er niet minder kostbaar om. Het gaat er niet om wat je samen met je kind doet, het gaat om het feit dat je het kúnt doen.

Ik kijk naar zijn gezicht. Naar de welving van zijn mond, de helling van zijn neus. Naar zijn amberkleurige ogen die herinneringen bewaren. *Bewaar ze goed*, denk ik. *Bewaak ze voor me.*

Ik zit nu te snikken. 'Ik beloof je dat het niet voor altijd is. Ik beloof je dat je me kunt komen bezoeken. En elke dag dat ik niet bij je ben, zal ik de dagen aftellen voordat ik weer terugkom.'

Nathaniel slaat zijn armen om mijn hals en klampt zich aan me vast. 'Ik wil niet dat je weggaat.'

'Dat weet ik.'

'Ik ga met je mee.'

'Ik wou dat het kon. Maar er moet iemand hier blijven om voor papa te zorgen.'

Nathaniel schudt zijn hoofd. 'Maar ik zal je missen.'

'En ik jou,' zeg ik zacht. 'Hé, zullen we een pact sluiten?'

'Wat is dat?'

'Een afspraak die twee mensen samen maken.' Ik probeer te glimlachen. 'Laten we afspreken dat we elkaar niet zullen missen. Oké?'

Nathaniel kijkt me langdurig aan. 'Ik denk niet dat ik dat kan.'

Ik druk hem weer dicht tegen me aan. 'O, Nathaniel,' fluister ik. 'Ik ook niet.'

Nathaniel houdt zich de volgende ochtend dicht tegen me aangedrukt wanneer we het gerechtsgebouw in gaan. De verslaggevers aan wie ik al bijna gewend ben zijn nu een nog grotere kwelling met hun vragen en verblindende camera's. Dit zullen mijn foto's Ervoor en Erna zijn. *Laat jullie krantenkoppen maar vast drukken*, denk ik, *want ik ga naar de gevangenis*.

Zodra ik bij de dubbele deuren ben, geef ik Nathaniel over aan Caleb en ren naar de toiletten, waar ik moet kokhalzen. Dan laat ik water over mijn gezicht en polsen stromen. 'Je kunt dit aan,' zeg ik tegen de spiegel. 'Je kunt het op z'n minst waardig afsluiten.'

Ik haal diep adem en loop door de klapdeur naar mijn wachtende gezin. Dan zie ik Adrienne, de transseksueel. Ze draagt een rode jurk die haar twee maten te klein is en heeft een grijns zo breed als Texas op haar gezicht. 'Nina!' roept ze. Ze rent op me af en omhelst me. 'Nooit gedacht dat ik nog eens in een rechtszaal had willen zijn, maar ik ben hier voor jou, schat.'

'Ben je vrij?'

'Sinds gisteren. Ik wist niet of ik op tijd zou zijn, maar de beraadslagingen van die jury duren langer dan mijn geslachtsveranderingsoperatie.'

Ineens heeft Nathaniel zich tussen ons in gewurmd en probeert hij in me te klimmen alsof ik een boom ben. Ik til hem op. 'Nathaniel, dit is Adrienne.'

Haar ogen lichten op. 'Ik heb al veel over je gehoord.'

Het is niet te zeggen wie zich meer vergaapt aan Adrienne, Nathaniel of Caleb. Maar voordat ik iets kan uitleggen, komt Fisher op ons af.

Ik kijk hem aan. 'Doe het,' zeg ik.

Fisher wacht in de rechtszaal tot Quentin binnenkomt. 'We moeten met rechter Neal praten,' zegt hij zacht.

'Ik bied geen strafvermindering bij schuldbekentenis aan,' antwoordt Quentin.

'Dat vraag ik ook niet.' Fisher draait zich om en loopt naar het kantoor van de rechter zonder te kijken of de aanklager hem volgt.

Tien minuten later staan ze voor rechter Neal met de boze elandskoppen aan de muur als getuigen. 'Edelachtbare,' begint Fisher, 'we wachten nu al zo lang. Het is duidelijk dat de jury er niet uitkomt. Ik heb met mijn cliënt gesproken. En als meneer Brown ermee akkoord gaat, willen we deze zaak graag aan u overdragen en het oordeel aan u overlaten.'

Dit is wel het laatste wat Quentin heeft verwacht. Hij kijkt de advocaat aan alsof de man zijn verstand is kwijtgeraakt. Natuurlijk heeft niemand zin in een nieuw proces, maar om de rechter strikt naar de letter van de wet een uitspraak te laten doen, is in dit geval veel gunstiger voor de aanklager dan voor de verdediging. Fisher Carrington heeft Quentin zojuist een veroordeling op een zilveren dienblad aangeboden.

De rechter kijkt hem aan. 'Meneer Brown? Hoe denkt het OM hierover?'

Hij schraapt zijn keel. 'Het OM gaat ermee akkoord, edelachtbare.'

'Goed. Dan zal ik de jury laten gaan. Ik heb een uur nodig om de stukken door te nemen en daarna zal ik tot een uitspraak komen.' Met een knikje geeft de rechter te kennen dat de twee advocaten kunnen gaan.

Adrienne blijkt een geschenk uit de hemel. Ze weet Nathaniel uit mijn armen te krijgen door te doen alsof ze een klimrek is. Nathaniel klautert over haar rug en laat zich dan langs haar lange benen naar beneden glijden. 'Als het je te veel wordt,' zegt Caleb, 'zeg je maar gewoon dat hij moet ophouden.'

'O, schat, ik heb hier mijn hele leven op gewacht.' Ze zwaait Nathaniel ondersteboven, waardoor hij begint te giechelen.

Het liefst zou ik aan hun spel hebben meegedaan, maar ik ben bang dat als ik mijn zoon nu aanraak, ze me van hem los moeten scheuren.

Wanneer er op de deur van de speelkamer wordt geklopt, draaien we ons allemaal om. Patrick staat ongemakkelijk op de drempel. Ik weet wat hij wil, en ook dat hij het niet zal zeggen waar mijn gezin bij is.

Tot mijn verrassing neemt Caleb de beslissing uit onze handen. Hij knikt Patrick toe en zegt tegen mij: 'Ga maar.'

Patrick en ik lopen dicht naast elkaar door bochtige keldergangen. Het blijft zo lang stil tussen ons dat ik geen idee heb waar we nu zijn. 'Hoe kon je?' barst hij uiteindelijk los. 'Met een nieuw proces en een andere jury had je op z'n minst een kans op vrijspraak gekregen.'

'En dan zou ik Nathaniel, Caleb, jou, en al die anderen het opnieuw moeten laten doormaken. Patrick, het is genoeg geweest. Er moet een punt achter worden gezet.'

Hij blijft staan en leunt tegen een verwarmingsbuis. 'Ik had nooit gedacht dat je echt naar de gevangenis zou gaan.'

'Er zijn meer plekken waar ik nooit verwacht had te komen,' zeg ik met een flauwe glimlach. 'Kom je me af en toe wat van de afhaalchinees brengen?'

'Nee.' Hij kijkt naar de vloer. 'Ik zal er niet zijn, Nina.'

'Je...'

'Ik ga weg. Ik kan misschien een baan aan de noordwestkust krijgen. Ik heb daar altijd al eens een kijkje willen nemen. Alleen wilde ik er niet heen zonder jou.'

'Patrick – '

Teder kust hij mijn voorhoofd. 'Jij redt je wel,' zegt hij. 'Zoals altijd.' Hij kijkt me met een scheve glimlach aan. Dan loopt hij verder de gang door en laat me alleen mijn weg terug zoeken.

De wc-deur naast de voet van de trap zwaait open, en ineens staat Quentin Brown nog geen halve meter van me vandaan. 'Mevrouw Frost,' mompelt hij.

'Ik denk dat je me na dit alles wel bij mijn voornaam kunt noemen.' We weten allebei dat het tegen zijn gedragsnormen in gaat om met me te praten zonder dat Fisher erbij is, maar enige souplesse lijkt me toch wel toegestaan na alles wat er is gebeurd. Wanneer hij niet reageert, besef ik dat hij er anders over denkt en wil ik langs hem heen lopen. 'Als u me wilt excuseren, mijn gezin wacht op me in de speelkamer.'

'Ik moet toegeven,' zegt Quentin wanneer ik wegloop, 'dat ik verbaasd was over je beslissing.'

Ik draai me om. 'Om de rechter een uitspraak te laten doen?'

'Ja. Ik weet niet of ik hetzelfde had gedaan als ik de beklaagde was geweest.'

Ik schud mijn hoofd. 'Weet je, Quentin, op de een of andere manier kan ik me jou niet als beklaagde voorstellen.'

'Zou je je mij als vader kunnen voorstellen?'

Het verrast me. 'Nee. Ik wist niet dat je een gezin had.'

'Ik heb een jongen van zestien.' Hij stopt zijn handen in zijn zakken. 'Ik weet het, ik weet het. Je vindt me zo'n meedogenloze rotzak dat je denkt dat ik geen medelijden ken.'

Ik haal mijn schouders op. 'Nou ja, misschien ben je geen meedogenloze rotzak.'

'Een hufter dan?'

'Het zijn jouw woorden, raadsman,' antwoord ik, en we grijnzen allebei.

'Maar ja, mensen kunnen je altijd weer verbazen,' zegt hij bedachtzaam. 'Een officier van justitie die een moord pleegt, bijvoorbeeld. Of een hulpofficier die 's avonds langs het huis van een beklaagde rijdt om te weten dat ze oké is.'

Ik snuif. 'Als je al langs mijn huis bent gereden, dan was het om zeker te weten dat ik er wás.'

'Nina, heb je je weleens afgevraagd wie dat labrapport over het ondergoed bij je heeft achtergelaten?'

Mijn mond valt open. 'Mijn zoon heet Gideon,' zegt Quentin.

Hij knikt me toe en rent fluitend de trap op.

Het is zo stil in de rechtszaal dat ik Caleb achter me kan horen ademhalen. En in de stilte weerkaatst ook wat hij zei toen we naar binnen liepen om de uitspraak van de rechter te horen: *Ik ben trots op je.*

Rechter Neal schraapt zijn keel. 'Het bewijsmateriaal in deze zaak toont duidelijk aan dat op dertig oktober 2001 de beklaagde, Nina Frost, een handvuurwapen heeft gekocht en dat verborgen hield toen ze het districtsgerechtsgebouw van Biddeford binnenging. Het bewijsmateriaal toont eveneens aan dat ze vlak bij pastoor Szyszynski plaatsnam, en hem bewust en met opzet viermaal in het hoofd heeft geschoten, wat zijn dood tot gevolg had. Het bewijsmateriaal maakt ook duidelijk dat Nina Frost abusievelijk in de overtuiging verkeerde dat pastoor Szyszynski haar vijfjarige zoon seksueel had misbruikt.'

Ik buig mijn hoofd en voel elk woord als een zweepslag. 'Is er iets dat niet door bewijzen wordt gestaafd?' vraagt de rechter retorisch. 'Beklaagde beweert dat ze tijdens de schietpartij niet bij zinnen was. Getuigen hebben verklaard dat ze bewust en met voorbedachten rade de man heeft gedood die voorzover ze wist haar kind had beschadigd. Beklaagde was een ervaren openbaar aanklager die heel goed wist dat iedereen die van een misdrijf wordt beschuldigd – ook pastoor Szyszynski – onschuldig is, totdat in een gerechtshof het tegendeel wordt bewezen. Dit hof is ervan overtuigd dat wanneer een ervaren aanklager als Nina Frost de wet overtreedt, ze zorgvuldig over haar daad heeft nagedacht.'

Hij tilt zijn hoofd op en duwt zijn bril over zijn neus omhoog. 'En daarom verwerp ik het verweer van de verdediging dat beklaagde ontoerekeningsvatbaar zou zijn geweest.'

Quentin schuift heen en weer in zijn stoel.

'Niettemin...'

Quentin blijft roerloos zitten.

'... kan in deze staat een daad die de dood tot gevolg heeft gerechtvaardigd worden wanneer de beklaagde, begrijpelijkerwijs geprovoceerd, uit angst of woede heeft gehandeld. Als openbaar aanklager had Nina Frost die ochtend van dertig oktober geen reden om bang of boos te zijn, maar als moeder van Nathaniel had ze die wel. De poging van haar zoon om de dader aan te wijzen, het vermeende DNA-bewijs, en de grondige kennis van de beklaagde over de gevolgen die een kind kan ondervinden door als getuige op te treden, geeft dit hof aanleiding te concluderen dat ze tot deze daad werd geprovoceerd.'

Mijn adem stokt. Dit kan niet waar zijn.

'Wil de beklaagde opstaan?'

Pas wanneer Fisher mijn arm grijpt en me overeind trekt, dringt het tot me door dat de rechter het tegen mij heeft. 'Nina Frost, ik verklaar u niet-schuldig aan moord. Ik verklaar u wel schuldig aan doodslag overeenkomstig artikel 17-A sectie 203B uit het wetboek van strafrecht. Wil de beklaagde afzien van het rechtbankverslag en vandaag worden gevonnist?'

'Jawel, edelachtbare,' mompelt Fisher.

Voor het eerst deze ochtend kijkt de rechter me aan. 'Ik veroordeel u tot twintig jaar celstraf in de staatsgevangenis van Maine, met aftrek van de tijd die u al hebt gediend.' Hij zwijgt even. 'De resterende straftijd van twintig jaar jaar zal worden gesuspendeerd en als proeftijd gelden. U dient zich bij uw reclasseringsambtenaar te melden voordat u vandaag het gerechtsgebouw verlaat, en dan, mevrouw Frost, bent u vrij om te gaan.'

Er barst opgewonden geroezemoes los in de rechtszaal en de fotografen verblinden me met hun flitslampen. Fisher omhelst me wanneer ik begin te huilen en Caleb springt naar voren. 'Nina, wat houdt dat precies in?'

'Het is... goed,' zeg ik lachend tussen mijn tranen door. 'Het is fantastisch, Caleb.' Het komt erop neer dat de rechter me heeft vrijgesproken zolang ik niet opnieuw iemand dood. Caleb pakt me vast en zwaait me in het rond. Over zijn schouder zie ik Adrienne met haar vuist in de lucht slaan. Achter haar zit Patrick met zijn ogen gesloten en een glimlach op zijn lippen. Dan kijkt hij me aan en ontmoeten onze ogen elkaar. *Alleen jij*, zegt Patrick geluidloos. Twee woorden waarvan ik me nog jaren zal afvragen wat hij ermee bedoelde.

Wanneer de verslaggevers zijn verdwenen om hun krant te bellen en de publieke tribune leeg begint te raken, zie ik Quentin Brown. Hij stopt zijn dossiers in zijn aktetas en loopt naar het hekje tussen onze tafels. Dan blijft hij staan en draait zich naar me toe. Hij buigt even zijn hoofd naar me, en ik knik terug. Dan wordt mijn arm op mijn rug getrokken en instinctief probeer ik me los te rukken. Kennelijk heeft iemand de uitspraak van de rechter niet begrepen en wil hij me de handboeien weer omdoen. Ik draai me om. 'Nee,' zeg ik, 'u begrijpt het niet...' Maar dan maakt de gerechtsbode de elektronische armband om mijn pols los. Die valt op de vloer en kondigt met een rinkelend geluid mijn vrijheid aan.

Wanneer ik opkijk, is Quentin verdwenen.

Na een paar weken is de belangstelling van de media weggeëbd. Het arendsoog van de nieuwsgaring heeft een ander sensatieverhaal in de peiling. De karavaan van journaalwagens trekt naar het zuiden, en wij nemen de draad van ons leven weer op.

Nou ja, de meesten van ons.

Nathaniel wordt met de dag sterker, en Caleb is aan een paar nieuwe klussen begonnen. Patrick heeft me gebeld vanuit Chicago. Hij is halverwege zijn bestemming aan de westkust. Tot nu toe is hij de enige die de moed had me te vragen hoe ik mijn dagen zal vullen nu ik geen openbaar aanklager meer ben.

Het werk heeft jarenlang zo'n groot deel van mijn leven uitgemaakt dat die vraag niet gemakkelijk te beantwoorden is. Misschien ga ik het boek schrijven waar kennelijk iedereen op zit te wachten. Misschien ga ik gratis rechtshulp bieden aan bejaarden. Misschien blijf ik gewoon thuis om mijn zoon te zien opgroeien.

Ik tik met de envelop tegen mijn hand. Hij is afkomstig van het tuchtcollege van de Orde van advocaten en ligt al bijna twee weken ongeopend op de keukentafel. Het heeft geen zin hem nu nog open te maken. Ik weet wat erin zit.

Ik ga achter de computer zitten en typ een heel kort briefje. *Ik lever hierbij vrijwillig mijn bevoegdheid in. Ik wens niet langer de advocatuur te beoefenen. Hoogachtend, Nina Frost.*

Ik print het uit, en pak vervolgens een geadresseerde envelop. Vouwen, likken, dichtplakken, postzegel erop. Dan trek ik mijn laarzen aan en loop over de oprit naar de brievenbus.

'Oké,' zeg ik hardop, wanneer ik hem in de bus stop en het rode vlaggetje laat verschijnen. 'Oké,' herhaal ik, ook al bedoel ik eigenlijk: *en wat nu?*

In januari is er altijd een week met dooi. Ineens stijgt de temperatuur naar vijftien graden, de sneeuw smelt tot plassen zo groot als een vijver, en veel mensen gaan er dan in korte broek in een tuin-stoel naar zitten kijken.

Maar dit jaar zet de dooi een record aantal dagen door. Het be-gon op de dag van Nina's vrijlating. Nog diezelfde middag werd de plaatselijke schaatsvijver gesloten vanwege onbetrouwbaar ijs, tegen het eind van de week waren tieners over trottoirs aan het skateboarden, en kwamen er zelfs al krokussen op in de onvermij-delijke modder. Caleb vindt het allang best. Bouwwerkzaamheden die hartje winter niet konden worden uitgevoerd, kunnen nu ge-woon weer doorgaan. En het is ook voor het eerst dat het sap in de esdoorns zo vroeg in het jaar begint te vloeien.

Gisteren heeft Caleb zijn tuiten en emmers klaargezet. Vandaag loopt hij over zijn land om het sap te verzamelen. De lucht is hel-der en tintelend fris. Hij heeft zijn overhemdsmouwen opgerold tot aan de elleboog. Hij gaat onvermoeibaar door, ondanks de mod-der die aan zijn laarzen trekt. Dagen als deze zijn nu eenmaal zeld-zaam.

Caleb giet het sap in grote vaten. Meer dan honderd liter van deze zoete vloeistof zal worden ingekookt tot hooguit drie liter ahornsiroop. Dat gebeurt op het keukenfornuis in een hoge spa-ghettipan nadat elke hoeveelheid is gezeefd. Voor Nina en Nathaniel gaat het alleen om het eindproduct – de siroop op hun pannen-koeken en wafels. Maar Caleb geniet het meest van de voorberei-dingen. Het sap van een boom, een tuit, een emmer. De geur die het overal in huis achterlaat. Wat is er mooier dan de zoete adem van je dierbaren te ruiken?

Nathaniel is een brug aan het bouwen, hoewel het ook een tunnel kan worden. Het leuke aan lego is dat je ergens halverwege weer aan iets anders kunt beginnen. Soms stelt hij zich tijdens het bou-wen voor dat hij zijn vader is en gaat hij zorgvuldig en goed voor-bereid te werk. Maar soms ook doet hij alsof hij zijn moeder is en bouwt hij een toren zo hoog als hij kan voordat die neerstort op de vloer.

Hij moet steeds om de staart van de hond heen werken, want Mason ligt altijd midden op de vloer van zijn kamer te slapen, maar dat geeft niet, want het kan ook een dorp met een monster worden. Misschien gaat hij er wel het spookschip van maken waarmee ze allemaal kunnen ontsnappen.

Maar waar moeten ze heen? Nathaniel denkt even na, legt dan vier groene en vier rode legostukjes neer, en begint te bouwen. Hij bouwt sterke muren en brede ramen. Zijn vader heeft weleens gezegd dat elk huis een eigen verhaal te vertellen heeft.

Dat spreekt Nathaniel aan. Het geeft hem het gevoel dat hijzelf in een boek tot leven komt. En misschien zal zijn verhaal ook goed aflopen, net als alle andere.

De was doen is altijd een prettig begin van de dag waarbij je niet hoeft na te denken. Hoe zuinig we ook op onze kleren zijn, onze wasmand is om de dag weer vol. Ik vouw de schone was op en breng hem naar boven. Eerst berg ik Nathaniels spullen op en begin dan aan de mijne.

Wanneer ik een van mijn jeans over een hanger vouw zie ik de plunjezak. Heeft die werkelijk twee weken achter in de kast gelegen? Caleb heeft er waarschijnlijk niet meer aan gedacht. Er liggen genoeg schone kleren in zijn lades, dus zal hij wel zijn vergeten zijn reistas uit te pakken. Maar mij is het een doorn in het oog. Het herinnert me aan de dag dat hij naar een motel ging.

Ik trek er een paar overhemden en boxershorts uit. Pas wanneer ik ze in de wasmand stop, besef ik dat mijn hand kleverig is. Ik wrijf mijn vingers tegen elkaar, pak weer een overhemd uit de mand en schud het uit.

Er zit een grote groene vlek aan de onderkant. Er zitten ook vlekken op een paar sokken. Het lijkt alsof er iets op gemorst is, maar als ik in de plunjezak kijk zie ik geen open fles shampoo.

Het ruikt ook niet naar shampoo. Het is een geur die ik niet kan thuisbrengen. Iets chemisch.

Er zit alleen nog een spijkerbroek in de reistas. Ik haal hem eruit en voel zoals altijd in de zakken of er geen geld of bonnen zijn achtergebleven.

In de linkerachterzak zit een vijfdollarbiljet. En in de rechter een boardingpas voor twee US Air-vluchten: een van Boston naar New Orleans, en een van New Orleans naar Boston, allebei gedateerd 3 januari 2002. De dag na Nathaniels competentiehoorzitting.

Vlak achter me hoor ik Caleb zeggen: 'Ik heb gedaan wat ik moest doen.'

Caleb schreeuwt tegen Nathaniel dat hij van de antivries moet afblijven. 'Hoe vaak moet ik het je nog zeggen... Het is vergif.' Mason die aan de vlek lebbert omdat dat spul zo lekker zoet is.

'De kat,' fluister ik, en ik draai me naar hem om. 'De kat is ook gestorven.'

'Ik weet het. Er zal wel wat in het restje chocolademelk zijn achtergebleven. Ethyleenglycol is giftig, maar wel heel zoet.' Hij strekt zijn armen naar me uit, maar ik deins naar achteren.

'Je hebt me zijn naam gezegd. Je zei dat het nog niet voorbij was,' zegt Caleb zacht. 'Het enige wat ik heb gedaan is afmaken waar jij aan bent begonnen.'

'Nee.' Ik steek mijn hand omhoog. 'Vertel het me niet, Caleb.'

'Je bent de enige aan wie ik het kan vertellen.'

Hij heeft natuurlijk gelijk. Ik hoef niet tegen hem te getuigen omdat ik zijn vrouw ben. Zelfs niet wanneer er sectie op Gwynne wordt uitgevoerd en er sporen van gif worden aangetroffen. Zelfs niet als de bewijzen rechtstreeks naar Caleb leiden.

Daarentegen heb ik drie maanden lang moeten ondervinden wat de gevolgen zijn wanneer je het recht in eigen hand neemt. Ik heb mijn man de deur uit zien lopen – niet omdat hij me veroordeelde, zo blijkt nu, maar omdat hij zichzelf op de proef stelde. Het had heel weinig gescheeld of ik was alles kwijtgeraakt wat me dierbaar was, een leven dat ik stom genoeg pas ben gaan waarderen toen het me bijna werd afgenomen.

Ik kijk Caleb aan en wacht op een verklaring.

Toch zijn er gevoelens die zo diepgeworteld en wijdvertakt zijn dat ze niet in woorden zijn uit te drukken. Calebs ogen ontmoeten de mijne en daarin lees ik wat hij niet kan uitspreken. Hij heft zijn handen en vouwt ze samen. Voor iemand die het niet begrijpt lijkt het alsof hij in gebed is. Maar ik ken het gebaar voor *huwelijk*.

Meer hoeft hij me niet duidelijk te maken.

Ineens stormt Nathaniel onze slaapkamer binnen. 'Mam, pap!' schreeuwt hij. 'Ik heb het mooiste kasteel van de wereld gebouwd! Jullie moeten het zien!' Hij draait zich al om voordat hij is blijven staan en rent weer weg in de verwachting dat we hem zullen volgen.

Caleb kijkt naar me. Hij kan niet de eerste stap doen. Want je kunt alleen communiceren met iemand die je begrijpt. Je kunt alleen vergeving krijgen van iemand die bereid is je te vergeven. Ik loop naar de deur en draai me bij de drempel om. 'Kom mee,' zeg ik tegen Caleb. 'Hij heeft ons nodig.'

Het gebeurt wanneer ik haastig de trap af wil rennen en mijn voeten sneller gaan dan de rest van mijn lichaam. Een van de treden ligt niet waar hij zou moeten liggen. Ik smak tegen de leuning met het deel van mijn arm dat een hoek vormt, het deel waarvan de Engelse naam precies aangeeft wat het is: elbow, L-boog.

De pijn flitst door me heen en verspreidt zich als vuur door mijn hele arm. Ik kan mijn vingers niet meer voelen of bewegen. Het doet meer pijn dan toen ik vorig jaar op het ijs ben gevallen en mijn enkel zo dik werd als de rest van mijn been. Het doet meer pijn dan toen ik van mijn fiets viel en mijn hele gezicht openhaalde, en ik twee hechtingen nodig had. Het doet zo'n pijn dat ik bijna vergeet te huilen.

'Maaamaaa!'

Altijd als ik zo'n keel opzet lijkt het wel alsof ze als een geest uit het niets verschijnt. 'Waar doet het pijn?' roept ze. Ze raakt mijn elleboog aan die ik dicht tegen me aangedrukt hou.

'Ik denk dat ik mijn telefoonbotje heb gebroken,' zeg ik.

'Hmm.' Ze beweegt mijn arm op en neer. Dan legt ze haar handen op mijn schouders en kijkt me aan. 'Vertel een mop.'

'Mam!'

'Hoe komen we anders te weten of je funny bone gebroken is?'

Ik schud mijn hoofd. 'Zo werkt het niet.'

Ze tilt me op en draagt me naar de keuken. 'Wie zegt dat?' Ze begint te lachen en voor ik het weet lach ik met haar mee. Dat moet betekenen dat alles weer goed zal komen.

Vragen voor leesclubs

1) Jodi Picoult betrekt de lezer op subtiele wijze in de delicate, emotionele levens van de hoofdrolspelers door steeds van standpunt te wisselen. Op welke manier dragen de verschillende vertellers bij aan uw begrip ten opzichte van de motieven van de verschillende karakters en aan de plot als geheel?

2) Denkt u dat er onbetrouwbare vertellers in dit verhaal voorkomen, die u als lezer bewust of onbewust proberen te misleiden, of zelfs misschien zichzelf wel? In welke mate denkt u dat het een ander verhaal zou zijn geworden als Nina de enige verteller was geweest? In welke mate zouden onze ideeën over de hoofdpersonen verschillen? Denkt u dat het gemakkelijker of moeilijk zou zijn geweest om dingen als de plot en/of de motivatie van de karakters te ontcijferen?

3) Op welke manieren hebben de citaten die aan het begin van elk deel staan afgedrukt u geholpen bij het informatie krijgen over de inhoud van dit boek? En hebben de verhaaltjes, die zo te zien door Nathaniel worden verteld, hetzelfde gedaan?

4) Het centrale thema van dit boek is het moederschap; het overgrote deel van Nina's motivatie, althans, dat vindt zij, komt voort uit haar verlangen haar zoon veiligheid te bieden, hem gelukkig te maken, en uit de buurt van gevaren te houden. Maar waren er voorbeelden wanneer u twijfelde aan Nina's redenen om dat te doen? Is ze zo onbaatzuchtig als ze beweert, of zijn er andere krachten aan het werk? Als hij Nina's misdaad overpeinst, denkt Caleb dat 'dit over Nina gaat'. Wat bedoelt hij daarmee?

5) Vóór de verkrachting is het duidelijk dat Nina, hoewel ze soms door haar beslissingen verscheurd wordt, wat betreft haar aandacht voor haar werk en de aandacht voor haar gezin een redelijke splitsing van 50/50 weet te maken. Ze houdt onmiskenbaar van haar zoon en zal alles voor hem doen, maar ook haar carrière staat zeer hoog op haar prioriteitenlijstje; zozeer zelfs dat als Nathaniel ziek is ze hem toch naar school laat gaan zodat zij die ochtend kan werken. Veroordeelt u Nina voor de keuzes die ze maakt? Denkt u dat ze zichzelf veroordeelt? Zou dat iets te maken kunnen hebben met haar dwangmatige behoefte om wraak te nemen voor Nathaniel? Zou u haar op dezelfde manier beoordelen als ze een man was geweest?

6) Quentin Brown is een fascinerend karakter, iemand die, op bepaalde punten, dezelfde trekjes lijkt te hebben als Nina – althans, trekjes die ze al had voor haar leven op z'n kop werd gezet. Geef Browns belang binnen dit verhaal aan. Hoewel hij een relatief onbelangrijk karakter zou kunnen zijn, richt Picoult zich toch nadrukkelijk op hem, vooral in de tweede helft van het verhaal, en trekt klaarblijkelijk parallellen tussen zijn karakter en dat van Nina. Waarom denkt u dat Picoult dit doet? Wordt Nina zich meer bewust door haar waarnemingen met betrekking tot Quentin? Wat kunnen we opmaken uit het feit dat Quentin een doorbraak lijkt te hebben met zijn zoon, althans, in enige mate, vanwege Nina's zaak?

7) Caleb, die op talloze manieren de fysieke eigenschappen belichaamt die traditioneel gezien aan mannen worden toegeschreven (de houthakkende man die van bergen houdt), handelt in nogal wat gevallen in deze roman als een moederfiguur. Terwijl Nina op nogal lukrake wijze op zoek is naar wraak voor haar zoon, steunt Caleb de jongen op een rustige manier en weigert hij de jongen onder druk te zetten, en kiest hij in plaats daarvan voor een verrassend, bijna moederlijk soort geduld en liefde om de jongen erdoorheen te slepen. Wat maakt u op uit het feit dat Nina de bloeddorstige en woedende houding aanneemt die je gewoonlijk van vaders verwacht? Zelfs als Caleb pater Gwynne

vermoordt, doet hij dat door middel van vergif – een methode om te doden die gewoonlijk met vrouwen wordt geassocieerd. Denkt u dat Picoult in dit verhaal speelt met de dynamiek tussen de geslachten? Was u verrast toen Caleb aan het eind zijn geheim onthulde?

8) Waarom denkt u dat Nina gevolg gaf aan haar besluit om de priester te doden? De meeste moeders willen hun kinderen tegen het kwaad beschermen, en veel van hen hebben het gevoel dat ze vanwege hun kinderen zonodig iemand zouden kunnen ombrengen. Maar wat is er zo heel anders aan Nina, die in feite de verkrachter van haar zoon vermoordde, terwijl negenennegentig procent van de moeders dat niet zal doen?

9) De waarheid is in dit verhaal een nogal misleidend concept. De roman zit vol met voorbeelden waarin de karakters liegen over wie ze zijn, wat ze weten en hoe ze zich voelen als ze iets niet noodzakelijkerwijs hoeven te weten (denk eens aan de scènes waarin Patrick en Caleb liegen over wat ze zonder ook maar één enkele reden tegenover vreemdelingen doen). Waarom is er zoveel oneerlijkheid of het achterhouden van de waarheid in dit verhaal? Is waarheid volledig onbereikbaar hier? Is het, in het geval van Nina, voldoende dat ze gelooft dat ze het juiste doet als ze liegt, als ze halve waarheden vertelt, of misleidende verklaringen aflegt, of is er een groter, onfeilbaar gevoel van gerechtigheid waarmee dit verhaal doortrokken is?

10) Op blz. 271 geeft Nina toe: 'En niet voor het eerst denk ik dat iets immoreels niet altijd iets verkeerds hoeft te zijn.' Wat voor een soort verschil denkt u dat ze probeert te maken tussen moraliteit en gerechtigheid? Bent u het met haar eens? Was u verrast toen Nina met Patrick naar bed ging? Denkt u dat dat 'verkeerd' was? Geeft Nina hier blijk van de subjectieve aard van de werkelijkheid, of liegt ze simpelweg tegen zichzelf om te voorkomen dat ze zich schuldig gaat voelen? Wat denkt u dat Caleb zou zeggen?

11) Op welke manieren werkt de achtergrond samen met het verhaal om de gevoelswerelden van de karakters te benadrukken, er de aandacht op te vestigen of belangrijker te maken? Hoe centraal beschouwt u de plaats waar het verhaal zich afspeelt? Zou het eenzelfde verhaal zijn geweest als het zich bijvoorbeeld in Los Angeles had afgespeeld? Hoe helpt deze hechte gemeenschap in Maine de grenzen te bepalen van de weinig flexibele wereld waarin de hoofdrolspelers leven?

12) Aan het eind van het verhaal zegt Nina in een gesprek met Patrick: 'Ik wil ook doen wat het beste is, en dat betekent dat ik moet nadenken voordat ik iets doe, zodat ik de mensen van wie ik hou niet meer hoef te kwetsen.' Denkt u dat Nina aan het eind van het verhaal iets heeft geleerd over zichzelf en over de manier waarop ze kijkt naar/omgaat met het leven, dingen waar ze de rest van haar leven iets aan heeft?

13) Als ze terechtstaat zegt Nina: 'De realiteit is, en dat weet u net zo goed als ik, dat het rechtssysteem er niet is om kinderen te beschermen, maar om beklaagden te beschermen.' In ons rechtssysteem wordt iedereen geacht beschermd te worden. Bent u het met Nina eens dat het systeem zoals het tegenwoordig functioneert eerder de daders beschermt dan de slachtoffers? Vindt u dat het juridisch systeem veranderd moet worden? Heeft dit boek uw mening veranderd? Denkt u dat er meer gerechtigheid zou zijn gedaan als Nina, letterlijk, wat de moord betreft vrijuit zou zijn gegaan?